흰 자락이
접히면

흰 자락이 접히면

초 판 1쇄 2026년 01월 21일

지은이 김가진
펴낸이 류종렬

펴낸곳 미다스북스
본부장 임종익
편집장 이다경, 김가영
디자인 윤가희, 임인영, 윤영빈
책임진행 이예나, 안채원, 김은진, 국소리, 송가희, 이지영

등록 2001년 3월 21일 제2001-000040호
주소 서울시 마포구 양화로 133 서교타워 711호, 808호
전화 02) 322-7802~3
팩스 02) 6007-1845
블로그 http://blog.naver.com/midasbooks
전자주소 midasbooks@hanmail.net
페이스북 https://www.facebook.com/midasbooks425
인스타그램 https://www.instagram.com/midasbooks

ISBN 979-11-7355-666-1 03810

값 19,500원

미다스북스는 다음세대에게 필요한 지혜와 교양을 생각합니다.

흰 자락이
접히면

김가진 지음

미다스북스

목차

프롤로그

제 소설의 모티프가 된 인물은 일제강점기를 풍미했던 무용가, 최승희 선생입니다. 최승희라는 무용가를 알게 된 이후부터 끊임없는 고통에 시달렸습니다. 잊혀가는 인물을 사랑한다는 게 얼마나 아픈 일인지 몰랐습니다.

간혹 또래의 지인들에게 그녀를 아느냐고 묻곤 했습니다. 대다수는 그녀의 존재 자체를 몰랐고, 극히 일부는 그녀를 '친일'이라는 키워드로 기억하더군요. 그리하여 집필을 결심했습니다. 그녀를 미화하려는 의도를 담은 것은 아닙니다. 단지 있는 그대로의 그녀를 조명하고 싶었습니다.

제 소설의 여주인공, 우에노 사에코는 흔한 주인공의 클리셰를 띤, 약자도, 선인도 아닙니다. 때로는 가해자로서, 때로는 피해자로서 자신에게 부여된 운명을 걸어 나갈 뿐입니다. 다른 인물들도 마찬가지입니다. 그들은 절대적인 선악이나 미추로 구분되지 않습니다. 단지 본인이 감당할 수 있을 만큼만 행동함으로써 격동의 시대를 버텨 나갑니다. 그 시대를 살았던 대다수가 으레 그랬듯 말입니다.

소설을 읽고, 혹자는 제가 친일을 미화한다고 평할지도 모릅니다. 그 외에도 작품의 내외에서 여러 비판에 시달릴 수도 있겠지요. 저조차도 제 글이 미화인지, 왜곡인지, 과장인지 헷갈리곤 합니다. 저는 캐릭터가 아닌 인간을 그렸기 때문입니다. 그이가 누구든, 한 인간의 삶은 결코 단선적으로 평가되어서는 안 된다고 생각합니다. 그러한 가치관을 작품에 담고자 했습니다.

저는 제가 작가로서 어떤 글을 써야 하는지보다는 어떤 글을 쓸 수 있을지에 집중했습니다. 그러다 보니 역사와 지정, 예술의 굴레 속에서 괴로워하게 되더군요. 고작 한 문장을 쓰는 데에도 셀 수 없는 고뇌에 휩싸이게 되니 너무 어려운 길을 택한 것 같다는 생각이 들기도 하다가도, 반백 년이 넘어가는 최승희 선생님의 흔적은 아직도 저를 헤매게 만들어서, 기필코 소설을 완성하겠다는 오기만이 남습니다.

소설을 쓰면서 최승희 선생님은 점점 지워질 수도 있을 것입니다. 사에코만의 새로운 특색으로 작품이 채워질 수도 있을 테고요. 그 점 역시 감안하여 보아주셨으면 합니다.

제 이야기는 이만 마치겠습니다. 이후를 판단하는 것은 이 글을 읽는 분들의 몫이라고 생각합니다. 그러니 소설을 완독하신 후 느낀 그대로 비평해주시길 바랍니다.

감사합니다.

2025년 2월 13일 김가진 올림

오만한 여자

두꺼운 암흑이 마음조차 뒤덮는 밤이었다. 서서히 어느 발소리가 땅에 차이기 시작했다. 마당에 나선 한 여인의 숨이 세상을 메웠다. 이윽고 그녀는 조금씩 발을 놀렸다. 그녀는 직진하지 못하는 취객마냥 양발을 옆으로 움직이며 자리를 맴돌았다. 같은 동작을 반복하길 수십 번, 여인은 마침내 깨달았다는 듯 눈을 치켜뜨고 거친 숨을 내쉬었다. 그녀는 방으로 달려가 무언가가 잔뜩 쓰인 노트에 한 마디를 추가했다.

'비껴걷기'

세상에 길이 남을 무용가, 우에노 사에코의 무용 기본서에 동작 하나가 추가되는 순간이었다.

사에코의 몸이 가냘프게 떨렸다. 막 노트를 덮은 그녀의 온몸에 전율이 일었다. 그녀가 화장대로 향했다. 목제거울의 습기가 가시며 서서히 그녀의 낯이 피어났다. 붉게 물든 뺨, 헐떡이는 숨에 떨리는 입술, 땀방울이 맺힌 눈가. 그녀는 자신의 얼굴을 보며 일종의 위태로운 쾌감을 느꼈다.

시간이 조금 흐르고, 고양된 숨이 진정되기 시작했다. 사에코는 땀을 닦을 것을 찾으려 화장대에 손을 뻗었다. 화장대 위에는 장미가 수놓아진 손수건이 있었다. 경성공회당[1]에서 열린 공연에서 중추원[2] 부의장 김광립에

---

1   경성상업회의소 2층에 위치했던 일종의 시민회관
2   일제강점기 조선총독부의 자문기관

게 받은 것이다. 그는 자신의 아내가 손수 자수한 것이라며 의기양양하게 손수건을 건넸다. 장미의 잎 쪽에 붉은 실과는 다른 유의 빨간 것이 묻어 있었다. 바늘에 찔린 흔적으로 보였다.

우스웠다. 다른 여인에게 선물을 주는 남편을 위해 피를 봐가며 정성을 쏟는 여자나, 고작 보잘것없는 아첨 따위를 전해주려 관심도 없을 공연에 수십 분 이상 시간을 쏟는 남자나. 제아무리 그들의 영역에서는 고개를 빳빳이 들고 다닌다지만, 자신의 아름다움 앞에서는 모두 무용한 존재가 되는 것이 아닌가? 사에코는 그날의 기억을, 습도를, 온도를, 감각을, 시야를 가능한 한 자세히 회상하며 거칠게 폭소하기 시작했다.

사에코는 평소에도 선물을 그다지 달가워하는 편이 아니었다. 그도 그럴 것이, 매일 같이 그녀의 집에 편지와 선물이 쏟아지는데 사에코에게 그것들은 일부를 제외하고는 '굳이' 열어 볼 필요도, 반길 필요도 없는 하찮은 것들이었다.

언젠가 사에코는 유난히도 단원들의 실수가 잦았던 공연을 마친 후 공연장을 나간 적이 있었다. 그녀의 미간에는 짜증이 얹혀 있었다. 수일간 잠도 제대로 자지 못한 데다, 공연마저 제대로 되지 않았다. 그렇기에 그녀는 미소를 지을 여유는커녕 단원들을 꾸짖을 여력도 없었으나 최대한 표정을 가다듬으며 길을 터 나갔다. 승용차에 다다른 그녀를 운전기사가 마중했다. 차에 막 타려는데, 갑자기 한 언론사의 기자가 불쑥 나타나 쏟아지는 편지들을 읽을 때 어떤 기분이냐며 물었다. 그러한 와중 기자의 손이 사에코의 어깨를 스쳤다. 그녀는 쏟아지는 불쾌감을 참지 못하고 신경질적으로 대답했다.

"글쎄요, 대부분 보지도 않고 던져버려요."

"예?"

사에코는 기자의 놀란 얼굴을 제치고 어깨를 털며 차에 올랐다. 그녀가 창밖으로 고개를 내밀었다. 유리 너머에 아이를 안고 있는 자신 또래의 한 여성이 보였다. 복식을 보아하니 어느 부가(富家)의 식모인 것 같았다. 사에코는 창 너머를 고이 바라보다 살며시 정면으로 고개를 돌렸다. 그녀의 운전기사가 혹 그녀의 심기를 거스를까 잔뜩 긴장한 채 운전대를 잡고 있었다.

사에코는 피식 웃으며 눈을 감았다. 그녀는 어쩌면 자신이 한 말이 실수였을 수도 있겠음을 느꼈으나, 그것은 자신이 별 상관할 바가 아니라고 생각했다. 조선에서 감히 자신에 대적할 수 있을 만한 이는 없었다고 판단했기 때문이었다. 그런 자신이 고작 신문사의 말단기자 따위의 기분을 신경 쓸 필요가 있을까?

사에코의 생각은 어찌 보면 과신보다는 사실 쪽에 더 가까웠다. 그렇기에 시간이 지날수록 그녀의 오만은 더욱 구체화되었다. 그녀는 적어도 이 조선에 자신의 적수가 존재하지 않는 이상 어떤 태도를 보이든 간에 대중은 자신에게 열광할 수밖에 없을 것으로 생각했다.

사에코가 자신의 긴 손톱으로 손수건을 찢어 내리기 시작했다. 천이 결대로 찢겨 여러 갈래로 떨어졌다. 그녀는 찢긴 천을 손에 감아 놀렸다. 어여쁘게 수 놓였던 장미는 차마 이어붙일 수도 없을 정도로 난도 당해 버렸다. 열린 창틀 새로 실바람이 들어왔다. 사에코가 살며시 웃었다. 얇은 바람이 맺힌 눈웃음은 서늘히도 아름다웠다.

자상

흰 자락이 접히면, 고이 접어 날리리라. 나는, 나는 날아서, 반드시, 반드시 만인이 나의 흔적을 헤매도록 하리라.

그 무엇에도 나비는 보이지 않을 텐데, 대체, 왜….

영혜야, 넌 꼭… 꼭 살아남아 줘. 악착같이 살아남아 부디… 나를 기억해줘.

"허억…."

이른 새벽녘의 선잠이었다. 잠에서 깨어난 사에코의 이마는 온통 서늘한 땀에 젖어 있었다. 그녀가 옅은 숨결을 내쉬고선 천천히 이마를 쓸어내렸다. 아직 인시(寅時)[3]였다. 시계 옆으로 고개를 돌리니 전방에 일제식 마트료시카가 보였다. 사에코는 이불을 치켜 덮고 다시 잠을 청했다. 오늘 중요한 무용공연이 예정되어 있던 터라 그녀는 몇 시간 후면 채비를 시작해야 했다. 그간의 바쁜 일정을 소화한 후 귀히 얻은 단잠을 고작 사념 따위에 놓치다니. 그녀는 밀려드는 짜증을 뒤로 한 채 질끈 눈을 감았다. 그러나 마치 아편을 흡입한 양 온갖 쓸데없는 생각이 밀려들어 도통 잠이 오지 않았다. 20분 정도 지났을까, 이제 와 잠을 취하기에는 글렀다고 생각한 그녀가 천천히 침구에서 일어나 옆에 놓인 자주색 수첩을 펼쳤다.

---

[3] 십이시(十二時)의 셋째 시, 오전 세 시부터 오전 다섯 시까지를 말함

사에코는 꿈을 자주 꾸는 편이었다. 그것은 평소 긴 잠을 자지 못한 것이 원인일 수도 있겠지만, 의아하게도 무용가로서 활동하기 이전에도 그러했다. 그리하여 어느 날부터 그녀는 베개 옆에 수첩과 만년필을 놓아두었다. 꿈이 내보이는 장면 역시 자신의 영감이 될 수 있다는 것이 그 이유였다.

'무용, 나비… 꽃에 걸린 숨, 바람'

'소용돌이, 화관, 혼'

'금붕어, 노래, 멜랑콜리, 서양식 다다미'

정갈하게 다듬어진 필체, 간결하게 쓰인 명사들의 집합. 사에코의 꿈에는 보통 하나의 단어로 정의할 수 있을 만한 단선적인 무언가만 나오는 편이었다. 오늘의 밤과는 다르게 감정적인 동요도, 잡다한 생각도 불러일으킬 수 없는 꿈들. 대개 그것들은 그녀가 가진 일말의 소리도 자극할 수 없는, 그런 단호함을 띠고 있었다.

"하아…."

사에코는 경대 위에 놓인 담배 한 개비를 집어 들었다. 다이쇼 10년[4]에 연초전매령[5]이 시행됨에 따라 양담배 수입이 금지되었으나 그녀는 주기적으로 몸종을 시켜 칼표[6] 여러 보루를 사들였다. 그것이 그녀에게는 자신의 예민함을 저지해주는 유일한 수단이었으며, 복잡한 마음을 달래주는 위안과도 같은 것이었다.

사에코는 담배를 입에 물고 수첩에 무언가를 써 내려가기 시작했다. 연기가 금세 방안을 덮쳐 왔다. 오른손의 중지와 검지 사이에서는 담뱃불이, 왼손의 엄지와 검지 사이에서는 만년필이 각자의 역할을 다하고

---

4   1921년
5   조선총독부가 연초의 국가 전매를 규정한 법령
6   일제강점기에 유행했던 양담배 브랜드

있었다. 지나치도록 고요한 건넌방은 매캐한 소리만이 남아 소요하듯 서걱거렸다.

'입술, 콧대, 눈동자, 머릿결, 머릿결, 머릿…'

종이의 순백을 거닐던 잉크가 갑자기 외압에 짓눌린 것은 순식간이었다. 표정을 잃은 채 필기에 전념하던 사에코가 노한 표정으로 펜촉을 짓이겼다. 생각나야 할 것이 떠오르지 않았던 것일까, 혹은 생각하지 말아야 할 것을 떠올린 것일까. 순백색의 종이에 금세 검은 물결이 넘실댔다. 평소와 다르게 추하게 역동한 글씨는 그녀 자신조차도 볼 수 없도록 영영 지워지고 말았다. 세 모금도 호흡 되지 못하고 꺼진 담뱃불의 유해가 먼지와 뒤섞여 그녀의 가슴팍에 얹혔다. 사에코는 재 가루를 잠시 매만지다 유카타의 오비[7]를 풀었다. 헤적이던 옷이 허리춤으로 내려갔다. 옷을 입었다고도, 완전히 헐벗었다고 하기도 애매한, 그러한 반라의 상태가 된 그녀는 양손을 가슴 앞에 모아 기도하는 자세를 취했다. 이번 공연에서 처음 선보일 보살춤의 안무였다. 그녀는 고개를 들고 나지막이 말을 내렸다.

"나는 왜 아직도 너를…."

사에코는 불현듯 자신의 안무가 기도가 아닌, 비굴하게 용서를 비는 행위를 상징하는 것일지도 모르겠다고 생각했다. 그 아이를 생각한 탓일까. 살아서도 죗값을 치르고, 죽어서도 죗값을 치러야 한다면 적어도 꿈에는 나오지 않는다면 좋으련만. 아프고 괴로워 비로소 놓으려 하면 너는 꿈에 나와 모든 것을 원점으로 되돌리는데, 그런 너를 내 어찌 감히 미워할 수 있을까.

"보고 싶어."

---

7   기모노의 허리 부분에서 옷을 여며주고, 장식하는 띠

무심코 뱉어진 말은 사에코의 입가에 간간함을 돌렸다. 그녀는 자신이 내뱉은 말이 창피해져, 동시에 서글퍼져 다시 옷을 입었다. 담뱃재로 인해 더럽혀진 흔적은 옷이 벗겨지며 사라질 것도 같았으나, 헤아릴 수 없는 재 가루는 너무도 곱고 가녀려 쉬이 털어 낼 수 없었다.

상념

"거거, 밀지 좀 맙시다. 왜 이렇게 가만히 못 있고!"

쇼와 15년[8]의 어느 겨울날이었다. 조선에서는 속눈썹에 윤슬이 맺힐 정
도로 이례적인 강추위가 몰아쳤음에도 경성부민관[9] 앞은 인산인해를 이루
었다. 중남미 순회공연을 성황리에 마치고 조선에 돌아온 전설의 무희, 우
에노 사에코의 귀조[10] 공연이 있던 날이었기 때문이었다.

조선을 떠나 있는 동안에도 그녀는 하루도 빠짐없이 만인의 입방아에 오
르내렸다. 자기가 예전에 보았는데 그녀가 웬 미형의 남정네들을 양옆에
끼고 조선호텔로 들어갔다든가, 기혼의 소설가인 최설린과 연분이 났다든
가, 하는. 대체로 그러한 소문들은 천박한 추문인 경우가 많았으나, 사에코
는 그것들에 불쾌해하기는 하였어도 적극적으로 나서서 해명하거나 저지
하려고 애쓰지 않았다. 그녀는 그러한 가십들조차도 자신의 화제성을 높여
주는, 동시에 범인과 자신 간의 격차를 벌려주는 일종의 장치가 될 수 있으
리라 여겼다.

잠시의 시간이 흐르고, 차에서 내린 사에코가 마침내 모습을 드러냈다.
잡화를 들고 있는 몸종 둘에 공연의 분장을 담당할 제자 하나, 그녀의 경호
를 맡은 장정 둘까지. 총 다섯의 사람들이 그녀의 뒤를 따랐다.

---

8   1940년
9   1930년 중반 이후 경성의 각종 문화 예술 공연이 진행되었던 경성부 부설 강당
10 외국에 나가 있던 사람이 자기 나라로 돌아오거나 돌아감

또각거리는 구두 소리가 그녀의 등장을 알렸다. 소란하던 일대가 쥐 죽은 듯 조용해졌다. 잠시 전까지만 해도 제각기 다른 표정을 지으며 목소리를 내던 모두가 넋을 놓은 채 한 곳을 응시했다. 그러나 단 한 사람, 사에코만은 그 모든 것을 뒤로 한 채 묵묵히 앞으로 걸어갔다.

"우, 우에노 양, 여기 한 번만 봐 주십시오!"

잠식된 소란을 깬 것은 카메라를 든 기자의 외침이었다. 모두의 마음을 대변하는 듯한 한마디에 사람들은 그제야 황홀함에서 깨어나 움직이기 시작했다. 국적, 노소, 빈부, 지위 고하를 막론하고 모든 이들이 사에코를 향해 달려들었다. 그녀의 경호를 맡은 이들과 질서 유지를 위해 투입된 경관대가 그들을 저지하려 노력했으나, 그들이 수백 명의 인파를 상대하기에는 역부족이었다. 밟을 밟히거나 넘어진 이들의 비명, 부모를 따라 왔다가 길을 잃은 아이들의 울음소리. 마치 아수라장이 된 것 같은 현장이었다. 사에코는 펜스가 쳐진 계단 위에 올라와 있었기에 그 누구도 쉬이 닿지는 못했으나, 흥분한 사람들의 정념은 곧 저지선을 뚫고 올라올 기세였다.

계속되는 소란에 건물의 입구 앞까지 다다른 사에코가 결국 멈춰 섰다.

"내가 공연을 앞두고 이런 일에까지 신경을 써야겠니?"

사에코는 자신의 제자와 몸종들에게 눈을 흘기며 말했다. 자신이 나서기 전에 너희들이 몸을 던져서라도 막았어야 한다는, 그러한 질책이었다. 사에코의 싸늘한 목소리에 그녀의 성정을 누구보다도 잘 아는 열예닐곱 살 정도의 소녀들은 그 자리에서 얼어붙었다.

"죄송합니다. 선생님, 제가 얼른 나서서…."

무용단의 맏언니 격인 희자가 재빨리 입을 열었다. 그녀는 제 스승의 심기를 거스른 대가가 단순한 호통만으로 끝나지 않으리란 것을 너무나도 잘 알고 있었다. 그리하여 그녀는 책임의 여파가 다른 무용단원들에게까지 뻗치기 전에 자신이 무어라도 해서 해결해야겠다고 생각했다. 그러나 희자의 말이 채 끝나기도 전에 사에코가 그녀의 앞을 막아섰다.

"이제 와 네깟 게 무얼 할 수 있겠니. 어서 직원이나 불러와."

"네, 선생님."

사에코는 건물 안으로 희자를 밀쳐내고 뒤로 돌았다. 높은 계단의 위에서 소요를 빤히 지켜보던 그녀는 주머니에서 손수건을 꺼내어 사람들이 가장 밀집한 곳에 던졌다. 이윽고 날아간 손수건을 잡기 위해 인파가 한곳에 쏠렸다. 모두가 사에코의 소장품을 가지려 득달같이 달려들었고, 그 기회를 틈타 경호원과 경관들이 급박히 달려 나온 부민관의 직원들과 함께 교란을 제압했다. 제 역할을 마친 희자가 숨을 헐떡이며 뛰어왔다. 계단 너머의 모든 것을 내려다보던 사에코가 희자에게 말을 건넸다.

"마치 개떼 같지 않니?"

"네?"

"저들 말이야. 참으로 한심하지, 저깟 손수건이 뭐라고. 수제도 아니고 공장제인걸."

"그래도 선생님의 것이었으니까 특별한 게 아닐까요?"

"뭐?"

희자의 말이 끝나기가 무섭게 사에코가 폭소하기 시작했다. 웃음의 영문을 몰랐던 희자는 의아한 눈초리로 그녀를 쳐다보았다.

"너도 저들과 별반 다를 게 없구나. 저들은 원래 저렇단다. 쓸데없는 것에 과히 의미를 부여해. 그래 놓고서는 혼자 사랑하고, 또 혼자서 미워하고…."

사에코는 옅은 웃음을 띤 채 부민관 안으로 들어갔다. 그녀의 미소는 왠지 모를 씁쓸함을 띠고 있었으나, 바쁜 걸음 탓에 아무도 그것을 인지하지 못했다.

염증

"원래 경성에 이렇게 사람이 많았습니까? 동경도 이곳에 비하면 한적하겠습니다."

"하하, 원래는 이렇게 많지 않습니다. 다른 사람도 아니고 우에노 사에코의 공연이지 않습니까. 많은 것이 당연하지요."

"나는 잘 모르겠습니다. 무용이란 것도 원체 즐기지 않소만, 여인 한 명때문에 이리 사람이 몰리는 것도 참, 이해하기 어렵습니다."

"세이지 군께서 그녀를 직접 보시면 알 겁니다. 가장 좋은 자리로 예약해놓으라 일렀습니다. 어서 가시지요."

선일이 세이지의 손을 잡아끌었다. 세이지는 영 내키지 않았으나 별 반항 없이 그를 따랐다. 칼바람이 불어오니 손의 온기가 가시기 시작했다. 불쾌한 상실이었다.

기차를 타고 경성에 막 도착한 참이었다. 세이지는 부산에 조금 더 머무르며 여러 잡다한 생각을 정리하고자 하였으나, 자신이 속한 문학회의 회원인 선일의 권유로 예정보다 일찍 상경하게 되었다.

동경에서의 유학 생활은 생각보다 나쁘지 않았다. 학업 성취도도 우수한 편이었으며, 자신을 조선인이라고 무시하던 이들도 서글서글한 낯으로 상대할 수 있다는 것이 그의 장점 중 하나였기에 교우관계 또한 원만하게 유지할 수 있었다.

그가 다니는 동경제국대학에서 두 시간 정도 걸리는 거리에는 해변 공원인 야마시타 공원이 있었다. 그리 가깝지는 않았으나, 세이지는 문득 조선이 그리워질 때면 종종 그곳을 찾았다. 해수는 인제나 대류하기 마련이니 자신이 이 바닷물에 손을 적시면 그 온기가 조선에 닿을 것이라고, 그는 그런 생각을 하며 타지생활의 외로움을 흘려보냈다.

내 임을 기다리는 나의 고향
아아, 그리워라 그곳이여
닿으려야 완전히 닿을 수 없으니
발 대어 자취만 남겨야지

세이지는 시모노세키 항에서 귀국하는 배편을 기다리며 시 한 수를 써 내려갔다. 누구보다 간절히 조선을 그리워하는 자신의 마음을 투영한 글이었다. 그는 부산에 도착하면 송도에 가 손부터 담가야겠다고 다짐했다. 고독에 휩싸였던 동경에서의 자신을 지우고 본래의 자신을 잠깐이라도 마주할 것이라고, 그는 그리 생각하며 살그머니 웃었다.

그러나 모든 일은 예기치 않게 흘러가는 법이다. 호텔에 도착한 지 두 시진[11]도 채 되지 않을 무렵에 누군가가 그의 방문을 두드렸다. 선일에게서 온 전화를 알리는 직원이었다. 선일은 귀한 공연이 이틀 후 경성부민관에서 열릴 예정이니 재빨리 상경하라며 그를 재촉했고, 계속되는 성화에 못 이긴 세이지는 결국 경성행 기차를 탈 수밖에 없었다.

남대문 역에 마중 나온 선일은 세이지의 언짢은 속내를 전혀 모르는 듯 생글생글 웃으며 그를 맞이했다. 선일은 가장 좋은 자리를 예약해 놓았으며, 공연이 끝난 후에는 특별히 그 무용가를 만날 기회를 잡아 놓았으니 영

11　하루를 12간지로 나누어 각 간지마다 2시간씩 할당하는 전통 단위

광인 줄 알라고 너스레를 피웠다. 그러나 세이지는 그저 불만과 권태만을 느낄 뿐이었다.

엄청난 인파를 뚫고 공연장에 들어갔을 때까지도 세이지는 그저 지루한 감정만을 느꼈다. 이것이 무어라고 호들갑을 떠는 선일이 전혀 이해가 가지 않았고, 자신은 이 공연에서 아무것도 얻어갈 것이 없으리라 확신했다.

객석의 불이 꺼지고, 공연의 막이 올랐다. 무대의 빛이 열리며 반라의 복장을 한 여인이 등장했다.

'이게, 정녕 무엇인가? 기생? 아니 그보다 더 천박한….'

한 번도 본 적이 없는 장면에 평생 정론의 가르침만을 받아온 세이지는 엄청난 충격을 받았다. 정숙함을 지켜야만 할 조선의 여인이 어찌 이 수많은 사람 앞에서 이러한 복식으로 춤을 춘단 말이며, 왜 사람들은 이런 천박한 공연에 이의를 제기하지 않는 것인가? 여러 생각이 그의 머릿속을 어지럽혔으나, 그 여인의 공연은 그것을 정리할 시간조차 주지 않고 시작되어 버렸다.

여인이 천천히 손을 모아 합장했다. 조명이 그녀의 복부를 비추다 전신으로 흘러 올라갔다. 속행하는 음악에 맞춰 그녀는 서서히 손을 앞으로 뻗었다. 이내 그녀는 정면을 바라보며 팔을 힘 있게 올렸다. 왼손이 굽어지며 그녀의 시야가 왼쪽을 향하다 다음 동작에서 정면으로 뻗쳤다. 그녀의 눈은 초점을 띠고 있지 않았다. 그저 무언가에 홀린 듯한, 아무런 감정도 내비치지 않는 눈이었다. 그 순간 세이지는 화들짝 놀랐다. 분명 저것은 공연 중의 연기임이 분명할 터인데, 분명 그것을 아는데, 왜 이리도 강한 감정이 사무쳐 오는가. 세이지는 옆에 있던 선일의 귀에 속삭였다.

"저것은, 저것은 무슨 춤입니까?"

"보살춤입니다. 쉿, 팸플릿에 나와 있으니 일단은 공연에 집중하시지요."

고개를 돌려 선일을 바라보니 그는 넋을 놓은 듯한 표정으로 무대를 바라보고 있었다. 세이지는 다시 정면을 보아 무대를 훑었다. 마치 고정된 것처럼 움직이는 조명과 음악, 그에 맞춰 정적으로 바뀌는 그녀의 동작. 그 모든 과정은 잔잔하고도 세밀하게 이루어졌지만, 여인의 팔과 다리만큼은 강력하고도 날카롭게 움직였다. 고혹적인 자태를 펼치는 눈앞의 여인은 왜인지 모르게 자신의 심장을 뛰게 했다.

이후 〈칼 위에 춤추는 자〉, 〈오만과 편견〉, 〈베르테르〉 등의 공연이 차례대로 시연되었다. 공연의 장면이 바뀔 때마다 여인의 표정 또한 다채롭게 변화했는데, 집중광이 전신을 비추었을 때 그녀의 몸은 세심하게 머무르며 감각의 결을 흩트렸다. 화려하고 세밀한 우아미가 모든 순간에 흩날렸다. 서서히, 오랫동안, 아주 미세하고 점진적인 아름다움이 세이지의 신경을 잠식해왔다.

황홀한 예술의 파장이 계속해서 세이지를 괴롭혔지만, 그는 자신이 느낀 것이 무엇인지도, 사무쳐 오는 감정이 무엇인지도 몰랐다. 머리가 뒤죽박죽으로 뒤얽힌 느낌이었다. 그 순간 그의 눈에 여인의 눈이 맞닿았다. 세이지는 가슴이 처참히 내려앉는 듯한 충격을 느꼈다. 그제야 세이지는 자신이 느낀 게 무엇이었는지 깨달았다.

'아, 이것은….'

숭고함이었다. 그가 느꼈던 감정의 결은, 전부.

아, 예술이란 무엇인가. 저 고운 자태가 어찌 순간에 머무르지 않고 태동할 수 있는 것인가. 숭고하신 신께서는 언제인가에 영속할 흩어짐을 인세 따위에 하사하신 것일까? 그는 자신의 감탄 또한 죄악임을 되새겼다. 그녀의 춤을 감히 사념 따위에 흘려보낸 죄.

입을 열면 흥분이 새어나갈까 머금고 있던 비명을 눈가에 옮겼다. 아무리 눈동자가 묽어져도 여인의 춤가락은 시야에 선연했다. 머릿속에 광선이 직격 되는 것마냥 그는 암전을 넘어선 빛에 매몰되어 있었다.

'아름답다. 아름답구나. 너무도 아름다워서, 너무도 아름다워서….'

'저 이는 나의 평생토록 아름다울 영원이 되겠구나.'

이윽고 객석의 암전이 서서히 걷혔다. 마지막 공연이 끝나자 여인은 다시 무대의 중심으로 나와 허리춤에 손을 얹어 관중에게 인사했다.

"매일신보가 후원한 나의 귀조 제1회 무용공연에 와 주신 모든 분께 감사 인사를 드립니다. 한 해 동안 많은 일이 있었습니다. 소식을 들으셨듯, 나는 동아신질서[12] 문화를 안은 예술인으로서 아메리카의 각지에서 공연을 펼칠 기회를 얻었고, 이에 더해 칠레와 멕시코 등 다양한 국가에서도 조선춤의 대미를 알렸습니다. 예술의 본질이란 결국 그를 보는 분들께 곧게 뻗은 감동을 선사하는 것이겠지요. 오늘 내 무용을 보러 오신 분들께서도 그러한 즐거움을 만끽한 채 가시길 바랍니다. 감사합니다."

여인의 말이 끝나기가 무섭게 우레와 같은 함성이 터져 나왔다. 그녀는 밝은 미소를 띤 채 무대 뒤편으로 사라졌다. 그녀가 모습을 감추자 사람들은 한두 명씩 객석에서 일어나 퇴장했다. 그러나 세이지는 자리에 앉은 채로 도무지 일어날 기색을 보이지 않았다. 보다 못한 선일이 그를 잡아끌며 재촉했다.

"세이지 군, 이만 나갈 시간입니다. 세이지 군?"

선일의 강한 손길에도 불구하고 세이지는 넋을 잃은 채 무대만을 응시했다. 어쩌면 여운이라고 부를 수도 있을 테지만, 그가 좀처럼 일어나지 않은 까닭은 명백히 정의하기 어려운 무언가에 가까웠다.

선일이 한숨을 쉬며 세이지를 재촉했다.

"사에코 양이 기다리고 계십니다. 원체 바쁘신 분이라 시간이 늦으면 못

---

12   일본을 중심으로 함께 번영할 동아시아의 여러 민족과 그 거주 범위, 일본이 아시아 대륙에 대한
     침략을 합리화하기 위하여 내건 정치 표어

뵐 겁니다."

"아, 아…!"

세이지는 그제야 남대문 역에서의 선일의 말을 떠올렸다. 세이지의 가슴이 미친 듯이 뛰기 시작했다. 그녀를 실제로 볼 수 있다는 사실이 도무지 실감이 나지 않았다. 그 어떤 인간이 지상에 현현한 신을 실제로 볼 수 있을 것이라는 발상을 할 수 있다는 말인가. 무대 위에서의 그녀는 세이지에게 그런 존재가 되어버린 것이었다.

"어서, 어서 갑시다."

선일은 속으로 역시 자신의 안목은 틀리지 않았다고 자찬하며 밝게 웃었다. 그는 공연이 시작되기 이전부터 세이지 역시도 다른 이들처럼 그녀에게 푹 빠져버릴 것이라 확신했다. 그리고 그 생각이 옳았다는 것을 세이지의 표정에서 읽은 순간 희열이 돋아나 그를 감쌌다. 마치 그 자리에서 우스꽝스러운 춤을 추고 싶은 심정이었다. 그러나 선일은 그러한 마음을 억누르며 세이지의 팔을 붙들고 분장실로 향했다.

분장실 앞에 다다른 세이지는 미칠 듯한 지경이었다. 가슴의 두근거림에 맞추어 요동하는 숨이 좀처럼 진정되지 않았다. 이런 마음으로 그녀를 만나도 되는 것인지, 그녀 앞에서 천치처럼 얼어붙는 것이 아닐지 그는 자신이 일생에서 가장 큰 난관을 마주했다고 생각했다. 그러나 시간이라는 것은 절대 그를 기다려 주지 않았다. 그의 마음은 아직도 딜레마 속에 머물러 있었으나, 선일의 노크 소리가 그 모든 것을 지워버렸다.

"사에코 양, 일전에 연락드린 백선일입니다."

"들어오셔요."

낮지만 청아한 목소리가 복도까지 울려 퍼졌다. 세이지는 고민할 새도 없이 앞서가는 선일을 뒤따라 분장실 안으로 들어갔다. 그는 분장실 내부가 뒷정리에 분주할 줄 알았으나 오히려 고요하고 한적했다.

"사에코 양, 저희 왔습니다."

"어머, 오셨군요. 어서 와 앉으셔요."

선일이 건넨 인사에 거울을 바라보던 사에코가 일어났다. 그녀는 고개를 까딱여 잡화를 정리하던 몸종을 불러세웠다.

"얘, 귀한 손님들이 오셨으니 코히[13]를 내어오렴. 내 차 뒤편에 있는, 옥색 상자에 담겨 있는 것으로."

"예, 선생님."

몸종이 서둘러 밖으로 나갔다. 사에코가 싱그럽게 웃으며 손날로 의자를 가리켰다.

"여기 앉으셔요."

그녀가 먼저 자리에 앉았다. 선일 역시 그녀의 행동에 맞추어 움직였다. 그러나 세이지는 얼빠진 얼굴로 사에코를 빤히 응시할 뿐이었다. 선일은 당황한 표정으로 어서 앉으라며 세이지의 옷을 잡아당겼다. 사에코 역시 고개를 갸웃거리며 그들의 행동을 빤히 바라봤다. 아차 싶은 마음에 간신히 정신 줄을 잡은 세이지가 의자에 앉자 사에코가 먼저 운을 띄웠다.

"오랜만에 뵙네요. 그간 잘 지내셨는지요?"

"사에코 양의 공연을 보니 그간의 모든 시름이 씻겨 내려가는 것 같아 잘 지냈다고 답하겠습니다."

"어머나, 별말씀을요. 그리 말씀 주시니 기쁘네요. 한데, 이쪽 신사분께서는 누구신지요?"

"저희 문학회의 일원 중 한 명인 반쇼 세이지 군입니다. 세이지 군도 이번 공연에 흠뻑 빠져 드신 것 같더군요. 세이지 군, 인사하십시오. 이분께서는 무용가 우에노 사에코 양입니다."

---

13 커피의 일본식 표현

"아아, 그러시군요."

둘의 대화를 지켜보던 세이지가 간신히 입을 열었다.

"참으로 아름다우십니다."

그는 자신의 소개부터 먼저 한 후 인사말을 건네는 것이 예의인 줄은 알았으나, 이상하게도 그녀에 대한 찬사가 먼저 튀어나왔다. 사에코는 그 말에 살짝 당황한 듯도 싶었으나, 이내 웃으며 답했다.

"감사합니다."

"오늘 공연 너무 잘 보았습니다."

"듣기로는 동경제국대학에 다니신다면서요?"

"그걸 어떻게…."

"선일 씨에게 종종 말씀을 들었어요. 철학을 전공하신다고요?"

그녀가 자신을 이미 알고 있었다는 말에 그의 손이 떨리기 시작했다. 그는 무용이라는 장르를 도외시했던 과거의 자신을 책망했다. 조금 더 그녀를 일찍 만났더라면, 그랬더라면 더 많은 감정을 나눌 수 있었을 터인데.

"예, 그렇습니다. 오늘 공연 너무도 잘 보았습니다."

세이지는 잔뜩 긴장한 탓에 같은 말을 반복해 버렸다. 그러나 사에코는 그런 반응이 익숙하다는 듯 다음 말을 이어갔다.

"평소 무용공연을 즐기시나요?"

"아뇨, 예술에는 전혀 문외한입니다. 선일 씨에게 소개를 받아 처음으로 우에노 양의 공연을 보았습니다."

"그러셨군요. 모쪼록 즐거이 보셨나요?"

"황홀했습니다. 일전의 그 어떤 경험과도 비교할 수 없이요."

대화를 주고받는 새에 그녀가 커피를 내오라 시킨 몸종이 문을 열고 들어왔다.

"선생님, 여기 코히를 내왔, 아악!"

몸종이 천에 걸려 넘어졌다. 다행히도 다친 사람은 없었으나, 커피가 쏟아지며 사에코의 검붉은 색 벨벳 치마에 몇 방울이 튀었다. 서둘러 일어난 몸종이 몸을 벌벌 떨며 무릎을 꿇었다.

"정말 죄송합니다. 선생님, 제가 얼른 치우고 코히를 다시 내오겠습니다. 한 번만, 한 번만 용서해 주시면…."

"신사분들, 잠시 실례하겠습니다."

사에코는 두 남자를 향해 싱긋 웃으며 말했다. 이윽고 그녀는 자리에서 일어나 몸종의 따귀를 갈겼다.

"이게 무슨…!"

세이지가 얼른 일어나 그녀를 말리려 했으나 선일이 그의 옷을 잡으며 속삭였다.

"사에코 양의 성정이 원래 그렇습니다. 그리고 고작 몸종 하나이지 않습니까. 세이지 군이 나서봐야 좋은 꼴은 못 볼 겁니다."

"그렇지만 저건 아니지 않습니까. 신분제가 폐지된 지 수십 년이 지났는데, 어찌 사람이 같은 사람에게…."

세이지는 혼란에 휩싸여 중얼거렸으나, 당황한 그의 말은 사에코에게 닿지 못했다. 그녀는 분노에 찬 표정으로 자신의 몸종에게 말했다.

"이것은 신아이치 신문사의 사장이 일본에서 가져온 것이다. 네가 평생 일해도 한 되도 사지 못할 텐데, 어떻게 책임질 것이니?"

몸종은 간신히 고통을 참으며 눈을 내리깔았다. 그녀의 뺨은 점점 부어오르고 있었고, 손톱에 긁힌 듯 입술에는 핏방울이 맺혀 있었다. 그러나 사에코는 그에 아랑곳도 하지 않고 다시 손을 올렸다. 사에코의 손이 다시 몸종에게로 향하려던 순간, 세이지가 그녀의 팔을 붙잡았다.

"우에노 양, 참으십시오."

"저는 저 괘씸한 아이에게 벌을 주려는 것입니다. 이거 놓으시지요."

"고작 코히 한 잔이지 않습니까. 흘린 만큼의 값은 제가 대신 배상하겠습니다. 아이가 많이 다쳤습니다."

"고작 코히 한 잔이라니요. 그렇다면 저 아이도 고작 제 수발을 드는 몸종일 뿐이에요. 저에게는 저것보다 코히 한 잔이 더 귀합니다."

"우에노 양, 그런 말이 어디 있습니까. 사람은 모두 평등한 존재입니다. 아무리 그대의 눈에는 하찮아 보일지언정, 저 아이도 누군가의 귀한 사람일 것입니다."

사에코의 온몸에 분노가 맺혔다. 그녀의 미간과 입술이 점점 떨리기 시작했다.

"무례하시네요. 이 손부터 놓으시지요. 어찌 신사 분께서 숙녀에게 이리도 무도하게 구시나요?"

세이지는 그제야 자신이 아직도 그녀의 팔을 잡고 있다는 사실을 알아챘다. 그는 미안함을 느끼며 그녀의 팔을 부드럽게 놓았다.

"그렇게 느끼셨다면 죄송합니다. 다만….."

짝—

분노가 얹힌 숨소리와 함께 세이지의 고개가 돌아갔다. 그는 벙찐 얼굴로 사에코를 바라보았다. 세이지는 매우 당황했으나, 어린아이를 달래듯 고개를 숙여 사에코에게 눈을 맞추고 말했다.

"저는 전혀 아프지 않습니다. 다만 저 가엾은 아이는 매우 아팠겠지요. 저에게는 얼마든지 험하게 대하셔도 괜찮지만, 약자에게는 쉬이 손을 올리지 마십시오."

"경고인가요?"

"부탁입니다. 누차 말씀드렸듯이 우에노 양은 무척이나 아름다우시지요. 단지 이번에는 그 아름다움을 남을 위해 써주시길 바라는 마음에서 드리는 말씀입니다."

"선일 씨를 보고 참아드리는 것은 여기까지예요. 더 이상 무례하게 구신다면 경관을 부르겠어요."

사에코의 목소리가 거세게 올라갔다. 둘의 감정이 더욱 격해진다면 큰일이 나겠다 싶었던 선일이 그들을 말렸다.

"아이고, 좋은 날에 무슨 경관[14]까지 말씀하십니까. 시간도 늦었고 하니, 저희는 이만 일어나겠습니다. 무례를 범하게 되어 정말 죄송합니다. 세이지 군, 이만 갑시다."

사에코는 화를 가라앉히려는 듯 수차례 머리를 쓸어 넘기고는 세이지를 향해 서늘히 말을 던졌다.

"다시는 뵐 일이 없었으면 좋겠네요."

세이지는 그녀의 말에 상처받는 자신을 발견했다. 그러나 그의 신념은 굳건했다. 만인의 우상인 그녀가 이리도 미성숙한 모습을 보인다면 그것은 명백히 모순적인 일이며, 반드시 바로잡아야 할 일이었다.

"제가 드린 말씀을 꼭 기억해 주십시오. 절대로 그대를 미워해서 드린 말씀이 아닙니다. 코히값은 사람을 시켜 전달 드리겠습니다."

"받지 않겠어요. 피곤하니 이만 나가주시지요."

세이지는 선일의 손에 이끌려 문 쪽으로 걸어 나갔다. 문을 열고 나가려던 그가 다시 사에코를 바라보며 말을 건넸다.

"다시 뵐 날이… 있었으면 합니다."

그 말을 끝으로 세이지는 걸음을 나섰다. 그의 말에 어처구니가 없어진 사에코는 문이 있는 쪽을 한참 동안 노려보았다. 그 모든 상황을 지켜보던 몸종은 몸을 떨며 다시 한번 사에코에게 잘못을 빌었다.

"선생님, 정말 죄송합니다. 저 때문에, 저 때문에…."

---

14 '경찰 공무원'을 일상적으로 이르는 말

"뭐?"

사에코는 화가 가시지 않은 듯 주위의 있는 것을 닥치는 대로 집어 던지기 시작했다. 거울의 유리가 부서져 바닥에 굴러 떨어졌다.

"권번에서 잡일이나 하던 것을 데려왔더니, 너 따위 것 때문에 내 꼴이 말이 아니게 되었구나. 이제 만족하니?"

"아니에요. 선생님… 그저 저는….."

"다시는 내 눈에 띄지 말거라. 당장 나가, 얼른!"

몸종은 사에코의 눈치를 살피다 살그머니 밖으로 나갔다. 사에코는 그 자리에 가만히 서서 주위를 둘러보았다. 분명 불이 켜져 있었음에도, 어질러진 방안은 폐가라도 된 듯 마냥 음산한 기운을 풍겼다.

사에코는 더 이상 이곳에 있을 수는 없겠다 싶어 방을 나섰다. 그녀가 던졌던 잡동사니들이 바닥에 널브러져 있었다. 부서진 유리가 그녀를 담으니, 그녀의 고운 낯이 빛에 반사되어 여러 갈래로 흩어졌다. 거울 속의 눈동자는 그녀의 시선과 맞닿지 않았다. 그것은 그저 높은 천장만을 바라보고 있었다. 마치 그녀의 시야를 훔쳐간 것처럼.

증발

"대체 무슨 생각으로 그러신 겁니까?"

"제가 틀린 말을 했다고는 생각지 않습니다."

"옳고 그르고를 떠나서…. 하아…."

선일이 깊은 한숨을 내쉬었다. 부민관의 앞에 내려오니 어느새 밤 기색이 일고 있었다.

"아무리 옳다고 생각한들 말을 가려야 할 때가 있는 법입니다. 충분히 알 만한 분께서 왜 그러셨습니까."

"어린아이가 불합리한 대우를 받는 것을 묵인해야 했다는 말씀입니까? 그것이 선일 씨의, 아니, 우리의 신념입니까?"

"세이지 군께는 이름도 모르는 그 아이를 챙기는 것이 사에코 양과의 대화 자리보다 더 값어치가 있습니까? 사에코 양과 척을 지는 것까지 감수할 만큼?"

"정도(正道)[15]는 값이라는 척도로 판단될 수 있는 것이 아닙니다."

세이지의 계속되는 반박에 선일은 머리가 지끈거렸다. 그는 이 논쟁이 무의미하다는 것을 깨닫고 더 이상 말을 이어나갈 의욕을 상실했다.

"그래요, 세이지 군의 말씀이 다 옳다고 칩시다. 허나 세이지 군은 단지 위선을 범한 것뿐이었습니다."

---

15   올바른 길 또는 정당한 도리

"…위선이라니요?"

"세이지 군도 아시다시피 그 아이의 안위는 사에코 양에게 달려있습니다. 그러한 상황에서 우리가 도중에 나와 버리면 혼자 남겨질 아이는 어떻게 되겠습니까. 오늘의 논쟁이 우리에겐 뭐… 단순히 그녀의 미움을 사는 것으로 그치겠지만 그 아이는 아닐 것이지 않습니까. 책임질 수 없는 선의는 위선입니다. 세이지 군, 오늘 무책임하셨습니다."

"…."

세이지는 선일의 말이 끝나자 질끈 눈을 감았다. 미처 거기까지 생각하지 못한 모양새였다. 입을 굳게 다물고 고뇌하는 세이지를 앞에 두고 선일은 뒤돌아 말했다.

"저는 이만 가보겠습니다."

"제가 괜한 피해를 드렸습니다. 죄송합니다."

"…다음 모임 때 뵙겠습니다."

세이지는 그제야 자신의 행동을 후회했다. 그가 보기에 사에코의 행동은 명백히 부적절했고, 당연히 지적해야 할 일이었다. 그러나 그는 자신의 행동이 어떤 파문을 불러올지 생각하지 않았다. 아니, 미처 생각하지 못했다.

세이지의 집안은 청주 읍의 명문가였다. 그의 증조부는 조선 후기 예조 판서를 맡았으며, 그의 조부와 부친 역시 고위관직을 역임했다. 특히 그의 부친 한경용은 군국기무처[16] 외무협판[17]을 지낸 인물이었다. 한일 합병 조약이 체결된 이후에도 그는 중추원의 참의를 맡아 다양한 인맥과 재산을 축적했다. 그러한 연유로 세이지는 남부러울 것 하나 없는 가정환경 속에서 평생을 유복하게 보내왔다.

---

16 갑오개혁을 추진한 조선의 최고 정책 결정 기구
17 구한말에 둔 외무아문의 버금 벼슬

어린 시절부터 세이지의 어머니는 늘 그에게 약자에게 선의를 베풀라고 가르쳤다. 그는 하인이나 식모들에게도 따뜻한 옷을 나누어 주고, 병든 이들에게는 의원을 보내주는 어머니를 보며 자신도 꼭 그러한 사람이 되겠다고 다짐해왔다. 그리고 그는 자신이 평생토록 그 신념을 철저히 지켜왔고, 앞으로도 그럴 것이라 확신했다. 그러나, 선일의 말은 그런 그에게 너무나도 큰 충격으로 다가왔다. 세이지는 마치 자신의 세상이 무너진 듯한 충격을 느꼈다.

'나조차도 이리 부족한데 누가 누굴 훈계한다는 것인가….'

세이지는 탁한 눈으로 부민관의 전경을 훑었다. 방금의 자신이 그토록 초라한 존재였음을 몸소 실감하며 그는 나지막이 자리를 옮겼다. 눈이 내리기 시작했다. 그의 발자취가 남은 모든 순백에 옅은 자국이 새겨졌다. 아주 어쩌면, 그것은 그의 애상일지도 모를 것이었다.

세이지가 자신이 초래한 것일지도 모를 어린 몸종의 불행을 생각하고는 사무치는 죄책감과 후회를 느꼈다. 어떻게든 사에코를 다시 만나 그 아이의 안위를 보호해 주어야겠다고 다짐했다. 원래의 세이지라면 그러한 다짐으로 생각을 끝내야 했을 터였다. 그러나.

아직도 세이지의 머릿속엔 사에코의 얼굴만이 선연했다. 그조차도 도무지 이해할 수 없는 감정이었다. 자신의 신념을 정면으로 배반한 여자가, 필히 미워해야 마땅할 여자가, 어찌 제 안에서 이리도 사랑스러울 수 있는가.

그녀가 내뱉은 미숙한 감정마저 어리게 느껴져서, 허나 그러한 어리숙한 감정마저 품고 갈 수 있을 만큼 강렬하고도 간절한 사랑이 가슴에 닿아서. 그리하여 그는 다시는 만나지 말자는 그녀의 말에 그토록 아렸던 것이다.

세이지는 반드시 사에코를 다시 만나야겠다고 생각했다. 자신의 생각을 진솔히 전달하고, 그에 따른 책임을 그녀에게 부탁하고. 그는 자신이 사에코를 다시 만나려는 이유가 몸종 아이의 보호를 위해서라고 애써 합리화했으나, 사실 그는 자신의 잘못마저 그녀와 재회하는 데에 이용하고자 했던 것이었다.

첫눈이 이르게 그쳤다. 빗발치던 눈송이가 내보낸 온기는 심장에 옮겨붙어 마구잡이로 뛰기 시작했다. 세이지가 자신의 얼굴을 어루만졌다. 사에코가 붉게 물들인 뺨에서 부드러운 통증이 느껴졌다. 그는 모든 것을 바로잡은 후 그녀에게 만남을 청해야겠다고 무의식적으로 생각했다. 그의 낯에 자신조차도 인식하지 못한 미소가 피어올랐다.

쇼와 15년의 어느 겨울날이었다. 조선에서는 속눈썹에 윤슬이 맺힐 정도로 이례적인 강추위가 몰아쳤음에도 그날의 밤만은 어리숙한 온기가 맴돌았다. 첫사랑이었다.

발자취

"연습실로 가."

사에코는 언짢은 표정으로 차에 올랐다. 대충 그녀의 심기를 파악한 기사가 말없이 문을 닫고 운전을 시작했다. 미간에 얹힌 짜증이 지독한 피로를 야기했다. 사념을 정리하기 위해서라도 잠깐 눈을 붙일까 싶었으나 그녀에겐 오늘의 공연을 정리하는 게 우선이었다. 그녀는 자신의 오페라 백[18]에서 노트와 연필을 꺼내 공연에 있어 기록해야 할 것들을 적어 나가기 시작했다.

'소화 15년 1월 13일, 제1회 공연. 눈에 띌 만한 실수는 없었으나 〈오만과 편견〉 중 옷의 흩날림을 고려하지 못해 진행이 어색했고, 보살춤의 정중동[19]이 흐름과 어우러지지 않았음을 느꼈다. 2회차 공연에서는 세부적인 부분이 보완되어야 할 것 같다.'

찢길 듯한 두통이 사에코를 괴롭혔으나 그녀는 그것을 무시한 채 글을 써 내려가기 시작했다. 어느 상황에서나 초월적인 집중력을 발휘할 수 있다는 것은 그녀의 엄청난 장점이었다. 혹자는 그녀가 노력 없이 운으로만 성공했다고 떠들어 대곤 했으나, 사에코가 이룬 것 중 어느 하나도 그녀의 눈물이 가미되지 않은 것이 없었다. 그녀는 극단적인 완벽주의자였고, 어

---

18 여성들이 오페라를 구경할 때에 들고 다니던 작은 가방
19 한국무용의 기초 호흡법

떻게든 자신의 허점을 찾아 자학하는 버릇을 가지고 있었다. 그 때문에 그녀는 매 순간 예민함을 달고 살아야 했다. 지독한 고질병이었다.

불이 꺼진 연습실은 고요했다. 사에코는 자신이 입던 옷을 가지런히 정돈한 후 연습복으로 갈아입었다. 유성기를 재생하고 연습을 시작하니 연분홍색 모시 치마가 격한 춤사위를 이기지 못하고 사방으로 흩날렸다. 그녀의 발이 수도 없이 꺾이고 공중으로 도약하였다. 그녀는 사뿐하고 가벼웠지만, 마치 모든 것을 씹어 먹듯 광활히 치성하였다. 누가 그것을 보았다면 의심 없이 대답하였을 것이다. 춤이 형태로 빚어진다면 그것은 그녀일 것이라고. 춤이 의미하는 모든 가락과 사위는 그녀이리라고. 사에코는, 춤이었다.

수십 차례의 연습이 끝나고, 동이 틀 때가 되어서야 사에코는 한숨을 돌리려 물을 찾았다. 아롱진 땀방울이 그녀의 이마를 거쳐 흘렀다. 물을 거칠게 들이켜고 나서야 어제의 일이 떠올랐다.

사에코는 자신에게 비굴하게 빌던 계집종을 떠올렸다. 입술에서는 피가 흐르고 얼굴은 온통 눈물범벅이 되어서도 제 잘못을 빌던 어린 소녀. 사실 그 계집종의 잘못이 중한 것이라고는 볼 수 없었을 것이다. 허나 사에코는 과한 비굴함을 싫어했다. 그것이 약자에게서 나온 것이라면 더더욱. 차라리 그 아이가 당돌하게 나섰더라면, 자신의 신경질에 작게라도 반항했었더라면 사에코는 그녀를 내쫓을지언정 뺨을 때리는 일까지는 없었을지도 모른다.

왜일까. 왜 그 하찮은 눈물 자국이 그날을 겹쳐 보이게 만드는가. 문득 사에코의 머릿속에 언젠가의 일이 스쳤으나 그녀는 의도적으로 생각을 피했다. 정신을 다듬으려 다른 기억을 찾으니, 왜인지 세이지의 얼굴이 떠올랐다.

세이지는 자신을 다시 만나길 바란다고 말했다. 그 말을 꺼낸 그의 눈은 분명 애정을 담고 있었다. 그것은 의심할 여지없이 명백한 사실이었다. 그러나 그는 왜 자신에게 반(反)한 것인가. 자신을 우러러보는 모든 이들은 두려워할지언정 뜻에 저항하지는 않았다. 그토록 깊은 애정을 담고 있는 주제에, 자신의 관심을 재촉해도 모자란 주제에, 어찌 이리도 괘씸하게 행동하는가. 도대체, 왜?

사에코는 세이지에 대해 깊은 의구심과 분노를 동시에 느꼈다. 그러나 이내 그녀는 생각하기를 그만두었다. 더욱 깊은 사념이 지속된다면 그 감정은 필히 그녀를 잠식하고 말 것임을 알아차렸기 때문이었다.

"아,"

사에코의 왼 발목 즈음에서 자그마한 통증이 느껴졌다. 그곳을 가만히 들여다보니 작은 유리 조각이 박혀 피가 흐르고 있었다. 몸종에게 거울을 던질 때 박힌 것으로 보였다. 사에코는 주저앉아 긴 손톱으로 환부 주위를 짓눌렀다. 조각이 나올 듯 말 듯 하다 끝내 강압을 이기지 못하고 튀어나왔다. 작았다. 아주 미세하여 육안으로도 쉬이 식별할 수 없을 만한 작고 투명한 유리 조각. 겨우 이까짓 것에 이리도 강한 통증이 자극되는 것은 왜일까. 사실은 저것이 아주 날카로운 것일까, 혹은 저 정도의 것에도 다칠 정도로 그녀가 유약한 것일까. 혹은 둘 다일까.

조각을 빼내어도 통증은 계속해서 이어졌으나, 사에코는 왜인지 그것을 치료하거나 지혈하려 하지 않았다. 멎지 못한 채 흐르는 피는 그녀가 가는 모든 곳에 흘러 놓였다. 저절로 지워질 때까지, 짙은 핏자국은 그녀의 몸에 남아 발자취가 되었다.

취기

달빛이 유난히도 광활한 밤이었다. 한적하지만 번화가에서 그리 멀게 위치하지 않은, 정갈하고도 화려한 소격정[20]의 어느 가옥에서는 끊임없는 웃음소리가 사방에 울려 퍼졌다. 사에코의 저택에서 그녀의 귀조 공연이 성황을 이룬 것을 축하하는 자리가 열렸기 때문이었다.

경성의 젊은 유력 인사들이 한데 모여 술잔을 기울였다. 왁자지껄한 분위기 속에 하인들은 분주히 식기를 날랐고, 취한 사람들의 주정 소리가 인근을 메웠다.

"사에코 양, 금주의 공연 잘 보았습니다. 너무나도 아름다우셨습니다."

"감사합니다. 한데, 이건⋯."

"마츠타케 우메라는 일본의 사케입니다. 한 병에 5엔 정도이니, 단연코 최고급이라고 할 수 있는 아이지요. 저도 아까워서 벽장에만 전시해두고 있었는데 오늘 모임이 있다 하여 바로 가져 왔습니다."

"귀히 여겨 두겠습니다. 감사합니다."

"아름다우신 사에코 양의 귀하고 귀한 공연이 겨우 2원이라니, 마음 같아서는 부민관의 전 석을 구매하고 싶은 심정이었습니다."

"어머나, 그런 말씀 마셔요. 무용의 아름다움을 널리 알리고자 하는 것이 제 소명인걸요. 누구에게나 빛을 마주할 영광은 주어야 하니까요."

---

20   현 서울특별시 종로구 소격동의 옛 명칭

"어쩌면 사에코 양은 이리 심성까지 고우십니까? 정말, 존경합니다!"

과하게 아부하던 청년은 그 말을 끝으로 고꾸라졌다. 그가 테이블에 머리를 박자 자리에 있는 모든 이들이 웃음을 터뜨렸다. 들뜨고 신난 분위기 속에 모두가 즐거이 자리를 즐기고 있었다. 그러나 사람이 모인 곳에는 으레 분쟁이 일어나기 마련이다. 사에코의 주의를 환기하려는 사람들이 점차 격한 감정을 내뱉기 시작했다.

"저는 박완효라 합니다. 중추원 박승남 의원의 장남입니다. 만나 뵙게 되어 영광….."

"아 좀 비켜보십시오. 우에노 양, 저는 심영열이라 합니다. 연희전문학교 수물과에서 부교수로 재직 중입니다."

"아니, 제가 먼저 말하고 있지 않았습니까. 부교수씩이나 되는 분이 왜 이리 과격하십니까?"

"지금 과격이라고 했습니까? 뭐 이런 무례한….."

"무례는 그쪽이 범하신 게 무렵니다. 교수 양반."

"뭐요? 교수 양반? 지금 싸우자는 겁니까?"

방금까지만 해도 미소를 짓던 두 남자는 당장 멱살잡이라도 할 듯 얼굴이 붉어졌다. 삿대질과 고성이 오가니 자연히 모두의 시선이 그들에게 몰렸다. 사에코가 연회의 대미를 장식하기 위한 축주를 내오라 하려던 즈음이었다.

"어디 한 번 쳐보시지요."

"어쭈, 치라고 하면 못 칠 것 같습니까?"

괜한 경쟁심에 취기가 더해지니 싸움은 좀처럼 사그라지지 않았다. 둘의 감정이 더욱 격해지니 마침내 영일이 분을 이기지 못하고 일어섰다. 영일의 주먹이 완효에게 뻗치려던 찰나, 소름 끼칠 정도로 싸늘한 저성이 울렸다.

"지금 무얼 하시는 건가요?"

"우, 우에노 양… 그게….'"

험한 목소리로 상대를 훼욕[21]하던 두 남성은 아연실색이 되어 서로를 마주 보았다.

"이 자리가 많이 불편하신가 봅니다. 저를 병풍 삼고 싸우실 정도로요. 오죽 지루했으면 그러셨겠습니까."

"아닙니다, 저희는 그저….'"

"혹은, 이 모임의 주최자인 저를 업신여기신 걸까요?"

사에코의 서늘한 눈빛이 직결되어 와닿으니 두 남자는 독 안에 든 생쥐라도 된 양 얼어붙었다.

"잘못했습니다, 우에노 양. 부디 너그러이 용서해 주십시오. 저는 그저 저 사람이 먼저 시비를 걸기에….'"

"뭐요? 아니, 이 지경까지 와서 내 탓을 하는 겁니까? 사에코 양, 저 교수가 먼저 저를 모욕했습니다!"

사에코는 기가 찬 듯 헛웃음을 지었다. 저들은 자신을 소학교 선생이나 중재자 따위로 본 것일까. 찰나의 불쾌감이 머리에 스쳤다.

"애! 손님들께서 나가신다는구나. 배웅해 드리렴, 어서!"

사에코가 술잔을 나르던 제자를 불러 세워 말했다. 두 사람은 어떻게든 사에코의 마음을 돌리려 애썼지만, 사에코는 그들을 가뿐히 무시하며 문쪽으로 몸을 돌렸다.

"정 못 나가시겠다면 제가 비켜드리지요."

그 말을 끝으로 사에코는 방을 나섰다. 그녀가 퇴장하니 왁자지껄하던 방 안은 쥐 죽은 듯 고요해졌다. 완효와 영일 역시 싸울 여력을 잃고 조용히 자리에 앉아 한숨만 내쉬었다. 침울한 분위기 속에서 술잔을 기울이는 소리만

---

21   헐뜯어 욕함

적막하게 들려왔다. 그 자리의 모두는 사에코의 기분이 언제 풀릴 지에만 신경을 쓰고 있었다. 누군가가 일어나서 방을 나가도 아무도 모를 정도로.

"대체 어디에 있는 거야…."

중추원의 부의장인 김광립의 아들 김도흠은 방금 저택에 막 도착한 참이었다. 사에코에게 잘 보여야 한다는 아버지의 성화에 못 이겨 최대한 늦장을 부리며 집을 나섰으나 아무리 생각해도 분이 올랐다. 어울리지도 않는 정장을 말끔히 차려입은 자신의 꼴도, 집안에서 독불장군처럼 행동하는 아버지가 자신 또래의 여자에게는 비굴하게 비위를 맞추는 꼴도 어처구니가 없었다. 그리하여 그는 제 아버지가 가장 귀히 여기는 스위스 산 회중시계를 몰래 들고 왔다. 아버지 역시 오늘 중요한 모임이 있다고 들었기에 자신이 그것을 들고 와 버리면 모임마다 그것을 자랑하는 아버지를 골탕 먹일수 있을 것 같았기 때문이었다. 도흠은 고작 그 정도만의 소심한 복수를 계획했다. 그러나 웬일인지 저택에 도착하니 시계가 보이지를 않았다. 그는 자리에 앉아 몇 번이고 바지 주머니와 재킷의 안주머니를 뒤졌으나 공기만 매만져야 할 뿐이었다.

"이래서 오기 싫었다니까는…. 이 여자 집은 왠지 재수가 없어."

계속해서 자신이 왔던 길을 돌아다니며 시계를 찾던 도흠은 성질을 내며 땅에 놓인 돌부리를 걷어찼다.

도흠은 사에코를 좋아하지 않았다. 아니, 엄밀히 말하면 싫어했다고 보는 쪽이 맞을 것이다. 그는 왜 그녀의 춤이 조선을 대표한다고 일컬어지는 것인지도, 왜 사람들이 그녀에게 열광하는 것인지도 이해하지 못했다. 아무리 '동방의 진주', '동경의 보배', '천재 무용가' 따위의 별명으로 불려도 그에게 그녀는 그저 '기생보다는 조금 나은' 존재일 뿐이었다. 그래서 그는 그녀의 비위를 맞추려 애쓰는 아버지도, 그런 아버지의 뜻에 따라 밤새 그녀에게 줄 손수건에 자수를 놓는 어머니도 도무지 이해가 가지 않았다.

그 무렵 사에코는 기와 벽에 기대어 있었다. 그녀는 코트 주머니에서 종이에 싸인 담배 한 개비와 성냥갑을 꺼냈다. 성냥을 꺼내 불을 붙이려 했지만, 불어오는 바람이 자그마한 불씨마저 꺼트리길 반복했다. 그녀의 미간이 점점 찌푸려지던 그때, 갑자기 그녀의 시야에 라이터 하나가 들어왔다.

"이걸 찾으십니까?"

사에코가 화들짝 놀라 뒤를 돌아보니 그곳에 도흠이 서 있었다. 그녀는 놀란 기색을 감추고 담배에 불을 옮겼다.

"오랜만에 뵙는군요."

도흠은 사에코의 인사말을 무시하고 그녀의 곁으로 다가갔다. 그는 성냥갑을 들어 빤히 쳐다보고는 사에코에게 말을 건넸다.

"담배도 태우셨습니까?"

"누구나 비밀 하나쯤은 있는 법이지요."

"비밀까지야. 과하게 거창하십니다."

"다른 분들께 말씀은 말아주세요. 괜히 피곤해지기 싫으니."

"담배를 태우는 것이 뭐 그리 대단한 흠이라고. 역시 사에코 양은 늘 완벽하십니다."

얼핏 들으면 칭찬처럼 들릴 수도 있겠으나, 도흠의 말에는 분명한 뼈가 있었다. 그는 언제나 사에코의 가식적인 모습을 꿰뚫고 있었고, 또한 그것을 앎으로부터 발산한 혐오감을 숨기지 않았기에. 그리하여 사에코는 매번 그와의 대화에서 불쾌함을 느낄 수밖에 없었다. 자신을 추켜세우는 분위기에만 익숙한 그녀에게 도흠의 가시 박힌 직설은 너무도 이질적으로 다가왔기 때문이다. 지금의 상황도 물론 그러했다.

"비꼬시는 건가요?"

사에코가 그의 말을 날카롭게 받아쳤다. 도흠은 그것이 익숙한 듯 어깨를 으쓱대며 천연덕스럽게 대답했다.

"오늘 많이 예민하신가 봅니다."

"옆으로 떨어져 주시겠어요? 조금 덥군요."

"하하, 사에코 양. 지금은 1월입니다. 계절마저 잊으시는 걸 보니 요새 많이 바쁘신가 봅니다."

"근래 특히 바쁘기는 했다만, 계절을 잊을 정도는 아니었지요. 오히려 가네하라 군께서 에둘러 표현하는 말을 이해하지 못할 만큼 정신이 없으신가 보네요."

도흠의 이마가 찌푸려졌다. 그는 일제식 이름으로 불리는 것을 극도로 싫어했다. 그래서 그는 늘 자신의 본명을 일제식으로 바꿔 부르는 이들에게 몸소 거부감을 표현하곤 했다. 그것은 사에코에게도 마찬가지였기에, 그녀 역시 그의 비호를 정확히 알 수밖에 없을 터였다. 그렇기에 그녀가 구태여 그를 일제식으로 부른 것은 명백한 시비라고 볼 수 있었다. 극한 불쾌감을 느낀 도흠은 표정을 굳히고는 사에코에게 말을 던졌다.

"이런 대화를 나눌 줄 알았다면 오지 말 걸 그랬습니다."

도흠이 어설픈 기 싸움을 걸자 사에코는 낯빛 하나 바꾸지 않고 웃으며 말했다.

"글쎄요, 가네하라 군에게 선택권이 있었나요?"

사에코의 비아냥이 도흠에게 직격하자 그의 얼굴이 붉으락푸르락해졌다. 사에코 역시 도흠이 집안에서 어떤 위치인지 알고 있었기에, 그녀는 교병[22] 하는 군사처럼 분노에 차 있는 그의 낯을 바라보며 코웃음을 쳤다. 전신에 만족감을 담은 그녀가 자리를 뜨려던 찰나, 도흠이 나지막이 입을 열었다.

"언제까지고 대일본제국이 영원할 것 같습니까?"

그의 말에 화들짝 놀란 사에코가 재빨리 그의 입을 막았다. 그녀는 혹여

---

22 싸움에 이기고 승리감에 빠져 뽐내는 군사

나 누군가가 들었을까 고개를 두리번거리고는, 아무도 없다는 것을 확인한 후에야 말을 시작했다.

"정신이 나갔나요? 혹여 누군가 들었다면 도흠 군은 당장 경무국[23]에 불령선인[24]으로 몰려 잡혀갈 수도 있었어요!"

"사에코 양께서는 참으로 겁이 많으십니다. 안심하십시오. 저 하나도 못 빼낼 정도로 저희 집안이 호락호락하지는 않습니다. 그래도….”

도흠이 한 손으로 사에코의 뺨을 어루만졌다. 흠칫 놀란 사에코가 뒤로 물러나려 했지만, 도흠이 그녀에게로 점점 다가온 탓에 그녀는 옴짝달싹하지 못하게 되었다.

"사에코 양이 걱정해 주시니, 오늘은 기쁜 날이 되겠습니다."

"이 손 놓으세요. 어딜 감히….”

"감히?”

사에코의 말에 도흠은 그녀의 몸에서 손을 뗀 후 그녀에게 눈을 맞췄다. 그의 눈빛에서 불길함을 읽은 듯 사에코는 뒷걸음질로 그에게서 물러나려 했으나, 굳은 벽이 선사한 둔탁한 아픔이 그녀의 어깨에 부딪혔다.

"사에코 양은 본인이 엄청나게 대단한 분이라 생각하시나 봅니다."

"모르셨다니 유감이네요.”

"지난번 아버지와 같이 공회당을 찾았던 날을 기억합니다. 사에코 양은 눈길 한 번 주지 않고 입고 있던 옷가지를 제자에게 건네더군요. 그것을 그들은 당연한 듯 받아 들고요. 하대 받는 것이 익숙하다는 듯, 그들은 온통 긴장하고 있었습니다. 혹여나 당신의 심기를 거스를까 두려워하는 것처럼.”

"그게 뭐 어쨌다는 말인가요? 그들은 제 수발을 드는 것을 영광으로 알

---

23 일제강점기에, 총독부에 속하여 경찰 사무를 맡아보던 관청

24 불온하고 불량한 조선 사람이라는 뜻으로, 일본 제국주의자들이 자기네 말을 따르지 않는 한국 사람을 이르던 말

아야지요. 내가 이 조선에서, 아니, 온 세계에서 어떤 사람인지 아는 이상, 마땅히."

"하하, 저는 그 명단에서 빼 주십시오. 빌려온 영광에 의탁하는 사람을 진심으로 모시고 싶지는 않습니다."

"…빌려온 영광이라니요?"

"당신을 추앙하는 사람이 없었다면 사에코 양이 지금의 위치를 유지할 수 있을 것 같습니까? 당신의 아름다움을 숭배하려 애쓰는 이들 덕에 당신도, 당신의 춤도 살아 있을 수 있는 겁니다. 아무도 알아주지 않는다면, 당신의 춤 따위. 무슨 소용이 있겠습니까? 당신이 그리도 무시하는 평범한 사람들이, 당신이 그 자리를 지킬 수 있게 해주는 동력입니다."

'사람은 모두 평등한 존재입니다. 아무리 그대의 눈에는 하찮아 보일지언정, 저 아이도 누군가의 귀한 사람일 것입니다.'

사에코의 머릿속에 문득 얼마 전의 세이지가 스쳤다. 비슷한 말 속에 다른 감정을, 다른 어투 속에 비슷한 속뜻을 비춰 내는 두 명의 남자. 그 둘 사이의 간격은 참으로 아이러니한 것이었다.

"그 입, 당장 닥치시지요. 정녕 오늘의 대화를 당신의 아버지에게 말해야 조금이라도 정신을 차리시려나요?"

"어이쿠, 우리 대단하신 사에코 양의 말씀에는 아버지께서 끔뻑 죽으시는데 뭐 별수 있겠습니까? 조금 얻어맞거나 한동안 근신하는 수밖에 없겠지요. 설마 귀한 아들을 죽이기라도 하겠습니까."

도흠의 말이 끝나니 사에코의 얼굴이 붉어졌다. 그녀가 도흠의 뺨을 내리치려 손을 뻗었으나, 도흠은 그조차 예상했다는 듯 사에코의 손을 붙잡았다.

"손을 함부로 놀리지 마십시오. 언젠가는 본인에게 돌아오게 돼 있습니다."

사에코가 분노에 찬 얼굴로 도흠의 손을 뿌리쳤다. 이에 도흠은 싱긋 웃으며 자리를 떴다. 그가 시야에서 멀어지자 사에코는 풀숲 사이에 놓인 바위에서 무언가를 집었다. 도흠이 잃어버린 회중시계였다. 별일이 없었다면 마땅히 돌려주었을 텐데. 사에코는 자신에게 온몸으로 적대감을 풍기는 도흠이 너무나도 미웠다. 그가 일본식 이름을 싫어하는 줄 알면서도 그리 부른 것은 자신을 이유 없이 싫어하는 그가 너무나도 미워 잠시 골려주려 했던 것뿐이었다. 그러나 자신이 이렇게도 상처받을 줄 알았다면 조용히 자리를 뜨는 게 나았을 수도 있었겠다고. 그녀는 그런 생각을 하며 가만히 시계를 바라보았다.

형형색색의 보석이 박힌 시계에는 오메가 사[25]의 문양이 조각되어 있었다. 한눈에 보기에도 진귀해 보이는 시계. 그녀는 시계를 바닥에 던지고는 발로 으스러트리기 시작했다. 구둣발에 양껏 짓밟힌 시계는 형체를 알아볼 수도 없이 망가져 버렸다. 그녀는 만신창이가 되어버린 시계를 주워들고는 다시 방으로 들어갔다.

사에코가 자리를 비운 사이 초대받은 손님들은 모두 귀가한 듯 보였다. 그녀는 어지러이 나뒹구는 식기들 사이에 시계를 놓았다. 이것을 어찌해야 할까. 어떻게 이것을 어루만져야 괘씸한 그 남자를 골탕 먹일 수 있을까. 어딘가에 버려두어 영영 찾지 못하게 만들어 버릴까, 혹은 그의 눈앞에서 부서져 버린 시곗줄을 흔들며 조롱할까. 어느 방법이 가장 재미있고 요긴할까.

사에코는 그런 것들을 골똘히 생각하며 희소하다 이내 그만두었다. 그녀역시 그 모든 생각이 자신의 심술에 불과하다는 것을 알았기 때문이다. 그러나 왜인지 도흠을 골려줄 생각을 하고 있으면 실없는 웃음이 튀어나왔다.

도흠이 경성공회당에서의 사에코를 기억했던 것처럼 사에코 역시 그곳에서 도흠을 처음 만난 날을 선연히 기억하고 있었다. 자신과 눈높이가 비슷

---

25 스위스의 시계 브랜드

하거나 낮았던 여느 사내들과는 달리 자신보다 높은 곳을 바라보는 사내. 큰 눈을 가졌으나 눈매가 매섭게 찢어진 사내. 자신을 싫어하는 기색을 숨기려는 노력조차 하지 않는 사내. 그날의 도흠은 어머니의 치맛자락에 숨은 어린아이처럼 멋쩍은 긴장을 쥐고 있었지만, 그럼에도 그는 어떠한 가식도, 아첨도 하지 않은 채 오로지 자신의 기색만을 단호히 응시하고 있었다.

한때 사에코는 도흠의 감정이 자신에 대한 애정의 한 유형일 것으로 생각했으나, 그와 대화를 나눌수록 그것이 적대감에 가깝다는 것을 알아차렸다. 그것을 깨달은 날, 사에코는 처음으로 그를 알아가고 싶다고 생각하게 되었다.

도흠이 모임에 오게끔 그의 아버지를 부추긴 것 역시 사에코의 계책이었다. 매번 자신에게 불쾌감만 안겨주는 그일지라도, 자신을 계속 마주하다 보면 남들처럼 그 역시 자신에게 사로잡히게 될 것이라고. 그러한 계획을 생각하며 그녀는 남몰래 웃곤 했다. 하지만 예상은 빗나갔고, 오히려 생각에도 없던 입씨름이 벌어졌다. 화목하게 대화를 나눌 수 있을 것이라고는 생각지 않았으나 이 정도까지 감정이 치달을 것이라고도 생각하지 못했다.

사에코가 탁자에 놓인 시계를 어루만졌다. 그녀는 그것을 으스러뜨릴까 하다가 떨어질락 말락 하는 보석이 가여워 이내 그만두었다. 보석의 광택에 도흠의 얼굴이 아른거렸다.

괜스레 얼굴에 열기가 오른 사에코가 창을 열었다. 창문이 열리니 그늘이 드리운 꽃 하나에 방안의 빛이 새겨졌다. 사에코는 이 엄동설한에 어찌 저리도 붉고 고운 꽃이 필 수 있을지를 잠시 생각하고는 다시 창문을 닫았다. 봄을 기다리지 못하고 성급히 피어 버린 꽃은 독특한 것이기에 더욱 아름다웠다. 사에코가 자리에 앉아 선물 받은 사케를 꺼냈다. 그녀가 입을 대지 않고 술병을 들이키니 어여쁜 취기가 그녀의 뺨 위에 얹혔다. 창밖의 꽃과 같은 빛깔을 띤 그것은, 어쩌면 바람을 타고 남몰래 찾아든 순애였으리라.

기립

"이 채신머리없는 놈!"

재떨이가 광음과 함께 도흠의 머리를 강타했다. 방금까지도 담뱃불에 얽혀 있던 재 조각이 그의 시야를 잠식했다.

"우에노 사에코가 정녕 어떤 사람인지 모르느냐? 그녀는 우리 집의 귀인이 될 사람이다. 내가 누누이 말하지 않았느냐!"

도흠이 입술을 짙게 깨물었다. 말랑한 살가죽이 터질락 말락, 핏방울이 샘솟을 양 하다가도 은은한 철 맛은 금세 잦아들었다. 그의 침묵에 광립은 한심하다는 듯 얼굴을 감쌌다.

"이 모자란 놈, 네가 내 아들인 것이 부끄러울 지경이다. 한동안 내 눈앞에서 얼쩡거리지 말거라."

그의 아버지가 시야에서 사라지자 도흠은 분을 이기지 못하고 자신의 앞머리를 쥐어뜯었다. 그것은 그의 오랜 버릇이자 유일하게 할 수 있는 자학이었다. 도흠의 손아귀에 머리카락 몇 조각이 얽혔다. 그는 그것을 고이 바라보다 바닥에 내던졌다. 신경질이 그의 사고를 잠식했다. 참으로 분했다. 그저 괘씸한 여자에게 몇 마디 던져준 것 가지고 제 아버지에게 이런 수모를 겪어야 했다는 것이.

사건의 발단은 한 우편물이었다. 집배원은 난감한 표정으로 하인에게 우편 하나를 건넸다. 우편에는 망가진 시계와 100원짜리 지폐 한 장, 그리고 짧은 편지가 동봉돼 있었다.

'자제분께서 잃어버린 물건이 있으신 듯하니, 마땅히 돌려드립니다.'

하인에게서 망가진 시계를 받았을 때, 광립은 자신의 아들이 그녀에게 무언가 실수를 범했다는 것을 직감했다. 그때 광립은 살갗을 파고드는 두려움을 느꼈다. 그녀가 누군가. 소설가 최설린, 신아이치 신문사의 혼죠 쥬베이 사장, 조선중앙일보의 이필협 전 사장 등을 후원자로 두고 있는 무소불위의 여인, '그' 우에노 사에코가 아닌가. 자신이 아무리 중추원의 부의장이라지만, 그녀와 척을 진다면 분명 적지 않은 손해가 올 터. 광립은 자신의 아들을 뼛속까지 갉아 먹어서라도 사에코의 마음을 돌려야겠다고 직감적으로 생각했다. 긴장과 두려움, 또한 속된 분노. 그 모든 감정이 한데 모여 걷잡을 수 없이 커져 버렸다. 권력의 투쟁은 감당할 수 없는 긴장을 낳고, 그러한 것들은 늘 상대적 약자에게로 향하는 법이다. 그날의 광립이 도흠에게 던진 재떨이처럼.

아버지와의 사투를 마친 도흠은 한참 동안 창밖을 노려보았다. 겨울의 꽃도, 푸른 햇살도 지지 않은 어느 겨울 녘, 그의 머릿속에는 오직 아버지의 말만이 맴돌았다.

'반드시 그녀에게 사과하거라. 무슨 수를 써서든 그녀의 분이 사그라들게 해야 한다. 그렇지 못하면 앞으로 너를 아들로 취급하지 않겠다.

도흠은 자신이 결코 잘못했다고 생각하지 않았다. 아니, 설령 자신의 말에 조금의 앞서나감이 있었다고 한들 그것은 또래들 사이에서 흔히 있을 수 있는 감정 다툼이 아니었던가. 그 여자가 뭐길래 늘 고개를 빳빳이 들고 다니는 아버지가 이리도 눈치를 보게 하는가. 고작 한 치의 예술에서 비롯된 감정 따위가 어찌 이리도 막대한 패권으로 이어질 수 있는가.

도흠이 사에코에게 가진 감정은 단순한 비호 따위가 아니었다. 평생을 인정받으려 노력해도 자신을 한 번도 돌아봐 주지 않았던 아버지를 비굴한 간신으로 만들 수 있는 권력에 대한 열등감, 자신의 어머니를 추종자 따위로 생각하는 오만함에 대한 혐오. 온갖 상황에 맞물린 그의 감정은 깊었고, 또한 복잡했다.

그러나 도흠은 젖 먹던 힘까지 쥐어짜 사에코를 만나기 위해 안간힘을 써야 하는 상황에 놓였고, 또한 그녀를 만나더라도 자신의 감정을 제쳐둔 채 비굴한 사과를 빌어야 하는 처지가 되었다. 그는 사에코 앞에서 용서를 구하는 자신을 상상하며 웃었다. 자신의 가치관과 자존심, 자아를 내던져야 하는 이 상황이 너무도 분노스러웠다.

도흠은 방으로 돌아가 사에코에게 보낼 편지를 쓰기 시작했다. 도무지 손이 떨어지지 않아 여러 번 고쳐 쓰기를 반복하다 마침내 글을 이어 쓰기 시작했다.

'우에노 사에코 양 귀하. 삼가 문안 인사 올립니다. 지난 일에 대하여 사과의 말씀을 전하니 1월 셋째 주 중으로 프라치나[26] 기사텐[27]에서 뵈었으면 좋겠습니다. 경구[28]. 김도….'

'도쿠다 가네하라 배상.'

도흠은 자신의 조선식 이름을 쓰려다 이내 펜으로 찍찍 긋고는 일제식 이름으로 고쳤다. 그마저도 사에코의 호의를 계산한 처절한 비굴함이었다. 그러한 계산이 사에코에 어떤 호승심으로 와닿을지 도흠 역시도 명확히 알고 있었다. 그러나 그는 아버지의 분노를 사는 것을 원치 않았다. 그를 위해서라면 자신의 기조 따위, 충분히 내던질 수 있었다. 그것은 보통의 가족애를 넘어선, 무언가에 대한 갈구나 마찬가지였다.

펜을 내려놓은 도흠이 머리를 감싸 안았다. 그는 바깥쪽에서 서성거리는 하인을 불러 편지를 부치라 명했다. 한 시진 이내면 경성 우편국에 전해질

---

26   백금의 일본식 표현
27   커피와 차를 마시며 사교와 문화를 즐기던 공간
28   삼가 아뢴다는 뜻으로, 한문 투의 편지 끝에 쓰는 말

터. 그는 의기양양한 표정으로 편지를 받을 사에코의 얼굴을 생각하고는 얼굴을 찌푸렸다.

도흠은 그녀와 만날 날을 골똘히 생각하며 상념에 잠겼다. 어찌해야 그녀 앞에서 불만을 숨길 수 있을지 떠오르지조차 않았다. 불만인가, 혹은 증오에 내포된 질투인가. 그는 어느덧 사에코라는 굳은 관문 앞에 가로막혀 버린 것이었다.

싫다. 밉다. 온갖 부정적인 감정들 속에서 헤매다 보면 사에코의 얼굴만이 자연스레 떠올랐다. 오만한 여자, 가식적인 여자, 자신이 그토록 바랐던 인정을 앗아간… 말 한마디조차 그토록 미워지는 여자. 그러나 환히 웃을 때만큼은, 그 누구보다도 아름다운 여자.

구겨진 종이가 다시 피어났다. 도흠은 어떻게 글을 이어 나갈지 사색하는 동안 별 뜻 없는 듯한 낙서를 종이에 새겼었다. 매섭도록 고혹적인 눈에 오똑한 코, 짙게 물든 입술. 종이에 그려진 흑백의 여인은 언젠가의 사에코를 닮아 있었다.

도흠이 종이를 다시 구겼다. 보지 말아야 할 것을 본 양, 그는 난감한 표정으로 그림 속 낙서를 문질렀다. 흑연이 머물던 자리가 점점 흐트러졌다. 그림 속 여인의 이목구비가 점점 퇴색되기 시작했다. 여인의 눈동자에 깃든 명암이 걷잡을 수 없이 흐려져 버렸다.

그녀를 닮았으나 그녀가 아닌, 그것을 그린 화백마저 그녀가 아니길 바라는 애석한 그림이 책상에서 튕겨 나왔다. 그것은 누군가의 마음 한구석에 어떻게 자리하게 될지 그 누구도 영영 모르도록, 휴지통 귀퉁이에서 밝게 웃고 있었다.

입술

"내 이럴 줄 알았지."

사에코의 입꼬리가 뺨 위에 고스란히 치켜 올랐다. 도착한 편지를 막 받아 본 참이었다. 그녀는 의기양양한 표정으로 편지를 구겨 휴지통 안으로 던졌다.

"얘, 종희야."

사에코가 턱 끝을 까딱여 자신의 몸종을 불렀다. 사에코의 발을 씻기던 종희가 재빨리 일어섰다.

"네 선생님, 부르셨어요?"

"답신을 써서 도쿠다 가에 보내렴. 옥인정[29] 1정목 45번지로."

사에코가 내린 것은 짧은 지시였지만, 무슨 일인지 종희는 그녀의 말이 끝나도 그 자리를 떠나지 않고 머뭇거렸다. 사에코는 의아한 표정으로 종희를 바라보며 말했다.

"뭐하니? 얼른 가지 않고."

"저, 선생님…."

"우물쭈물하지 말고 빨리 말해."

"사실은 제가… 글을 쓸 줄 몰라서요…."

"뭐?"

---

29 현 서울특별시 종로구 옥인동의 옛 명칭

종희의 말을 듣자마자 사에코의 눈꼬리가 밝게 올라갔다. 그녀는 이윽고 웃음을 터뜨렸다. 한참이나 깔깔대며 웃던 그녀는 손으로 눈물을 훔치고는 종희에게 말을 건넸다.

"얘, 올해로 네 나이가 몇이니?"

"올해로 27살이에요."

"나와 같구나."

종희의 얼굴이 붉어졌다. 그녀는 사에코의 나이를 그제야 처음 들었다. 부끄러웠다. 자신과 같은 나이인 그녀를 주인으로서 극진히 모셔야 하기 때문도, 방금 그녀에게서 자신이 비웃음을 받았기 때문도 아니었다. 단지 글 한 자도 배우지 못한 자신의 우매함이 그녀 스스로에게 참으로 모질게 다가왔기 때문이었다.

언젠가, 누군가가 종희에게 엇비슷한 나이의 사에코에게 질투심을 느끼지는 않느냐고 물은 적이 있다. 그녀는 단번에 답했다. 그런 저열한 감정을 품은 적이 없으며, 절대 그럴 수도 없다고.

분명 종희는 사에코를 동경했다. 언젠가는 우상으로 삼으며 그녀처럼 되기를 바랄 때도 있었다. 그러나 누군가를 우상화하는 것은 언젠가 그와 동등히 서길 바라는 마음에서 기인한 것이며, 우상으로 숭배되는 이는 언젠가는 닿을 수 있다고 여겨지는 존재가 되는 것이다. 종희에게 사에코는 닿고자 하는 욕망조차도 함부로 내비칠 수 없는 사람이었다. 그것을 깨닫고 나서부터 그녀는 질투는커녕 사에코를 감히 우러러보지도 못했다.

어느 겨울날, 종희는 경성공회당 앞에서 하염없이 사에코를 기다린 적이 있었다. 제 주인이 읽던 신문에 실린 아름다운 여자가 누군지 궁금하여 매 맞을 각오를 하고 공회당으로 나간 것이다. 하지만 그녀는 공연장 밖에서 우두커니 서 있을 수밖에 없었다. 남의 집에서 삯을 받아먹고 사는 몸종에 불과한 그녀에게 공연의 관람료는 반년 치 여윳돈을 모두 털어야 할 사치였다. 그러나 운 좋게 그 돈을 구한다고 해도 그녀는 자신이 차마 공연장에 발을 옮길 수 없었으리라 생각했다. 그녀는 사에코의 찬란함과 자신의 비루함이 동시하지 않기를 바랐다.

하지만 그 추운 겨울날에, 가슴에 서리가 맺힐 정도로 매서운 냉기가 덮쳤던 날에, 추위도 인파도, 그 자리의 모든 것도 다 제쳐 가며 사뿐히 걸어나온 그녀를 종희는 기억할 수밖에 없었다. 너무나도 아름다웠기 때문이다. 혹독히도 유려하고, 맹렬히도 우아한 그녀가, 그녀의 태가, 그녀의 걸음이 너무나도, 너무나도, 그렇게도, 사무치도록.

사에코를 본 다음 주, 공교롭게도 종희는 그녀에게 팔려가 몸종이 되었다. 주인으로서의 사에코는 오만하고, 까칠하고, 무서웠다. 그러나 사에코의 날 선 말과 행동들이 아무리 아파도 종희는 결코 그녀의 집을 나가겠다는 생각을 한 적이 없다. 사에코가 아무리 모질고 매섭게 행동할지언정 그날의 기억이, 언젠가는 말로써 건네고픈 아리따운 동경이 종희의 입술 속 제일 깊은 곳에 서리꽃처럼 박혀 버려서, 그녀는 결코 사에코를 떠나지 못했다.

"글을 배우렴."

"네?"

예상치 못한 사에코의 말에 종희는 벙찔 수밖에 없었다. 글이라니. 그녀는 여태껏 자신과 글이 전혀 어울리지 않는다고 생각했다. 이름 없는 백정의 딸로 태어나 여기저기 팔려 다니던 신세. 글을 배우고자 하는 욕심이 있어도 그것을 바라는 것조차 사치인 삶이 아니었던가.

"내 편지를 대필해주던 아이가 쫓겨났으니, 이젠 네가 대신 해야 하지 않겠니? 돈을 줄 테니 일이 끝나고 남는 시간에 사숙[30]에 가든, 책을 사서 보

30　학문 따위를 사사로이 가르치던 곳

든 하렴. 대신, 최대한 빨리 익혀야 한다."

"선생님, 정말 고맙습니다…. 정말….”

"인사는 됐단다. 편지를 써야 하니 다른 아이를 불러와.”

종희가 울먹이며 감사를 빌자 사에코는 귀찮다는 듯 손짓으로 그녀를 내쫓았다. 방을 나선 종희의 얼굴에는 들뜬 미소가 가득했다. 그녀는 글을 제대로 익히고 나면 반드시 제일 먼저 사에코에게 감사편지를 전하리라고 다짐했다. 또한, 그 어떤 순간이 와도 사에코를 곁에서 보필해야겠다고 맹세했다. 동경인지 충심인지 모를, 어떤 간절한 감정이 종희의 가슴에 새겨졌다.

"고맙다라….”

종희가 방을 나서자마자 사에코가 나지막이 중얼거렸다. 자신의 보잘것없는 시혜 한 조각이 누군가에게는 크나큰 은혜가 될 수 있던가. 게다가 타인을 위해서가 아닌 제의 편의를 위해서 베푼 것이거늘. 종희의 기쁜 얼굴을 잠시 상기하고는, 그녀는 왜인지 복잡미묘한 감정에 휩싸였다.

'난 겨울이 싫어. 왠지 모르게 코가 간지러워진단 말야.’

'영혜야, 이 얼마나 고마운 일이니? 동풍조차도 너의 콧대에 내려앉는다는 거잖아. 다 네가 너무나 어여뻐서 그런 게 아니겠니?’

'실없는 소리하지 마.’

'왜? 난 겨울이 좋은걸? 불어오는 바람에 네 머릿결이 곱게 휘적이는 것도. 내가 너와 함께 그것을 볼 수 있는 것도. 모든 게 다 고맙게 느껴져.’

'너는 참 고마울 일도 많아. 난 죽어두 그런 말이 안 나오는데.’

'넌 늘 그러더라? 고맙다고 말하는 건 절대 자존심을 내려놓는 일이 아니야. 오히려 주는 사람도, 받는 사람도 기분 좋게 하는 일이지.’

'그래도 난 싫어. 왠지 창피하단 말이야.’

'그럴 수도 있지. 그치만 영혜야, 난 네가 매사에 고마움을 안고 살았으면 좋겠어. 모두가 너를 사랑할 수 있도록, 너 역시도 누군가를 사랑할 수 있

도록.'

　사에코의 미간이 찌푸려졌다. 그녀는 읽던 책을 내려놓고 창가로 향했다. 창 너머에는 함박눈이 내리고 있었다. 그러한 탓인지, 습기가 맺힌 유리창에는 희뿌연 기색이 가득했다.

　하아―

　사에코가 창문에 입김을 불어 넣었다. 그녀의 호흡이 번진 유리창에 습기가 일었다. 그녀가 손가락으로 그곳에 무언가를 써 내려가기 시작했다. 아주 얇고 가녀린 글씨였다.

　똑똑―

　방 밖에서 노크 소리가 들려왔다. 종희에게 불러오라고 시킨 하인이 도착한 모양이었다. 사에코는 잠시 망설인 후 방 밖에 외쳤다.

　"기다려."

　지워져 가는 글씨를 가만히 보다, 사에코는 눈을 감고 창에 입을 가져다 대었다. 그녀의 입맞춤이 살그머니 글씨에 닿았다. 사에코가 서글픈 눈빛으로 퇴색된 글씨에 남은 입술 자국을 문질러 지웠다. 허나 서둘렀던 탓일까. 그것의 일부는 채 지워지지 못한 채 여전히 유리창에 매달려 있었다.

　사에코가 들어오라고 외치니 하인이 방안에 들어와 편지지와 만년필을 건네받았다. 사에코가 써야 할 말을 알려주겠다며 그와 함께 방을 나갔다. 그녀의 발소리가 재빨리 사라지기 시작했다. 예사보다 빠른 걸음이었다. 무언지 모를 것에서 도망치려는 듯, 그녀는 성급한 숨을 내쉬며 자신이 남긴 흔적에서 점점 멀어져 갔다.

술래잡기

"어서 오십시오."

종업원이 깍듯한 목소리로 도흠을 맞이했다. 그는 종업원에게 정중히 묵례한 후 그가 안내해 주는 자리에 가 앉았다. 그가 기사텐에 도착한 때는 약속한 시각보다 30분 정도가 앞선 즈음이었다. 도흠은 눈을 감고 사에코를 만났을 때의 자신을 그렸다. 부디 그녀를 만났을 때 자신의 감정이 제어될 수 있기를. 그녀의 웃는 낯을 보고도 솟아오르는 말을 참을 수 있기를.

도흠이 이런저런 상념에 빠져 있을 때쯤, 갑작스러운 기척이 그의 곁에 다다랐다.

"무슨 생각을 그리 골똘히 하시나요?"

사에코의 목소리가 귀에 닿자, 화들짝 놀란 도흠이 시야를 그녀에게로 옮겼다. 사에코는 핸드백을 종업원에게 던지듯 건네고는 자리에 앉았다. 도흠은 목소리를 가다듬고는 사에코에게 말을 건넸다.

"오랜만에 뵙습니다."

"오랜만은 아니지요. 고작 2주 정도밖에 지나지 않은 걸요."

"네, 그렇습니다. 제가 서투르게 말씀을 드렸나 봅니다."

"그렇게 말씀하실 필요까진 없지요. 그나저나 무슨 일 때문에 보자고 하셨나요?"

사에코의 말이 이어지자, 도흠은 한결같은 미소를 띤 그녀의 낯이 조금 불쾌해졌다.

"편지에서도 말씀드렸지만, 지난번의 일에 대해 사과드리려 뵙기를 청했습니다."

"어떤 사과를 말씀하시는 거죠?"

사에코의 얼굴에는 가벼운 장난기가 어려 있었다. 그녀의 말을 들은 도흠의 미간이 무거이 찌푸려졌다. 그는 사에코의 의도가 가벼운 장난에 불과하다는 것을 대충 파악했다. 그러한 그녀의 말에 도흠의 머릿속에 짜증이 뒤얽혔지만 애써 자존심을 숙인 채 말을 꺼냈다.

"사에코 양의 댁에서 실례를 범했습니다. 그날 귀가하여 가만히 생각해 보니 제가 무례했던 것을 깨닫고 깊이 후회했습니다. 부디 너그러운 마음으로 용서해 주시기를 바랍니다."

"용서까지야. 과하게 거창하네요."

사에코는 그날 밤에 그가 자신에게 했던 말을 따라 하며 말했다. 도흠을 조롱할 목적이었으나, 애석하게도 그는 그날의 말을 기억하지 못했다.

"제가 범한 무례에 비하면 거창하진 않다고 생각합니다."

"흐음…."

사에코는 잠시 생각하다 도흠에게 말을 건넸다.

"이 사과는 가네하라 군의 사과인가요, 혹은 가네하라 군의 아버지의 사과인가요?"

허를 찌르는 질문이었다. 도흠의 손이 가파르게 떨렸다. 이전의 긴장도, 두려움도 모두 제친 분노의 손길이었다.

"…제 뜻입니다."

"몇 주 만에 갑자기 태도가 변하시니 저는 조금 당황스럽네요. 그렇게 모진 말을 건네시고는. 제가 얼마나 상처받았는지 아세요?"

"예, 제가 실언을 했습니다. 이건 약소하지만… 사과의 뜻으로 드리는 것입니다."

도흠이 가방에서 상자 하나를 꺼냈다.

"이것은 무언가요?"

"반지입니다. 사에코 양에게 어울릴 것 같았습니다."

"어머나."

사에코는 상자에서 반지를 꺼내 들고는 자신의 눈앞에 가져다 대었다. 쓰부 다이아몬드[31]의 빛들이 조명에 반사되어 도흠의 눈가로 향했다. 투명한 보석 사이로 사에코의 눈빛이 맞닿아 왔다. 도흠은 반사되는 빛에 눈이 부신 듯 눈살을 조금 찌푸렸다.

"어여쁘네요."

반지를 고이 바라보던 사에코가 나지막이 말했다. 장난기가 조금은 누그러진 표정이었다. 그녀는 무언가를 곰곰이 생각하다 이내 도흠에 말을 건넸다.

"이도익 판사의 질녀[32]가 3월 9일에 결혼을 하는데, 저와 함께 가지 않으시겠어요?"

"예?"

전혀 예상치 못한 부탁이었다. 도흠은 매우 당황한 듯싶었다. 그의 표정을 읽은 사에코가 장난스럽게 그에게 말했다.

"어머, 혹시 마음에 들지 않으시는 걸까요?"

"아뇨, 그게 아니라… 갑자기 이러한 말씀을 들으니 조금 놀라서 그랬습니다. 사에코 양과 동행하고자 하는 사내가 한 둘이 아닐 텐데, 왜 하필 제게 말씀을 주시는지 해서 말입니다."

"행사가 코앞인데 급히 사람을 구하기엔 마땅찮은 사람이 없어서 여쭤본

---

31   아주 작은 다이아몬드를 이르는 말

32   형제자매의 딸

것뿐이에요. 설마, 저와 함께 가는 게 싫으신 건 아니지요?"

"아닙니다. 사에코 양과 함께할 수 있는 자리를 제가 어찌 마다할 수 있겠습니까."

"그리 말씀 주시니 기쁘네요. 식이 조선호텔에서 열리니, 예정된 시간보다 조금 일찍 팜코트[33]에서 뵙는 게 어떤가요? 자세한 때는 편지로 보내드릴게요."

"알겠습니다. 기다리고 있겠습니다."

"네, 그렇다면 함께 가는 것으로 알고 있을게요. 저는 이만 일어나 볼게요. 사실 이 말씀을 드리려 나온 거라서요."

말을 마친 사에코가 손가락을 튕겨 종업원을 불렀다. 그녀는 종업원에게 코트와 핸드백을 받아든 후 도흠에게 가볍게 인사하며 자리에서 일어섰다. 사에코가 시야에서 멀어지기 시작하자, 도흠은 헛웃음을 지으며 중얼거렸다.

"허, 뭐 저런…."

어이가 없었다. 그녀는 분명 자신이 거절할 수 없는 상황인 것을 알고 시험해 본 것이 분명했다. 그러나 우습게도 그는 그것이 싫지가 않았다. 당대의 최고 인기를 누리고 있는 여성과 동행할 수 있게 되었다는 기쁨에서 비롯된 감정은 전혀 아니었다. 비록 남들이 그와 같은 상황에 놓인다면 그러한 감정을 느낄지는 몰라도, 그가 가진 것은 그 정도의 얄팍한 감흥이 아니었다.

도흠은 고개를 돌려 사에코가 나간 자리를 바라보았다. 아직 그녀의 잔향이 남아 있었다. 아무리 진한 꽃이 스며와도 그 화향조차 저물게 할 것 같은 강렬한 내음. 도흠은 그녀가 풍기는 향마저 제와 닮은 것이 퍽 우스워

---

[33] 조선호텔 내부에 있던 국내 최초의 프렌치 레스토랑

풋, 웃음을 터뜨렸다.

생각해 보면 자신 역시 완벽한 정의라고 보기엔 어려운 것이 아닌가. 아무리 입바른 소리로 사에코를 훈계한들, 그것은 그녀를 미워하는 마음에서 비롯된 것이 아닌가. 이런저런 생각을 하다 보니 그는 사에코에 대한 자신의 마음이 조금은 누그러졌다는 것을 깨달았다. 너무나도 이상야릇한 감정이었다. 며칠 전까지만 해도 자신을 둘러싼 모든 불행이 그녀의 탓인 것 같았는데, 그녀를 떠올릴 때면 숨을 쉬기도 어려울 정도의 분노와 압박만이 일어왔는데.

아,

반지를 들고 밝게 웃는 그녀를 본 순간 머릿속이 멍해져 버렸다. 다이아몬드 안으로 투사된 것 마냥, 굳게 뭉쳐 있던 시름이 빛에 숨어 도망친 것만 같았다.

투명한 보석 새로 사에코와 자신의 눈동자가 맞닿았을 때, 도흠은 자신도 모르게 눈을 감았다. 본능적인 반사였다.

그의 감정이 가파르게 동요된 것은 어쩌면 이치에 맞지 않는다고 보는 것이 적당할 것이다. 그러나 그는 자신의 감정이 부자연스럽게 흘러간다는 것을 전혀 알지 못했다. 그에게 사에코는 여전히 미운 여자에 불과했다. 그는 애석하게도 그녀에 대한 그 어떤 감정에도 이름을 매기지 못했다.

하지만, 눈빛조차 무너지고, 시야마저 꺼져버렸던 어느 순간, 도흠은, 그날,

아, 흘려 버린 것이다. 그저 그랬을 뿐이었다.

보았기에, 너무나도 확연히 보아버렸기에. 억만금을 주어도 가질 수 없는 것, 고작 보석 따위와는 비교도 되지 않는 것.

눈동자.

그녀의 눈동자에는 분명히 깃들어 있었다. 고요하고도 강렬한 흔적이,

기나긴 아름다움을 영원토록 품게 될 흔적이.

"손님, 영수증 드리겠습니다."

"아, 고맙소."

계속되는 생각이 시간을 먹어치운 듯했다. 창밖을 보니 금세 노을이 저물고 있었다. 무언가가 떠오를 것도 같았으나, 머릿속에는 탁한 먹구름만이 가득 차 있는 듯했다. 괜한 두통이 자극되자 도흠은 떠올리기를 그만두고 재빨리 코트를 챙겨 일어났다.

문을 닫고 가게를 나섰으나 왜인지 익숙한 향이 풍겨왔다. 도흠은 난감한 표정으로 허공을 휘적였지만, 사에코가 남기고 간 내음은 계속해서 그의 주위를 맴돌았다. 그의 곁을 머무르는 것인지, 혹은 그를 끈질기게 뒤쫓아가는 것인지 모를 그것은 한참 동안 그의 주변에서 벗어나지 않았다.

기색

"신랑과 신부가 오늘 이 자리에서 백년가약을 맺으니 부디 두 분께 행복과 해로만이 가득하기를 바라옵니다."

주례사가 고천문[34] 낭독을 마치니, 영월[35]의 새 신부는 발그레하게 뺨을 붉히며, 새신랑은 멋쩍은 미소를 지으며 하객 일동에 경례했다. 어느 한겨울, 서툴게 들어온 봄기운에 예식장 전체가 환호성으로 가득 찼다. 벅차오르는 기쁨이 신랑과 신부의 눈동자에 깃드니, 그들의 부푼 마음이 들뜬 감정을 사방으로 옮겼다. 그러나 단 한 사람, 도흠만은 권태로운 눈빛으로 그들을 바라보고 있었다.

너무도 지루했다. 당장이라도 뛰쳐나가고 싶었다. 저들에겐 인생의 한 번뿐인 순간일지 몰라도, 자신에게는 그저 흔하디흔한 혼례식일 뿐이었다. 도흠은 손을 펴고 손가락을 바라보았다. 검지의 첫 마디가 더 길면 식은 반시진 내로 끝날 것이고, 약지의 마디가 더 길면 한 식경[36] 내로 끝날 것이다. 아, 왜 검지가 더 긴 것인가…. 하는 쓸데없는 생각들로 그는 계속되는 지루함을 버텨냈다. 어느새 목이 뻣뻣하게 굳어 있었다. 조용히 머리를 돌리며 뭉친 근육을 풀려는데, 그의 눈에 옆에 앉은 사에코의 표정이 들어왔다.

도흠은 당황할 수밖에 없었다. 사에코는 환히 웃으며 그들의 미래를 축

34　제천 의식 따위에서 하늘에 아뢰는 글
35　음력 2월을 달리 이르는 말
36　밥을 먹을 동안이라는 뜻으로, 잠깐 동안을 이르는 말

복하고 있었다. 기이할 정도로 밝은 웃음이었다. 심지어, 그녀의 눈에는 이슬 어린 물빛마저 맺혀 있었다.

늘 무표정, 혹은 가식적인 표정만 지을 수 있는 여자라고 생각했다. 굳이 후하게 쳐준다면 그에 공연 중의 표정만이 더해지는 정도라고. 그것이 도흠이 바라본 일반의 사에코였다. 그러나 저 표정은, 마치 인간 같은, 아니⋯.

도흠은 순간 자신의 생각에 흠칫 놀랐다. 인간 같다니, 그녀가 인간이 아니고선 무어란 말인가. 그의 몸에 왠지 모를 섬뜩함이 밀려 들어왔다.

"뭘 그리 빤히 보시나요?"

사에코의 목소리에 깜짝 놀란 도흠이 온몸을 들썩였다. 그녀는 당황스러운 표정으로 그에게 물었다.

"되레 놀라시니 제가 다 겁먹었네요. 그저 계속 바라보고 계시기에 무슨 용건이 있으신가 싶어 여쭌 것뿐이었어요."

"용건⋯."

긴장한 탓인지, 건조한 기운에 목이 막혀서인지. 도흠의 목에서는 난데없는 쇳소리가 튀어나왔다. 그는 조금 부끄러워져 몇 차례 목을 가다듬고는 다시 사에코에게 말을 꺼냈다.

"크흠, 용건이라기보다는, 그저 조금 지루해서 말입니다."

"도쿠다 가의 아드님이 이 정도로 지루해하시면 어떡하나요. 앞으로 더 지루한 자리도 많이 가게 되실 텐데요."

"저는 그럴 마음이 없습니다."

"어머, 그건 모를 일이죠."

고의인지 우연인지. 계속해서 제 신경을 긁는 사에코 덕에 도흠은 심심함을 조금 덜었다. 입씨름해 보아야 쓸모도 없고 가망도 없는 여자. 아마 자신에게뿐만 아니라 모두에게도 그렇겠지. 그러나 그런 여자가 방금 제 앞에서 눈물을 보였다는 것은 그로서는 조금은 야릇한 쾌감이었다. 그녀의 남모를 면모를 일부나마 알게 되었다는 것이.

신랑과 신부가 무대에서 퇴장했다. 그들이 시야에서 벗어나자 사람들이 하나둘씩 자리에서 일어나 피로연장으로 이동했다. 도흠은 이만 돌아가자며 사에코를 재촉했으나, 사에코는 도흠의 붙잡고 피로연장으로 이동했다. 도흠은 그녀의 팔을 뿌리치려 했으나, 거세게 팔을 잡아끄는 사에코 때문에 그는 꼼짝없이 피로연장으로 이동할 수밖에 없었다.

피로연장에서는 금세 환복한 신부가 밝게 웃으며 하객들을 맞이하고 있었다. 사에코가 신부에게로 걸어가니, 다른 이와 인사를 나누던 그녀가 재빨리 사에코에게로 걸어와 인사를 건넸다.

"와 주셔서 너무 고마워요."

"별말씀을요. 귀한 자리에 불러주셨으니 마땅히 와야지요. 너무나 축하드려요."

"사에코 양께서 자리를 빛내주시니 그것만으로도 제 인생에서 가장 영광스러운 자리가 된 걸요."

진주목걸이를 한 신부는 콧소리를 내며 사에코에게 아양을 떨었다. 너무나도 투명한 광경에 도흠의 눈살이 조금 찌푸려졌다.

"한데, 같이 오신 신사분은 누구신가요?"

신부의 큰 눈이 도흠에게로 굴러갔다. 사에코가 공개적인 자리에 남성 동반자를 데리고 온 것은 상당히 드문 일이었기에, 곧 파장이 일을 스캔들을 놓치지 않겠다는 듯. 그러나 사에코는 그것을 별일 아니라는 듯 무시하고는 입을 열었다.

"도쿠다 미치오 중추원 부의장님의 아드님이신 가네하라 군이세요. 가네하라 군, 이분께선 이도익 판사님의 영질[37]이신 이미려 양이세요. 어서 인

---

37   상대편의 조카를 높여 이르는 말

사들 나누세요."

도흠은 잠시 망설이다 미려에게 인사말을 건넸다.

"도쿠다 가네하라입니다. 혼례, 축하드립니다."

"헉, 이분께서 그….."

무언가 말을 이어가려던 미려가 화들짝 놀라 입을 다물었다. 그녀는 당황한 듯 눈동자를 굴렸다. 이어 나갈 말을 찾는 듯 보였다.

"무슨 생각이신지 대략 짐작은 가니, 편히 말씀하셔도 괜찮습니다."

표정을 찌푸리면서도 격앙하지 않는 도흠에 미려는 놀랄 수밖에 없었다. 아니, 그녀뿐만 아니라 모두가 그럴 수밖에 없었다. 익히 알려진 도흠의 평소 행실 때문이었다. 무례한 언어습관은 기본이며, 수틀리면 따져 드는 그의 불같은 성정은 누가 와도 말릴 수 없었다. 또한, 일설에는 도흠이 불구자라는 말도 돌았는데, 그가 절대로 공개적인 자리에 여성과 동석한 적이 없었기 때문이다. 하필이면 그 시기 즈음하여 미모가 무척이나 빼어난 전라북도 지사의 막내딸이 그에게 구애했다가 거하게 차였다는 이야기가 퍼지니 소문은 점차 기정사실이 되기 시작했다. 하물며 도흠은 공식적인 자리에는 거의 얼굴을 드러내지 않았으니 그에 대한 호기심이 섞인 말들은 다방이나 살롱 등에서 심심치 않게 나오곤 했다.

그러나 오늘, 그가 처음으로 여인과 함께 등판했다. 심지어 그와 함께 동석한 여인이 현재 조선에서 가장 유명하다고 해도 손색이 없을 만한 천재 무용가, 바로 그 우에노 사에코였다. 그 누가 감히 그들에게서 시선을 뗄 수 있었겠는가.

모두의 눈동자가 둘에게서 벗어나지 못했다. 사에코가 손으로 도흠의 옷에 묻은 먼지를 가볍게 털어내자 바로 앞에 서 있던 미려의 숨소리가 잠시 멈췄다. 분명 이것은 경성 일대를 뒤덮을 스캔들이 되리라. 자신이 방금 직관한 광경에 대한 온갖 반응이 오고 갈 만도 했지만, 그 자리의 모두는 낯선 두 남녀를 죽은 숨으로 바라보기만 할 수밖에 없었다.

"저희는 이만 가볼게요. 내주에 공연이 있어서 오래 머물 수가 없네요. 양해해주시길 바랄게요."

"아니에요! 와 주신 것만으로도 크나큰 영광인걸요. 부디 이번 식이 기꺼우셨길 바라요."

사에코는 눈웃음을 보인 채 얕게 고개를 숙이고는 도흠과 함께 피로연장을 나섰다. 사람들의 시선이 사라지자마자 도흠은 신경질을 내며 사에코와의 팔짱을 뺐다.

"이게 뭐 하는 겁니까?"

"제가 무얼 했다고 그러시나요?"

"사에코 양 덕택에 저는 평생 받을 관심을 오늘 다 받았군요. 정말 잊지 못할 경험이 되겠습니다."

사에코는 짜증을 내며 자신을 비꼬는 도흠에게 무척이나 의아한 감정을 느꼈다. 그를 공개적인 자리에 자신과 동석하게 해준 것은 그에게 득이면 득이 될 일이지 결코 실이 될 일은 아니었다. 그리하여 그녀는 왜 도흠이 이리도 화를 내는지 도무지 이해가 가지 않았다.

"방금의 대화를 잊으셨나요? 분명 영광이라고 하지 않던가요? 그것이 나를 보았을 때 당연히 나와야 할 반응이지요. 오히려 나는 가네하라 군의 반응이 도저히 이해가 가지 않네요. 그대의 소문 정도는 나도 알고 있어요. 본인도 그걸 아신다면 오히려 나에게 감사해야 하는 것 아닌가요? 한순간에 그것을 잠재워 준 것 나예요."

"사에코 양은 창경원[38]의 원숭이가 되는 것이 취미입니까? 무대에 서다 보니 사람들한테 일거수일투족을 보이는 것이 익숙해진 겁니까?"

---

38 창경궁 내에 설치되었던 동물원

"말조심하세요."

"잘 들으십시오. 저는 세간의 관심이 싫습니다. 그리하여 일부러 이목을 끌 만한 모든 자리를 피했습니다. 그러나 우리 유명하신 사에코 양의 덕택에 온 군데서 제 이름이 오르내리겠네요."

"그렇다면 애초에 나와 동석하지 않았으면 될 것 아니었나요?"

"애초에 피로연장에 갈 생각까진 없었습니다. 식이 끝나면 대충 나가려고 했었지요. 그런 저를 사에코 양이 잡으셨고요. 아버지께 전하든 말든 마음대로 하십시오. 차라리 쫓겨날지언정, 이런 자리에는 다시 오고 싶지 않습니다."

"나는 그저…. 하, 됐네요. 내 말을 들으려고도 하지 않으시니 더 이상 무슨 말을 할까요. 이만 가볼게요."

사에코는 한숨을 내쉬고는 도흠을 등지고 걸어가다, 이내 걸음을 멈추고 말했다.

"선의였어요. 알아두세요."

짧은 말 하나를 건네고 자신에게서 멀어지는 사에코를 보며 도흠은 무심코 생각했다. 그녀를 잡아야 했던 걸까. 점점 작아지는 구두 굽 소리는 왠지 모를 매서움을 띠고 있었다. 마치 성이 난 듯싶었다.

사에코의 그림자조차 보이지 않게 되자 도흠은 그제야 허공을 향해 손을 뻗었다. 머뭇거리는 듯, 혹은 잡으려다 만 것을 다시 쥐려는 듯.

무엇을 잡으려 했던 것일까. 어떠한 상실에 대한 미련이었던 것일까. 도흠은 잠시 주춤하다 이내 손을 내렸다.

도흠은 허위를 차치한 고운 말을 뱉은 적이 없다. 평생을 그리 살아왔다. 그는 그러한 삶이 잘못되었다고 생각하지 않았고, 또한 그리 생각할 수 있을 만한 여유를 가지지도 못했다. 다만, 이번만큼은 모진 말을 뱉은 직후에 평소와 다른 감정이 들었다. 한 번도 느껴본 적 없는 감정이었다. 그는 찰나 사에코의 눈망울을 떠올렸다. 그것은 피로연장에서 보았던 물기 어린 눈망울을 닮아 있었다. 그러나 자신이 마지막으로 본 그녀의 눈빛에는, 왠지 모를 서글픔이 담겨 있었다.

도흠은 괜스레 짜증이 나 애꿎은 돌부리를 발로 찼다. 돌멩이가 하늘로 날아오르다 이내 쿵, 소리를 내며 바닥에 고꾸라졌다. 아무 말 않고 그것을 바라보는데, 더러운 흙바닥에 어울리지 않는 어렴풋한 미색이 도흠의 눈에 들어왔다. 웬 때 이른 꽃잎인가 싶어 의아해하며 다가가 보니 그곳에는 연분홍색 손수건이 떨어져 있었다. 엉겨 붙은 흙먼지에도 지지 않는 짙은 색이 어쩐지 애처로워 도흠은 손수건을 주워들고 먼지를 털어냈다. 허공으로 퍼져가는 먼지의 탁한 내음에는 왜인지 어울리지 않는 향이 섞여 있었다. 고급스럽고도 간지러워 계속해서 잔향을 남기는, 마치 개미를 이끄는 단내와도 같은 내음이었다.

샤넬? 개랑³⁹? 오리지나루⁴⁰?

백화점의 향수 가판대를 지날 때 쇼프걸에게서 말아본 적이 있던가. 어머니의 향수 중 하나였던 걸까. 왜일까. 왜 이리도 매혹적인 익숙함이….

도흠은 반사적으로 자신의 코에 손수건을 가져다 대었다. 매캐한 먼지와 아름다운 향이 섞여 그의 코를 간지럽히기 시작했다. 점점 그의 콧잔등이 찌푸려지더니, 이내 마른기침이 서너 번 튀어나왔다.

주워갈까도 했으나, 그러한 생각이 들자마자 갑자기 지저분하게 느껴져 도흠은 바닥에 손수건을 내팽개치고는 걸음을 나서기 시작했다. 그러나 몇 걸음 옮기지 못하고 그의 발끝은 다시 머물던 곳으로 향했다.

도흠이 끝내 손수건을 집어 들었다. 그가 재킷 안주머니에 그것을 넣으

39　프랑스의 명품 향수 브랜드인 '겔랑(Guerlain)'의 일본식 표현
40　일제강점기에 유행했던, 미쓰코시의 향수 브랜드

려던 찰나, 갑자기 손가락에 날 선 통증이 느껴졌다. 무슨 일인가 싶어 빤히 바라보니, 손수건에 유리 조각 하나가 포개져 있었다. 박히진 않았으나 꽤나 깊이 긁힌 것 같았다.

연분홍색 손수건에 닿은 핏물이 퍼져나가기 시작했다. 휩싸이듯 번져나가는 그것은 금세 원색의 반 정도를 덮어버렸다. 흙이 잔뜩 묻은 데다 이제는 핏물로도 뒤덮어버린 낡은 손수건. 버려야 하는 것이 마땅해 보이나, 이상하게도 도흠은 그것을 가져가야 한다는 강박을 느꼈다. 이미 주워버린 것에 대한 책임감인가. 왜 손수건 따위에 쏟을 마음이 존재하는지는 그조차도 모를 일이었다.

재킷 안주머니에 든 손수건이 와이셔츠마저 빨갛게 물들였지만, 도흠은 아랑곳하지 않고 축축이 젖은 가슴팍을 손으로 감싸며 걸어나갔다. 시간이 조금 흐르자 금세 핏물은 말랐으나, 상처 입은 제의 손에서 흐르는 핏방울은 왜 당연한 듯 무시하게 되는지, 아마 사실은, 정말로, 그 자신조차도, 음, 모를 일이었다.

색조

"이제 추위는 다 가셨나 봅니다."

바람이 불어오니 시선이 자연스레 허공으로 향했다. 퍼져오는 선선함을 들이마시던 세이지가 말을 열었다. 학기가 시작되어 도쿄로 돌아온 이후 처음 맞는 산들바람이었다.

"추위는커녕 더위를 걱정해야 할 때 아닙니까. 입하(立夏)가 지난 지도 한참입니다. 하여간 세이지 군은 도서관에서 좀 나오실 필요가 있습니다."

"공부해야지요. 마사오 군도 연애 사업에 골몰하기보단 저와 함께 배움의 즐거움을 깨달아보는 게 어떻겠습니까."

"아이고, 춘기 시험은 두 달도 넘게 남았습니다. 그 공부, 혼자 실컷 하십시오."

마사오는 질색하는 표정으로 손을 내저었다. 그도 그럴 것이, 세이지는 동기들 사이에서 모범생을 넘어선, 학구열에 불타는 학생으로 유명했기 때문이다. 그와 함께 도서관에 가면 날이 저물 때까지는 절대로 나올 수 없다는 우스갯소리도 돌 정도였다. 평소의 세이지의 성격을 고려해봤을 때 이대로 공부에 관한 대화가 이어진다면 학문에 관한 재미없는 이야기가 나올 것은 불 보듯 뻔했다. 그리하여 마사오는 다른 이야기를 꺼내며 잽싸게 주제를 돌렸다.

"그나저나, 듣기로는 내주에 다카라즈카 극장[41]에서 재미난 공연이 열린다고 하더랍니다."

"그렇습니까."

세이지는 공연이라는 말에 잠시 멈칫하는 듯싶다가도, 이내 무심한 표정으로 들고 있던 책으로 고개를 돌렸다.

"조선에서 유명한 여류무용가라고 하던데 말입니다. 이름이 우에노…음, 뭐라던데, 혹시 들어보셨습니까?"

마사오의 말이 끝나기도 전에 세이지의 눈이 휘둥그레 해졌다. 갑작스레 가던 걸음을 멈춘 그가 마사오의 팔을 붙잡고 말했다.

"설마 우에노 사에코 말입니까?"

마사오는 화들짝 놀라 세이지의 손을 뿌리쳤다. 그가 의아한 표정으로 세이지에게 되물었다.

"네, 듣고 보니 우에노 사에코가 맞습니다. 근데 왜 이리 놀라십니까?"

세이지는 놀란 마사오의 표정에도 아랑곳하지 않고 잽싸게 물을 것을 물었다.

"공연장이 어디입니까?"

"아까 말하지 않았습니까. 다카라즈카 극장이라고. 방금까지는 관심도 없으시다가 갑자기 이러시니 원…."

"크흠…."

세이지는 민망한 표정으로 몇 번 헛기침하고는 빠른 걸음으로 마사오를 제쳐 갔다. 마사오는 호기심에 가득 찬 표정으로 날쌔게 그의 뒤를 따라가며 물었다.

"설마, 그녀를 애호하시는 겁니까? 세이지 군에게 그런 면모가 있을 줄

---

[41]   다카라즈카 가극단의 도쿄 지역 전용 극장

은 꿈에도 몰랐습니다."

"각설하고, 정확한 날이 언제입니까."

"5월 17일입니다."

"함께 가시겠습니까?"

"뭐… 그럽시다."

"그럼 그때 뵙도록 하지요. 전 이만 가보겠습니다. 아직 공부할 거리가 남아서요."

달려가는 세이지를 보며 마사오는 상당히 의아한 감정을 느꼈다. 구락부[42]에 가자는 것은 물론이요, 심지어 기분전환을 위해 극장이나 이자카야에 가자는 것도 거절할 정도로 뻣뻣한 사람이 왜 이번만큼은 저리도 열성적으로 달려드는 것인가? 알 수 없는 물음에 그의 머릿속이 어지러워졌으나, 뭐 좋은 게 좋은 거지, 라는 생각으로 마사오는 금세 그것을 잊었다.

시간은 빠르게 흘러 어느덧 공연회 날이 밝았다. 공연은 19시에 시작하기로 예정돼 있었으나, 17시가 채 되기도 전에 줄은 극장의 저 너머까지 늘어서 있었고, 10엔이라는 고가에도 표는 이미 매진된 지 오래였다. 일부 사람들은 암표상에게서라도 표를 사기 위해 고군분투하고 있었다. 그 광경을 보자마자 마사오는 입이 떡 벌어져 세이지에게 말했다.

"이 무용가가 저리 유명할 줄은 꿈에도 몰랐습니다. 아마 미리 표를 얻어 두지 않았더라면 우리도 놓쳤을 겁니다."

세이지는 놀란 표정의 마사오가 마치 몇 달 전의 자신과 닮아 보여 남몰래 웃음을 터뜨렸다. 그래, 나도 그럴 때가 있었지. 하며 세이지는 그날의 공연을 상기했다. 압도적인 아름다움, 그 속에서 느껴지는 경외감. 어설프게 매달린 더딘 사랑까지. 그 모든 것들이 한데 모여 사에코를 닮은 형상으

42　취미나 친목, 오락 따위의 공통된 목적을 가진 사람들이 조직한 모임이나 단체

로 그려졌다. 익숙한 기대감이 세이지의 부푼 가슴 속에 실렸다.

자리는 무대와 가장 가까운 곳이었다. 혹여 두근대는 소리가 새어 나올까, 세이지는 애먼 마음만 삼키고 또 삼켰다. 이 많은 인파를 뚫고 그녀를 다시 만날 수 있을까. 만약 그렇더라도 그녀가 과연 나와 대화를 해 줄까.

현실적인 고민도 여러 스쳤으나, 이미 극장에 온 이상 어떻게든 부딪혀 보는 수밖에 없었다.

객석의 불이 꺼지고, 공연이 시작되었다. 어디선가 서늘한 소리가 들려오기 시작했다. 어두운 장내에 서슬 퍼런 소리만이 울려 퍼지다가, 이내 무대의 불이 켜지며 사람의 형상이 드러났다. 갑옷처럼 보이는 옷을 입은 여인이었다.

여인이 손에 든 단검을 휘두르기 시작했다. 장황한 타악기 소리와 검이 찰그랑대는 소리가 합쳐져 웅장하고도 장황한 조화를 이루었다. 여인은 칼을 양손에 들고 돌다가 이내 무대의 양 끝으로 달려갔다. 여인의 눈빛에는 강렬한 기백이 서려 있었다. 마치 신라의 화랑과도 같은 기세였다. 사지가 예리하게 뻗쳐가니 지나가는 모든 동작이 정확하게 끊겼다. 하지만 각 동작의 흐름은 물 흐르듯 유려하여 직선적이고도 곡선적인 미가 펼쳐졌다. 너무나도 역설적인 아름다움이 순식간에 관중을 향해 달려들었다. 마치 용이 바다에서 뛰어오르는 것과 같은 형상이었다.

세이지는 입을 틀어막으며 감탄했다. 이전에도 그녀의 공연을 보았지만, 그때의 것과는 전혀 달랐다.

아름다움은 창시될 수 있는 것인가. 그것이 아니라면 끔찍이도 아름다운 저것은 도대체 어디에서 기인한 것일까. 아름다움은 필시 축적이 아닌 도래임이 분명하다. 만약 그것이 거짓이라면 그녀를 형용하는 모든 언어조차 사어가 될지니.

세이지는 일전의 그녀를 떠올렸다. 모든 것을 씹어 삼킬 것만 같은 신비로운 눈동자. 그것과 자신이 맞닿았던 그때가 자꾸만 머릿속에 아른거렸다. 세이지는 한 번이라도 다시 눈을 맞출 수 있기를 바라며 계속해서 그녀의 눈을 주시하였으나 계속해서 변화하는 역동적인 동작에 안타깝게도 그러한 기회를 얻을 수 없었다.

혹시나 하는 마음에 그녀의 눈을 좇던 중, 세이지는 그녀의 눈동자가 흔들리는 찰나를 보았다. 춤을 추는 동안은 무서울 정도로 완벽한 그녀가 대체 왜 집중을 잃었는가 싶어 무대 전면을 바라보는 데, 칼을 들고 있는 어느 남성이 보였다.

처음에는 기획된 연출인가 싶었지만 팸플릿을 다시 보니 지금의 춤은 그녀의 독무라고 적혀 있었다. 세이지는 심상치 않음을 느끼고 일어서려 했으나, 무대를 다시 보니 놀랍게도 여인은 난입한 남성의 칼을 피해가며 춤을 추고 있었다. 마치 저 괴한이 공연의 일부인 것 마냥, 여인은 다시 눈동자를 곧게 펴고 춤을 이어갔다. 그 때문에 사람들은 자연스럽게 그것이 공연 중의 퍼포먼스라고 생각하며 별다른 이질감을 느끼지 않았다.

그러던 중 괴한이 갑작스레 여인에게로 달려가 그녀의 얼굴에 칼을 들이댔다. 여태껏 침착함을 유지하던 그녀였으나 위험이 다가오는 일촉즉발의 상황이 오자 그대로 주저앉을 수밖에 없었다. 흐트러진 그녀의 표정과 동작에 관객들도 이상함을 느끼고 수군대기 시작했다. 주저앉은 여인의 바로 앞에 칼이 다가온 그 순간, 세이지가 잽싸게 달려들었다. 세이지가 칼을 붙잡고 괴한을 발로 차 넘어뜨리니, 이윽고 극장의 직원들이 달려와 괴한을 완전히 제압하여 끌고 나갔다. 갑작스레 발생한 유혈사태에 관객들은 엄청난 혼란에 빠졌고, 사에코는 놀란 얼굴을 애써 가다듬으며 벌어진 사태에 대해 관객들에게 사과한 후 자리를 떴다. 세이지 역시 자신을 따라오라는 그녀의 말에 따라 그녀와 함께 자리를 옮겼다.

예사대로라면 공연이 끝나지 않았을 때였기에 당연히도 분장실은 한적했다. 사에코는 세이지를 의자에 앉힌 후 아까징끼[43]를 손수 그의 손에 발라주었다. 저린 통증에 세이지가 얼굴을 찌푸리니, 사에코는 엄살떨지 말라며 그의 비명을 막았다. 약을 바르고 난 후 붕대까지 매어주니 사에코는 그제야 조금 진정된 표정으로 세이지에게 말했다.

"곧 잡힐 거예요."

"예?"

"괴한 말이에요. 내 공연마다 따라다니던 사람이에요. 안 그래도 내가 묵는 호텔에까지 전화해서 귀찮게 굴었는데, 이 기회에 경시청에 넘길 수 있어 잘 된 셈이지요."

"잘 된 셈이라니요."

자신의 말을 지적하는 세이지를 보고 사에코는 조금 움찔했다. 그녀는 왜인지 민망해져 일부러 세이지를 향해 날 선 말을 쏟아내었다.

"설마 날 대신하여 다친 것에 생색이라도 내려는 건가요? 난 그런 걸 부탁한 적이 없어요."

그런 사에코를 향해 세이지는 한숨을 쉬며 대답했다.

"우에노 양이 놀라시지 않았습니까."

"네?"

"애써 준비한 공연까지 망치셨고요. 그걸 어떻게 다행이라고 볼 수 있겠습니까."

사에코는 당황할 수밖에 없었다. 자신 때문에 부상을 입었으면서, 본인보다 자신을 더 걱정하는 그를 보며 무슨 생각을 해야만 할까. 익숙하지 않은 고민에 휩싸인 사에코는 깊은 혼란에 빠졌다.

"반쇼 군은 날 대신해 손까지 다쳤어요. 심지어 얕은 상처도 아니었고요.

---

43   赤チンキ, 일본에서 개발된 빨간색 소독약

근데 왜 날 먼저 걱정하는 건가요?"

사에코의 질문에 세이지는 옅은 미소를 짓다 갑자기 웃음을 터뜨리기 시작했다. 그의 미소를 본 사에코는 너무도 당황하여 세이지에게 물었다.

"왜 웃으시나요?"

"제가 잘못 본 것이 아닌 것 같아 기뻐서 그랬습니다. 실례였다면 죄송합니다."

"잘못 본 것이 아니라니요?"

"사에코 양은 역시 다정한 분인 것 같습니다. 붕대까지 감아주신 것은 평생 잊지 못할 것 같습니다."

"마땅히 해야 할 일을 했을 뿐이에요. 다정하다니, 얼마나 저를 아시기에 그런 말씀을 하시는 건가요? 그리고, 저번에 우리가 어떤 대화를 나눴는지 벌써 잊으신 건가요?"

"어떻게 잊겠습니까. 제 인생에서 드물게 상처를 입었던 날인데요."

상처라는 말에 잠시 움찔하는 듯하다가도, 사에코는 예사처럼 두터운 말을 뱉어나갔다.

"그러게 왜 괜히 나서고 그러셨나요. 가만히 계셨으면 상처 입으실 일도 없었을 텐데요."

세이지는 그런 그녀를 보며 단호하게 말을 건넸다.

"그날의 우에노 양의 행동은 분명 미성숙했습니다."

"네, 정말 잘나셨어요."

"그러나 저도 그대처럼 그러합니다. 오직…"

사에코가 세이지의 얼굴을 빤히 바라보니 점차 세이지의 얼굴이 상기되기 시작했다.

"오직?"

"누군가에 대해서는요."

사에코는 그런 그의 얼굴이 낯설다는 듯 바라보다 퉁명스럽게 말을 건 넸다.

"그 누군가가 참으로 가엾네요. 미성숙한 마음을 받는다니요."

"마음이 흐르는 곳에 자연스레 몸이 향하게 되니 저라고 별수가 있겠습니까. 그저 저는 지금의 감정에 충실할 뿐입니다."

전형적인 낭만을 외치는 세이지의 말에 사에코는 점점 지루해지기 시작했다. 세이지가 다음 말을 건네기 전까지는.

"일이 이렇게 됐으니, 우에노 양께서 제 부탁을 들어주셨으면 합니다."

사에코의 눈썹이 조금 치켜 올라갔다. 부탁이라. 자신을 대신하여 손이 패인 것치고는 소박한 것 같기도 하나 그래도 자신에게 무언가를 요구한다는 것 자체에 그녀는 불만을 느꼈다. 그러나 최소한의 양심과 괜한 호기심이 그의 말을 들어보라며 소리치는 까닭에 그녀는 그의 말을 물을 수밖에 없었다.

"일단 들어나 볼게요."

"우선 지난번의 몸종 아이를 다시 들여 주십시오. 딱 봐도 불쌍한 아이인 것 같았습니다."

"제 결정은 원래 쉬이 번복되지 않아요. 하지만, 특별히 이번만큼은 고민해 보도록 할게요. 이제 말씀은 다 끝나셨나요?"

사에코는 이제 그의 말이 귀찮은 듯 자리를 뜰 채비를 하기 시작했다. 그녀가 핸드백을 챙기고 자리에서 일어서자, 세이지가 급히 사에코의 팔을 붙잡았다.

"뭐 하시는 건가요?"

"우에노 양,"

사에코는 짜증이 섞인 표정으로 세이지의 손에서 자신의 팔을 뿌리치며 말했다.

"말씀하셔요."

"저와… 바다를 보러 가지 않으시겠습니까?"

"네?"

뜻밖의 부탁에 사에코는 너무나도 당황할 수밖에 없었다. 그녀는 예사처럼 표정을 숨기려 하지도 않았으며, 또한 숨길 수도 없었다. 사에코는 진정을 위해 잠시 숨을 들이마시고는, 호기로운 표정으로 세이지에게 말했다.

"그러지요."

세이지의 당황한 눈가에 사에코의 눈웃음이 맞닿았다. 당혹감과 의연함, 서투름과 유습함[44]이 합쳐져 미성숙한 조화가 만들어졌다. 세이지가 무어라 말하려 했으나, 떨려오는 목소리 탓에 입 밖으로는 그 무엇도 내뱉을 수 없었다. 그런 그를 보며 사에코는 살짝 웃었다. 익숙한 반응에 대한 오연함[45]일까, 혹은 세이지에 대한 무언의 반응일까.

"자세한 때는 모든 공연이 끝난 후에 얘기하도록 하죠. 편지 주세요. 답신할 테니."

벙찐 표정의 세이지를 뒤로하고 사에코는 분장실을 나섰다. 분명 그녀의 입가에는 웃음이 서려 있었다. 그녀는 자각하지 못한 것 같았으나, 세이지는 그녀의 분명한 미소를 보았다. 세이지의 마음이 온갖 색채로 물들기 시작했다.

세이지가 분장실을 나오자 마사오가 걱정하는 표정으로 그에게 달려와 안부를 물었다. 세이지는 대충 괜찮다고 대답한 후 마사오와 함께 극장을 나섰다.

세이지는 사랑은 본래적으로 미성숙한 것이 아닌가, 라는 생각이 퍼뜩

---

44 어떤 일을 여러 번 하여 서투르지 않은 상태에 있음
45 태도가 거만하거나 그렇게 보일 정도로 담담함

들어 가볍게 웃음을 터뜨렸다. 사실 그다지 웃을만한 생각은 아니었으나, 사랑이나 애정 따위에 대한 생각이 들면 반사적으로 웃음이 튀어나왔다. 마치 처음 세상을 경험한 어린아이 마냥, 괜히 모든 것이 낯설어 보여 그는 계속해서 소리 내 웃기 시작했다. 당황한 마사오의 물음에도 그는 그저 아무 말 없이 웃음만 터뜨렸다. 모든 것이 참으로 우스운 어느 늦봄의 한날이었다.

조색

"이게 대체 몇 번째야⋯."

전화벨 소리가 요란하게 울리기 시작했다. 사에코가 말없이 수화기를 집어 든 후 던지듯이 내려놓았다. 전화가 꺼진 후 수화기는 두어 번 정도 더 울리다 이내 조용해졌다.

사에코는 한숨을 쉬며 수화기를 바라보았다. 최근 들어 지겹게도 연서와 꽃다발을 보내는 청년이 있었다. 지나친 성화에 한 번 만나준 적이 있으나, 그저 그뿐이며 이후에는 면회를 사절했다. 그는 스물예닐곱 정도 되어 보이는 앳된 낯으로 순정을 말했으나, 그의 지나친 집착은 불편하고도 기괴했다. 허락도 없이 손을 부여잡고, 과하게 헐떡이는 숨소리를 내던 그 청년은 같은 장소에 있는 것으로도 불쾌감을 자아내었기에 사에코는 재빨리 자리를 뜰 수밖에 없었다.

그러나 그것이 그 청년에게 집착할 여지를 남겼다는 것은 꿈에도 몰랐다. 이후에도 계속해서 면회를 신청하고 자신이 묵는 호텔에까지 전화를 걸어오는 탓에 사에코는 일상을 방해받을 정도였다. 하지만 사에코는 고작 그런 일 때문에 직후에 있을 공연을 망쳐서는 안 된다고 생각했다. 그녀는 애써 생각을 접고 옷을 챙겨 입은 후 호텔을 나섰다.

극장에 도착하여 분장을 막 마쳤을 때, 제자 한 명이 난감한 표정으로 편지 하나를 건네주었다. 무언가 싶어 봉투를 여니 종이에 묻은 핏기가 보였다. 혈서였다.

'그대를 가질 수 없다면 그대의 영혼과 함께 가겠습니다.'

오싹함이 사에코의 전신을 덮었다. 떨리기 시작하는 오른쪽 허벅지를 사에코는 지그시 눌렀다. 그녀는 별 것 아니라며 긴장한 제자를 안심시켰지만, 떨리는 자신의 눈동자는 차마 멈출 수가 없었다.

사에코가 눈을 세게 감았다. 다듬어야 한다, 다듬어야 한다. 공연에 있어 흔들림은 결코 용납될 수 없는 것이고, 그것을 실현하기 위해서라면 반드시 마음을 곧게 먹어야 한다. 자기암시인지, 주문인지 모를 생각을 잠시 떠올리던 그녀가 마침내 자리에서 일어났다. 사에코가 발걸음을 강하게 뻗어 나갔다. 그녀는 조금도 떨지 않았다. 경련하던 눈동자조차도, 일절.

불 꺼진 무대 위에서 사에코는 잠시 눈을 감았다. 어둠에 싸였던 눈동자가 다시 열렸을 때, 그녀는 자신이 춤을 추고 있음을 깨달았다. 마치 무언가에 씌인 듯, 자신조차도 제어할 수 없는 동작들이 무대 위를 씹어 먹고 있었다. 객석도, 관중들도 보이지 않았다. 자신이 누구인지조차도 기억나지 않았다. 무언가에 홀린 것 마냥 눈동자가 흐려졌다. 그녀는 점점 눈의 초점을 잃어가기 시작했다. 초점이 다시 열렸을 때는 오직 춤에 걸맞은 눈빛만이 그녀의 눈에 씌어 있었다. 더 이상 그녀는 그녀가 아니었다. 그녀는 먹혀버린 것이다. 춤에 씌어버린 영혼에게, 춤이라는, 그 자체에게.

동작을 뻗어 나가는 도중, 사에코는 번쩍 정신을 차릴 수밖에 없었다. 난데없는 한 남자가 칼을 들고 자신에게 다가오고 있었기 때문이다. 그녀는 동작을 즉각 창작하여 춤을 이어가려 했으나, 이어가고자 했던 의연함은 다가오는 칼에 멈춰버리고 말았다. 흔들리는 눈동자에 칼이 닿을 뻔했던 그 순간, 누군가가 자신의 앞으로 뛰어들어 칼날을 잡았다. 자신의 앞에 피가 떨어지기 시작하니 비명이 튀어나올 뻔도 했으나 사에코는 주저 없이 자리에서 일어나 방금 벌어진 사태에 대해 관중에게 사과했다. 이후 그녀는 세이지에게 따라오라는 말을 건넨 후 그와 함께 무대 뒤편으로 빠졌다.

예상대로라면 공연이 끝나지 않을 시간이었기에 분장실은 과하게 한적했다. 누군가가 있었더라면 세이지에게 필요한 응급처치를 그에게 맡겼겠지만, 마땅한 사람이 없으니 어쩔 수 없이 자신이 그것을 대신하는 수밖에 없었다. 혹 그것은 최소한의 양심에서 비롯된 것일 수도 있겠지만.

처치가 끝나고, 왜인지 모를 침묵이 계속되자 어색해진 사에코가 먼저 입을 열었다. 사과할 마음도, 그리 할 용기도 들지 않아 사에코는 세이지에게 부러 퉁명스러운 말을 건넸다. 그러나 세이지는 그러한 말에 불쾌감을 표하기는커녕 오히려 걱정을 보였다. 상처를 입었다는 말과 다정하다는 칭찬이 병존하는 상황에 사에코는 내심 당황할 수밖에 없었다.

이어 자신이 했던 과거의 행동을 지적하는 그에게 사에코는 조금의 짜증을 느꼈으나, 이어 들리는 세이지의 예상치 못한 말에 왠지 모를 호기심이 들어 그녀는 그의 말을 이어 물었다.

몸종 아이를 다시 들여 달라는 세이지의 부탁에 사에코는 진부함을 느꼈다. 뭐, 과한 올바름을 추구하는 그의 성격을 대충 파악했기에 어느 정도는 예상할 수 있었던 부탁이었다. 자신에게 감히 부탁을 청한다는 것 자체에 화가 날 법도 했으나, 왜인지 그 날은 별다른 짜증이 들지는 않았다.

세이지의 말이 끝난 듯싶어 자리를 뜨려는데, 갑자기 그가 자신의 팔을 잡았다. 함부로 자신의 몸을 잡는 무례함에 사에코는 곧장 그의 팔을 뿌리쳤다. 무어라 한 마디를 건네 무례를 지적할까, 하던 와중 세이지가 전혀 예상치 못한 말을 건넸다. 바다를 보러 가자는 말이었다.

무언가 우스웠다. 애써 노력하여 자신에게 만남을 청하는 세이지가 어쩐지 자신이 바랐던 도흠의 형상을 띠고 있는 것 같았다.

돌이켜 보면 그날의 결혼식은 굳이 갈 필요도 없는 행사다. 그러나 그것을 핑계 삼아 그의 약점을 빌미로 동반을 청했던 자신의 모습은 우스웠고, 그런 자신의 말에 대해 대놓고 싫다는 분위기를 풍기면서도 거절하지 못하는 도흠도 우스웠다.

그리하여 사에코는 세이지의 부탁을 받아들였다. 어쩌면 홧김일 지도 모를 것이었다. 자신을 곱게 봐주지 않는 도흠에 대한 홧김일 수도, 혹은 그런 그에게 매달리는 자신에 대한 가녀린 홧김일 수도.

사에코가 살며시 웃었다. 아마도 그녀는 인식하지 못했겠지만, 세이지는 그녀의 확연한 미소를 보았다. 그것이 어떤 오해로 자리 잡힐지, 그것이 띠고 있는 의미가 어떠한 애정으로 남아버릴지는 그 누구도 몰랐을 것이다. 그래도, 그것이 한날의 아름다움에 속할 수 있다면 그 자체로도 상당히 우스울 일이 되어버릴 것이 아닌가.

기억 한 조각이 둘로 나뉘어 다른 감정으로 물들었다. 누구도 오해의 본질을 인식하지 못했기에 그것은 그 누구에 의해서도 풀릴 수 없었다. 오직 사랑 이하의 색채만이 남은, 뒤얽혀 버린 감정이 누군가의 품에 남아 버렸다.

참으로 안타깝게 물들여진, 어느 늦봄의 한날이었다.

색은 되새기고

"밝은 쪽이 낫습니까, 혹은 어두운 쪽이 낫습니까?"

"밝은 쪽이 나은 것 같습니다."

"그렇다면 아예 흑색은 어떻습니까?"

"네, 그것도 괜찮은 것 같습니다."

심각한 표정으로 옷가지를 늘어놓는 세이지에 마사오는 질려버린 듯 건성으로 대답했다.

"아니면 이것은 어떠합니까?"

그 옷이 그 옷이건만 왜 몇 시간 째 이리 호들갑인지. 마사오는 못마땅한 표정으로 세이지에게 말했다.

"다 괜찮아 보이니 빨리 골라 입기나 하십시오. 약속이 5시라 하시지 않았습니까?"

아차, 시간을 잊고 있었다. 순식간에 다급해진 세이지가 마사오에게 급히 물었다.

"혹시 지금이 몇 시입니까?"

"1시 40분쯤 되었습니다."

"그걸 왜 이제 말합니까!"

세이지는 당황해하며 마사오에게 화를 냈다. 세이지가 머무는 하숙집은 코엔지 역의 인근이었기에, 요코하마 역까지 가는 데만 전차로 약 2시간, 전차 역에서 약속장소인 뉴 그랜드 호텔까지는 도보로 1시간 정도가 걸리기 때문이다.

공원 근처의 호텔 레스토랑을 예약해 놓았기에 서둘러야만 했다. 그는 바닥에 널브러진 옷가지 중 가장 괜찮아 보이는 것을 주워 입고 재빨리 집을 나섰다.

애써 마음을 가다듬으려 했음에도, 얄궂은 긴장은 전차에서 내릴 때까지도 좀처럼 사그라지지 않았다. 역사에 내려 주위를 둘러보니 어느새 노을빛이 일고 있었다. 주황색으로 빛나는 노을이 태양을 담아 내려온 듯 땀을 쥔 손안에는 온기가 스며 있었다.

다행스럽게도 세이지가 역에 도착한 시각은 4시가 채 되지 않은 때였다. 지금 바로 출발하면 제시간에 호텔에 도착할 수 있을 것이다. 그는 역을 빠져나와 호텔로 향했다. 땅거미가 내려왔다고 보기에도, 해가 중천에 떠 있다고 보기에도 어려울 시간. 세이지는 선선히 불어오는 바람을 느끼며 걸음을 옮겼다. 굳이 서두르지 않으려 해도 자꾸만 걸음이 빨라지는 것은 어쩔 수 없는 일이었다. 설렘이 애먼 걸음을 재촉하니 자연스레 박동마저 빨라졌다.

호텔에 도착한 때는 약속된 시간보다 20분 정도 이른 때였다. 세이지는 발만 동동 구르며 사에코가 도착하기만을 기다렸다. 30분 정도 지났을까, 구두 소리와 함께 웨이터의 인사가 들렸다. 세이지가 고개를 돌려 입구를 바라보니 직원에게 핸드백을 넘기고 있는 사에코가 보였다. 밝은 표정으로 그녀에게 손 인사를 보내니, 사에코는 무표정에 가까운 미소를 띤 채로 세이지에게 가벼운 목인사를 건넸다.

사에코가 자리에 앉자 세이지는 더욱 머리가 혼란해지는 느낌이었다. 무슨 말을 할지도, 무슨 행동을 취해야 할지도 도무지 짐작이 가지 않았다. 머릿속이 뒤죽박죽이 된 느낌이었다. 계속해서 침묵이 오가니 사에코의 얼굴이 점차 굳어지기 시작했다. 이대로는 안 되겠다 싶었던 세이지가 겨우

할 말을 뒤져 꺼냈다.

"오늘은 유독 날씨가 맑습니다."

"네, 그러네요."

또다시 대화가 끊겼다. 사에코가 풍기는 냉랭한 분위기에 세이지는 이어갈 말을 잃어버리고 말았다. 때마침 애피타이저가 나오니 어색한 기운은 조금 누그러들었지만, 계속해서 이어지는 침묵은 서로를 지치게 하기에 충분했다. 이럴 거면 왜 불렀담. 디저트가 나오기 직전까지도 말없이 자리만을 지키는 세이지에게 사에코는 애써 화를 참으며 말을 건넸다.

"다음 목적지는 어디인가요?"

"인근에 야마시타 공원이라는 해변 공원이 있습니다. 아름다운 곳이니 분명 마음에 드실 겁니다."

"그건 아직 모를 일이죠. 일단 이동하도록 해요."

사에코는 무릎에 덮은 냅킨을 테이블에 올린 후 계산대로 향했다. 그녀는 웨이터에게 핸드백을 받아 들고는 지갑에서 엔화 몇 장을 꺼냈다. 당황한 세이지가 그녀를 대신하여 계산하려 했으나, 사에코는 그런 그를 가로막고 재빨리 직원에게 돈을 건넸다.

"우에노 양, 이것은 제가 내는 것이 맞습니다. 제가 먼저 만남을 청하기도 했고, 어찌 사내 된 몸으로 숙녀분께서 값을 대신 계산하시도록 할 수 있겠습니까."

"전 누구에게든 얻어먹는 것이 싫어요. 제 철칙이니 그냥 놓아두세요."

이것이 바로 현시대의 '모던걸[46]'을 대표하는 여인의 가치관인 것인가. 세이지는 조금 당황했으나 그저 아무 말 없이 그녀의 뒤를 따랐다.

---

[46] 1920~30년대 경성의 소비문화 형성과 함께 나타난 새로운 서구적 스타일과 의식의 여성들을 지칭

그들이 공원에 도착하니, 그곳에는 연인으로 보이는 사람들이 손을 맞잡은 채 걸어 다니고 있었다. 세이지는 왜인지 그들을 보는 것이 민망해져 고개를 숙였다.

20분 정도 지났을까, 사에코의 구둣발 소리가 점점 느려지기 시작했다. 발이 아픈 모양새였다. 그녀의 상황을 대충 눈치 챈 세이지가 걸음을 멈추고 그녀에게 말을 건넸다.

"제가 체력이 조금 약한가 봅니다. 혹시 벤치에 앉아 조금만 쉬어가도 괜찮겠습니까?"

"그러지요."

"배려해주셔서 고맙습니다. 제가 앉을 곳을 찾아보겠습니다. 여기서 조금만 기다려 주십시오."

힘이 들긴 무슨, 저리도 빨리 뛰어가면서. 마땅한 장소를 찾으러 달려가는 세이지를 본 사에코는 내심 생각했다. 어이없다는 듯 헛웃음을 지었지만, 그녀의 미소는 기꺼움을 품고 있었다.

곧 세이지가 달려와 사에코에게 인근의 벤치를 찾았다고 알렸다. 벤치로 향하던 중, 사에코가 갑자기 중심을 잃더니 이내 주저앉았다. 높은 굽 때문에 발이 꺾인 듯했다. 크게 다치진 않았으나 무릎이 까지고 발을 살짝 접질린 것 같았다. 세이지가 화들짝 놀라 그녀의 앞에 무릎을 꿇고 물었다.

"괜찮으십니까!"

"네, 조금 놀란 것뿐이에요. 걸을 수는 있, 어머!"

벗겨진 구두를 다시 신고 걸어가려던 그녀가 몇 걸음 가지 못하고 다시 주저앉았다. 세이지가 급히 그녀에게 달려와 그녀를 부축하며 말했다.

"업히십시오."

"그럴 필요까진 없어요. 조금 접질린 것뿐이니 조금 지나면 다시 걸을 수 있을 거예요."

괜히 고집을 부리는 사에코에게 세이지는 한숨을 쉬며 말했다.

"춤을 추시는 분께서 상처를 가벼이 여기시면 어떡합니까. 업히시는 것이 마음에 들지 않으시면 안겨 가시겠습니까?"

사에코는 세이지에게 업혀 가는 것이 못마땅한 듯했으나, 춤이라는 말에 움찔하며 고개를 돌리고 그를 향해 손을 뻗었다. 세이지는 그런 그녀를 업고 벤치까지 이동했다. 그가 벤치에 사에코를 내려주니 그제야 그녀가 부끄러워하며 인사를 전했다.

"흠흠, 고마워요. 덕분에 편히 왔네요."

"아닙니다. 편하게 오셨다니 다행입니다."

사에코는 왠지 민망해져 앞에 놓인 바다만 바라보았다. 세이지 역시 그런 그녀를 따라 앞을 바라보았다.

하늘 속 별들이 바닷물에 수놓인 듯 깃들어 있었다. 사에코의 큰 눈 안으로 별 조각이 조금씩 들어오기 시작했다. 처음에는 감정을 돌리려 바라본 바다였으나, 그녀는 점차 그곳에 매료되어 가고 있었다. 세이지는 그런 그녀의 표정을 눈치채고는 남몰래 살며시 웃었다. 그녀와 조금 가까워진 듯싶었다. 자신이 가장 좋아하는 장소에 그녀를 데려온 것도, 그곳을 사에코가 고이 바라보고 있는 것도 모든 것이 다 감격스러웠다.

얼마나 지났을까. 바다를 바라보던 사에코가 세이지에게 고개를 돌려 말했다.

"그런데 말이에요. 왜 제게 하필 바다를 보러 가자고 하셨나요? 신주쿠 거리라든지, 미쓰코시 백화점이라든지… 더욱 재미난 곳이 많잖아요."

세이지는 사에코의 질문에 잠시 머뭇거리다가 곧 웃으며 대답했다.

"그저 제가 이곳을 가장 좋아합니다."

"왜지요?"

"조선과 맞닿아 있는 듯하여 그리 여깁니다."

"그런지요."

사에코는 짧은 대답을 건넨 후, 무언가를 고민하듯 잠시 표정을 죽였다. 옅은 파도 소리가 들렸다. 가만히 그것에 집중하는데, 사에코가 나지막이 말을 건넸다.

"반쇼 군은 조선이 그립나요?"

뜻밖의 질문이었다. 세이지는 잠시 고민한 후 그녀에게 대답했다.

"예, 그렇습니다."

"나 역시도 그러해요."

"댁을 조선에 두고 계시지 않습니까?"

사에코가 아무 말 않고 벤치에 몸을 기댔다. 그녀는 잠시 숨을 참은 후 이내 무언가를 삼켰다. 뱉어내고 싶지만 그럴 수 없는 것, 떠올리고 싶지만, 감히 떠올릴 수 없는 것. 아파도, 괴로워도, 그 누구에게도 말할 수 없으며 그런 기회조차 바랄 수 없는, 아주 오랫동안 묵혀둔 기억. 그러나.

사에코는 벅차오르는 충동을 느꼈다. 이 사내에게는 말해도 되지 않을까. 말하고 싶다. 말할 수 있을 것 같다. 그러나 대체 왜? 몇 번 보지도 않은 저 이가 도대체 뭐길래 그 긴 세월 동안 묵혀둔 것을 어찌⋯.

불어오는 해풍의 분위기 때문일까, 자신의 모든 것을 삼켜버릴 것만 같은 밤기운 때문일까. 혹은, 이제 떠나보낼 때가 되었다는 어떠한 계시 같은 것에 기인한 것일까. 사에코의 눈시울이 붉어졌다. 곱게 빻아두었던 기억이 끝내 입을 타고 내려왔다.

"그렇기는 하나, 돌아갈 수는 없지요."

사에코는 고개를 돌려 세이지와 눈을 맞췄다. 세이지 역시 그녀를 바라보았다. 그는 순식간에 느꼈다. 분명 같은 사람이나, 곧게 퍼지는 사에코의 눈빛은 무대 위에서 춤을 추던 여인의 그것과는 전혀 다르다는 것을.

사에코가 이내 입을 열었다. 떨리는 목소리를 애써 가다듬으며, 그녀는,

"임영혜예요."

"네?"

맥락 없이 튀어나온 말에, 세이지가 당황스러운 눈으로 사에코를 쳐다보았다. 그런 그를 고이 바라보다, 사에코가 천천히 말길을 흘렸다.

"나의 옛 이름은, 임영혜였어요."

바람이 숨을 멈췄다. 죽은 숨이 되감을 세월은 멀고도 깊었다.

고이 접어서

좀처럼 봄기운이 가시질 않았다. 유난히도 나비를 좋아하는 영혜였기에, 그녀는 매년 돌아오는 이 시기를 너무나도 좋아했지만, 왠지 이번 해는 빨리 여름이 왔으면 좋겠다는 생각이 들었다. 봄에 즐길 수 있는 꽃놀이도 좋았지만, 봄이 길어지면 여름의 물놀이를 할 수 없을 것이고 겨울의 눈도 볼 수 없을 것이다. 그러나 동무인 선희와 함께했기 때문에 꼭 봄이 가시길 바라기만 한 것은 아니었다.

영혜가 대청에 앉아 마당에 핀 꽃을 바라보는데, 어디선가 자신을 부르는 소리가 들려왔다. 선희인 것이 분명했지만 영혜는 장난스레 외쳤다.

"누구야?"

"영혜야, 장난 말고 얼른 와. 여기 나비가 날고 있어!"

"뭐? 어디?"

영혜가 신을 챙겨 신고 급히 나가려는데, 어디선가 호통 소리가 들려왔다.

"애! 아가씨를 그리 부르면 안 된다니까?"

"아, 아파요."

어멈은 선희의 등을 마구 때리며 행실을 지적했다. 영혜는 웃는 낯으로 그런 그녀를 말렸다.

"에이 괜찮아. 선희는 내 동무인데 뭘."

"아이고 아가씨, 아랫것들에게 말을 놓게 하시면 안 됩니다. 엄연한 차이가 존재하는데요."

어멈은 걱정스러운 표정으로 영혜를 향해 말했다. 그러나 영혜는 그녀를 째려보며 그녀의 말에 반박했다.

"나는 괜찮다니까? 그리고 어멈, 신분제가 폐지된 지 벌써 십 년이 넘게 지났어. 계속 그러다가는 구태스럽다는 소리 듣는다?"

"하이고…. 하여튼 우리 아가씨를 누가 말리나."

"어멈은 쓸데없는 걱정이 너무 많아. 그나저나, 나비가 어디 있다고?"

한숨을 쉬며 자신을 쳐다보는 어멈을 향해 영혜는 얄궂은 표정을 지은 후 선희에게로 달려갔다. 영혜가 곧장 선희에게 안기자 선희는 그런 그녀를 감싸 안은 후 장난스럽게 말했다.

"영혜야, 사랑하는 사람이 죽으면 노란 나비가 찾아온대. 그게 그 사람의 영이래."

"뭐라구?"

영혜는 고개를 들어 선희와 눈을 맞추다가 이내 그녀의 품에 폭 안긴 후 말했다.

"무서워. 만약 나쁜 귀신이 오는 거면 어떡해?"

선희는 무릎을 살짝 숙여 영혜와 눈높이를 맞춘 후 환히 웃으며 말을 이었다.

"에이, 그건 귀신이 아니야. 말 그대로 영일 뿐인걸. 귀신은 흉측하게 생겼는데, 나비는 너무나도 어여쁘잖아. 안 그래?"

"흠, 듣고 보니 그런 것 같기도 하네. 그치만 죽은 사람이 찾아온다는 건 조금 섬뜩해."

선희는 잠시 무언가를 생각하다, 이내 영혜에게 말을 건넸다.

"음, 그렇다면 영혜야, 내가 너보다 먼저 죽으면 나비가 되어 찾아갈게. 절대 떠나지 않고 네 옆에 계속 있을 수 있도록."

선희의 말을 듣자마자 영혜의 표정이 굳어졌다. 그녀는 선희의 옷자락을 붙잡고 화를 냈다.

"그런 소리 하지 마. 네가 나보다 먼저 죽는다면 나도 귀신이 되어 널 찾아갈 거야."

영혜의 귀여운 투정에 선희는 깔깔 웃으며 말했다.

"어머나, 정말? 무서워라."

"거짓말 아니야. 진짜 그럴 거야."

영혜의 눈에 눈물이 고였다. 그녀가 곧 울 것 같은 표정을 지으니, 선희는 옷소매로 그녀의 눈물을 닦아주며 말했다.

"영혜야, 내가 왜 너보다 먼저 죽겠어. 어른이 되어서도, 시집을 가서도, 심지어 아이를 낳아서도 난 평생 너의 동무로 살 거야. 그러니까 그런 걱정 하지 마."

"진짜지?"

눈물기가 조금 누그러진 영혜가 선희에게 새끼손가락을 들이밀었다. 자신의 손가락을 선희의 손에 걸고 약속하니 영혜는 그제야 밝게 웃으며 선희를 바라보았다. 산들바람이 불어오니 둘의 머리칼이 휘날렸다. 바람이 멎은 후, 엉망이 된 머리를 바라보던 선희와 영혜는 서로를 향해 깔깔 웃었다.

영혜의 머리칼에 꽃 한 송이가 내려앉았다. 선희는 그것을 떼어 영혜에게 보여주었다. 영혜는 그것을 옮겨 받아 지긋이 바라보았다. 두 소녀의 숨소리가 꽃에 걸렸다. 뭐가 그리도 우스운지, 그들은 풉, 소리를 내며 다시 웃기 시작했다. 소녀들의 웃음소리가 퍼져나가니 집에 있는 모든 이들이 밝게 웃으며 그들을 쳐다보았다. 선희와 영혜의 우정으로, 영혜의 집은 매일 귀여운 기색이 사라지지 않았다.

영혜의 아버지는 나주 면의 면장을 맡고 있었다. 그는 술을 마신 후 집에 돌아올 때면 꼭 한 번씩 영혜와 선희를 안아주곤 했다. 선희 역시 자신의 딸이라는 말을 곁들이며. 그리하여 영혜는 자연스레 두 살 위의 선희를 자신의 동무이며, 친언니 같은 존재라고 생각하며 자랐다.

"영혜야, 나는 춤을 추고 싶어."

여름임에도 무덥지 않은, 오히려 선선하다고 할 수 있을 법한 어느 초여름날이었다. 가만히 앉아있던 선희가 하늘을 바라보며 말했다.

"춤은 지금도 출 수 있잖아."

"그런 것 말고, 사람들 앞에 나서서 춤을 춰 보고 싶다는 얘기야."

"뭐? 그건 기생들이나 하는 것이 아니니? 왜 굳이 그런 걸 바라는 거야?"

그녀의 말이 이해가 가지 않는다는 듯한 영혜의 물음에, 선희는 잠시 무언가를 생각하다 말을 이었다.

"내가 이 집에 오기 전에, 음, 너보다 조금 어릴 때 누군가의 춤을 본 적이 있어. 그게 정말 고왔는데, 이제는 기억이 잘 나지 않아. 하지만 나도 언젠가는 그리 빛나보고 싶어. 순간은 바래져도 아름다움은 기억될 수 있도록. 그 사람은 정말 아름다웠거든."

"아름답다고? 아름답다는 게 뭔데?"

"아름다움이란, 무언가가 사라진 후에도, 그 이후로 아주 오랜 시간이 흐른 후에도, 모든 사람이 그 흔적을 찾아 헤매도록 하는 거야. 마음이 접히게 되면 그것은 언젠가 고이 날아가기 마련이니까. 나에겐 그게 흰 자락이었어. 그 사람의 옷자락."

"네 말이 잘은 이해가 가진 않지만… 만약 그런 순간이 온다면 내가 제일 먼저 구경 갈게."

"정말?"

"응. 근데, 너무 곱게는 추지 마. 동네 사내들이 너한테 시집오라고 졸라대면 어떡하니? 난 너랑 평생 살 건데."

"어머? 애 좀 봐."

영혜는 선희의 왼팔을 꼭 붙잡고 놓아주지 않았다. 선희는 그런 그녀가 귀여운 듯 웃으며 머리를 쓰다듬어 주었다. 영혜가 대청에 올랐다. 둘은 서로의 어깨에 기대어 낮잠에 빠져들었다. 서로의 품은 너무나도 따뜻했다. 때 이른 온기였다.

바람이 유난히도 거세게 불던 어느 날을 영혜는 기억한다. 아버지가 웬 남자와 함께 집에 돌아왔던 날, 영혜의 어머니는 영혜가 응접실 근처에 얼씬도 못 하게 막았다. 예사대로라면 아버지는 손님에게 자신을 소개해주고, 손님은 자신에게 동전 몇 푼 쥐여 주는 것이 수순일 텐데. 왜 오늘은 아버지가 평소와 다른지 영혜는 궁금해지기 시작했다. 그리하여 그녀는 발소리를 죽여가며 살그머니 응접실 앞으로 향했다.

완전하진 않았지만 집중하면 들을 수 있을 정도의 소리가 응접실 안에서 들려왔다. 그녀는 문에 귀를 대고 살며시 방안을 엿듣기 시작했다.

"-께서 승하하셨으니 이제는 마땅- 나서- 합니다."

"맞-다. 아-래도 6월 10일이 적기인-같-니다. 폐-의 인산일 날 -천도교 세-과 연합시다. "

"알겠습-다. 그-에 쓸 -가 필요합니다. 임 선생님께서 -해주실 수 있으-까."

"물론-다."

아버지의 목소리가 들려왔다. 평소에도 이해하기 어려운 말이, 게다가 드문드문 들려오니 전혀 이해가 가지 않았다. 그녀는 금세 흥미가 식어 다시 제 방으로 돌아갔다.

망종(芒種)이 열흘 정도 지났을 무렵이었다. 물놀이를 끝내고 집에 도착한 영혜는 깊이 잠을 자고 있었다. 그러나 그녀는 자신을 깨우는 거센 손길에 급히 일어날 수밖에 없었다. 아버지였다.

대충 창 쪽으로 고개를 돌리니 밝은 햇살이 사방을 비추고 있었다. 아버지가 손수 자신을 깨우는 것은 드문 일이었기에 처음에는 꿈인 줄 알았다.

그러나 몰려드는 더운 기운에 그녀는 눈을 뜰 수밖에 없었다. 조금밖에 자지 않은 것 같은데 벌써 해가 중천에 떠 있다니. 자신이 너무도 피곤했나 싶어 잠기운을 가다듬고 밖에 나서려는데, 그녀의 아버지가 그녀의 팔을 붙잡았다.

"아가, 얼른 도망가거라. 절대로 뒤를 돌아봐서는 안 된다."

"아버지, 그게 무슨 말씀이세요? 도망가라니요. 그게 무슨….."

영혜가 의아함을 느끼며 창문을 바라보니 바닥에 널브러진 시체들이 보였다. 몸종의 시체, 어멈의 시체, 어머니의 시체까지. 하마터면 비명이 튀어나올 것도 같았으나, 아버지가 그녀의 입을 곧장 틀어막은 덕분에 다행히도 비명이 새어나가지는 않았다.

"영혜야, 곧장 목포항으로 가라. 남서쪽으로 한참 걷다 보면 해안 통이 나올 것이다. 그곳에서 배를 타서 부산항으로 가거라. 네 큰아버지께서 기다리고 계실 거다."

"대체 무슨 상황인 건가요? 갑자기 도망가라니요!"

"일본놈들이 식구들을 죽이기 위해 집에 불을 질렀다. 이제 곧 집에 들이닥칠 것이니 재빨리 떠나거라. 어서!"

영혜는 처음으로 아버지의 눈물을 보았다. 어머니의 시체와 아버지의 눈물. 사태를 완전히 파악하지는 못했으나, 이 집에 남아 있는 한 자신 역시 어머니처럼… 그렇게 될 것을 알았다. 그러나, 그러나.

"어찌 그래요! 저만 홀로 도망갈 바에는 아버지, 어머니의 딸로 죽겠어요!"

짝—

영혜의 고개가 돌아갔다. 평생 손찌검 한 번 해본 적 없는 아버지였다. 그러나 영혜는 아버지를 원망할 수 없었다. 아버지의 눈에 맺힌 곧은 죄책감을 보아버렸기에.

"정신 차려라 이것아! 너마저 죽어버리면 아무것도 남지 않는다. 어딜 가

서든 절대 네 진짜 이름을 말하지 말아야 한다. 그러니 꼭 살아남거라. 어떻게든… 반드시."

"하지만 그놈들이 우리 식구를 다 꿰고 있을 텐데 어떻게 혼자 도망갈 수 있나요? 떠나더라도 금세 잡히고 말 거예요!"

영혜의 아버지는 눈을 질끈 감고 그녀에게 말했다.

"선희에게 네 행세를 하라고 말해 두었다."

"네…?"

청천벽력같은 소리였다. 차라리 자신이 죽었으면 죽었지, 어떻게 선희를… 어떻게 그 아이를 대신 죽일 수가 있겠는가.

"사람은 모두 평등하다고 말씀하신 건 아버지였잖아요! 어떻게 그래요, 선희는 제 동무인걸요."

"미안하다. 미안하다, 영혜야."

영혜의 아버지는 패물이 든 주머니를 그녀에게 건네고는, 마지막으로 그녀를 끌어안은 후 이내 문밖으로 밀어 버렸다.

마당에 나온 영혜는 반사적으로 코를 막았다. 처음 맡아본, 타고 있는 시체의 냄새는 너무나도 고약했기에. 불에 탄 시체는 형체를 알아볼 수 없이 태워져 있었다. 방금까지는 그래도 시체의 주인을 알아볼 수는 있었으나, 지금은 누군지 알아볼 수도, 누군지 짐작할 수조차 없었다.

영혜는 선희를 찾아 나섰다. 아무리 아버지의 부탁이라지만 절대 선희를 혼자 놔둘 수는 없었다. 그녀는 어디로 향하든 반드시 선희를 찾아 데려가리라고, 도망을 가더라도 그녀의 손을 잡고 가겠다고 다짐했다.

두리번거리며 선희를 찾던 영혜 앞에 사람의 형체가 드리웠다. 순사인가 싶어 뒤로 물러나는데, 그녀의 앞으로 다가온 사람은 다름 아닌 선희였다. 영혜는 다행이라는 듯 한숨을 쉬며 선희의 두 손을 잡았다. 그러나 선희의 행색을 본 영혜가 곧 불길함에 휩싸였다.

"너, 너 거기서 뭐 하는 거니? 왜 내 옷을 입고 있는 거야? 당장 벗고 날 따라와. 정말 나 대신 죽으려고 이래?"

선희는 웃으며 영혜의 손을 어루만지다 이내 부드럽게 놓았다.

"늘 고마웠어. 몸종에 불과한 나를 동무로 대해줘서, 그리고 마지막 순간에도 나를 먼저 챙겨줘서. 고마워, 영혜야."

선희의 눈가가 나지막이 떨렸다. 마침내 그녀의 눈에서 눈물이 흘러내리니, 같은 빛깔 두 조각이 불길에 반사되어 영혜의 눈 안에 맺혔다.

"마지막이라니, 그게, 그게 무슨 말도 안 되는 소리야! 허튼소리 말고 어서 나를 따라와. 너 거기 있으면 정말 죽는단 말이야!"

조용히 눈물을 흘리던 선희가 영혜의 손에 연녹색 거울 하나를 쥐여 주었다.

"이건, 너희 어머니의 유품이잖아. 이걸, 이걸 왜…."

"누군가는 너를 날 선 아이라고 말하지만 나는 네가 얼마나 따뜻한 사람인지 알아. 그렇기에 네가 이 순간의 너를 평생 용서하지 못하게 되리라는 것도 알고 있어."

"조용히 하고 따라오기나 해! 제발, 제발 나와 함께 가자. 응?"

"영혜야, 넌 꼭… 꼭 살아남아줘. 악착같이 살아남아 비로소, …줘."

선희의 말이 끝나자마자 거친 말소리가 들려왔다. 영혜의 아버지를 죽이고 난 후 그녀를 찾는 순사들의 목소리였다. 영혜와 선희는 뒤뜰에 있었기에 조금의 시간을 벌 수 있었지만, 곧 있으면 잡힐 것이 분명했다.

"뛰어."

마침내 그들이 뒤뜰 가까이에 향하는 소리가 들렸다. 자신의 앞에서 울부짖는 영혜를 바깥쪽으로 밀었다. 선희의 확고한 눈빛에 영혜는 뒤도 돌아보지 않고 달리기 시작했다. 이윽고 서슬 퍼런 칼 소리가 들려왔다. 조금의 비명도 나지 않았다.

영혜는 뛰었다. 숨이 벅차올라도, 수십 번 넘어져도 계속해서 아버지가 알려준 곳으로 뛰어갔다.

며칠이나 지났을까. 마침내 목포항에 도착했을 때, 그녀는 거의 탈진하여 쓰러질 지경에 이르렀다. 그러나 그녀는 애써 정신을 부여잡으며 배에 올랐다. 찢어지고 흐트러진 옷에 선원은 그녀의 신원을 의심하는 듯했으나, 그녀가 가져온 패물 중 몇 개를 건네받고는 별말 없이 배에 태웠다.

얼마의 시간이 지난 후, 영혜는 부산항에 도착했다. 배에서 내리니 그녀의 큰아버지가 그녀를 마중했다. 그러나 그녀의 큰아버지만 있는 것이 아니었다. 낯선 일본인 남성이 큰아버지와 함께 그녀를 바라보고 있었다. 영혜가 경계 어린 눈빛으로 그를 쳐다보자, 큰아버지는 그녀에게 일본인 남성을 소개했다.

"이 분은 일본에서 무용연구소를 운영 중인 요시다 히로시 씨란다. 너를 데려가실 분이다."

"네?"

상상도 할 수 없었던 말에 영혜는 심히 당황했다. 춤이라니, 생각해 본적도, 생각할 이유도 없던 것인데.

"춤은 기생들이나 추는 것이 아닌가요? 어떻게 그런 천박한 일을 제게…. 아무리 위태로워졌다지만, 우리 집안이 유구한 전통을 이어왔다는 걸 백부님께서도 아시잖아요!"

"어떤 대답을 듣고 싶으냐."

"어떤 말씀이든 해주세요!"

"네가 아직 어려서 이해하지 못할 수도 있겠으나, 너희 아버지, 나의 동생은… 일찌감치 이렇게 될 것을 알고 있었을 게다."

"그게 무슨 말씀이신가요?"

"얼마 전, 너희 아버지에게 너를 잘 부탁한다는 내용의 편지를 받았다.

너에게 다 말할 수는 없지만, 너희 아버지는 더 나은 세상을 위해 싸우다 돌아가신 게야. 조선을 위해, 조선에서 살아갈 너를 위해. 그리하여 돌아가신 게야….”

큰아버지의 눈시울이 붉어졌다. 그러나 그의 감정을, 그 말의 처절함을 이해하기에 영혜는 너무나도 어렸다. 그녀는 그저 어머니를 찾았다. 눈을 감았다 뜨면 보일 것 같은 어머니의 미소를, 오직 그것만을 간절히 찾았다.

이것은 사실 아주 긴 악몽이 아닌가요? 어머니, 빨리 깨워주세요. 더 이상 이 꿈을 꾸고 싶지 않아요. 어머니, 제발, 제발요.

영혜는 수도 없이 어머니를 외쳤으나, 그녀의 머릿속에는 어머니의 얼굴 대신 불에 타고 있던 시체만이 떠올랐다. 구역감이 머리끝까지 올라왔다.

영혜는 생각했다. 수십 번, 나아가 수백 번 자신의 상황을 곱씹었다. 그러나 아무리 생각해도 그녀는 자신이 왜 이런 일에 휩싸이게 되었는지, 앞으로 무엇을 해야 하는지 도저히 알 수가 없었다. 애써 말을 꺼내려 하면 목이 조이는 듯 울렁거려 아무 목소리도 나오지 않았다.

큰아버지가 영혜의 손을 잡고 말했다. 눈물을 숨기기 위한 미소가 그녀의 손에 흘러 왔다.

“영혜야, 너희 아버지가 술에 취해 췄던 춤을 기억하느냐?”

“기억하고 있어요.”

“그런 너희 아버지와 같이 신나게 춤을 추는 널 보고, 언젠가 한 번쯤은 보여주고 싶었다. 춤이 얼마나 아름다운 것인지, 꼭 네게 보여주고 싶었다.”

영혜가 말을 멈췄다. 문득 어느 날 적의 선희가 생각났다.

‘아름다움이란, 무언가가 사라진 후에도, 그 이후로 아주 오랜 시간이 흐른 후에도, 모든 사람이 그 흔적을 찾아 헤매도록 하는 거야. 마음이 접히게 되면 그것은 언젠가 고이 날아가기 마련이니까.’

문득 생각이 들었다. 나는 평생 너를 잊지 못할 것이다. 한평생 너의 흔적을 찾아 헤맬 수밖에 없다면, 살아남은 내가 너의 아름다움을 대신 이루 겠다. 그렇게 시간이 흐르고 사람들이 나의 흔적을 찾아 헤맬 날이 온다면, 그때 비로소 나는 네게 죗값을 치를 수 있을 것이다.

한참을 멈춰 있던 영혜가 단호한 목소리로 큰아버지에게 말했다.

"춤, 배우겠어요."

큰아버지는 놀란 눈으로 영혜를 바라보았다. 어떤 바람이 불었기에 그녀 가 갑자기 마음을 바꿨지는 몰랐으나 그저 그녀에게 자신의 생각을 전했다.

"그래. 잘 생각했다, 영혜야. 비록 지금은 천하게 보이더라도, 춤은 엄연한 예술이야. 나는 세상이 그것을 받아들일 날이 올 것이라 믿는다. 그리고…."

큰아버지의 목소리가 먹먹해졌다. 그는 차마 말을 잇지 못했다. 저 어린 소녀에게 들려줄 짐이 너무나도 가혹함을 잘 알았기 때문에.

그는 눈물이 흐르지 않도록 잠시 하늘로 시선을 옮기고선, 이윽고 영혜 를 향해 웃어 보였다.

"부디 잘 살아가거라, 영혜야."

큰아버지는 편지와 돈이 든 봉투 한 장을 쥐여 주고는 뒤편으로 걸어갔 다. 오직 구겨진 봉투만을 남긴 채로, 그는 한 번도 뒤를 돌아보지 않고 떠 났다.

영혜가 말없이 허공을 바라보고 있는데, 가만히 서 있던 히로시가 그녀 를 불렀다. 그는 조선말로 영혜에게 따라오라고 외쳤다. 영혜는 어쩔 수 없 이 그와 함께 배에 올랐다.

배에 타 좌석에 앉으니 금세 피로가 몰려왔다. 잠시 눈을 붙였다 깨어나 니 어느새 배는 시모노세키 항에 도착해 있었다. 그들은 시모노세키역으로 이동하여 기차에 올라탔다.

"10시간이 조금 넘게 걸릴 것이니, 그동안은 푹 쉬어라."

영혜가 자리에 앉자 히로시가 그녀에게 말을 건넸다.

"저는 어디로 가는 건가요."

"내가 운영하는 무용연구소로 가고 있다."

"그곳에서 전 무얼 하는 건가요?"

"연구생 신분으로 춤을 배우게 될 거야."

"하지만 저는 한 번도 춤을 배워본 적이 없는걸요. 만약 뒤떨어진다면…."

영혜가 걱정 어린 눈빛으로 말했다. 만약 여기서마저 버려진다면, 정녕 그런 상황이 온다면 어디로 가야 할까. 한평생 해볼 일 없었던 고민이 현실로 다가오니 그녀는 사무치는 두려움을 느꼈다.

"그렇다면 될 때까지 연습하면 되지."

히로시는 온화한 표정을 지으며 영혜를 안심시켰다. 그의 다정한 말에 영혜는 긴장을 조금이나마 덜 수 있었다.

"이곳에서는 최호선이라는 이름을 쓰거라. 진짜 이름은 못 쓸 테니."

"네."

"영혜 양은 나이가 어떻게 되나?"

"13살이에요."

"그렇다면 또래가 몇 명 없겠군. 연구생들은 대부분 네 선배가 될 테니 잘 따르길 바란다."

영혜는 대답 없이 창 쪽으로 고개를 돌렸다. 기차가 움직이니 주변의 모든 것들이 자락이 되어 휘날렸다. 밤을 담은 하늘이 창문에 담겨 있었다.

아버지, 어머니, 저는 어디로 가고 있는 것일까요.

영혜가 구름 너머를 쳐다보았다. 그녀는 자신의 마음이 하늘에 닿길 바라며 서러운 눈물을 흘렸다. 알 수 없는 여정의 초입이었다.

서러워 별빛이라

도쿄역에 도착했다는 역무원의 목소리가 잠을 깨웠다. 아, 역시 꿈이 아니었구나. 햇살이 눈에 내려앉는 감각은 꿈이라고 하기엔 너무도 생생했다. 눈물이 날 것도 같았으나, 역사에 내린 순간 영혜는 다짐했다. 이제 다시는 울지 않으리라, 반드시 잘 살아가리라.

히로시의 무용연구소는 도쿄에 위치한 시나가와역의 인근에 있었다. 소담한 목조 건물에, 사방에는 대나무 숲이 펼쳐져 있는 고즈넉한 곳이었다.

영혜가 두리번거리며 주위를 훑는데, 웬 일본인 여자가 나와 히로시에게 인사했다.

"선생님, 돌아오셨군요! 그런데 이 아이는 누구인가요?"

"오늘부터 함께 배우게 될 아이다. 나이도 어리니, 맏언니인 네가 잘 보살펴주도록 해라."

"네, 그렇게 할게요."

"그럼 난 이만 들어가 볼 테니, 아이에게 이곳을 소개해주렴."

"네, 선생님."

히로시가 건물 안으로 들어갔다. 소학교에서 일본어를 배우긴 했으나, 일본에 온 일은 처음이었기에 영혜는 긴장한 채 낯선 여자를 바라보았다.

"나는 요시다 후미코야. 17살이고. 언니라고 부르면 돼. 넌 이름이 뭐니?"

잠시 머뭇거리던 영혜가 이내 대답했다.

"최호선이에요. 13살이고, 조선에서 왔어요."

영혜가 서툰 일본어로 드문드문 말을 이어가는데, 그녀의 말을 들은 후미코가 웃음을 터뜨렸다.

"아하하, 발음이 그게 뭐니? 너는 일본어를 더 공부할 필요가 있겠다."

부끄러워진 영혜가 고개를 숙였다. 후미코는 그런 그녀가 귀엽다는 듯 미소를 지었다.

"일단 연습실부터 가자. 연구생들이 연습을 하고 있을 때이니, 미리 배워 두는 셈 치고 봐 보렴."

"네."

후미코가 영혜의 손을 이끌고 연습실로 향했다. 바람이 조금씩 스쳐오니 숲의 내음이 사방에 번졌다. 영혜는 문득 조선을 그렸다. 코 안에 내려앉는 동경의 향은 조선의 그것과는 너무나도 달랐다. 낯설고, 또한 두려웠다. 계속해서 이곳에 있다면 결국 자신의 향도 바람에 실려 날아갈 것만 같았기에.

영혜는 말없이 후미코를 따라 걸었다. 두 보 정도 뒤처져 있었다. 자꾸만 어색한 분위기가 이어지자, 후미코가 먼저 말을 꺼냈다.

"뭐 궁금한 것은 없니?"

"전 이제 무슨 일을 해야 하나요?"

"조선 아이면, 인근에 머물 곳은 있니?"

"아뇨, 없어요."

"그렇다면 선생님께선 너를 스미고미(住込み)로 들여오셨겠구나."

"그게 뭔데요?"

"여기서 먹고 자며 춤을 배우는 거야."

영혜가 주머니에서 꼬깃꼬깃한 종이봉투 하나를 꺼내 바라보며 말했다.

"하지만 저는 가진 돈이 얼마 없는걸요."

"상관없어. 비용은 들지 않거든."

영혜가 놀란 눈으로 후미코를 바라보았다.

"네? 그렇다면 공짜인 건가요?"

"응, 그렇지. 하지만 이건 적선이 아닌 투자야."

"투자라니요?"

"우수한 연구생들은 히로시 선생님과 함께 무대에 서기도 하니까… 음, 말하자면 가능성에 대한 투자지. 훌륭한 무용수를 양성해 낼 가능성. 선생님은 줄곧 훌륭한 제자들을 발굴해 내셨고, 그분들도 유명한 무용수가 되셨으니까."

"만약 그렇게 되지 못하면요?"

영혜가 땅으로 시선을 내리자, 후미코는 걸음을 늦추어 그녀의 곁으로 다가갔다.

"어찌 그런 걱정을 하니? 아직 다른 연구생들을 만나보지도 않았으면서."

후미코의 목소리는 따듯했으나, 그럼에도 영혜는 불안감을 쉬이 떨쳐낼 수 없었다.

"다 왔다. 여기가 연습실이니, 들어가렴."

후미코가 연습실의 문을 열어 영혜를 들여보냈다. 안으로 들어가니, 열네댓 명 정도 되는 연습생들이 달라붙는 옷을 입은 채 연습을 하고 있었다. 영혜는 왜인지 민망해져 고개를 돌렸다.

"열심히 하고 있었니?"

"언니!"

후미코의 목소리가 들리니 연습을 하던 한 여자아이가 달려왔다.

"스리아시⁴⁷부터 하고 있었어요. 그런데 이 아이는 누군가요?"

"인사해. 오늘부터 함께 연습하게 될 아이야."

"그렇군요! 안녕, 난 요시다 히사코야. 15살이고. 너는?"

---

47 일본 전통 무용에서 사용되는 용어로, 발을 끌 듯이 걷는 걸음을 의미

히사코가 악수를 청했다. 발랄하게 인사하는 또래 아이를 보니 영혜의 긴장이 조금 누그러졌다.

"최호선이에요. 13살이고, 조선에서 왔어요."

"…조선?"

히사코의 목소리가 굳어졌다. 그녀는 영혜의 손을 뿌리치며 말했다.

"얘, 조센징 아이야. '쥬우고엔 고줏센[48]'해 봐. 어서!"

"네? 그게 무슨…."

영혜가 당황해하며 히사코를 바라보자, 히사코는 그녀를 잠시 노려보더니 이내 밀쳐 넘어뜨렸다.

"이게 뭐 하는 짓이에요!"

"더러운 조센징. 앞으로 내 눈에 띄지 마. 한 번만 더 내 눈에 보이면, 가만 안 둘 줄 알아!"

히사코가 자리를 박차고 나갔다. 다른 연습생들은 조금 수군거리는가 싶더니, 곧 아무 일 없었다는 듯 다시 연습을 시작했다.

영혜는 넘어진 그대로 바닥에 주저앉아 있었다. 한 번도 경험해 본 적 없는 냉대였다. 눈물이 차츰 눈에 고였으나 그녀는 입술을 깨물며 겨우 그것을 참았다.

"호선, 일단 나가자."

모든 광경을 지켜보던 후미코가 한숨을 쉬며 영혜에게 손을 내밀었다. 영혜는 말없이 그녀의 손을 잡고 일어났다.

"내 실수야. 미안해."

"네?"

---

48 十五円五十錢. '십오 엔 오십 전'이라는 뜻으로, 관동대학살 당시 자경단이 조선인을 색출하기 위해 사용한 문장

"저 아이, 간토에서 온 아이야. 3년 전에 지진이 났는데, 그때 가족이 다 죽고 혼자만 살았어."

"근데 왜 조선인을 미워해요?"

"아마 조선인들이 지진과 관련이 있다고 믿는 모양이야. 폭동을 일으켰다나, 불을 냈다나… 나도 자세히는 몰라. 저 아이가 조선인을 미워하는 걸 잊고 있었어. 내 실수야, 미안해."

"아니에요. 언니께서 왜…."

"아니야. 내 실수는 맞으니까. 일단 날도 어두워졌으니 이만 들어가자."

"네."

후미코가 침소로 영혜를 안내했다. 불을 끄고 침구에 누우니 그제야 영혜는 제 다리의 통증을 느꼈다. 넘어질 때 부딪힌 것이 꽤 셌나 보다. 서러움이 물밀 듯 밀려 들어왔다. 하지만 그녀는 울지 않았다. 도쿄에 도착한 직후의 다짐 때문도 있겠지만, 왠지 괜한 오기가 그녀의 눈물을 막았다. 낯선 나라, 낯선 장소, 낯선 사람. 그러나 그것은 익숙하도록 바꿔가면 되는 것이다. 반드시, 반드시 악착같이 살아남겠다. 도쿄에서의 첫날밤, 그녀가 처음으로 되새긴 다짐이었다.

"얘, 어서 일어나."

누군가의 목소리가 졸린 눈을 깨웠다. 후미코였다. 창밖을 보니 해가 반절도 채 뜨지 못한 채 어둠에 실려 있었다. 대략 예닐곱 시 전후인 것 같았다.

"무슨 일이에요?"

"우리 연구소는 원래 6시부터 일과를 시작해. 얼른 나와."

영혜는 처음으로 남들 앞에서 춤을 추어야 한다는 생각에 긴장하여 밖으로 나갔다. 그러나 그녀의 손에 처음 쥐어진 것은 연습복이 아닌 웬 걸레였다.

"이제부터 연습장을 닦도록 해. 서둘러, 얼른!"

영혜가 당황하며 옆을 보는데, 이미 다른 연습생들은 손에 걸레를 쥐고 바닥을 닦고 있었다. 영혜는 조금 놀랐지만, 곧 별말 없이 청소 행렬에 합류했다.

청소가 끝나고 식사를 마치니 본격적인 연습이 시작되었다. 히로시가 문을 열고 들어오자 연습생들이 일제히 일어나 그에게 인사했다. 히로시는 가볍게 묵례한 후 자리에 앉았다.

"아야코부터, 차례대로 해봐."

"네, 선생님."

히로시가 한 학생을 지목하자, 단발머리의 큰 눈을 가진 소녀가 부채를 들고 나왔다. 축음기에서 노래가 재생되기 시작했다. 소녀는 가만히 서서 사선 방향을 바라보았다. 잠시 숨을 고르는 듯하더니, 이내 왼발을 조금씩 움직였다. 그녀가 부채를 흔들자 부채가 사르르 소리를 내며 펼쳐졌다. 그녀는 앞을 바라보며 미소를 짓다, 이내 한 발을 중심으로 삼아 돌기 시작했다.

'세상에….'

영혜는 감탄했다. 연습이 아닌 공연을 보는 것 같았다. 춤이 저리도 아름다울 수 있다는 것을 처음 알았다. 소녀의 전신은 흩어진 결을 되살리듯 유려하게 움직였으며, 곧게 펴진 허리는 다리를 꼿꼿이 지탱했다. 격한 움직임이 이어짐에도 그녀의 호흡은 일말의 흔들림도 없었다. 그야말로 나무랄 데 없는 춤이었다.

"거기까지."

히로시가 아야코에게로 다가갔다. 굳은 표정의 히로시가 자신에게로 다가오니, 아야코는 긴장한 눈빛으로 그를 쳐다보았다.

"내가 히라키[49]를 할 때 강조한 게 뭐지?"

---

49 일본 전통 부채춤에서 사용되는 용어로, 부채를 펼치는 동작을 의미

"빠르지만 우아하게 하라고 말씀하셨습니다."

"시선은?"

"바르고 곧게, 또한 여린 흔들림을 따라고 말씀하셨습니다."

"그래, 그걸 알면서도 방금은 왜 그랬나? 결도 고르지 못했고, 손놀림은 투박하기 그지없었어."

히로시의 싸늘한 목소리에 연습실이 조용해졌다. 아야코는 고개를 숙인 채 마른 침만 애써 삼키며 숨을 죽였다.

"너는 다음 시간까지 히라키만 연습하도록 하거라. 앞으로도 계속 발전이 없는 모습을 보인다면, 다음 공연에서 네 자리는 없을 거다."

"네, 선생님."

아야코의 지도가 끝난 이후, 이어 다른 연구생들의 시연이 이어졌다. 영혜가 보기에는 모두 완벽한 것 같았으나, 히로시는 시연이 끝날 때까지 불만족스러운 표정으로 그들을 쳐다보았다. 비로소 마지막 연구생의 춤이 끝나자, 그는 노한 표정으로 일어섰다.

"내가 없는 동안 모두가 연습을 게을리했나 보군. 이런 식이면 앞둔 공연에서는 너희를 내보이지 않는 것이 나을 것 같구나."

히로시의 저성이 날카롭게 울렸다. 그는 한숨을 쉬더니 이내 영혜를 쳐다보고 말했다.

"후미코, 앞으로 호선에게 춤을 가르쳐주거라. 호선은 후미코에게 배운 후 다음 달부터 연습에 나오고."

"네, 선생님."

"이만 각자 연습해라. 내일은 반드시 오늘보다 나아야 한다."

"네. 알겠습니다."

히로시가 연습실을 나가자 연구생들은 그제야 긴장이 풀어진 듯 한숨을 쉬었다.

"정말 무서웠어. 오늘따라 선생님 기분이 특히 안 좋으신 것 같아."

"맞아. 무슨 일 있으셨나?"

"저 조선 계집아이 때문이지 뭐."

히사코가 영혜를 쳐다보며 말했다. 그녀의 말에 이어 다른 연구생들 역시 한마디씩 거들기 시작했다.

"하긴, 요보[50]가 하나 들어왔으니 얼마나 기분이 언짢으시겠어?"

"그러니깐 말이야."

비웃음 소리가 사방에 울렸다. 상황은 잘 몰라도, 이미 영혜를 따돌리는 분위기가 만들어진 것 같았다. 히사코가 주도한 것일지, 아니면 조선인은 마땅히 그리 대우받아야 한다는 생각 때문일지는 모르는 일이었다. 그러나 확실한 것은, 연구소 내의 대부분 학생이 이미 영혜에게 적대적인 감정을 가지게 되었다는 것이다.

"애들이! 그만하지 못해?"

"언니, 쟤랑 가까이하지 마세요. 병이 옮을지 누가 알아요?"

영혜의 얼굴이 붉어졌다. 하지만 이곳에서 뛰쳐나가거나 도망친다면 자신은 저 아이들보다 더욱 비겁한 사람이 되는 것이며, 그야말로 저들에게 지는 것임이 분명했다.

"애,"

영혜가 히사코에게 다가갔다. 자신을 매섭게 노려보는 눈빛에 히사코는 조금 움찔하는 듯했으나, 그녀 역시 영혜의 두 눈을 똑바로 바라보며 말했다.

"뭐니?"

영혜는 가만히 히사코를 바라보다, 이내 그녀를 밀쳐 넘어뜨렸다. 갑자

---

50 일제강점기에 사용되었던, 조선인을 비하하는 용어

기 벌어진 소동에 그곳 모두가 놀란 눈이 되어 둘을 쳐다보았다.

"뭐 하는 짓이야!"

"사과해."

"내가 틀린 말 했니? 넌 더러운 조센징이 맞잖아."

"난 더럽지 않아. 오히려 더러운 건 네 입이 아니니?"

곧 싸움이 벌어질 것 같은 분위기에, 더 이상 둘을 내버려 두어서는 안 되겠다 싶었던 후미코가 나섰다.

"둘 다 그만하지 못해?"

"언니, 그치만 저것이 저를 먼저 밀었는걸요?"

"먼저 시비를 건 것은 네가 아니니? 동생에게 유치하게 뭐 하는 짓이니. 그리고, 호선도 잘한 것은 없어. 아무리 그래도, 언니를 미는 것이 맞니? 서로 사과하도록 해."

히사코와 영혜 모두 후미코의 말 한마디에 조용해졌다. 하지만 그들이 끝까지 입을 열지 않으니 후미코는 한숨을 쉬며 영혜를 데리고 밖으로 나왔다.

"전 잘못한 게 없어요."

영혜가 입을 열었다. 굳게 쥔 주먹이 파르르 떨렸다.

"알아. 하지만, 단체 생활을 하려면 지켜야 할 것이 있는 법이야. 아무리 분하더라도 폭력을 쓰는 것은 좋지 않아. 나도 저 아이들과 말해볼 테니, 너도 그 점을 알아두었으면 좋겠다."

"…."

영혜가 고개를 떨궜다. 그러나 끝까지 그녀의 입은 열리지 않았다. 후미코는 그런 그녀를 바라보다 숙소 쪽으로 발을 돌렸다.

"나 먼저 들어갈게. 다음 달까지는 청소 대신 연습을 할 테니 6시까지 연습실 뒤편으로 와."

후미코가 들어간 후, 영혜는 하늘을 바라보았다. 곧 어둠에 먹혀버릴 것만 같이 하늘은 점점 어두워지고 있었다. 더 이상 밖에 있으면 기분마저 어둠에 먹힐 것만 같아 영혜 역시 곧이어 숙소로 들어갔다.

다음날부터는 후미코의 지도 아래 연습을 시작했다. 영혜는 초보자였기에 기본기부터 익히기 시작했는데, 한동안은 기본 동작도 어려워 한참을 헤매곤 했다. 또한 그녀를 괴롭힌 것은 춤에 대한 어려움만이 아니었다. 때때로 없어지는 소지품, 매일같이 반복되는 욕설과 비웃음 소리, 제 편이 아무 데도 없다는 외로움과 고립감까지. 모든 것이 한 데 합쳐져 못 버틸 수준까지 이르렀다.

하지만 영혜는 절대 포기하지 않았다. 자신을 비웃는 아이들은 무시해버리고, 고된 연습을 수도 없이 반복하여 춤으로서 아픔을 잊고자 하였다. 어떠한 집념과도 같았다. 한 번도 춰 본 적 없는 춤에, 평생 생각지도 않았던 일에 왜 이리도 깊은 열망을 쏟게 되는 것인지 그녀는 알지 못했다. 그러나 그녀는 강박적으로 지쳤다거나 힘들다는 생각을 피했다. 그녀는 자신이 춤을 출 수 있는 것은 선희의 꿈을 빼앗았기 때문이라고 생각하며 자신을 더욱 혹사시켰다. 그녀는 그것을 선희에 대한 속죄라고 생각했다.

금세 한 달이라는 시간이 흘러 히로시에게 지도를 받는 날이 되었다.

일찌감치 연습실에 도착한 영혜는 자신을 부르는 히로시의 목소리에 학생들 앞으로 나왔다. 히로시는 별말 없이 레코드를 재생한 후 그녀에게 시작하라 일렀다.

'해야 한다. 반드시 해야 한다.'

춤을 시작하기 전, 영혜는 깊이 숨을 골랐다. 이윽고 노래가 재생되자 그녀는 춤을 시작했다.

'시선은 바르고 곧게, 사지는 유연하지만 정확하게.'

영혜는 후미코에게 배운 내용과 일전의 히로시의 말을 생각하며 동작을 이어 나갔다.

그녀의 춤사위가 하나둘 자리를 잡자 그 자리의 모두는 놀랄 수밖에 없었다. 저것은 한 달을 배운 초보의 춤이라고 보기에는 어려웠다. 절대적으로 노련한, 어쩌면 자신들보다도 아름다운 춤이었다. 압도적인 재능? 혹은 노력? 무엇에서 비롯된 것인지 모를 엄청난 실력 앞에 그 자리의 모두는 경외할 수밖에 없었다.

"…그만."

영혜가 동작을 멈췄다. 이마에 걸쳐진 땀방울이 눈가에 흘러내렸다. 나의 춤이 얼마나 엉망이기에 선생님의 표정이 저리 굳어진 걸까. 그렇게도 열심히 연습했건만. 몸에 담긴 긴장이 머리에 맺혔다.

히로시는 생각했다. 겉으로는 표현하지 않았으나 그의 머릿속에 떠오른 것은 생각이라기보다는 사실 경악에 더 가까운 무언가였다.

영혜의 큰아버지에게서 그녀를 부탁받았을 때, 히로시는 별 기대 없이 그녀를 받아들였다. 춤을 춰 본 적도, 흥미를 느껴 본 적도 없는 어린 소녀. 그저 동무의 질녀이기에, 그리고 그녀의 안타까운 사정을 전해 들었기에 보살펴주자는 마음에서 맡은 것뿐이었다.

그러나 저것은 무어란 말인가. 재능이라고 표현하기에도 모자란… 특히 눈동자는, 흑요석을 삼킨 것 같은 저 눈동자는… 모든 것을 흡식할 것만 같은 요상한 기괴함을 지니고 있었다. 저것을 아름다움이라 부르는 것이 옳을까. 이루 말할 수 없을 정도로 완벽한 춤사위는 눈동자의 빛을 담아 참으로 처절하게 아름다움을 내뿜고 있었다. 천재적이라고 표현하는 것도 부족할 것 같은, 그야말로 예술이라는 자체의 현현이었다.

히로시는 문득 두려워졌다. 그녀의 앞날이, 나날이 발전할 그녀가 종래에 삼켜버리게 될 세상이.

"…1월에 있을 히비야 공회당에서의 신년 발표회에서 호선이 독무한다."

"네?"

연습실이 한바탕 뒤집혔다. 히비야 공회당이라니. 2,000여 석의 규모를 가진 도쿄 제일의 공회당 아닌가. 고작 한 달 연습한 아이가 어떻게 몇 년 이상 연습한 단원들과 함께 그리 큰 무대에 설 수가, 게다가 독무라니….

아, 그럴 수밖에 없으리라. 그럴 수밖에, 그럴 수밖에 없었으리라.

순간적으로 품은 불만은 방금의 기억에 의해 사그라들었다. 납득할 수밖에 없었다. 영혜가 펼친 춤의 깊이는 무겁고도 극도로 두려웠기에.

"오늘은 이만하겠다. 각자 알아서 연습하도록 해라."

히로시가 나가자마자 연구생들이 영혜에게 달려들었다. 그들은 어떻게 춤을 연습한 것이냐며, 조선에서 춤을 배운 적이 있냐며 영혜에게 물었으나 영혜는 차가운 눈초리로 그들을 바라볼 뿐이었다. 하지만 단 한 사람, 히사코만큼은 영혜에게 다가오지 않았다. 그녀는 그렁그렁해진 눈으로 영혜를 노려보다, 이내 밖으로 뛰쳐나갔다.

영혜는 공연이 다가오기까지 연습하고, 또 연습했다. 어느 날은 연습실에 귀신이 나온다는 소문이 있어 연구생들이 한밤중에 그곳에 들렀는데, 영혜가 연습하고 있어 한바탕 웃음을 터뜨린 소동도 있었다. 그녀는 밥도, 잠도 줄여가며 온몸을 바쳐 연습했다.

8월 말의 어느 밤이었다. 왠지 모를 부스럭거리는 소리에 잠을 깨니, 누군가가 영혜의 가방을 뒤지고 있었다. 누군가 싶어 자세히 보니 다름 아닌 히사코였다.

"뭘 하는 거야!"

히사코가 영혜의 가방에서 봉투를 하나 꺼낸 후 그것을 흔들었다.

"이건 뭐니?"

"이건 일본에 오기 전 우리 백부님께서 마지막으로 주신 편지야. 그러니까 돌려줘."

"그래?"

히사코가 영혜를 가만히 보더니, 이내 그것을 찢어 버렸다.

"너, 너 미쳤니? 이걸 어떻게 찢을 수가 있어, 나한테 이게 어떤 의민데!"

"그까짓 봉투가 중요하니?"

"뭐?"

"나는 너희 조센징들 때문에 가족을 떠나보냈어. 내 막냇동생은 겨우 5살이었는데…. 미개한 너희들 때문에 우리 가족들이 전부…."

들다못한 영혜가 히사코의 손에서 종잇조각을 뺏어왔다. 어떻게 제 불행만이 세상의 전부라고 생각하는 것인지. 나 역시….

"그래도 너는 너희 나라에 살 수 있잖아!"

영혜의 눈에 눈물이 쌓여갔다. 예상치 못한 말에 당황한 히사코가 영혜에게 되물었다.

"뭐? 그게 무슨 말이야."

"너는, 네가 세상에서 가장 불행한 줄 알지? 너는 불에 탄 어머니의 시체를 밟고 지나가는 심정을 아니? 아버지가 돌아가실 것을 알면서도, 동무가 죽어버릴 것을 알면서도 홀로 도망쳐야 하는 마음을 아니?"

캄캄한 눈동자가 결국 눈물을 내보냈다. 무너져버린 첫날의 다짐처럼, 한 번 터진 감정을 무서울 정도로 흘러나왔다.

"일본인 순사가 우리 집에 불을 질렀어! 우리 가족은 아무런 잘못도 하지 않았는데 전부 그때 죽었어. 그 때문에 나는 조선을 떠날 수밖에 없었고. 나는, 나는…."

히사코가 입을 틀어막았다. 늘 원망하고 미워했었다. 그녀가 조선인이기에, 당연히 과격하고 폭력적일 것으로 생각했다. 모두가 그렇게 말했다. 조선인은 미개하고, 내지의 신민은 절대적으로 정의롭다고. 그러나 저것은 무슨 말일까. 일본 순사들이, 대체 왜?

"나도… 어머니가 보고 싶단 말이야. 일본에 오고 싶지 않았어. 조선으로 돌아가고 싶다구…."

영혜가 서럽게 울기 시작했다. 히사코는 놀란 눈으로 그녀를 쳐다보다 이내 영혜의 방을 나가 버렸다. 그리고 그녀는 한동안 보이지 않았다. 후미코에게 듣기로는 고향으로 휴가를 간 것 같았다. 영혜는 자신을 앞장서 괴롭히는 히사코가 사라졌으니 며칠간은 편히 쉴 수 있겠다 싶어 한시름을 놓았다.

히사코의 고향은 간토 이바라키현이었다. 히로시는 부모님의 기일 때면 그녀에게 휴가를 줬지만, 그녀는 연구소에 입소한 이후 단 한 번도 고향에 내려가 본 적이 없었다. 하지만 올해는 왜인지 그리움이 특히나 사무쳐 왔기에, 그녀는 3년 만에 고향으로 향했다.

히사코는 가족들이 죽은 이후 도피하듯 도쿄로 상경했다. 그리하여 그녀는 자신의 고향이 어떤 상태가 되었는지 전혀 알지 못했다. 그녀는 고향에 도착한 후 제일 먼저 자신의 옛 집터로 향했다.

그녀의 집에서 모퉁이를 지나 왼쪽으로 가면 숙자 아줌마의 서점이 있었다. 비록 아줌마는 조선인이었지만 아이들을 잘 놀아주어 동네 아이들은 종종 그곳에 가서 놀곤 했다.

히사코는 무의식적으로 그곳으로 향했다. 조선인들은 여전히 소름 끼칠 정도로 미웠다. 그러나 그 서점은 자신의 집 다음으로 추억이 가장 많이 쌓인 곳이었기에, 그곳에 간다면 옛 기억을 조금이라도 돌이킬 수 있을 것 같았다.

그러나 그녀가 서점에 다다른 순간, 충격적인 광경이 눈을 덮쳐 왔다.

"이, 이게 뭐야?"

숙자 아주머니의 서점은 자신의 옛집과 마찬가지로 폐허가 되어 있었다. 한 가지 다른 점이 있다면 말라붙어 버린 피로 쓰인 욕설의 흔적일까. 그녀는 너무나도 놀라 그 자리에 가만히 얼어붙을 수밖에 없었다.

히사코가 당황한 눈으로 멈춰 서있는데, 웬 발소리가 들려왔다. 깜짝 놀라 뒤를 바라보니 자신의 옆집에 살던 마사코 아주머니였다.

"세상에, 히사코, 오랜만이구나."

"아주머니!"

히사코는 금세 마사코에게로 달려갔다. 기억에 남아 있어도 더 이상 볼 수 없는 사람들 속에서 유일하게 살아남은 사람이었다.

"아주머니, 무슨 일이 있었나요? 이웃들은 모두 어떻게 됐어요?"

"어떻게 가족들이, 친구들이 죽은 곳에서 멀쩡히 살겠니. 일부는 남았어도 대부분 이사를 갔어."

그래, 그리도 큰일이 났는데 그대로일 리가 없었다. 그저 받아들이기엔 가슴이 아려왔지만, 그래도 받아들여야만 했다. 히사코가 가슴을 쓸어내렸다. 감정을 조금 정돈한 후, 그녀는 이내 궁금한 것들을 물었다.

"왜 숙자 아주머니의 서점에 욕이 쓰여 있는 거예요? 그리고 기억하기로는, 숙자 아주머니의 서점은 지진이 일어난 곳과 꽤나 떨어져 있어서 저렇게까진 무너지지 않았었는데…."

마사코가 슬픈 눈으로 히사코를 바라보다 말을 열었다. 담담한 목소리에는 서글픈 떨림이 담겨 있었다.

"숙자 씨가 우물에 독을 풀었다는 말이 돌아, 사람들이 그녀를 죽인 후에 스미다강에 던졌어."

"네? 하지만 숙자 아주머니는…."

그녀는 결코 그럴 수 없는 사람이었다. 다른 조선인들이 그랬다면 믿었겠으나, 그녀가 그런 짓을 저질렀다는 것은 절대 불가능한 일이었다. 그녀는,

"그래, 숙자 씨는 앉은뱅이지. 우물까지 걸어갈 수도 없는."

"도대체 어찌 된 일인가요? 그렇다면 숙자 아주머니가 왜…."

"이치로 아저씨를 기억하니?"

"네, 어떻게 잊을 수가 있겠어요."

이치로는 마사코의 남편이었다. 농담을 건네며 종종 히사코에 용돈 몇 푼을 쥐여줬던, 다정하고 재미있는 사람이었다.

"이치로 아저씨는 3년 전에 돌아가셨어."

숙자 아주머니에 이어 이치로 아저씨까지? 도대체 무슨 일인지 이해가 가지 않았다.

"히사코, 사실 조선인들은 폭동도, 화재도 일으킨 적이 없어. 다 지어낸 이야기지."

"네? 하지만 분명 경찰에서도, 신문에서도 그렇게 말한 걸요."

"그때는 모두 그랬어… 뭐가 진짜인지, 거짓인지 모른 채로 그저 분노만, 화만 쏟아내면서… 속은 거지, 속은 게야. 나도 한때는 그랬지. 하지만 이치로 아저씨는, 내 남편은… 끝까지 조선인들을 믿었어. 끝까지 그들을 변호하다 분노한 사람들에게 그만…."

"말도 안 돼요. 어떻게 그런 일이…."

애써 부정하려 했지만, 히사코의 머릿속에는 자꾸만 숙자와 이치로의 웃는 얼굴이 떠올랐다. 자신이 본 그들은 절대 나쁜 짓을 할 사람이 아니었다.

"히사코."

마사코가 히사코의 손을 잡았다.

"조선인을 미워하지 말거라. 그들은 사실 아무 죄가 없어. 아무 죄 없이 그렇게 잔인하게 죽어 나간 거야…."

마사코의 말이 끝나기도 전에 히사코는 그녀를 등지고 달리기 시작했다. 조선인들이 무고하다니, 그렇다면 자신이 믿어 온 것은, 자신이 호선에게 했던 짓은 전부 무어란 말인가. 만약 그렇대고 나는 잘못한 것이….

과연 그럴까? 과연… 내가 잘못한 것이 없을까?

히사코는 문득 영혜의 얼굴을 떠올렸다. 희망이 버려진 듯한 허탈한 얼굴. 그녀 역시 가족을 잃었다면, 정말 내지인이 절대적으로 옳은 게 아니라면? 그렇다면 그녀는 왜 이유 없이 자신의 분노를 받아내야만 했을까.

아직은 혼란스러웠지만, 자신이 믿고 있었던 것이 전부 진실이 아닐 수도 있었음을 깨닫고 나니 너무도 큰 죄책감이 사무쳐 왔다. 그렇다면 이제 어떻게 해야 할까. 생각을 정리할 새도 없이 시간은 흘렀고, 히사코는 그렇게 도쿄로 돌아오게 되었다.

연구소에 도착한 히사코가 짐을 푸는데, 복도를 지나치는 영혜와 눈이 마주쳤다. 영혜는 아무렇지 않은 듯한 눈으로 히사코를 무시하고 지나쳤지만, 히사코는 왜인지 가슴 안쪽이 따끔거려 눈을 피했다. 왜인지 모를 통증이었다. 그것은 시간이 흐를수록 심해져 숙소에서도 연습실에서도 영혜만 보면 계속해서 가슴이 아려왔다.

"얘, 나랑 얘기 좀 해."

히사코가 결국 영혜의 숙소를 찾았다. 영혜와 얘기를 해 보면 무언지 모를 이 통증이 사라질 것만 같았다. 그러나 그녀는 차가운 목소리로 히사코에 대답했다.

"너랑 할 얘기 없어."

히사코의 눈동자가 흔들렸다. 그 자리에서 따귀를 얻어맞더라도 이처럼 아프지는 않을 것 같았다. 히사코는 너무나도 두려웠다. 영혜의 매서운 눈동자가, 서늘한 목소리가, 자신이 지은, 죄의 무게가. 죄책감, 비우려 해도 결코 벗어날 수 없는 것, 계속해서 과거에 의해 짓눌리는 것. 히사코의 고통은 죄책감에서 기인한 것이었다.

"너, 뭐 하는 거야? 당장 일어나."

히사코가 무릎을 꿇었다. 영혜는 당황하여 그녀를 일으켜 세우려 했지만, 히사코는 그런 그녀를 막으며 이야기를 열었다. 지진이 나서 가족이 죽은 얘기, 이웃들이 조선인 때문에 동네가 무너진 것이라고 험담했던 얘기, 도망치듯 도쿄에 온 얘기, 그리고, 숙자 아주머니의 얘기.

그 모든 것을 들은 영혜는 고요히 서 있었다. 그녀를 동정하지도, 그녀의 불행에 기뻐하지도 않았다. 일말의 동요도 없이 그저 히사코를 바라볼 뿐이었다.

"미안해, 미안해 호선. 아무것도 모르고 너를, 조선인을 미워한 것은 내 잘못이야. 그간 널 못살게 군 것도, 편지를 찢은 것도, 모든 게 정말 미안해."

영혜가 히사코의 손을 잡고 일으켜 세웠다. 그새 키가 조금 자랐는지, 보다 작았던 영혜의 키가 히사코와 비슷해져 있었다. 이제 둘은 같은 눈높이에서 서로를 바라볼 수 있었다.

"난 언니를 용서하지 않을 거예요."

"…."

"하지만 사과는 받겠어요. 내가 처음으로 들은 사과니까…."

"…고마워."

"이만 쉬고 싶으니 나가주세요. 다음 수업 때 봬요."

영혜의 방을 나선 직후, 히사코는 생각했다. 다음, 다음이라. 저 아이와의 관계에서 내게 다음이라는 것도 생겼구나. 히사코는 미소를 지었다. 무거웠던 마음이 조금이나마 떠오르는 것을 느꼈다.

그러나 마음이 가벼워졌다고 아픔에서 완전히 해방된 것은 아니었다. 전처럼 만큼은 아니더라도 영혜를 보면 마음이 불편했다. 하지만 그녀는 알았다. 지금은 힘들더라도 자신의 잘못을 계속해서 마주 본다면 언젠가는 그 고통이 사그라들 날이 올 것이라는 걸.

새해가 밝았다. 해가 바뀌었을 때 연구소의 분위기는 전년과는 사뭇 달라져 있었다. 우등 연구생의 표식이 붙은 영혜는 이제 동료 연구생들 사이에서 무시할 수 없는 사람이 되었다. 비위를 맞추는 것까지는 아니더라도 연구생들은 웬만해선 영혜와 언쟁하려 들지 않았다. 오직 실력에서 비롯된 변화였다.

"호선, 잠시 들어오거라."

공연을 2주 즈음 앞둔 시점에서 히로시가 영혜를 불렀다. 말인즉슨, 공연에 앞선 보도자료를 요청할 때 언론사에 그녀의 이름을 넣어야 하는데 조선식 이름보다는 일본식 이름이 어떻겠냐는 것이었다. 영혜는 내심 그것을 매우 꺼렸지만 하는 수 없이 다음날까지 생각해 오겠다며 자리를 떴다. 하지만 이름을 정하는 것은 생각보다 어려운 일이었다.

"카즈코나 사지코가 어때? 가장 흔한 이름이기도 하고."

후미코가 후보 몇 개를 추천하자 영혜가 고개를 저었다.

"흔한 이름은 싫어요. 그리고 카즈코(和子)는, 그저 쇼와(昭和)에서 가져온 이름이잖아요. 무언가 의미가 있었으면 좋겠어요. 내가 기억될 만한…."

"결정이 내일까지랬지? 그렇다면 조금 더 고민해 보렴. 이름은 곧 너니까, 이름의 의미는 네 의미가 될 테니깐 말이야."

"네, 아무래도 그래야 하겠어요. 고마워요, 언니."

영혜는 후미코와의 대화를 끝내고 숙소로 들어왔다. 이름, 이름이라. 제 이름을 제가 지어야 하는 상황도 우스웠으나, 살아온 날들을 아무리 뒤져봐도 마땅한 후보조차 나오지 않는다는 것도 퍽 우스웠다. 한참이나 머리를 싸매며 고민하던 도중, 웬 꽃잎 하나가 바람을 타고 머리에 날아 들어왔다.

"앵화…."

영혜가 머리에서 꽃잎을 떼어 냈다. 창을 열어 밖을 보니 눈앞의 벚나무에는 딱 한 송이의 앵화만이 걸려 있었다. 그것은 나무의 맨 꼭대기에서 선명하게 제 존재감을 피워내고 있었다. 그 색채는 참으로 고고했다. 다른 것들을 제쳤음에도, 가장 높은 곳에서 만물을 내려다보는 저 꽃은 그 무엇보다도 빛나 보였다.

영혜가 살며시 웃었다. 그리고 그녀는 곧바로 히로시의 집무실을 찾아
가 말했다.

"선생님, 이름을 정했어요."

"무엇으로?"

"우에노 사에코(上野冴子)로 할게요."

히로시는 놀란 눈으로 영혜를 바라보았다. 연구소 내의 연구생들은 원칙
적으로 히로시의 성을 딴 '요시다'의 성을 가져야만 했다. 영혜도 분명 그것
을 알고 있었을 터였다. 허나, 그녀는 히로시에게 당돌하게 말했다.

"전 반드시 위로, 그 누구도 넘볼 수 없을 곳으로 올라갈 거예요. 절대 바
래지 않는 선명한 색을 띠면서요. 그래서 그 이름으로 하고 싶어요. 꼭이
요."

히로시는 영혜의 말을 어느 정도 납득했다. 그래, 너는 그런 아이였지.
어떻게든 악착같이 버텨서 원하는 것을 이루어내는 아이. 모든 것을 집어
삼킬 듯한 전광을 휘두르는 아이. 하지만 그 이름은….

히로시는 무언가를 말하려다 그만두었다. 그래, 나아가려 하는 아이의
사기를 굳이 꺾을 필요는 없겠지.

"그래, 이번 공연에서는 그 이름으로 서도록 하여라."

"감사해요, 선생님! 꼭 이름에 걸맞도록 좋은 성과를 보일게요."

"그래, 이만 들어가거라."

"네, 안녕히 주무세요, 선생님."

영혜가 방을 나섰다. 히로시는 들고 있던 펜으로 그녀의 이름을 써 보았
다. 그의 고향에는 사람은 이름에 따라 운명이 결정된다는 말이 있었다. 그
리하여 그는 영혜에게 호선이라는 이름을 붙여 주었을 때도 뜻을 꽤나 고
민했었다.

"사에코, 사에코라…."

아마 영혜는 몰랐겠지만, 사에코라는 이름에는 선명하다거나, 맑다는 뜻만 있는 것이 아니었다. 일본식으로 보자면 그것이 맞으나, 한자만 놓고 본다면, 그것은….

"어찌 너는 이리도 외로운 길을 가려고 하느냐….."

히로시는 그녀의 이름을 듣자마자 직감했다. 역시 사람은 정해진 운명이 있는 법이라고. 영혜는 분명히 정점에 올라갈 것이다. 그리고 그 속에서 제 존재를 화려히 빛낼 것이다. 하지만 히로시는 그 끝이 희극은 아닐 것이라고 확신했다. 최정상에 핀 꽃은 홀로이기에 고독하고, 고독하기에 외로운 법이니.

그녀의 이름이 가진 또 다른 뜻은, 혹한이었다.

시간이 흐르고, 공연 날 아침이 밝았다. 공연에 참여하는 연구생들은 일찍이 일어나 공회당으로 향했으며, 공연에 참여하지 않는 일부 연구생들도 분장도구나 의상을 챙겨 나설 준비를 했다. 이번 공연은 히로시가 조선에서 도쿄로 돌아온 이후 내보이는 최대 규모의 공연이었으며, 연구생들을 신진 무용수로 소개하는 자리였기에 엄청난 관심을 받았다. 특히 영혜의 이야기가 가장 큰 주목을 받았는데, 조선 태생이라는 특색과 14살이라는 어린 나이, 아름다운 미모에 대한 기자의 강조 때문이었다.

영혜는 공회당으로 향하는 전차 안에서 수도 없이 연습을 복기했다. 그녀는 무대에 선 자신의 모습을 상상했다. 그녀는 결코 동료 연구생이나 도쿄의 신진 무용가들을 이기겠다는 생각을 해 본 적 없다. 그녀는 세계적인 무용가 안나 파블로바, 이사도라 덩컨, 마리 비그만 등과 어깨를 나란히 하는 자신의 미래를 상상하며 연습했다. 허황한 꿈처럼 보일 수도 있겠으나, 그녀는 반드시 그렇게 되겠다는 집념을 품고 매사에 임했다.

"이번 역은 유라쿠초 역입니다."

공회당 인근 역에 도착했다는 역무원의 목소리가 들려왔다. 영혜는 숨을 한 번 내쉬고 전철에서 내렸다. 내딛는 걸음이 가벼웠다. 그녀는 확신했다. 이번 공연이 인생의 분기점이 될 것이라고.

분장실에 도착하니 연구생 몇 명이 분장을 받고 있었다. 영혜 역시 의자에 앉으려는데, 누군가 그녀의 어깨를 가볍게 두드렸다. 히사코였다.

"언니, 여긴 어떻게…."

"전해줄 것이 있어 잠시 들렀어. 첫 공연 축하해."

히사코가 영혜에게 편지 하나를 건네주었다. 그것은 살짝 구겨져 있었다. 몇 번을 고쳐 쓴 듯 보였다.

"고마워요, 언니. 꼭 잘 해낼게요."

영혜가 히사코의 손을 잡았다. 히사코는 부끄러운 듯 살짝 고개를 돌렸다. 그녀는 이번 공연에 참여하지 않았기에 영혜와 몇 마디를 나누다 곧 분장실을 나갔다.

히사코가 나간 후, 영혜는 편지를 열어보았다. 편지에는 가벼운 인사말과 함께 호선이라는 이름이 조선어로 적혀 있었다. 삐뚤빼뚤한 글씨였지만, 정성스레 쓴 것이 확실했다.

그렇게 모질던 히사코도, 자신을 배척하던 연구생들도 모두 바뀌었다. 영혜는 생각했다. 운명은 자신이 바꿔나가는 것이며, 이번 공연 역시 자신의 운명을 개척할 계기가 될 것이라고.

"공연 시작하겠습니다!"

공회당의 직원이 공연의 시작을 알리니, 첫 순서인 연습생들이 일제히 무대로 향했다. 영혜는 마지막에서 두 번째, 즉 히로시의 직전 순서였다. 그녀는 떨리는 마음을 다잡으며 자신의 차례를 기다렸다.

"우에노 사에코 양, 지금 나오시면 됩니다."

영혜의 이름이 불렸다. 자신을 칭하는 낯선 이름이 어색했다. 하지만 그녀는 그것이 시작에 대한 알림으로 들렸다. 두 번째 인생의, 미래로 나아갈 수 있을 기회의.

영혜가 무대에 올랐다. 수많은 사람의 눈이 자신에게 맞닿았다. 그 순간 퍼뜩 긴장감이 올라와 숨이 조금 울렁이는 것 같았다. 하지만 그것에 머무를 시간이 없었다. 곧 노래는 나올 것이고, 그 즉시 춤은 시작되어야 했기에.

잔잔한 음악이 장내에 흘러들었다. 영혜가 양팔을 앞뒤로 뻗었다. 물을 흔들듯 사지를 움직이고, 비틀며, 흘려보냈다. 검은 미니 원피스에 하부에 달린 레이스 자락이 잔잔하게 요동했다. 그녀가 양옆으로 돌기 시작했다. 흰색 레이스가 접히고 펼쳐져 연주되는 음표처럼 흔들렸다. 창작무, 〈세레나데〉였다.

관객들이 경악한 표정으로 그녀를 쳐다보았다. 큰 키와 천부적인 체격, 그에 더한 세련된 표현력까지. 모두가 마땅히 압도당할 수밖에 없는 무대였다.

공연을 성공적으로 마친 후, 영혜가 무대 뒤편 분장실로 다시 들어왔다. 그녀는 공연을 나가는 히로시와 눈인사를 주고받은 후 땀을 닦았다.

잠시 숨을 돌리려 공연 장면을 복기하는데, 갑작스러운 두려움이 그녀를 엄습해 왔다. 아무리 떠올리려 해봐도 춤을 추는 자신의 모습이 떠오르지 않았다. 분명 꿈은 아니었다. 자신은 분명 공연을 했고, 무대로 나선 것과 나온 것은 모두 기억이 났다. 하지만 춤을 추는 도중은 도저히 생각나지 않았다. 마치 무언가에 홀린 것만 같았다.

그녀가 멍한 표정으로 허공을 바라보는데, 마지막 순서로 춤을 추었던 히로시가 들어왔다. 춤이 끝났으니 커튼콜의 시간이었다. 영혜는 다른 연구생들과 함께 재빨리 다시 무대로 나갔다.

제일 먼저 히로시가 참여해준 관객들에게 인사했다. 이어 그가 연구생을 한 명씩 소개하는데, 영혜의 차례가 되자 엄청난 함성이 쏟아졌다.

"우에노 사에코! 파이토 스피리트!"

영혜가 앞을 보니 수많은 관객이 손뼉을 치며 그녀를 응원하고 있었다. 다른 연구생들과 비교하면, 아니, 히로시가 운을 떼었을 때보다도 열띤 반응이었다. 영혜가 입을 틀어막았다. 그녀의 눈에서 왈칵 눈물이 흘러나왔다. 해냈구나, 내가 해낸 것이구나.

내가, 해낸 것이구나.

나빌레라

우에노 사에코라는 이름이 전혀 낯설지 않아질 때쯤, 영혜는 19살이 되었다. 히로시의 연구소에서는 간판 연구생이 되었으며, 그녀의 춤에 매료되어 연구소를 찾는 소녀들이 생길 정도의 인기를 누리고 있었다. 조선의 각지에서도 몇 차례 그녀를 초청하고자 했으나 그녀는 알 수 없는 이유로 그 요청들을 전부 거절했다.

어느 날 히로시가 영혜를 불렀다.

"사에코, 슬슬 조선으로 가보는 것이 어떻겠니? 안 그래도 너희 큰아버지가 너를 한번 보고 싶다는구나."

영혜는 잠시 고민하는 듯하더니, 어려운 목소리로 히로시에게 대답했다.

"선생님, 저는 조선에 가는 것이 아직은 망설여져요. 그저 도쿄에 있고 싶어요."

"아무리 그래도 너의 고향이지 않니. 그래도 한 번쯤은 가봐야 하는 것이 좋을 듯싶구나."

"…."

히로시가 영혜의 손을 붙잡았다.

"그래, 네가 고민하는 이유는 잘 안다. 하지만, 평생 일본에만 있을 게 아니잖니. 나는 이번 기회에 네가 조선에서도 새 출발을 했으면 좋겠다."

히로시의 단호한 말에 영혜는 잠시 망설이다, 이내 고개를 끄덕였다.

"선생님 말씀이 그렇다면, 한 번쯤은 가보겠어요."

히로시가 살며시 웃었다. 사실 그 역시도 반신반의했던 터라, 영혜의 승낙이 특히 기꺼웠다. 그녀가 과거의 아픔을 조금이라도 떨쳐 보낸 것으로 보였기에.

"그래, 잘 생각했다. 이번에 다카라즈카 극장에서 공연하기로 한 작품을 경성에서 발표하는 것이 어떻겠니? 너만 괜찮다면 경성일보와 교섭해 볼 생각이란다."

"네, 그렇게 할게요."

영혜의 승낙에 히로시는 기꺼운 표정으로 그녀의 등을 토닥였다.

"날짜가 정해지면 말해줄 테니, 지금은 일단 연습에 전념하렴. 넌 잘 해낼 거란다. 응원하마."

"감사합니다, 선생님."

영혜는 히로시에게 짧은 인사를 건네고는 공부할 것이 남았다며 집무실을 나갔다.

방에 도착하여 책을 폈지만, 도무지 글자가 눈에 들어오지 않았다. 조선, 나의 고향. 조선에 다시 가겠다는 생각을 안 해본 것은 아니었다. 하지만 그곳을 떠올릴 때면 구역감이 몰려와 매번 생각을 멈출 수밖에 없었다. 차마 용기를 낼 수가 없었다. 두려움과 불안함, 그 모든 감정을 타고 들어가면 결국 죄책감이 나왔다.

영혜가 서랍에서 거울을 꺼냈다. 그녀의 얼굴이 반사되어 비쳤다.

그녀는 자신의 눈동자를 들여다보았다. 무언가를 헤집어 찾듯 눈알을 이리저리 굴렸으나, 그녀의 검은자위 속에 비친 것은 오직 자신의 형상뿐이었다.

탁─

영혜가 거울을 뒤집어 덮었다. 그녀는 침구 안으로 들어가 애써 잠을 청했다. 눈을 감으니 눈동자가 눈꺼풀에 가려졌다. 완전한 암흑이었다.

다음날, 히로시는 영혜를 불러 조선 공연의 날짜를 일러주었다. 공연은 일주일 뒤, 경성공회당에서 열릴 예정이었다. 영혜의 예상보다는 훨씬 이른 때였다. 히로시는 상황이 어쩔 수 없었다며, 이틀 후의 선편을 잡아 놓았다고 말했다. 영혜는 예기치 못한 상황에 당황했으나, 어쩔 수 없이 그의 말을 따랐다.

이틀 후, 영혜는 히로시와 함께 도쿄역으로 향했다. 원래는 히로시와 함께 출국하기로 되어 있었으나, 갑자기 그의 일정이 변경되는 탓에 영혜 혼자 조선에 입국하게 되었다.

"경성 역에 도착하면 네 큰아버지께서 기다리고 계실 게다. 분장이나 의상을 맡아 줄 사람들은 이미 현지에서 구해 놓았으니, 너는 편히 가면 된다."

"잘 다녀올게요, 선생님."

"…."

왜인지 영혜의 인사에 히로시는 대답하지 않았다. 의아한 낌새를 느낀 영혜가 히로시에게 되물었다.

"선생님, 무슨 일이 있으신가요?"

"원한다면, 도쿄에 돌아오지 않아도 된다."

"네? 그게 무슨 말씀이세요?"

"네 큰아버지와 상의를 했는데, 경성에서 네 연구소를 차리는 것이 어떻냐고 하시더구나."

"…네?"

갑작스러운 그의 말에 영혜는 심히 당황했다. 사실 영혜도 히로시에게서 독립하겠다는 생각을 안 해 본 것은 아니었다. 하지만 그것도 나이가 차고, 조금 더 성장했을 때의 일이지, 이리 갑자기 제의를 받을 줄은 꿈에도 몰랐다. 많은 생각이 들었지만, 하나 확실한 것은 방금 받은 제의가 자신의 가습을 뛰게 했다는 것이다. 하지만 쉬이 결정할 일이 아니었다. 연구소를 차린다 한들, 얼마나 많은 연구생이 와 줄 것이며, 또한 자금은 어떻게 할지 등 현실적인 문제들 역시 고려해야만 했다.

"조선에 도착하여 조금 더 고민해 보도록 할게요. 편지 드릴게요, 선생님."

영혜는 그 말을 끝으로 시모노세키행 기차에 올랐다. 그녀가 창밖으로 손을 내밀며 히로시에게 작별인사를 건넸다. 히로시의 눈시울이 붉어졌다. 그는 직감적으로 이것이 그녀와의 마지막 인사가 되리라고 확신했다.

춤이라고는 전혀 몰랐던 어린 소녀를 조선에서 데려온 지 어느덧 6년, 그 소녀가 어엿한 무용가로 성장해 자신의 품을 떠날 정도가 되었다. 히로시는 문득 영혜가 제 이름을 정했던 날을 떠올렸다. 무용가로서의 자신의 삶을 되돌아보았을 때, 무용이라는 길은 절대로 평탄한 길이 아니었다. 조선의 여류무용가로서는 더더욱 그렇겠지. 그 과정에서 아마 자신이 해줄 수 있는 일은 거의 없을 것이다. 그러나,

"부디 너의 앞날이 나쁜 뜻을 빗겨 가길 바란다."

그는 떠나는 영혜를 보며 나지막이 중얼거리고는, 이내 역사 밖으로 걸음을 옮겼다. 마지막까지도 그녀의 행복을 빌며.

영혜는 자신이 처음으로 도쿄에 온 날을 생각했다. 자신이 향했던 길에서 다시 처음으로 되돌아간다는 것은 생각보다 서글픈 일이었다. 말은 고민해 보겠다고 했으나, 그녀는 내심 조선에 연구소를 차리는 쪽으로 마음을 기울이고 있었다. 들떠 버린 감정이 현실에 대한 고민을 제친 것이다.

기차를 타고 10시간, 배를 타고 11시간. 부산에서 경성까지 또한 7시간. 총 하루 반 정도의 시간이 흐른 후 영혜는 경성 역에 도착했다. 6년이라는 세월을 도쿄에서 보냈다 보니, 온 군데서 들리는 조선어가 그녀로서는 심히 낯설었다.

"영혜니?"

도무지 적응이 안되어 주위를 두리번거리는데, 익숙한 목소리가 영혜의 귀에 들려왔다. 큰아버지였다.

"백부님!"

"역시 영혜가 맞는구나. 정말 오랜만이구나, 영혜야."

"오랜만에 뵈어요, 백부님! 잘 지내셨나요?"

"오냐, 정말 많이 컸구나. 네가 어엿한 무용가가 된 걸 보니 너무나도 자랑스럽다."

큰아버지는 영혜와 간단한 안부 인사를 나눈 후, 그녀를 숙소로 안내했다. 숙소에 도착한 후, 그는 자신이 매니저 역할을 해줄 테니 연구소를 차려 본격적으로 경성에서 무용 활동을 해 보는 것이 어떻겠냐고 제안했다.

"하지만, 사람이 안 모이면 어떡하나요?"

"그런 걱정은 말거라. 네 생각보다 너는 조선에서 유명해. 물론 네 신원은 잘 알려지지 않았지만 말이다."

"비용은요? 연구소를 운영하려면 돈이 필요하잖아요."

"후원회를 조직하면 되지."

"후원회요?"

"이미 너에게 후원해 주겠다고 말한 일본인들이 몇 있는 것으로 아는데, 맞니?"

영혜가 일본에서 공연할 때, 네댓 명 정도의 문예가와 언론인이 후원을 해주겠다며 나선 적이 있었다. 하지만 그녀는 괜한 추문이 도는 것을 염려해 거절했었다.

"네, 맞아요. 하지만 후원회는 조금 꺼려져요. 괜한 말들이 돌까 봐요."

"그마저도 네 가치를 올려주는 수단인 게지. 너만 떳떳하면 될 일이 아니겠니?"

영혜는 조금 머뭇거리다, 이내 큰아버지에게 승낙의 의사를 밝혔다. 큰

아버지는 기쁜 표정으로 그 말을 반겼다.

"난 이만 가봐야겠구나. 공연까지 며칠 남았으니, 기회가 되면 경성을 둘러보거라."

"네, 아 참, 이번 공연의 첫 춤은 〈금붕어〉 대신 다른 것으로 하고자 해요."

"어떤 것으로?"

"승무를 추고 싶어요."

"이미 짜여 있는 것을 바꾸는 것은 쉬운 일이 아니야. 갑자기 마음을 바꾼 이유를 묻고 싶구나."

영혜의 양 눈동자가 오른쪽 하늘로 치켜 올라갔다.

"제가 춤을 선택한 이유는 오직 하나였어요. 그저 아름다워지고 싶어서요. 승무가 가장 아름답다고 생각하여 고른 것이에요. 특히 조선에서는요."

"너의 아름답다는 말이 무슨 말인지 모르겠다. 네가 무얼 보이고자 하는지도 더욱 모르겠고."

"아름다움이란…"

영혜의 눈시울이 희멀게졌다. 불그스름한 눈가가 옅게 진동했다.

"아름다움이란, 무언가가 사라진 후에도, 그 이후로 아주 오랜 시간이 흐른 후에도, 그 흔적을 찾아 헤매게 되는 것이에요. 저는 기억되고 싶어요. 영원토록, 제 육신이 죽는대도, 내 춤은, 그리고 기억은… 반드시 길이 날아 만인을 헤매도록 해야 해요."

영혜의 결연한 눈빛에 큰아버지는 자연히 말을 아끼게 될 수밖에 없었다.

"…그래, 준비해 놓으마. 공연 날 데리러 올 테니 쉬어라."

큰아버지가 나선 후, 영혜는 침구에 누웠다. 그의 말처럼 밖에 나가볼까도 싶었으나, 경성의 공기는 너무도 낯설어 쉬이 나서고 싶지 않았다. 공연 날이 될 때까지 영혜는 책을 읽거나, 공연에 있어 준비해야 할 것들을 정리하는 등 오직 숙소 안에서만 시간을 보냈다.

공연 날 아침, 큰아버지가 영혜를 데리러 숙소에 왔다. 공회당까지는 택시를 타고 갔는데, 차에서 내리자마자 여학생 몇 명이 영혜에게로 몰려왔다.

"신문에서 봤어요! 오늘 공연, 정말 응원해요!"

영혜는 깜짝 놀랐다. 일본에서 공연할 적에도 비슷한 일이 몇 번 있었으나, 그것은 일본에서만 쌓아 올린 인지도였기에 경성에서는 사뭇 다를 줄 알았다. 오히려 객석이 텅 비지는 않을까 내심 걱정도 했다. 그러나, 큰아버지의 말처럼 조선에서도 자신이 꽤 유명하다는 것을 영혜는 순간 실감했다.

"고마워요. 열심히 할게요."

영혜는 소녀들을 향해 가볍게 웃어주고는 대기실로 향했다. 분장을 받던 중, 그녀의 얼굴에 분칠을 해주던 분장사 한 명이 실수로 영혜의 옷에 분을 조금 쏟았다.

"세상에, 우에노 양, 정말 죄송해요."

별 것 아닌 실수에도 화들짝 놀라 사과하는 분장사에 영혜는 미묘한 쾌감을 느꼈다. 사람 사이에 귀천은 없다고 믿을 때도 있었으나, 일본에 있을 때부터 계속된 특별대우는 생각보다 나쁘지 않았다. 그것이 쉬이 얻을 수 없는 것임을 알아 버렸기에 더욱 그러했다.

"됐어요. 계속 하기나 하세요."

영혜는 퉁명스레 말을 건네고는 분장을 받기 위해 다시 눈을 감았다.

분장을 마치고 의상을 갈아입으니 어느덧 공연의 시작이 임박해 있었다. 자신을 부르는 목소리가 들려오자 그녀는 노련하게 무대로 나갔다.

명징한 해금 소리가 울렸다. 장엄한 음악에 맞추어 흰 고깔을 쓴 여인이 등장했다. 길고 넓은 소매가 음악에 맞추어 사방으로 펄럭였다. 한발, 또 한발. 외씨버선[51]이 사뿐히 접혀 치솟듯 올랐다. 고조되는 음악에 맞추어

---

51 볼이 좁아 모양이 갸름한 버선

흰 자락이 사방으로 흩날렸다. 여인의 눈이 복사꽃처럼 붉어졌다. 별빛을 담은 눈동자가 복사꽃에 아름진 두 방울을 내렸다. 마침내 음악이 내려앉으니 위를 올려보며 합장하는 여인만이 남았다.

무대의 불이 꺼지고, 엄청난 박수 소리가 장내를 뒤덮었다. 영혜가 다시 무대로 나왔을 땐 환호하는 사람들 때문에 그녀의 인사말이 묻힐 지경이었다. 객석은 이미 만석이었다. 그녀의 첫 조선 공연은 그야말로 대성공이었다.

그녀가 분장을 지우고 대기실에서 나오는데, 웬 낯선 남성이 그녀에게로 다가왔다.

"아, 안녕하세요, 우에노 양, 이것 한 번만 보아주십시오."

청년이 내민 수첩에는 짤막한 글이 적혀 있었다. 무언가 싶어 자세히 보니, 시인 것 같았다.

"이것은 무언가요?"

"우에노 양의 승무를 보고 쓴 시입니다. 나중에 〈별건곤[52]〉이나 〈삼천리[53]〉, 가능하다면 문학지에도 투고해보고 싶은데, 그 전에 우에노 양이 먼저 봐주신다면 기쁠 것 같습니다."

"구절들이 너무 어여쁘네요."

영혜가 청년의 시에 매료된 듯 그것을 자세히 보는데, 문득 낯선 단어 하나가 눈에 들어왔다.

"한데, 이 말은 무슨 뜻인지요?"

"나비와 같다는 뜻입니다. 우에노 양의 오늘 춤이 딱 그러하셨습니다."

"그렇군요. 고맙습니다."

---

52 일제강점기의 언론잡지
53 1926년 6월 창간된 월간 대중잡지

"사실 뜻이 하나 더 있는데, 나비가 되길 바라는 주문이라는 뜻도 생각해 놓았습니다. 우에노 양의 춤이, 무언가… 말로 표현은 다 못하겠지만 마치 그런 느낌이 들었습니다."

…나비?

청년의 말을 듣자마자 영혜의 손이 떨리기 시작했다. 무언가를 읽은 것일까, 아니면 무언가가 읽힌 것일까. 혹은, 무언가를 읽을 수밖에 없었던 것일까. 사실 예견된 일이었을 지도 모른다. 아주 오래전부터, 어쩌면 그날부터.

찰나, 어느 여름날의 풍향(風香)이 느껴졌다. 잔혹하게 불어오는 산뜻한 내음, 그 속에 멈춰 있는 일말의 행복. 어느 적의 미소는 너무나도 아름다워서, 감히 잊지도, 놓지도 못할 정도로 사무치게 그리워서.

그래. 사실 다양한 말들로 그 순간을 돌이켜 왔었다. 모든 기억이 꺼지고, 오직 남아버린 죄책감이라는 감정에 온몸이 부르트도록 노력하여 아름다움을 쥐어내었다. 끝내 너를 쥐었다.

애타게도 그리웠건만, 그리하여 표현해내려고 애썼건만, 애석하게도 나의 춤에서 무언가를 읽는 사람은 아무도 없었다. 하지만, 하필 조선에서의 첫 공연 날 내 안의 네가 읽혔다. 만약 그것이 네가 있었기 때문이라면. 비로소 너와 내가 닿았기 때문이라면… 만약 그렇다면, 실낱같은 희망이라도 걸어보는 것이 옳지 않을까.

가자. 그곳으로 가자. 가야만 한다. 집념과도 같은 주문이 머릿속에 무거이 울렸다.

"…이만 가볼게요. 고마웠어요."

영혜는 청년을 등지고 공회당 밖으로 걸어 나왔다. 그녀는 밖에서 대기하고 있던 큰아버지에게 말했다.

"저, 고향으로 가보아야겠어요."

"그래, 일정을 모두 마치면 가보려무나."

큰아버지는 갑작스러운 그녀의 말에 당황했지만, 딱히 문제 될 것은 없어 보였기에 별말 없이 그녀의 뜻에 따랐다.

공연장은 회차가 진행될 때마다 점점 북적였다. 공연의 마지막 날인 3일 차 공연에서는 영혜가 공회당을 나오려다 그녀를 보기 위해 몰려든 인파에 휩쓸려 다칠 뻔한 일까지 생겼다.

영혜의 인기는 단순한 호감이나 애정에서 비롯된 것이 아니었다. 어둠이 드리운 식민지 시대, 조선인임에도 오히려 제 분야에서 일본인들을 압도한 그녀를, 조선인들은 동경의 대상이자 희망으로 여긴 것이다. 영혜가 조선에서 만인의 입방아에 오르내리기 시작한 것이 그때 즈음이었다.

3일 차 공연을 끝내고 영혜는 홀로 나주로 향했다. 나주역에서 내려 동네를 걷는데, 그곳은 정말 많은 것이 달라져 있었다. 곳곳에는 일본어가 즐비했고 일본식 가옥이 수십 채 들어 서 있었다. 6년밖에 지나지 않았건만. 영혜는 왠지 모르게 서글퍼져 고개를 돌렸다.

걷다 보니 점점 익숙한 곳들이 눈에 보였다. 어릴 적 돌아다녔던 곳들, 놀이를 했던 곳들, 그리고 집.

옛집에 도착하니 그곳은 폐허가 되어 있었다. 공사를 하려 했지만 실패한 듯 보였다.

영혜는 폐허가 된 대문 앞에 섰다. 머릿속에서는 모든 것이 선연한데, 눈에 보이는 집터에는 기억의 흔적만이 남아 있었다. 그 모든 것이 꿈이라는 듯, 참으로 황폐한 광경이었다.

"나 왔어."

영혜가 문 안으로 발을 들였다. 그녀는 가만히 서서 하늘을 바라보았다. 찬찬히 훑으며 한 곳을 바라보다, 점차 무언가를 갈구하듯 집착에 가까운 눈빛으로 허공을 좇았다. 기적 따윈 애초부터 바란 적 없었다. 다만 한 움큼의 희망조차도 감히 와닿기를 바랐다. 그러나, 한참 동안 사방을 헤매던 그녀의 눈동자가 서서히 내려앉기 시작했다. 시야가 갈피를 잡지 못하고 졸도하듯 스러졌다.

영혜가 흙에 무언가를 써 내려가기 시작했다. 그녀는 바람이 글씨를 채어가기 전에 무릎을 꿇고 합장했다. 이루어질 수 없는 바람을 날리는 것처럼. 아마도 그것은, 죽음에 맞닿도록 처절한 묵념이었을 지도 모른다.

바람이 불어왔다. 치마의 흰 자락이 바람에 접혔다. 영혜가 위를 바라보다, 이내 떨리는 손으로 입을 틀어막았다. 서러운 숨소리가 허공에 사무쳐왔다. 분명 구름 한 점 없이 맑은 하늘이었으나, 왜인지 모를 빗줄기가 땅 위에 쏟아져 내렸다. 그녀는 헐떡이는 숨을 부여잡지 못하고 목 놓아 외쳤다.

'음, 그렇다면 영혜야, 내가 너보다 먼저 죽으면 나비가 되어 찾아갈게.'

나빌레라, 나빌레라.

'절대 떠나지 않고 네 옆에서 계속 있을 수 있도록.'

돌아오소서, 돌아오소서.

라 보에무

바닷바람이 불어왔다. 바람이 얼굴에 와닿으니 세이지가 옅게 숨을 들이마셨다. 가지런한 숨소리가 들렸다. 소리를 실감한 사에코가 말을 멈췄다.

"너무 성가신 이야기를 건네드렸네요."

사에코는 그제야 제 말이 실수였을 수도 있겠음을 느꼈다. 그녀의 볼이 약간 상기되었다. 숨겨 둔 이야기를 꺼낸다는 것은 후련한 만큼 부끄러운 일이었다. 눈을 어디로 둬야 할지 도저히 모르겠어서, 사에코는 그저 앞에 놓인 밤바다만 바라보았다.

세이지가 말없이 사에코를 쳐다보았다. 그녀의 이야기를 듣는 동안 어느 한구석도 아려오지 않은 곳이 없었다. 바다에 묻힌 사에코의 눈동자가 자신에게 옮겨오길 바랐다. 그러나 그녀가 견뎌 온 그 오랜 세월을 어떻게 입에 담아야 할지 감히 짐작조차 가지 않아, 세이지는 그녀의 옆모습만 바라볼 뿐이었다.

"〈라 보에무[54]〉라는 가극을 아십니까?"

잠시의 시간이 흐른 후, 세이지가 입을 열었다. 뜬금없는 그의 말에 사에코는 의아해하며 물었다.

"일전에 부민관에서 공연한다는 소식을 들은 적은 있으나, 그 결말까진 자세히 알지는 못해요. 그런데, 그것을 어찌 여쭤시는지요?"

---

[54] La Boheme, 이탈리아의 작곡가인 푸치니의 오페라

"그 가극은, 한 가난한 사내와 여인이 사랑에 빠지며 시작됩니다. 하지만, 곧 여인은 죽을병에 걸립니다. 사내는 여인의 약값을 벌지도 못하는 현실에 절망하여 싫증이 났다는 거짓말로 그녀를 놓습니다. 끝내 여인은 죽고, 사내가 여인의 시체 앞에서 울부짖는 것으로 극이 끝납니다."

"그렇군요. 한데, 갑자기 그것을 말씀하시는 이유는 무언지요?"

"그 이야기에서 잘못한 이가 있다면 누구라고 생각하십니까?"

"어찌 사람이 다룰 수 없는 일에 책을 묻겠나요. 그저 모진 상황의 탓이지요."

세이지가 사에코의 손을 잡았다. 사에코가 당황하며 눈을 피하자, 그는 고개를 돌려 그녀의 눈에 시선을 맞추고 말했다.

"우에노 양의 경우 역시 마찬가지입니다. 제가 감히 말씀컨대, 우에노 양께서 말씀하신 것 중 그 어느 하나도 그대의 탓이 없었습니다. 그저, 우에노 양께서는 대가 없는 사랑을 너무나도 오래 간직한 것뿐입니다."

사에코가 거칠게 세이지의 손을 뿌리쳤다. 그녀는 성을 내듯 그에게 대답했다.

"대가 없는 사랑이라니, 그런 것은 없어요. 나는 그런 허황을 믿을 만큼 어리석지 않아요."

세이지의 박동이 급속도로 내려앉았다. 그의 가슴에 비릿한 통증이 와닿았다.

"우에노 양, 대가 없는 사랑이 왜 없겠습니까."

사에코의 눈빛이 차갑게 바뀌었다. 그녀는 날 선 표정으로 세이지를 쳐다보며 말했다.

"그만두죠. 내 옛이야기를 들었다고 해서, 당신이 아무 말이나 입에 담을 자격이 생긴 건 아니에요."

세이지가 가만히 사에코를 바라보았다. 그녀의 오랜 불신이 어디에서 기

뺨을 차마 감추지 못하고 고개를 돌렸다. 입을 열어 무언가 말하려 했으나, 그저 의미 없는 헛발질만 발자국으로 남을 뿐이었다.

"이만 가봐야겠어요."

사에코가 황급히 몸을 돌렸다. 당황한 두 손이 방향을 잡지 못한 채 사방으로 흔들렸다. 어딘가로 발을 옮기려 했으나, 자꾸만 걸음이 꼬여 제대로 걸을 수 없는 지경에 이르렀다.

"우에노 양, 괜찮으십니까?"

"놓으세요! 혼자, 혼자 가겠어요."

세이지는 사에코를 부축하려 했으나, 그녀의 단호한 말에 하는 수 없이 그녀의 팔을 놓을 수밖에 없었다. 세이지는 사에코의 발소리가 멀게도, 가깝게도 들리지 않게 그저 적당한 거리 뒤에서 그녀를 쫓았다. 무언의 속삭임이 그들의 머릿속을 헤집었지만, 그 누구도 쉽사리 입을 열지 않았다.

자시(子時)를 조금 넘긴 밤이었다. 주먹을 꼭 쥔 채 걸어가는 어느 여인의 발소리와 그런 여인을 쫓는 한 사내의 눈웃음이 바닷가에 울려 퍼졌다. 텅 비어버린 어둠 녘의 바다는, 모든 서투름을 용인한다는 듯 여린 파도만 흘릴 뿐이었다.

무지

"바로크인가요?"

청사 건물을 둘러보던 사에코가 문득 말을 꺼냈다.

"비슷합니다. 독일의 건축가가 남긴 초안이 기반이 되었으니까요. 그래도 세부적인 양식은 황국만의 독자적인 것입니다."

"그런지요."

말이 마무리되기도 전에 사에코가 고개를 돌렸다. 요시오의 표정이 살짝 찌푸려졌다.

"우에노 양께서는 건축에도 조예가 깊으신가 봅니다."

"일전에 불란서[55]에 순회공연을 간 적이 있었지요. 그때 베르사유 궁전에 관광차 들렀는데, 그곳의 양식과 비슷하여 여쭌 것이에요."

"하하, 그러십니까. 저도 총독님을 보좌하며 방문한 적이 있는데, 경험이 통했습니다."

요시오가 밝게 웃으며 악수를 청했다. 사에코는 내키지 않는다는 표정으로 그의 손을 잡았다가, 이내 차갑게 떼었다.

"의장님께선 안에 계신가요?"

"네, 응접실에서 기다리고 계십니다."

요시오는 기다린다는 말에 보다 힘을 주고 말했다. 중추원의 의장은 조

---

[55] 프랑스의 옛말

선총독부의 정무총감을 겸하는 자리다. 즉, 해당 직책에 임한다는 것은 모든 조선인을 통괄하는 권한을 가지고 있음을 의미했다. 그렇기에 요시오의 말은 일종의 경고였다. 모든 조선인이 고개를 조아리게 만들 수 있는 중추원 의장을 제쳐두고 건물이나 구경하고 있는 사에코의 오만함에 대한.

"그렇군요."

그러나 사에코는 단순한 대답으로 말을 끝마칠 뿐이었다. 그런 그녀의 모습에 요시오는 기가 찬다는 듯 헛웃음을 지었다.

그 이후로도 사에코는 경치 얘기나 건물 얘기 등, 쓸데없는 말을 하며 걸음을 늦췄다. 사에코의 계속되는 늦장이 반복되니, 마침내 응접실에 다다른 요시오는 진이 다 빠져 있을 수밖에 없었다. 약속된 시간보다 20분 정도가 지난 후였다.

"의장님, 들어가겠습니다."

문을 열고 들어가니, 중추원 의장, 요시미네 신타로의 굳은 표정이 보였다. 요시오는 사에코가 귀가하고 난 후, 자신에게 가해질 후환을 짐작하고는 이내 단념했다.

"조금 늦으셨습니다."

신타로가 방금 소파에 앉은 사에코를 쳐다보며 말했다.

"청사에 워낙 볼거리가 많았던 탓이지요. 너그러운 마음으로 양해해주셔요."

사에코가 찻잔을 집어 들었다. 그녀의 오른쪽 새끼손가락이 살짝 들렸다. 감은 눈으로 향을 음미하니, 혓바닥에 오렌지 베르가못 향이 내려앉았다.

"워낙 아름다우시니, 비슷한 것들에 시선이 끌리시나 봅니다."

"과찬이세요."

신타로가 만년필을 집어 들어 손가락 사이로 굴렸다. 심기가 불편할 때면 자연스레 나오는 그의 버릇이었다. 차를 홀짝이는 소리와 만년필이 굴러가는 소리가 침묵 속에 합쳐져 불협화음을 만들었다.

"지나 사변[56]이 진행 중이라는 것은 우에노 양도 아시지요?"

신타로가 먼저 운을 떼었다. 말없이 차를 마시던 사에코가 고개를 들어 그를 바라보았다.

"네, 물론이에요. 우리 황군[57]이 험지에서 고전하고 있다는 것도 잘 알고 있지요."

"우리 우에노 양께서 황국[58]의 무용가로서 세계에 황국의 예술을 알리는 데에 일조하셨다는 것은 매우 기껍게 생각하고 있습니다."

"그리 말씀 주시니 기쁘네요."

"다만 말입니다."

신타로의 눈빛이 사뭇 바뀌었다.

"하루에도 몇만 명씩 신민[59]들이 전장에서 죽어 나가고 있는데, 우리 우에노 양께서는 이리도 곱게만 춤을 추실 수 있는 이유를 아십니까?"

사에코의 눈빛이 치켜 올랐다. 짜여둔 말을 그대로 읊는 것처럼, 그녀는 무미건조한 음성으로 신타로에게 대답했다.

"전장에서 고전하고 있는 황군들과 신민들을 어루 살펴 주시는 천황 폐하의 은덕 덕분이지요."

"황군들 사이에서 우에노 양에 관한 얘기가 끊이지 않는다는 것을 아십니까? 역시 대단한 인기이십니다."

"그저 감사할 뿐이지요."

신타로의 손가락이 멈췄다. 그는 밝게 웃으며 사에코를 바라보았다. 눈가

---

56 중일전쟁의 일본식 표현
57 일본군의 옛 명칭
58 황제가 다스리는 나라라는 의미로, 여기에서는 일본 제국을 지칭
59 군주국에서 관원과 백성을 아울러 이르는 말

가 접히자, 눈꼬리의 주름이 온화하게 올랐다. 특유의 인자한 웃음이었다.

"황군의 후원 아래 난카이[60]에 국민정부[61]가 들어섰습니다. 그 청사에 공연장을 하나 마련해 두었는데, 우에노 양께서 그곳에서 위문공연을 해 주시면 어떨까 싶습니다. 황군의 사기도 진작시키고, 다친 병사들에게는 위로도 해 줄 겸, 말입니다."

그래, 못 할 것은 없는 일이었다. 굳이 불편한 점을 따지자면 경성에서 난징까지의 거리 정도였다. 하지만 사에코는 내심 그것이 내키지 않았다. 그녀 역시도 평소 자신의 춤이 여러 가지 의미로 받아들여진다는 것 정도는 알았다. 다만, 그것을 목적했는가 아닌가는 자신에 있어 꽤나 중요한 문제였다.

"의장님께선 제 공연을 보신 적이 있으신가요?"

무언가를 골똘히 생각하던 사에코가 곧 입을 열었다. 뜬금없는 질문에 신타로는 의아한 표정을 지으며 그녀에게 대답했다.

"네, 있습니다."

"어떻던가요?"

"아름다우셨지요. 예사처럼 말입니다. 그런데, 그것은 무슨 연유로 여쭈십니까?"

"어찌 제 춤이 아름답다고 느끼셨나요?"

"아름답다고 느끼는 데에 어떻게 이유가 있을 수 있겠습니까."

사에코가 살며시 웃었다. 그녀는 왜 자신이 신타로의 제안에 불쾌함을 느꼈는지 깨달았다.

"제 춤이 추앙받는 이유는 아름답기 때문이고, 아름답다는 것은 곧게 와

---

60 중국의 도시인 난징의 일본식 표현
61 중국 국민당의 수장이었던 왕징웨이가 세운 친일 괴뢰국

닿는 감각에서 기인한 것이지요. 그렇다면 만약 그것이 없어진다고 하여도 여전히 제가 아름다울까요?"

신타로의 표정이 굳어졌다. 그는 노한 마음을 애써 가다듬으며 사에코에게 되물었다.

"무슨 말씀을 하고 싶으신 겁니까."

"거절하겠다는 말이에요."

신타로의 숨소리가 거세졌다. 문 앞에 서 있던 요시오가 상황을 파악하고 놀라 달려왔다. 그는 급한 목소리로 사에코를 설득했다.

"우에노 양, 지금도 죽어가는 병사들이 많습니다. 우에노 양께서 한 번만 들러주시면 병사들은 그 기억을 원동력으로 삼아 싸울 것입니다."

요시오의 급박한 목소리에도, 사에코는 단호한 표정으로 말했다.

"목적에 휘둘리는 예술은 그 누구에게도 추앙받을 수 없어요."

쾅—

신타로가 테이블을 내려쳤다. 마들렌 한 조각이 다기에서 튕겨 나왔다. 사에코의 시선이 과자 부스러기로 향했다.

"우에노 양, 이것은 청이 아닙니다. 당장 앞둔 공연의 허가도 총독부에서 받아야 할 판인데, 이리 비협조적으로 나서신다면 상호 간에 좋을 것은 없지 않겠습니까."

화를 삭이려 이마를 지압하는 신타로의 모습에, 불씨를 직감한 요시오가 대신 나섰다. 그는 다급히 사에코를 설득했다. 애원에 가까운 표정이었다. 목소리는 엄했으나 꾸짖는 어조는 아니었다.

"내가 이번 일을 거절했다고 해서 허가쯤도 못 받을 위인으로 보이시나요? 정 안되면, 구라파나 아메리카 등지로 다시 한번 공연을 가면 그만이에요."

사에코 역시 고개를 빳빳이 들고 요시오에게 반문했다. 물론 그녀 역시 자신이 총독부와 척을 질 경우, 짊어지게 될 위험의 정도는 알고 있었다. 사에코의 말은 일종의 자기 과신이자 허세였다. 그녀 특유의 곤란한 버릇이었다.

신타로는 골치가 아팠다. 일제에 있어 사에코는 여간 번거로운 존재가 아니었다. 조선, 동양을 넘어 세계의 무희라는 수식어를 달고 다니는 여자. 물론 꽃이나 미녀, 진주 따위의 번지르르한 말들은 제들도 앞장서 붙여 줄 수 있을 만큼 같잖은 것들이었다. 허나, 단순한 동경이나 미색에 대한 탐닉을 넘어 희망이라 여겨지는 여자는 너무나도 위험했다. 식민지에 낙관이 깃드는 것은 그 자체만으로도 식민국을 위협하는 법이다. 그녀는 다그치기엔 너무도 두려운 패였다. 하지만, 설령 그렇다고 해도 그녀를 윗사람처럼 모실 수도 없는 노릇이었다. 식민지민에게 과도히 굽히는 것도 지배 이데올로기의 본질적 명분을 저해하는 일이기 때문이다. 신타로 역시 일본의 화족[62]으로서 정치의 논리를 너무나도 잘 알고 있었다. 그렇기에 그는 고뇌했지만, 쉬이 결정할 수도 없었다.

"그렇다면 이것은 어떻습니까."

머리를 감싼 채 계속해서 무언가를 생각하던 신타로가 끝내 입을 열었다. 땀을 뻘뻘 흘리며 사에코를 설득하던 요시오도, 그런 요시오의 말을 반 정도는 무시하고 있던 사에코도 고개를 돌려 신타로를 보았다.

"학도병들이 모인 부대로 위문공연을 가시는 건 어떠십니까?"

사에코는 비슷한 맥락의 말이 의아하다는 듯 신타로에게 되물었다.

"저는 분명 거절을 말씀드리지 않았나요?"

"우에노 양, 전의 말과 이번의 말은 완전히 다르지요."

"어느 것이 다르다는 말씀이신지요."

---

62 과거 일본제국에 존재했던 귀족계급

"학도병[63]들은 어린 나이부터 생계를 위해 자원입대하여 예술이라고는 한 치도 모른답니다. 그런 어린 병사들에게 사에코 양의 예술을 심어주는 것, 얼마나 아름답습니까. 분명 그들은 전쟁 이후에도, 아름다움의 척도를 우에노 양의 춤에 두고 살아갈 것입니다."

아름다움의 척도. 아름다움의 척도라. 사뭇 새로운 말이었다. 사에코는 자신의 춤을 보고 경탄하는 학도병들의 모습을 상상했다. 예술적 식견이 일절 없을, 때 묻지 않은 흰 도화지 같을 그들은, 아마 자신의 아름다움을 예술의 자체로 여기며 살아가겠지. 그녀는 문득 자신이 신화적 존재가 된 것 같다는 기분을 느꼈다.

사에코의 입꼬리가 가지런히 올랐다. 그녀의 성정상, 신타로가 권위나 강압을 이용해 명령의 이행을 요구했다면 반드시 반발했을 터였다. 하지만 사에코는 신타로의 제안이 적지 않게 달가웠다. 그녀는 자리에서 일어나 신타로에게 악수를 청했다.

"기껍게 받겠어요. 감사해요."

"하하, 잘 생각하셨습니다. 분명 병사들이 적잖은 충격을 받을 것입니다."

웃으며 악수를 나누는 사에코와 신타로를 보며 요시오는 기겁했다. 예술을 심어주다니. 그것은, 미적 세뇌가 아닌가?

요시오의 몸에 소름이 돋았다. 사에코의 춤이 얼마나 아름다운지와는 관계가 없었다. 그는 그저 누군가에게 예술을 심어준다든지, 아름다움의 척도를 인위적으로 만들어 준다든지, 하는 말들이 너무나도 경악스러웠다. 또한, 그러한 경악스러운 말들을 웃으며 나누는 두 권력자도 기괴했다. 사에코의 악의 없는 웃음은 특히나.

"뭐 하고 있나? 우에노 양께서 이만 가신다고 하니, 에스코트를 해드려라."

"네, 의장님."

사에코가 자신의 한쪽 손을 요시오에게 맡겼다. 레이스가 수 놓인 흰 장갑에는 한 올의 티도 묻어있지 않았다. 요시오는 그것을 잠시 쳐다보다, 이내 그녀의 손을 잡았다. 그는 무지라는 것은 일종의 망각일 수도 있겠다고 생각했다. 자신이 보고 싶지 않을 것을 봤을 때, 그것의 일부를 잘라낼 수 있도록 해주는 편리한 권리. 망각과 무지가 다르다면, 어찌 저 여인의 웃음은 저리도 순수할 수 있겠는가.

내리쬐는 햇살이 곧았다. 요시오는 건물의 그림자에서 벗어나기 전에, 재빨리 양산을 펴 사에코에게 씌워주었다.

"볕이 곱네요. 이젠 정말 여름인가 봐요."

"네, 그런가 봅니다."

"허나 조금만 더 더워져도 괜찮을 것 같네요. 아직은 조금 선선하니 말이에요."

"그런 것 같기도 합니다."

"저것도 바로크인가요?"

요시오는 문득 고개를 돌려 옆을 보았다. 그녀가 가리킨 건물의 인근에는 그녀 또래의 조선인 여종들이 일하고 있었다. 그들의 얼굴은 땀범벅이었고, 금세 탈진할 듯 버거워 보였다.

요시오는 확신했다. 무지는 망각이 맞노라고. 그게 아니라면, 같은 곳을 바라보고 있는 둘의 시선이 이토록 다를 수는 없을 것이라고.

"네, 저것은 바로크가 맞습니다."

요시오는 말을 아끼기로 했다. 다만 그는 생각할 뿐이었다. 갑자기 자신이 양산을 치워버린다면, 저 여인의 고운 살갗은 너무나도 쉽게 붉어질 것이 뻔하리라고.

지금

"그 아이는 이미 시집을 가, 다시 오기 어려울 것 같다고 합니다."

"그러니? 나 원. 원체 도움이 안 되는 아이구나. 그래, 이만 나가보거라."

사에코가 손짓으로 제자를 내보냈다. 몸종 아이를 다시 들여달라는 세이지의 부탁을 들어줄 참이었건만, 애먼 상황 탓에 그러지 못하게 되어버렸다. 그에게는 뭐라고 말해야 한담. 아니지, 고민해 보겠다고만 말했지, 들어주겠다는 확언을 뱉은 적은 없으니 별반 그 말에 휘둘릴 필요는 없지 않을까? 그런데 왜 이런 고민을….

세이지에게 변명할 거리를 떠올리던 사에코는 갑자기 모든 것이 어이가 없다는 생각이 들었다. 왜 자신이 그에게 사정을 설명해야 하는가? 그런 부탁 따위, 애초에 모르는 척 지나쳐도 되는 것이거늘. 그녀가 투박한 손짓으로 머리를 쓸어 넘겼다. 요새는 줄곧 심기가 불편했다. 경성에 있다 말고 도쿄의 무용연구소까지 걸음한 것도 왜인지 모를 일이었다. 자꾸만 그날의 바다가 떠올랐고, 자신에게 사랑을 말하던 세이지의 얼굴이 떠올랐다. 몹쓸 심장이 저절로 두근대기 시작했다. 사에코가 질끈 눈을 감았다. 그녀는 한 차례 자신의 허벅지를 때리고는, 이내 막대기를 들고 자리에서 일어났다.

"애, 동작이 비뚤어졌잖니!"

사에코가 막대기로 희자의 팔을 찔렀다. 그녀는 희자의 팔을 잡고, 모양을 제대로 고쳐주었다.

"스스로 방금의 동작을 복기해 보거라. 과연 네 동작이 고왔다고 생각하느냐? 예술은 우아하고 아름다워야 하며, 무용가는 동작을 통해 관객과 대화해야 한다. 모든 자연을 그릴 수 있어야 하는 것이 춤이다. 싫증 나는 것은 예술이 아니며, 춤사위는 육체적으로 모든 것을 표현할 수 있어야 한다고 누누이 말했지 않았느냐!"

사에코가 희자의 팔을 세게 꼬집었다. 희자가 고통을 참으려 입술을 살짝 깨물었다.

사에코가 제자들 사이를 돌아다니며 그녀들의 자세를 하나하나 지적했다. 걸음을 옮길 때마다 그녀의 표정이 점점 굳어졌다. 연습실을 한 바퀴 돈 후, 그녀는 호통 섞인 목소리로 제자들을 향해 불호령을 내렸다.

"간단한 기본 동작조차도 제대로 하는 사람이 하나 없구나. 기초가 소홀한 탓인 것 같으니, 무릎을 굽히고 손을 뻗은 채로 30분간 버티도록 하여라."

사에코가 한 차례 혀를 차고는 다시 자리에 앉았다. 그녀가 말없이 제자들이 벌을 받는 광경을 지켜보는데, 몸종 한 명이 들어와 그녀에게 말을 전했다.

"선생님, 손님이 오셨습니다."

"오늘은 예정된 손이 없는데, 이름이 뭐라고 하더냐?"

"한 신사분이셨는데, 반쇼 세이지라고 하면 아실 것이라 하셨습니다."

"뭐?"

사에코의 두 눈이 커졌다. 그녀가 급히 자리에서 일어났다.

"환복하고 갈 터이니 조금만 기다리라 전하거라. 얘, 희자야."

"네, 선생님."

벌을 받던 희자가 고개를 들어 사에코를 쳐다보았다. 이마에 얹힌 땀이 송골송골 내려왔다.

"네가 대신 아이들을 가르치고 있거라. 급한 손이 와 자리를 비워야겠구나."

사에코는 희자에게 역할을 맡기고는, 재빨리 연습장을 빠져나왔다. 애써 표정을 참으려 했지만, 입꼬리에 미소가 걸리는 것은 차마 막을 수 없었다.

사에코가 응접실에 내려온 때는 30분 정도가 지난 후였다. 연갈색 실크 원피스가 발소리에 맞춰 찰랑댔다. 마침내 문을 열고 들어가니, 웃는 얼굴의 세이지가 그녀를 반겼다.

"늦으셨습니다."

세이지가 미소 어린 목소리로 사에코에게 말했다. 그녀 역시 가볍게 웃으며 그의 말을 받아쳤다.

"축객령을 내릴 걸 그랬나 보군요."

"농입니다. 참아주십시오."

"한 번만 봐 드리지요."

툭만 보면 날이 선 것 같았지만, 사에코의 목소리는 명백히 부드러웠다. 그녀가 앞에 놓인 커피를 한 모금 마셨다. 콧잔등에 내려앉는 고소한 향이 고왔다.

"어떤 연유로 먼 걸음을 주셨나요?"

"코히가 제게는 조금 쓴 듯합니다. 연유는 없습니까?"

"농에는 재능이 없으신 것 같군요."

"지루한 사람이라는 평은 많이 듣습니다."

"주실 말씀이 없으시면 올라가 보아도 될는지요. 아이들을 지도하던 중에 내려온 것이기에."

사에코는 시시콜콜한 이야기를 좋아하지 않았다. 그녀는 가치 없는 낭비를 싫어했고, 시간에 있어서는 특히 그랬다. 그러나 왜인지 이번만큼은 싫지 않았다. 세이지에게 따가운 눈초리를 보내면서도, 그럼에도 그녀는 웃음을 잃지 않았다.

"참아주십시오. 드릴 게 있어서 온 터라."

세이지가 옆에 놓인 상자를 들었다. 사에코는 흥미가 동한 듯 그의 쪽으로 얼굴을 내밀었다. 사에코의 얼굴이 자신과 가까워지자, 세이지의 뺨이 조금 상기되었다.

"풀어 보십시오."

사에코가 기대 어린 표정으로 상자를 여니, 그 안엔 손수건이 들어있었다. 갈백색 바탕에 나비 문양이 수놓인, 미쓰코시[64]의 실크 손수건이었다.

"어머나."

사에코가 밝게 웃으며 손수건을 집어 들었다. 그녀가 제 무릎에 손수건을 올려놓았다.

"색이 비슷하네요."

"정말 그렇습니다. 신기한 일이군요."

"오늘을 내다보신 건가요?"

"사내의 감이랄까요."

"여인의 감은 들어봤지만, 그런 감은 또 처음 듣는군요."

"그렇다면, 그저 제 감이라고 할까요."

"정말, 그게 뭐예요."

눈 하나 깜짝 않고 능구렁이 같은 농담을 쏟아내는 세이지 덕에, 사에코의 눈가가 반달처럼 휘어졌다. 가벼운 미소를 시작으로 그녀가 웃음을 터뜨렸다. 밝지만 요란하지 않았다. 세이지는 그러한 사에코의 웃음이 마치 새의 지저귐과 같다고 생각했다.

"이리도 귀한 우연을 선물로 주셨으니, 마땅히 보답을 드려야겠네요. 원하는 것이 있으신지요?"

한참을 웃던 사에코가 감정을 가다듬고는 세이지에게 물었다. 세이지가

64 　일본 최초의 백화점

뒷머리를 매만졌다. 고민이 어려 있는 표정이었다. 사에코는 그런 그의 표정을 단번에 포착하고는, 그에게 이어 말했다.

"어느 것이든 말해보셔요."

"그렇다면 이전에 갔던 바다에 저와 다시 한번 가주시겠습니까. 그곳은 모래사장에서 보는 일몰이 장관인데, 전에는 구두를 신으신 탓에 그쪽으로 모셔드리지 못했어서 말입니다."

"모래사장 말씀이신가요?"

사에코는 모래사장을 좋아하지 않았다. 일전에 한 해변에 화보 촬영을 위해 들른 적이 있었는데, 촬영기사가 맨발을 요구한 탓에 유리 조각에 발을 찔린 적이 있었기 때문이다.

"그러지요. 날짜는 언제로 할까요?"

그러나 사에코는 세이지의 제안을 승낙했다. 답지 않은 행동이었다. 그녀 역시 그것을 알았다. 그러나 그녀는 그저 궁금해졌다. 세이지의 눈에 담긴 일몰 직전의 노을이 얼마나 아름다울지.

"아, 바쁘시면 서두르지 않으셔도 좋습니다. 언제까지고 기다리겠습니다."

"내일이 어떠실지요?"

"예?"

커피를 마시던 세이지가 고개를 들었다. 안 그래도 큰 그의 눈이 더욱 커졌다. 그가 허둥지둥 잔을 내려놓았다. 잔을 내려놓는 그의 손이 떨렸다.

"아, 네, 내일은 별다른 일정이 없긴 합니다만… 우에노 양께서 무리하시는 것은 아닐지…."

"우에노 양이라니. 어찌 그때처럼 부르시지 않고요. 아니면 혹시 완곡히 거절하시는 건가요? 이러시면 조금 가슴이 아픈걸요?"

"아닙니다, 내일, 내일 괜찮습니다. 그저 조금 놀라서 그랬습니다. 죄송합니다, 사에코 양."

당황하는 세이지를 보고는, 사에코는 한 차례 더 웃음을 터뜨렸다. 웃음기를 내보이는 그녀의 목소리가 새소리처럼 고왔다.

"뭘 그리 놀라셔요. 아까부터 농을 즐기시길래, 저도 그저 세이지 군을 따라 한 것뿐이네요."

사에코는 스카프를 다시 포장하고는, 상자를 들고 자리에서 일어났다.

"제자 아이 한 명에게 다른 아이들의 지도를 맡긴 터라, 길게는 머물 수가 없네요. 미안해요."

"아닙니다, 갑자기 방문하여 제가 오히려 죄송할 따름이지요. 내일도 같은 레스토랑을 예약해 두겠습니다. 그곳에서 4시에…."

"아뇨, 그곳은 취향에 맞지 않더군요. 식사를 각자 마치고, 바로 공원에서 뵙도록 하지요."

"네, 알겠습니다. 내일 뵙겠습니다."

"이만 가볼게요. 내일 뵈어요."

사에코는 세이지에게 인사를 건네고는 응접실을 빠져나왔다. 그녀의 입에서 노래가 흘러나왔다. 극히 드문 일이었다. 사실 노래라고 하기에는 허밍에 가까운 무언가였으나, 그녀의 미소가 가사가 되어 온 음색에 스며들었다. 손수건을 담은 상자에서 화향이 전해져 왔다. 포장지에 향수를 뿌린 모양이었다. 사에코는 상자를 코에 가져다 대고 한 차례 향을 맡았다. 내딛는 걸음이 산뜻했다. 꽃길이었다.

금제

평소에도 하꼬방[65] 일대는 조용할 날이 없었으나, 그날의 용산정[66]은 특히도 요란했다. 순사들의 날카로운 총성은 울부짖는 이들의 목소리를 죽였으며, 온 방면에 흩뿌려진 핏자국은 행인들마저 공포에 떨게 했다.

쇼와 15년, 바꾸자면 1940년은 식민지 조선에 유독 가혹한 해였다. 각급의 학교마다 황국신민서사비[67]가 세워졌으며, 조선인들은 신분 고하를 막론하고 일본식으로 이름을 바꿔야만 했다. 어린 소년, 소녀들은 전쟁에 강제적으로 동원되어야만 했고, 애써 키운 작물은 전쟁 자원을 명목으로 공출되었다. 모두가 사이좋게 배를 곯으며 죽어가야만 했다. 과부임에도 훌륭하게 아들을 키워 고등학교까지 보낸, 동네에서는 일명 '신사임당'으로 불리던 여인 박 씨가 순사의 칼로 무참히 난자된 것이 그해 여름이었다.

그날은 뭔가 이상했다. 평소대로라면 학교를 마치고 귀가했어야 할 아들이 반 식경이 넘도록 돌아오지를 않았다. 박 씨가 의아해하며 식어가는 밥을 쳐다보는데, 갑자기 거칠게 문을 두드리는 소리가 들렸다. 깜짝 놀라 열어보니, 이웃집 아낙이었다.

"언니, 큰일 났어. 철이가, 철이가…."

---

65 '판잣집(板子-)'의 비표준어
66 현 서울특별시 용산구 용산동의 옛 명칭
67 1930년대 후반에, 일제가 교학 진작(教學振作)과 국민정신 함양이라는 명목으로 조선인들에게 암송을 강요한 맹세를 담은 비석

그녀의 얼굴에는 땀과 눈물이 흥건히 뒤섞여 있었다. 철이는 박 씨의 아들이었다. 아들의 이름이 들리자, 그녀는 상황도 듣지 않고 그대로 달려나갔다. 숨이 턱 끝까지 차올랐고, 신도 신지 못해 그녀의 발에는 핏물이 흥건했다. 그러나 그녀는 쉬지 않고 달렸다. 직감적으로 제 아들에게 큰일이 났음을 느꼈기에.

"아이고 박 씨, 철이 어떡해, 어떡해….."

박 씨가 동네 한복판에 도착했을 때, 평소 친하게 지내던 몇몇 이웃들이 그녀를 향해 달려왔다. 그녀는 거칠게 그들을 밀쳐내고는 그대로 앞으로 뛰쳐나갔다.

"어머니…."

"철아!"

박 씨가 본 광경은 처참했다. 철이는 죄인처럼 양손이 묶여 순사에게 끌려가고 있었다. 그녀는 재빨리 뛰어나가 순사를 향해 절을 했다.

"천황 폐하 만세, 만세, 만세!"

"비켜! 네 아들놈은 치안유지법[68]을 위반한 죄인이다. 이놈이 총독부 청사에 무슨 낙서를 한 줄이나 알아?"

박 씨의 심장이 내려앉았다. 그녀는 헌병의 바지 자락을 붙들고 애원했다. 꿇은 무릎에 모래가 박혀 피딱지가 생겼다.

"저, 저희 아들은 절대 대일본제국의 은덕에 감사하고 있습니다. 절대로 죄를 지을 아이가 아니에요. 경성 제일 고등보통학교 아, 아시죠? 거기 2학년이고, 성적도 우수하고, 1학년 땐 부급장까지 했던 아이예요. 무슨 일인진 모르겠지만 순사님들께서 용서해 주시면…."

"네년의 아들놈은 죄인이지만, 그래도 갱생의 여지는 있다고 판단된 게

---

68   1925년, 일본 제국이 천황 통치 체제와 사유재산제를 부정하는 운동을 단속하기 위해 제정한 법률

불행 중 다행인 줄 알아라.”

순사의 말을 들은 박 씨의 얼굴에 화색이 돌았다. 그녀는 하루하루 벌어 먹고사는 노동자였다. 당연히 정치나 세태에 대해선 무지할 수밖에 없었다. 그녀에게는 갱생이라는 순사의 말이 마치 구원처럼 들렸다.

“철이야, 얼른 잘못했다고 말씀드려. 갱생, 그래, 갱생의 여지가 있다고 하시잖니. 잘못했다고 말씀드리면 봐주실 거야. 응?”

철이는 입을 닫고 고개를 돌렸다. 그의 머리에서 내려온 피가 눈물과 섞여 흘렀다.

“네 아들놈은 보국 운동 대상으로서 근로 보국대[69]에 편입될 거다. 감사할 일이지, 이런 몹쓸 죄인도 국가에 보은할 기회를 얻는다니 말이야.”

박 씨의 눈이 번쩍 떠졌다. 그녀도 근로 보국대라면 들어본 적이 있었다. 이웃 누군가의 아들이 그곳에 갔는데 시체도 못 찾고 떠나보내야만 했었다는 얘기, 한번 들어가면 사지 멀쩡하게 돌아오지 못한다는 얘기. 그녀의 온몸에 소름이 돋았다. 어떻게든 아들을 그곳에 보내는 것만큼은 막아야만 했다. 그녀는 침을 한 번 삼키고는, 그대로 자리에 드러누웠다.

“가려면은 나를 밟고 가소. 우리 귀한 아들, 절대 그곳으로는 못 보냅니다.”

순사들은 서로의 눈을 마주 보며 곤란한 표정을 지었다. 박 씨는 그런 그들의 동태를 보고 옳다구나, 싶었다. 그래, 아무리 저들이 무섭게 행동할지언정 설마 피도 눈물도 없을라구. 박 씨는 의기양양하게 생각했다. 그리고, 그 직후 순사의 칼이 그녀의 복부를 관통했다.

“어머니!”

“너도 저렇게 되고 싶어? 잔말 말고 따라와!”

---

69   일제가 조선인의 노동력을 수탈하기 위해 만들었던 노역 조직

인했을지가, 그에게는 그녀의 날 선 표정보다 더욱 아리게 다가왔기에.

"나는 영원한 사랑을 믿지 않아요. 모든 것은 변하기 마련이고, 언젠가는 진심 역시 상황에 먹혀버린다는 것을 아니까요. 혹여나 그것이 이어지더라도, 언젠가는… 반드시 바스러질 수밖에 없어요."

사에코의 먹먹한 목소리는 떨림을 쥐고 있었다. 그녀는 자신의 양손을 맞잡은 채 조용히 눈을 내리깔았다.

"그대는 한 번도 제 눈을 고이 바라보신 적이 없었습니다. 그것이 무슨 의미였는지 압니다. 그대는 늘…"

"무슨 말을 하고 싶은 건가요?"

"그대가 틀렸다는 이야기를 하고 있는 겁니다."

사에코가 자리에서 일어났다. 그녀는 당장이라도 걸음을 옮길 듯, 그를 매섭게 쳐다보았다.

"실없는 이야기는 그만두죠. 더 이상 한심한 장단에 맞춰드리고 싶지는 않네요."

밤바다는 계절을 잊은 듯 서늘한 내음을 풍겼다. 세이지가 자리에서 일어났다. 그가 여린 손으로 사에코의 뺨을 쓸어내리니 바람이 얹힌 낯에 굳은 온기가 내려앉았다. 세이지는 사에코를 잠시 바라보고는, 일말의 주저함 없이 그녀에게 눈을 맞추고 말했다.

"보답 받지 못할 아름다움을 수백 번 돌이켰음에도 나는 이토록 그대를 사랑하는데."

사에코의 숨소리가 흔들리기 시작했다. 일렁이는 호흡에 맞춰 그녀의 눈동자가 여리게 떨렸다. 곧게 뛰던 박동이 서서히 빨라져 세이지의 오른손에 내려앉았다. 발에 얹힌 성급한 숨이 모래사장을 패였다.

"어찌 이것을 거짓으로 보십니까, 사에코 양."

순간의 숨소리가 멎었다. 사에코의 낯이 붉게 물들었다. 그녀는 붉어진 순사들은 거센 손길로 울부짖는 철이를 끌고 갔다. 이웃들은 눈물을 흘렸지만, 쓰러져 있는 저 시체가 자신이 될까 두려워 아무도 나서지 못했다.

이튿날, 이웃들은 한 데 모여 박 씨의 시체를 묻어주었다. 없는 살림이지만 집에서 하나둘 모은 물건들로 조촐하게 장례식도 열었다. 참담한 표정으로 술잔을 기울이던 도중, 신문을 읽던 한 이웃이 그것을 구겨 던졌다.

"이 양반 왜 이래, 많이 취했으면 이만 들어가."

"자네들도 이걸 읽어보게나! 화가 안 나고 배기나."

"난 글을 모르잖나. 무슨 내용이길래 그리 화가 났나?"

분통을 터뜨리는 그를 보고, 글을 읽을 줄 아는 한 남성이 사람들 앞에서 신문을 읽었다. 신문에는 황군 위문공연을 앞둔 사에코의 인터뷰가 적혀 있었다. 황군 장병들에게 위문을 줄 수 있다는 것이 한 명의 신민이자 무용가로서의 큰 기쁨이라는, 전형적인 찬양이었다.

신문의 내용을 들은 이웃들이 한마디씩 말을 꺼내기 시작했다.

"조선 계집이 이름까지 바꾸고 일제의 개 노릇을 하는 판이라니, 정말 세상이 이렇게 되는 것이 맞나?"

"빌어먹을 년, 육시랄 년…."

"아이고, 황남 엄마…."

죽은 박 씨와 가까이 지냈던, 그녀와 마찬가지로 일제에 아들을 떠나보낸 여성이 신문을 구기며 울기 시작했다.

"진짜 이게 맞나? 나라는 망해가고, 열 살배기 어린아이마저 전장에 끌려가 죽어가는데, 조선에서 태어난 사람이 정말 저렇게 말할 수 있는 게 맞나? 이러면 안 되는 거잖나. 정말 조선 사람이면… 이러면 안 되는 거잖나…."

그녀는 가슴을 내리치며 서럽게 울었다. 그녀의 울음을 시작으로, 그 자리의 모두가 하나둘씩 눈물을 흘렸다. 그중 그 누구도 일제에 의해 피해를 보지 않은 이가 없었다. 자식도, 이웃도, 재산도, 나라도 모두 빼앗긴 그들에게는 이제 아무것도 남지 않았다. 바람이 불어왔다. 구겨진 신문이 다시 펴졌다.

"그래, 정말… 이젠 정말 다 망해 버렸으면 좋겠네…."

황남 엄마가 펼쳐진 신문을 쳐다보며 말했다. 신문에 실린 사진 속에서는 사에코가 밝게 웃고 있었다. 그 어떤 시름도 없는 세상에서 살고 있는 것처럼, 누구보다도 곱게 웃고 있었다.

제가 말해볼까요

구두에 들어간 모래가 거슬렸다. 세이지는 신발을 벗어 모래를 털어냈다. 까끌까끌한 불쾌감이 가시니, 그제야 애먼 긴장이 몰려왔다.

근래 들어 사에코와 부쩍 가까워졌음을 느낄 수 있었다. 그녀의 마음이 변한 원인은 알 수 없었으나, 그것이 조금씩 열리고 있다는 것만은 확실했다. 세이지가 앞으로 두 보 걸어갔다. 그것을 시작으로, 그는 계속해서 인근을 돌았다. 의미 없는 걸음이 반복되던 중, 세이지를 부르는 소리가 들렸다. 세이지가 놀라 뒤를 돌아보니, 민소매 티셔츠를 입은 사에코가 자신을 향해 손을 흔들고 있었다. 세이지가 밝게 웃으며 사에코를 향해 달려갔다. 사에코 역시 환한 미소로 그를 반겼다.

"오랜만에 뵙습니다."

세이지가 장난스럽게 인사를 건넸다.

"세이지 군께는 하루가 그리도 긴가 보군요."

사에코 역시 웃으며 그의 말을 받아쳤다.

"사에코 양을 뵙지 못했으니, 길다고 말할 수 있겠지요."

"그간 저를 그리셨나요?"

"아마 그랬을지도 모르겠습니다."

"이만 가볼래요. 확언 하나 주시지 않는 분과 어찌 같은 공간에 있을 수 있겠어요."

사에코가 팔짱을 낀 채 고개를 돌렸다. 세이지는 가볍게 웃다, 그녀를 향해 자신의 손을 내밀었다.

"조금 걸으시겠습니까?"

"…그러지요."

사에코가 못 이기는 척 세이지의 손을 잡았다. 심장을 타고 박동이 내려왔다. 두근거리는 소리가 손바닥에 내려앉아 물이 되어 맺혔다.

일전에는 연인들로 가득 차 있었건만, 왜인지 오늘의 해변은 과하게 한적했다. 바닷바람이 불어와 사에코의 모자가 흔들렸다. 모자가 날아가려 하자, 세이지가 얼른 그것을 잡아 고정했다.

"어머…."

사에코가 놀란 소리를 내며 걸음을 멈췄다. 그녀의 목소리를 들은 세이지가 사에코에게로 시선을 옮기니, 자신의 얼굴이 그녀의 얼굴과 매우 가까이 맞닿아 있다는 사실을 깨달았다. 세이지가 황급히 고개를 돌렸다. 그런 그를 가만히 바라보다, 사에코가 잔잔히 입을 열었다.

"세이지 군,"

사에코의 목소리가 유난히도 고왔다. 예사와 다른 그녀의 분위기에, 세이지는 마치 압도된 것처럼 그녀를 쳐다보았다.

"그날의 해 질 녘, 그대가 내게 준 말을 기억하고 있나요?"

"네, 기억하고 있습니다. 너무도 성급했던 그날의 감정을, 저는, 나는 기억합니다. 그래서 나는 그대께 너무 죄송합니다. 그리하여서… 나는, 음, 그…."

"어머?"

사에코의 입가에 미소가 번졌다. 이어 그녀는 눈물이 날 정도로 폭소하기 시작했다. 그 웃음은 결코 세이지를 얕잡아 보는 것도, 그의 진의를 무시하는 것도 아니었다. 단지 자신의 마음 하나 전하는 데도 벌벌 떠는 저 청년이 귀여워서, 동시에 그 마음이 자신이 받아 본 그 어떤 사랑보다 거룩하다는 것을 확신하여서. 그래서 사에코는 그리도 아름답게 웃었던 것이다.

"평소에는 말씀을 그렇게 잘하시던 분이, 오늘따라 왜 이리도 서투르신지요."

"오늘만큼은 왜인지, 혹여나 말이 번지면 저 멀리 날아갈까, 아니면 잘못된 말이 나와버릴까 염려되어 말을 조심하게 됩니다. 저도 제가 왜 이런지 도무지 이해가 가지 않습니다."

짧은 침묵이 오갔다. 자칫 어색해질 수도 있는 순간이었으나, 시종일관 미소를 유지하는 사에코 덕에, 세이지는 마음 안의 긴장을 조금 덜어낼 수 있는 시간을 얻었다.

사에코가 밝게 웃었다. 이윽고 그녀는 손을 뻗어 세이지의 어깨를 쓸어내렸다.

"그렇다면, 이번에는 이 석양을 빌어 제가 말해볼까요."

사에코는 망설임 따위에 설렘을 떠나보내지 않으려 깊게, 숨을 마시고는,

"사랑해요, 세이지 군."

긴장을 미소에 감추어 너무도 아름답게 말했다.

세이지의 얼굴에 노을빛이 일렁였다. 그럼에도 사에코는 그의 눈가에 다른 빛이 맺혔음을 알았다. 사에코가 세이지의 얼굴을 매만졌다. 부드러운 팔이 이내 물기가 맺힐 만큼 축축해졌다.

사에코의 고개가 젖힌다. 끝내 두 사람의 호흡만이 바닷가의 거센 바람 소리를 묻었다. 서로를 탐하는 숨소리가 거칠게 헐떡이며 순간을 메웠다. 황홀한 노을이 물결을 비췄다. 두 연인은 춤을 추듯 상대의 숨결을 노래했다. 찰나가 영속할 것처럼, 아주, 오래도록.

요망

선선한 바람이 불어왔다. 이틀 전, 경성에 막 도착한 참이었다. 어느덧 찾아온 가을의 향이 풍겨왔다. 찰랑대는 거리의 내음이 고왔다. 시끌벅적한 번화가의 인파도, 평소였으면 거슬리게 느껴졌을 자동차의 경적도 모두 다 고왔다. 손안에 가득 담긴 제 여인의 온기는, 주위의 온갖 것들을 곱게 만들기에 충분했다. 세이지가 웃는 낯으로 사에코를 바라보았다. 영문 모를 그의 웃음에 사에코가 고개를 갸웃거리며 물었다.

"어찌 미소를 보이시나요?"

"그것이 사실…."

세이지가 말을 멈췄다. 사에코가 그의 다음 말을 기다리는데, 세이지는 잠시 뜸을 들이다, 이내 그녀의 귀에 대고 속삭였다.

"그저 고우셔서 웃었습니다."

갑작스러운 세이지의 행동에 화들짝 놀란 사에코가 그의 팔을 몇 차례 때렸다. 그녀의 얼굴이 붉어졌다. 붉은빛이 걸린 낯에 미소가 빚어졌다.

"얼굴에 면사를 둘렀는데도 어찌 보이시나 보네요."

"실루엣만으로도 고운 태가 드러나는 여인은 조선 팔도에서 사에코 양이 유일할 겁니다."

사에코의 유명세는 널리 알려져 있기에 어쩔 수 없는 일이었으나, 세이지에게는 그것마저 고와 보인 듯했다. 사에코가 모자에 달린 면사를 매만졌다. 까슬까슬한 망의 촉감이 손에 닿았다.

"양해해주셔요. 오직 세이지 군께만 보이고 싶기에."

사에코의 이례적인 교태였다. 세이지는 몇 차례 소리 내 웃고는, 백화점의 문을 열었다.

"이만 들어가지요."

세이지는 사에코에게 햇빛이 닿지 못하도록 손으로 그늘을 만들어 주었다. 비록 전부 가려지진 않았지만, 그의 사소한 배려에 사에코의 마음만은 부풀어 올랐다.

"어서 오십시오."

문을 열고 들어가자 백화점의 쇼프걸[70]이 그들을 반겼다. 귀금속 코너에 먼저 들를지 물어보는 세이지에게, 사에코는 양복이 있는 코너로 올라가자고 말했다. 엘리베이터를 타고 3층에 도착하니, 제일 먼저 남성들을 위한 맞춤형 양복이 보였다.

"세이지 군께는 감색도 어울릴 법하군요."

"즐겨 입지는 않으나, 그리 말씀 주시니 한 번 시착해 보겠습니다."

"흐음…."

사에코가 진열된 양복과 세이지를 번갈아 가며 보았다. 이내 그녀는 손가락을 튕겨 양복부 점원을 불렀다.

"이쪽 신사분의 치수를 재어 주세요. 값은 지금 치를게요."

"사에코 양, 어찌하여 대신 값을…. 제가 계산하겠습니다."

"이왕 제가 골라드린 것, 마무리까지 제 마음대로 하고 싶군요. 제 성의니 그저 받아 두셔요."

곤란해하는 세이지의 표정을 보고, 사에코는 가볍게 웃으며 그에게 이어 말했다.

---

70 일제강점기에, 백화점의 여직원을 일컬었던 말

"대신, 4층에 올라가 같이 귀금속을 구경해 보아요. 누가 알까요? 제가 마음에 드는 것을 말씀드릴지."

"그렇다면, 꼭 원하는 것을 말씀해 주십시오. 필히 선물하여 드리겠습니다."

"나중을 두고 보지요. 일단 치수를 재어 보셔요. 저는 계산하러 다녀올 게요."

얼핏 보면 막무가내처럼 보일 수도 있으나, 세이지는 그런 그녀의 모습마저 마음에 들어왔음을 느꼈다.

치수를 재고 난 후, 곧 계산을 마친 사에코가 돌아왔다. 그녀는 세이지와 함께 엘리베이터로 향했다. 4층에 도착하자, 사에코는 반지를 보러 가자며 세이지의 손을 잡아끌었다.

"어여뻐라."

다양한 장신구를 구경하던 사에코가 진열된 진주 반지를 보고 멈춰섰다.

"마음에 닿으십니까?"

"비슷한 것을 소장하고 있는 터라 당장 원하지는 않아요."

세이지는 잠시는 고민하는 듯하더니, 곧 말을 이어 꺼냈다.

"구라파[71]에서는 혼인을 청할 때 신랑이 신부의 약지에 반지를 끼워주는 문화가 있다고 합니다."

"그걸 왜 제게 말씀하시죠?"

"언젠가는, 꼭 끼워드리고 싶습니다."

청혼과 맞닿아 보이는 세이지의 말에, 사에코는 왜인지 부끄러워져 새침한 목소리로 말을 돌렸다.

"어머, 저는 진주가 아니면 싫어요. 저걸 보세요. 백색이 참으로 어여쁘

---

71 '유럽'의 옛말

지 않나요?"

사에코의 말을 들은 세이지의 표정이 단호해졌다. 그는 엄숙한 어조로 사에코에게 말했다.

"새겨두고 있겠습니다. 반드시요."

사에코의 얼굴이 상기되었다. 그녀는 세이지와 있던 곳에서 몇 발자국을 옮기며, 그의 걸음을 재촉했다.

"따라오지 않으시나요?"

사에코의 표정을 읽은 세이지가 그녀를 향해 걸어갔다.

"지금 가겠습니다. 걸음을 조금만 참아주십시오."

세이지가 재빨리 사에코를 향해 뛰어갔다. 사에코는 걸음을 늦추어 그에게로 다가갔다. 자신을 향해 걸어오는 사에코를 사랑스럽게 바라보다, 세이지가 그녀에게 질문을 던졌다.

"식사는 괜찮으십니까? 이곳은 런치가 특히 괜찮습니다. 원하시면 안내해드리겠습니다."

"지금은 그다지 바라지 않아요. 혹 식사를 원하신다면….."

"지금은 허기가 있지 않습니다. 다만, 원래는 식사 후에 모셔다드리고 싶었던 곳이 있었는데, 괜찮으시다면 지금 동행하시겠습니까?"

"혹 어딘지 여쭈어도 될는지요."

"비밀입니다. 알고 가는 것보다 모르고 가는 것이 더욱 즐겁지 않겠습니까."

"비밀도 참 많으셔라. 그래요. 이동하도록 하지요."

사에코가 세이지의 손을 잡았다. 숨기려 했지만, 손이 자연스레 떨리는 것은 어쩔 수 없었다. 사에코는 그런 그의 반응이 귀여워 남몰래 살짝 웃었다.

백화점에서 나오니 17시가 조금 지나 있었다. 불과 몇 주 전이었다면 마땅히 더웠을 때일 텐데. 그날의 바람은 유난히도 쌀쌀했다. 사에코의 몸이 살짝 떨렸다. 겉옷 없는 가을 원피스에 추위가 고스란히 날아들었다. 온기가 부족한 모양인지 사에코가 팔로 제 몸을 끌어안았다.

"택시를 타시겠습니까? 걸음으로 간다면 40분 정도가 걸릴 겁니다."

사에코의 동태를 지켜보던 세이지가 나지막이 물었다. 한눈에 보기에도 추워 보이건만, 사에코는 웬일인지 고개를 저었다.

"지금은 걷고 싶네요. 40분 정도면, 참아보겠어요."

세이지는 난감한 표정으로 사에코를 쳐다보다 자신의 겉옷을 벗어 그녀에게 덮어 주었다. 조금의 추위를 받게 되었지만, 사에코에게 조금의 온기라도 전해줄 수 있다는 사실이 제게 오는 쌀쌀한 바람을 잊혔다.

"세이지 군께서는 괜찮으신가요?"

"사내는 원래 추위를 덜 타는 법입니다."

"그렇다면 기꺼이 입겠어요."

사에코는 세이지가 덮어 준 옷을 주섬주섬 입었다. 몸에 비해 큰 옷을 입으니 그녀의 팔이 완전히 덮였다. 사에코는 자신의 팔을 바라보다, 세이지에게 그것을 보여주고는 웃었다. 세이지 역시 함께 웃었다.

얼마나 걸었을까. 그들이 목적지에 도착했을 때 하늘은 노을을 피워내고 있었다.

"창경원을 보여주고 싶으셨나요?"

"미쓰코시 백화점과 가깝기도 하고, 이곳이 꽃구경을 할 수 있는 유일한 곳이라기에 모셨습니다. 꽃잎이 떨어져 가는 시기니까요."

"그렇다면 빨리 들어가지요. 궁금하군요."

사에코가 세이지의 손을 잡아끌었다. 그녀의 발길에 설렘이 깃들었다.

"여기가 세이지 군께서 말씀하신, 그 명소인가요?"

예정했던 곳으로 사에코를 인도하던 세이지는 당황할 수밖에 없었다. 불과 몇 주 전까지만 해도 환하게 피어있던 꽃들이, 어느새 단풍에 밀려 낙화해 있었다.

"아, 저, 사에코 양. 제가 사전에 방문했을 때만 해도 이렇지 않았는데⋯."

당황한 세이지가 말을 이어가는데, 사에코가 갑자기 떨어진 단풍잎 하나를 주워들어 자신의 눈앞에 가져다 대었다.

"벚꽃이 참으로 어여쁘네요."

무슨 영문인지는 몰랐으나, 서서히 피어나는 사에코의 미소가 고와서, 세이지는 그저 그녀의 장단에 맞춰주었다.

"네, 정말 그렇습니다."

"꽃은 매사에 곱지요. 금방 지리란 것을 앎에도 어찌 이리 어여뻐 보이는지 모르겠어요."

단풍잎을 손으로 매만지던 사에코가 문득 멈춰 서더니, 나지막한 목소리로 세이지에게 물었다.

"우스운 질문을 하나 드려도 될는지요."

"네, 무엇이든 말씀해 주십시오."

"제가 고운가요, 이 꽃이 고운가요?"

"사에코 양이 고우십니다."

세이지의 망설임 없는 대답에, 사에코는 팔짱을 끼고 고개를 돌렸다.

"뭐예요, 재미없어."

당황한 세이지가 사에코에게로 다가가자, 그녀는 다시 환히 웃으며 그를 바라보았다.

"그래도 기분은 좋네요."

사에코의 시선이 다시 단풍잎으로 향했다.

"져버릴 꽃의 무용함, 그리고 나의 무용함. 재미난 말이지요? 그래, 어쩌면 그럴지도 모르겠네요."

방금까지만 해도 맑게 피어 있던 그녀의 눈망울에 왠지 모를 서글픔이 깃들었다. 하늘에 매달린 나뭇가지에서 단풍잎이 한 조각 내려왔다. 순간적으로 사에코의 표정이 가려졌다. 단풍이 바닥에 내려앉았을 때, 다시금 나타난 그녀의 낯은 환한 미소를 품고 있었다.

"하지만 다시 찬찬히 나를 보아주세요."

사에코가 손으로 세이지의 얼굴을 감쌌다.

"나는 이토록이나 어여쁜걸요?"

세이지가 눈을 감았다. 사에코는 장난기 어린 표정으로 그의 얼굴을 바라보다, 그의 입술에 가볍게 입을 맞췄다 뗀 후 그를 끌어안았다. 세이지는 수줍은 듯 고개를 돌렸지만, 사에코는 그런 그의 눈에 시선을 맞췄다. 다가오는 미소에 세이지가 웃음을 참지 못하고 풋, 희소했다. 사에코 역시 환히 웃으며 세이지를 바라보았다. 단풍이 바람에 흩날렸다. 아름다운 가을의 달빛이 두 연인의 미소를 비췄다. 그 무엇보다도 사랑스러운 마음과 함께, 한 움큼 아름진 봄의 벚꽃이 눈망울에 실려 퍼졌다. 그 어느 것보다도 아름다운 모순이었다.

망각

"과장님, 여, 여기 잠깐 와 보셔야 할 것 같습니다."

조선총독부 경무국 보안과의 막내 순사가 다급한 목소리로 보안과장을 불렀다. 막내의 목소리가 들리자, 경부보[72]가 호통을 치며 그의 앞을 가로막았다.

"야 인마, 날 통하면 될걸, 바쁘신 과장님은 왜 찾아!"

"아니, 그, 그게…."

"이리 줘봐. 대체 뭐길래 그러나?"

경부보가 막내의 손에 쥐어 있던 종이를 빼앗았다. 그러나, 호기롭게 그것을 뺏어 읽던 경부보의 얼굴이 차츰 굳어지기 시작했다. 그는 난감해하는 막내를 데리고 보안과장에게로 달려갔다.

"아침부터 웬 소란인가."

보안과장이 영문을 묻자 경부보가 팔로 막내를 밀쳤다. 막내가 떨리는 목소리로 경위를 설명하기 시작했다.

"오늘 아침에 웬 남성이 봉투 하나를 던지고 갔습니다. 뭔가 싶어 열어보니, 그게… 내용이 조금 의아해서 말입니다."

"무슨 내용이길래 그리 겁을 먹었나? 일단 말해보게."

"우에노 사에코, 무용가 우에노 사에코에 관한 내용이었는데… 그녀의

---

72   일본 경찰의 계급 중 하나

아비가 불령선인과 공모한 죄로 진작에 일가가 처형되었다는 투서였습니다. 지금은 신분을 숨긴 채 활동하고 있는 것이라고….”

'쾅!'

보안과장이 책상을 세게 내리쳤다. 그는 한심하다는 표정으로 두 부하를 쳐다보며 말했다.

“허튼소리나 지껄이려 아침부터 내 업무를 방해한 겐가? 자네들은 우에노 사에코가 누군지 모르나? 당장 몇 달 전에도 페킹[73]에 위문공연까지 갔다 온 여인이다. 만약 그녀의 집안이 불령하다면, 어찌 그녀가 지금까지 멀쩡히 활동할 수 있겠느냐! 어처구니없는 가짜 투서에 휘둘릴 정도로 대일본제국 경찰의 수준이 한심한가?”

“아, 아닙니다!”

“쯧, 어서 가보기나 하게. 아, 그리고 이 투서는 내게 주면 알아서 태우겠네.”

부하들이 자신에게서 멀어지자, 보안과장, 요시모토 타로는 자신의 손에 들어온 투서를 힐끔 바라보았다. 그는 그것을 바지 뒷주머니에 넣은 후, 옆에 앉은 서기관을 불렀다.

“경무국장님과의 면담을 잡아주게.”

“네, 전달하겠습니다. 사유는 뭐라고 하면 됩니까?”

“보국할 기회를 얻었으나, 내용은 극비라고 전하게.”

“알겠습니다.”

서기관이 자리로 돌아간 후, 타로는 슬그머니 입맛을 다시며 웃었다. 그의 눈주름이 희열에 싸여 일렁였다. 마치 구렁이가 흘러 지나가는 듯한 형세였다.

---

73 베이징의 일본식 표현

이튿날, 경무국장 나가야마 미코토와 보안과장 요시모토 타로의 만남이 성사되었다. 미코토는 엄숙한 목소리로 타로에게 물었다.

"그래, 무슨 일 때문에 보자고 했나?"

이유를 묻는 미코토의 질문에, 타로는 어제 받은 투서를 그에게 건네주었다.

"제가 설명해드리는 것보다는, 국장님께서 직접 읽어보시는 게 좋을 것 같습니다."

미코토의 표정이 굳어졌다. 저런 것도 보안과장이라고. 그는 고작 종이 하나에 호들갑을 떠는 타로가 한심하다는 표정으로 투서를 읽었다. 그러나 글을 읽어가던 미코토의 눈이 서서히 커졌다. 다급한 마음을 애써 숨기며, 그는 정제된 목소리로 타로에게 물었다.

"근거는 있는 겐가?"

"적힌 모든 것이 상세하고, 시간의 흐름이 자연스럽습니다. 자료를 찾아보니, 당시 벌어진 사건과도 일치했습니다. 보안과장이라는 직책을 걸고 말씀드리자면, 결코 이것은 한낱 일반인이 꾸며낼 수 있는 수준이 아닙니다. 저도 그간 수사를 하며 가짜 밀고 정도는 많이 봐 왔습니다. 제게 수사 권한을 주십시오. 결코, 국장님께서 실망하시지 않도록 않겠습니다."

미코토는 생각했다. 설령 저 투서의 내용이 맞다 해도, 반도를 뒤흔들 정도의 위력을 가진 여자를 함부로 투옥하거나 죽일 수는 없는 노릇이다. 그러나, 투서가 아무런 효과가 없는 것은 아니다. 이 투서가 그녀의 약점이 된다면, 총독부 차원에서 그녀를 관리하기 더욱 쉬워질뿐더러 그녀의 기고만장한 성정을 억제할 수 있을 것이다.

미코토는 과거 사에코를 만난 적이 있었다. 조선인에다가 여인의 몸임에도 내지의 남성들을 발아래에 둔 듯한 오만함을 펼치는 그녀는 참으로 아름답고, 불쾌했다. 그것은 비단 미코토만 느낀 감정은 아니었을 터이다. 총독부의 구성원을 포함한 일제의 고위 관료, 화족들마저 그녀의 비위를 맞추기 위해 안달복달하는 것이, 썩 좋아 보이는 꼴은 아니지 않은가?

하지만, 명분이 없었다. 그녀는 조선에서 가장 영향력 있는 여인이었고, 그런 여인과 척을 진다면 식민지 조선을 관리하기가 더욱 어려워질 것이 분명했다. 또한, 그녀의 오만함을 단순한 이유로 하여 그녀의 행실을 제약하거나 단죄할 수도 없는 노릇이었다.

그러나 이제 명분이 될 만한 것이 자신의 손에 들어왔다. 미코토가 밝게 웃었다. 저 멍청한 부하 놈에게 고마움을 느낄 날이 오다니. 미코토가 수화기를 들었다. 그는 정무총감 비서실에 연락해 보안과장의 수사권을 요청했다. 수화기를 내려놓으니, 답지 않은 콧노래가 흘러나왔다. 미코토는 사에코의 얼굴을 그렸다. 그 고운 얼굴이 일그러질 것을 생각하니 저절로 웃음이 나왔다.

수사를 개시한 지 며칠 후, 보안과의 순사 몇 명이 나주면으로 향했다. 그들은 투서에 적힌 집에 방문했으나 이미 폐허가 되어 건질 만한 것이 하나도 없었다. 동네의 몇 군데를 돌며 주민들에게 '임영혜'라는 사람에 대해 물어도, 기억을 하지 못하는 사람이 태반이었으며, 기억하더라도 이미 죽었다고 대답하는 사람만 있을 뿐이었다. 그들은 더 이상 주민들에게 묻는 것은 쓸모가 없겠다 싶어 면사무소로 향했다.

면사무소의 문을 열려는데, 웬 노랑나비 한 마리가 날아와 순사 한 명의 눈에 붙었다. 그는 제 시야를 가리는 나비를 잽싸게 떼어 내고서는 문을 열고 들어갔다.

"조선총독부 경무국 보안과에서 왔으니 수사에 협조하시오."

순사가 신원패를 제시하자 면사무소의 직원들은 순순히 요구받는 자료를 건네주었다. 하지만 20년 전의 호적등본을 찾는 것은 생각보다 어려운 일이었다. 몇 시간째 공을 들여 겨우 임영혜라는 이름을 가진 사람의 등본을 찾아냈으나, 안쓰럽게도 이미 일가의 모두가 사망 처리가 되어 있었고, 사진조차 부착되어 있지 않았다.

허탕을 친 것이 분명하다며 한숨을 내쉬는 순사들을 보고, 커피를 내오던 직원 한 명이 가볍게 물었다.

"신원 증명서는 확인하셨습니까? 죄인의 일가라면 수사과에 신원 증명서가 따로 있을 텐데요."

순사들의 정신이 퍼뜩 들었다. 그들은 놀란 눈으로 서로를 바라보다, 곧 자리를 박차고 나갔다. 그들은 재빨리 전라남도 경찰부로 향한 후, 경찰부의 순사들에게 신원과 상황을 설명한 후 임영혜의 신원 증명서를 요구했다.

얼마나 지났을까. 경찰부의 순사 한 명이 신원 증명서를 가지고 왔다. 보안과의 순사는 그것을 잽싸게 뺏어 들고는 사진을 확인했다.

"이, 이게 뭔가…?"

신원 증명서를 본 순사의 눈동자가 떨렸다. 그는 동료 순사에게 그것을 건네주고는, 경찰부의 순사에게 말했다.

"수화기가 있다면, 조선총독부 경무 국장실에 연락해주시오. 급전이오."

전화가 닿기를 기다리는 동안, 순사들은 굳게 침을 삼켰다. 이것은 반드시 엄청난 파장을 불러일으킬 사건이 되리라.

여러 단계를 거쳐 마침내 경무 국장실과의 연락이 닿았다. 순사가 다급한 목소리로 급보의 내용을 알렸다. 소식을 전해 들은 미코토가 서기관을 불렀다.

"서기관 있나?"

"네, 국장님."

"무용가 우에노 사에코를 치안유지법 위반 혐의로 체포할 테니, 정무총감 각하께 결재를 요청드려라."

일순간 보안과 전체의 소리가 멈췄다. 모든 시선이 미코토에게로 향했다. 미코토는 자신을 바라보는 부하들을 향해 큰소리로 외쳤다.

"우에노 사에코는 체포하는 순간부터 피의자의 신분이 될 것이다! 모두 그렇게 알고 각자의 위치에서 전력을 다해라!"

할 말을 마친 미코토가 자리에 앉았다. 그의 얼굴이 보름달처럼 환해졌다. 그가 혀를 굴려 아랫니를 매만졌다. 참으로 비열한 웃음이었다.

각하

여느 때와 같이 무용 지도를 하고 있을 때였다. 근래는 특히나 기분이 좋았다. 평소였다면 예민하게 넘길 일에도 자꾸만 유해졌다. 제자들도 그것을 느낀 모양인지, 일부 연구생들 사이에선 '선생님이 변했다.'라는 재미난 소문도 나오고 있는 모양이었다.

"너는 다리가 너무 내려갔구나. 배에 힘을 주고 몸을 지탱하면 보다 낫지 않겠니?"

"네, 선생님. 알겠습니다."

사에코는 연구생들 사이를 돌며 그들의 어긋난 자세를 전부 고쳐 준 후, 앞둔 연구소 창작발표회에서 선보일 군무를 발표했다. 그녀가 안무를 시연하고 있던 찰나, 몸종 한 명이 달려와 그녀의 춤을 끊었다.

"어찌 춤이 진행되는 도중에 들어오느냐! 분명 일전에 내가…."

몸종을 불러 세워 호통을 치려던 사에코가 갑자기 놀란 눈으로 문밖을 쳐다보았다. 그녀가 무언가 할 새도 없이, 순사복을 입은 남성 몇 명이 다가와 그녀의 팔을 붙잡았다.

"우에노 사에코 양, 당신을 치안유지법을 위반한 혐의로 체포하니, 수사에 순순히 협조하시오."

사에코가 양팔을 잡은 손을 뿌리치려 했지만, 여인의 몸으로 두 명의 장정을 이길 수는 없는 노릇이었다. 또한, 무슨 상황인 줄은 전혀 몰랐으나, 힘으로 버티다 제자들 앞에서 질질 끌려가는 모양새 역시 여간 우스운 꼴이 아닐 터였다.

"이거 놓으시지요. 미혼 여인의 몸에 외간 남성이 손을 대는 꼴이 퍽 좋아 보이지는 않습니다."

사에코는 우아하지만 단호하게 그들을 저지하려 했다.

"우에노 양, 존칭을 써 드릴 때 순순히 오시는 게 좋을 듯싶습니다. 여인이든 사내든, 당신이 얼마나 대단한 사람이든 간에 이제부터 당신은 피의자로 조사를 받게 되실 겁니다."

하지만 제국주의의 칼이 직격하는 순간을 품위로 무마하겠다는 발상은 참으로 고운 발상이었다. 그저 곱기만 한 발상일 뿐이었다.

"내 알아서 갈 터이니, 팔은 놓으시지요. 당신들은 내가 누군지 모르나요? 설마 내가 도망할 사람으로 보이나요? 이곳은 내 연구소이니, 제자들 앞에서 스승으로서의 품위쯤은 지키게 해주시지요."

"원칙이니 어쩔 수 없습니다. 끌고 가!"

사에코가 다시 한번 단호히 말했지만, 순사는 결코 그런 그녀를 봐주지 않았다. 극도로 불안하고, 또한 두려웠으나, 사에코는 놀란 눈으로 수군대는 제자들을 향해 아무렇지 않은 듯 외쳤다.

"내가 없는 동안에는 방금 보여준 안무를 연습하고 있도록 해라. 금방 돌아올 터이니, 소란을 일으키거나 헛된 낭설을 퍼뜨린다면 책임을 질 각오를 하여라."

제자들의 입에서 대답이 채 나오기도 전에, 사에코는 그대로 연행되었다. 문을 나설 때까지는 어떻게든 버텼으나, 순사들의 억센 손아귀에, 사에코는 제대로 걷지도 못하며 경무국으로 향했다. 그녀의 신발은 얇은 천으로 되어 있었는데, 제대로 된 신을 신을 시간조차 없었기에 그녀의 발에서는 점차 피가 흐르기 시작했다.

"들어가시오!"

마침내 경무국에 도착했을 때, 사에코는 어딘가로 떠밀려 들어갔다. 빛이 하나도 들지 않는, 오직 낡은 백열등 하나만 깜빡거리고 있는 좁은 방이었다. 공포가 암흑에 젖었다. 눈동자가 공포에 젖었다. 몸이 자연스레 떨렸고, 왠지 모를 한기가 그녀의 몸을 감쌌다. 사에코는 천천히 사태를 파악하기 시작했다. 그때의 일이 발각된 걸까. 하지만 도대체 왜? 어찌 십수 년이라는 시간이 흐른, 이제야?

괜찮아, 괜찮다. 무슨 상황인지는 모르나, 곧 사람이 올 것이고, 정 안되면 총독부의 고위 관료를 불러달라고 하면 된다. 내 춤은 아직 일제에 쓸모가 있을 것이며, 세계에서의 내 명성을 안다면 저들이 나를 쉬이 해치지는 못할 것이다.

사에코는 한차례 심호흡을 하고선 마음을 정리했다. 하지만, 참 우스웠다. 목적에 휘둘리는 예술을 그리도 부정했으면서, 이런 상황에서는 예술을 목적에 이용하는 자신의 꼴이, 참으로 우스웠다.

사에코는 계속해서 자신의 손을 어루만졌다. 사무치는 긴장감에 오금이 저렸다. 시간이 꽤 흐른 듯했지만, 왜인지 그 누구도 그녀를 신문하러 오지 않았다. 점점 입의 침이 마르기 시작했다. 사에코가 자리에 주저앉았다. 설마 영영 아무도 오지 않는 것이 아닐까. 이대로 나를 죽일 작정일까. 이성적이었으면 결코 나오지 않았을 생각들이 그녀의 머릿속을 헤집었다. 도저히 정신을 잡을 수 없었다. 그저 간헐적으로 깜빡이는 하얀 빛에 두 눈을 의지한 채로 간신히 상황을 버틸 뿐이었다.

얼마나 지났을까. 한 남성이 문을 열고 방에 들어왔다. 멍한 표정으로 백열등을 쳐다보던 사에코가 화들짝 놀라 그를 쳐다보았다.

퍽—

갑자기 남성이 옆에 있던 다른 남성의 뺨을 주먹으로 때렸다. 얼굴을 보아하니, 맞은 남성은 자신을 연행한 순사인 것 같았다.

"자네, 내 명령을 듣지 못했나? 우에노 양을 다른 죄수들과 동급으로 취급하면 어쩌자는 건가! 우에노 양, 괜찮으십니까? 하이고, 고운 얼굴이 다 상하셨습니다."

수모를 겪은 후 처음 들어보는 따뜻한 목소리에, 그녀의 눈에서 왈칵 눈물이 흘러나왔다.

"꼬박 반나절 동안 갇혀 계셨으니 여간 힘든 게 아니셨겠습니다. 저는 우에노 양의 신문을 맡게 된 검사, 가마쿠라 유키오입니다. 험한 꼴 겪게 해 드려 죄송합니다. 제가 분명 우에노 양에 대해서 말해 놓았는데, 멍청한 아랫것들이 알아듣지 못했나 봅니다."

"…괜찮아요. 그나저나, 상황을 조금 알고 싶군요."

유키오의 표정이 밝아졌다. 사실 사에코를 반나절 간 가두라 지시한 것은 유키오였다. 그녀의 오만한 성정은 익히 들어 알고 있는바, 정신을 무너뜨려 그녀의 성격을 죽이고, 수사를 원활하게 할 목적이었다. 사에코의 고분고분한 목소리로 볼 때, 그러한 그의 전략은 꽤나 잘 먹힌 듯 보였다.

"우에노 양께서 불령선인의 일가였다는 투서가 들어왔습니다. 신분을 위장하여 과거를 숨겼다는데, 사실입니까?"

"그게 무슨 어처구니가 없는 말씀인가요? 누가 그런 소리를 지껄이던가요? 당연히 거짓입니다."

사에코는 단칼에 유키오의 주장을 부정했다. 그녀를 바라보던 유키오가 살며시 웃었다. 그래, 그래야지. 초장부터 혐의를 인정해 버리면 흥미가 떨어지지 않는가.

유키오는 웃는 낯으로 말없이 사에코를 바라보았다. 침묵이 계속되니 사에코가 담담하게 말을 꺼내기 시작했다.

"대일본제국의 경무국이 고작 불령선인의 일가 하나 추적하지 못할 정도로 허술하진 않을 터라고 믿습니다. 제가 무용을 시작한 지도 십 년이 넘었으니, 정녕 제가 불령선인의 일가라면 그 세월 동안 발각되지 않았을 리가 없습니다. 제가 오히려 여쭙고 싶군요. 증좌는 가지고 말씀하시는지요?"

사에코는 정연한 논리를 펼치며 혐의를 부인했다. 유키오는 흥미롭다는 얼굴로 그녀를 쳐다보다, 옆에 서 있는 순사에게서 봉투 하나를 건네받았다.

"열어보십시오."

유키오가 사에코에게 봉투를 건넸다. 사에코가 받은 봉투를 열어보니, 그 속에는 각종 문서가 들어있었다. 어지러이 나뒹구는 복잡한 자료 속, 유난히 눈에 띄는 것이 하나 있었다. 흰 무지 종이에 쓰인 편지였다.

편지를 본 순간, 갑자기 사에코의 눈동자가 떨리기 시작했다. 손에 흐르는 식은땀이 뚜렷했다. 땀이 옮은 편지가 구겨지기 시작했다. 그녀의 표정을 읽은 유키오가 미소를 지으며 정중히 말했다.

"무엇인지 아시는 모양입니다. 읽어보실 시간 정도는 드리겠습니다."

머릿속에 오랫동안 잠식되어 있던, 허나 결코 소멸하지 않을 기억이 떠올랐다. 나의 평생으로 남아버린 너를, 너의 작은 부분 하나하나까지도 뚜렷이 기억하고 있는데. 그래. 어찌 이것을 모를 수 있을까. 저것은, 분명 저것은 선희의 필체였다.

하지만 편지를 읽어서는 안 된다. 이곳에서 무사히 나가려면 결코 동요하는 모습을 보여서는 안 되며, 그러기 위해서는 절대 침착함을 유지해야 한다. 사에코는 곁눈질로 편지를 읽는 척하다, 이내 당당한 표정으로 유키오에게 말했다.

"제게 닿은 적 없는 편지예요. 고작 이깟 걸로 제게 수모를 주신 건가요?"

"하하, 설마 그랬겠습니까. 우에노 양께서도 말씀하셨듯, 대일본제국의 경무국이 그리 허술하겠습니까."

유키오는 옆에 있는 순사에게 무언가를 속삭였다. 그의 말을 들은 순사가 밖으로 나갔다.

"곧 아시는 분이 올 겁니다. 우에노 양께는 어쩌면 반가운 손일 수도 있겠네요."

아는 사람이라니? 누구인지 전혀 짐작조차 가지 않았다. 사에코가 긴장한 얼굴로 문 쪽을 바라보는데, 이윽고 부하와 허름한 차림의 청년이 같이 들어왔다. 청년은 고개를 숙이고 있어 얼굴이 잘 보이지 않았다.

"영혜야, 그간 잘 지냈니?"

청년의 목소리가 떨렸다. 긴장이라기보다는, 분노에 의했다고 보는 것이 더욱 정확할 터였다. 청년이 비로소 고개를 들었다. 그의 얼굴을 확인한 사에코가 놀란 눈으로 입을 틀어막았다. 그녀의 사지가 사시나무 떨듯 떨리기 시작했다. 그런 그녀를 향해 유키오가 웃으며 말했다.

"제가 말했지 않습니까. 반가운 손이 될 것이라고요."

정신이 혼미해지기 시작했다. 오랜 세월이 지났으나, 반드시 기억할 수밖에 없는 얼굴이었다. 그리움을 닮은 얼굴, 간절함을 닮은 표정. 사에코를 향해 눈을 부라리고 있는 저 청년은, 어릴 적에 함께 어울렸던 선희의 오라비였다.

"초면이에요. 행색을 보아도, 저와 어울릴 일이 있을 사람으로 보이지는 않지 않나요?"

"우에노 양, 목소리가 떨리십니다. 그것부터 막으시고… 어이쿠."

유키오가 말을 끝내기도 전에, 청년이 사에코의 따귀를 때렸다. 사에코가 놀란 눈으로 청년을 바라보았다. 붉어진 뺨에 눈물이 흘러 피의 형태가 되었다.

"네가 어떻게 그런 말을 하니? 동무를 죽이고 살아남은 주제에, 뻔뻔하기 짝이 없구나!"

"이것 좀, 이것 좀 놓으세요!"

청년이 억센 손으로 사에코의 어깨를 눌렀다. 사에코가 고통에 신음하자, 그제야 유키오는 잠시 뜸을 들인 후, 순사에게 청년을 제압하라 지시했다. 명령을 들은 순사가 청년의 팔을 꺾어 밧줄로 묶었다.

"괜찮으십니까?"

유키오가 사에코에게로 다가왔다. 사에코는 어깨를 두어 번 턴 후 분노에 찬 목소리로 유키오에게 소리쳤다.

"무슨 생각으로 저런 과격한 이를 나와 마주치게 한 건가요? 내가 무고하다는 사실이 밝혀진다면, 당신들은 반드시 오늘 일에 대한 대가를 치러야 할 거예요!"

"우에노 양, 저는 바보가 아닙니다. 아마 우에노 양께서 무용수로 활동하신 기간보다 제가 검사직을 수행한 기간이 더 길 겁니다. 몇 마디만 나눠봐도, 무고한 이와 그렇지 않은 이쯤은 구분할 수 있습니다."

유키오의 얼굴에서 웃음기가 가셨다. 그는 단호한 표정으로 순사에게 소리쳤다.

"자리에 앉혀라!"

유키오의 지시를 들은 순사가 사에코의 맞은편 의자에 청년을 앉혔다. 순사가 청년의 어깨를 두드리니, 그가 말을 뱉기 시작했다.

"저는 우에노 사에코, 아니, 임영혜와 같은 마을에 살았습니다. 제 누이동생은 임영혜의 몸종이었습니다. 어릴 적에는 셋이 곧잘 어울려 놀곤 했습니다."

"그만해요. 난 당신을 알지 못해요! 어찌 눈 하나 깜짝 안 하고 거짓말을…."

유키오가 손으로 청년을 향해 소리치는 사에코를 가로막았다. 청년은 잠시 그녀를 노려보더니, 이내 무덤덤한 목소리로 말을 이었다.

"늦여름이었던 것으로 기억합니다. 제 누이동생이 편지를 보내오더군요.

곧 먼 곳으로 가게 될 수도 있으니, 임영혜에게 미안하다는 말을 전해달라는 내용이었습니다. 그리고, 임영혜가 자신을 잊고 스스로를 용서하도록 도와주라는 말도 덧붙여서요."

…잊으라고?

사에코의 눈동자가 떨렸다. 잊으라니? 아니, 그럴 리 없다. 절대로 그럴 리가 없다. 분명 너는, 너는 그날… 반드시 너를 기억해달라고 말했잖아. 아니, 혹시….

설마, 그것이 아니었나?

무언가가 잘못된 것 같았다. 찢길 듯한 두통이 몰려왔다. 불완전한 기억들이 파편처럼 번졌다. 사에코가 손으로 제 머리를 감싸 쥐었다. 식은땀이 흘렀다. 머리에 맺힌 땀이 눈으로 흘러 들어가 눈 안이 미치도록 아렸다. 그런 그녀의 행동에도 아랑곳하지 않고, 청년은 그저 할 말을 이어 나갔다.

"저는 처음에 그것이 무슨 뜻인 줄 몰랐습니다. 하지만, 며칠 후, 임영혜의 일가가 죄를 지어 처벌받았다는 소식을 들었습니다. 누이동생도, 임영혜도 걱정되어 임영혜의 집으로 가보니 임영혜만 죽고 제 누이동생은 도망쳤다는 이야기를 들었습니다. 그래도 임영혜를 동생같이 생각했던 터라, 명복이라도 빌어주려고 여자아이의 시체로 다가갔는데…."

말을 이어가던 청년이 갑자기 고개를 숙였다. 책상 위로 눈물이 떨어졌다.

"손에, 손에 화상 자국이 있었습니다. 제 누이동생은 불장난을 치는 임영혜를 말리다가 손에 화상을 입은 적이 있었습니다. 그 시체는 제 누이동생이 분명했습니다. 얼마나, 얼마나 울, 울었는지 모릅니다. 제 여동생이 죽은 이후, 저 뻔뻔한 낯을 하루도 잊은 적이 없습니다. 신문에서 저 여자를 본 순간 확신했습니다. 저 여자는 분명 임영혜이며, 제 누이동생을 죽게 만든 살인자입니다! 반드시 합당한 벌을 내려주십시오!"

청년의 고성과 뒤얽힌 기억이 한데 모여 엄청난 두통을 유발했다. 울렁

거리는 머릿속이 뒤집힐 뻔한 찰나,

'영혜야, 넌 꼭… 꼭 살아 남아줘. 악착같이 살아남아 비로소, 오늘의 너를 꼭 용서해줘.'

사에코가 입을 틀어막았다. 기억이 들었다. 그제야 기억이 들었다. 그래, 그날의 너는 분명 악착같이 살아남으라고 말했다. 악착같이 살아남아… 비로소 나 스스로를 용서하라고 말했다. 어떻게 그간 그걸 잊고 있었을까. 어떻게 그걸 감히 잊을 수가 있었을까.

사에코의 두 눈에 눈물이 고였다. 눈물이 흐르지 않도록 애써 참아보았지만, 이내 뺨을 타고 저절로 흘러오는 것은 막을 수 없었다. 사에코가 고개를 숙였다. 쾌쾌한 시멘트 바닥 위로 눈물이 떨어졌다. 숨이 막힐 듯 목이 죄였다. 숨이 턱 끝까지 차올라 무언가를 외치려 해도 소리 대신 공허만이 뱉어져 나왔다. 사에코가 제 손등을 꼬집었다. 손등에서 피가 흘러 눈물이 맺힌 바닥에 바로 떨어졌다. 그녀는 청년의 눈을 차마 보지 못하고, 그저.

"미안, 미안해요. 내가 대신 살아남아서, 내가 죽었어야 했는데, 그날, 내가 죽었어야 맞는 건데…. 선희의 시체를 밟고 지금까지 살아남아서… 아파할 자격도 없는 주제에 감히 그 애를 잊지 못해서…. 미안해, 미안해 오라버니."

말을 토해낸 사에코가 두 손으로 얼굴을 가렸다. 그녀의 애처로운 흐느낌에, 청년은 무어라 말하려 했으나 이내 그만두었다. 그저 그 역시도 고개를 돌리고 눈물만 흘릴 뿐이었다.

"나를 체포하세요. 다 들으셨을 테니, 더 이상 신문할 필요도 없겠네요."

사에코가 마침내 입을 열었다. 그녀의 눈에 결연한 의지가 감돌았다. 유키오의 낯에 다시금 미소가 비쳤다.

"신원 증명서까진 안 꺼내도 되니 다행이군요. 하여튼 잘 생각하셨습니다. 말씀을 바꾸실까 봐 드리는 얘기지만, 모든 것이 녹음되고 있긴 합니다."

"어서 나를 재판소로 보내든, 형무소로 보내든 하시지요. 더 이상 이 공간에 있고 싶지 않네요."

사에코의 말을 들은 유키오가 순사에게 손짓했다. 순사는 고개를 끄덕인 후, 총으로 청년을 쐈다. 사에코의 뺨, 이마, 눈동자, 콧대, 머릿결, 목선 등, 보이는 모든 곳에 피가 튀겼다. 비명을 지를 새도 없이 까무러칠 뻔했으나, 쓰러지려 하는 사에코를 유키오가 받아 들었다.

"우에노 양은 확실히 고우신 게 맞는 것 같습니다."

"이게 무슨…!"

사에코가 혼비백산하여 소리쳤다. 유키오는 그런 그녀를 잠시 쳐다본 후, 총에 맞은 청년에게로 다가갔다. 간헐적인 신음이 나오는 걸 보니 즉사하지는 않은 모양이었다.

"우에노 양은 형무소에 가보셨습니까?"

유키오는 청년을 일으켜 세워 무릎을 꿇린 후, 그의 복부를 발로 가격했다. 유키오의 구둣발이 청년의 옆구리를 강타하자, 그의 기침이 제 숨을 막는 동시에 날카로운 파열음을 뱉었다. 청년의 입에서 옅은 비명과 함께 피 섞인 거품이 흘러나왔다. 유키오가 쓰러진 청년을 계속해서 일으켜 세우고는 발로 차기를 반복했다. 쓰러지고, 일으켜 세워지고, 다시 맞고를 서너 번, 청년의 몸은 곧 미동조차 없이 차게 식어버렸다.

아연실색한 사에코가 몸을 벌벌 떨며 유키오를 바라보자, 그는 인자하게 웃으며 사에코에게 말했다.

"형무소에서는 이런 일이 일상입니다."

유키오는 싸늘히 식어버린 청년의 시체를 마구 때리고 밟기 시작했다. 수의처럼 흰 셔츠에, 검은 먼지가 썬 구둣발 자국이 선명하게 남았다.

"이런 일도 빈번하고요."

"그만, 그만 하세요, 제발!"

사에코가 의자에서 일어나 유키오의 팔을 잡았다. 유키오는 혀를 한 차례 차더니, 사에코를 바닥으로 힘 있게 밀쳤다. 사에코의 다리가 쿵 소리를 내며 탁자 모서리에 부딪혔다. 한 번도 심히 다뤄져 본 적 없던 그녀가 낯선 고통과 충격 속에 눈을 부릅떴다.

"역시 우에노 양은 고우십니다. 얼마나 고우시면 그만하라는 말로 모든 게 끝나는 줄 아시겠습니까. 우에노 양, 형무소에 갇힌 죄인들은 갱생의 가치조차 없는 이들입니다. 당연히 인간의 취급을 받지 못하지요. 맞고, 고문 당하고, 죽어 나가는 게 일상입니다. 어떤 꼴을 당하실 줄 알고 함부로 형무소를 말씀하십니까. 고작 밀쳐진 것 가지고도 그렇게 저를 바라보시는 분께서요."

사에코의 몸에서 힘이 빠졌다. 탁자에 부딪힌 직후 그대로 바닥에 주저앉은 그녀에게, 유키오가 다가가 말했다.

"걱정하지 마십시오. 제가 아직도 우에노 양께 존칭을 써 드리고 있지 않습니까. 어떤 검사가 죄인에게 경어를 쓰겠습니까."

"…그렇다면 나를 어찌할 셈인 건가요?"

"이전과 별 다를 바는 없을 겁니다. 계속해서 춤도 추시고, 공연도 하시겠지요. 단, 이제는 예전처럼 오만하고 자유롭게 움직이지는 못하실 겁니다."

"그게 무슨 말인가요? 알아듣게 설명하세요."

"차차 알게 되실 겁니다. 아, 왔나 보군요. 잠시만 기다리십시오."

문을 두드리는 소리에 유키오가 문을 열었다. 갑자기 부신 빛이 들어오니 사에코의 눈이 자꾸만 감겼다. 애써 정신을 차리고 앞을 보니, 유키오 옆에 한 남성의 실루엣이 보였다.

"사에코 양! 괜찮으십니까?"

"당신이 어찌 여길…."

얼굴을 파악하기도 전에 먼저 들린 목소리는 다름 아닌 도흠의 것이었다. 그는 재빨리 사에코에게로 달려왔다. 얼굴에 땀이 흥건했다. 그는 사에코의 안위부터 살핀 후, 유키오에게 정중히 인사했다.

"검사님, 인사가 늦었습니다. 도쿠다 미치오 중추원 부의장의 아들 되는, 도쿠다 가네하라입니다. 아버지에게 말을 전해 듣고 사에코 양을 데리러 왔습니다."

"누군가 올 줄은 알았지만, 예상보다 빠르군요. 우에노 양은 참 운도 좋으십니다."

"지금 데려가도 괜찮겠습니까? 사에코 양의 상태가 많이 안 좋아 보여서 말입니다."

"그러시지요. 어차피 할 얘기는 다 끝난 참입니다."

"사에코 양, 일어나십시오. 아니, 얼굴이… 또 발은, 이게, 이게 대체 어찌 된 겁니까!"

사에코의 발을 본 도흠이 당황하여 그녀의 얼굴을 쳐다보았다. 그녀의 얼굴 주변에는 핏자국이 가득했고, 상처가 가득한 발에는 피와 진물이 뒤섞여 있었다. 사에코는 그런 그를 차마 바라보지 못하고 고개 숙여 눈물만 흘렸다. 안도감과 수치, 반가움과 죄책감이 섞여 고이 흘러내렸다.

"아무리 피의자라도, 여인을 이리 험히 대하는 것이 맞습니까? 게다가, 무용수의 발에 상처를 입히는 것은 상식인이 할 행동이 맞습니까?"

도흠이 분노에 찬 목소리로 유키오에게 말했다.

"순사들이 실수한 모양입니다. 우에노 양, 너그러이 용서해 주십시오."

"이게 지금 사과로 될 일…."

사에코가 도흠의 옷깃을 붙잡았다. 그녀는 고개를 저으며 도흠을 말렸다.

"네, 받아들일게요. 이만 가보아도 되지요? 가네하라 군, 저를 좀 업어주시겠어요? 걸음이 힘들군요."

사에코가 체념한 듯한 목소리로 도흠에 말했다.

대체 무슨 일이 있었길래 저 여인이 저리도 맥을 못 추리는 것일까. 다른 이도 아니고, 어찌 그 사에코 양이….

머리끝에서부터 화가 치밀었다. 감정을 도저히 주체할 수가 없었다. 고개를 돌린 도흠이 오른손으로 머리를 쓸어올렸다. 주먹을 쥔 왼손이 파르르 떨렸다.

"알겠습니다. 이리 업히시지요."

사에코가 말없이 도흠에게 업혔다. 도흠은 그런 그녀를 업고 문밖을 나서려다, 진중한 목소리로 유키오에게 한마디를 건넸다.

"오늘 일, 기억하겠습니다."

"네, 알겠습니다. 우에노 양, 기회가 되면 또 뵙지요. 가급적이면 다음번엔 밝은 데서 뵙도록 합시다."

유키오의 말은 명백한 조롱이었다. 사에코는 비아냥을 지껄이는 유키오의 낯이 너무나도 역겨워져, 그저 도흠의 등에 얼굴을 파묻었다.

경무국에서 나왔을 땐 이미 캄캄한 밤이었다. 도흠은 의자에 사에코를 잠시 내려놓고, 하인이 가져온 약을 그녀의 발에 발라주었다. 사에코는 그런 도흠을 가만히 내려다보다, 텅 빈 목소리로 나지막이 말했다.

"왜 이제 왔어요?"

"네?"

"내가 얼마나 무서웠는지 알아요? 정말 무서웠다구요, 정말 무서웠단 말이에요. 왜 이제 왔어요. 왜…."

사에코의 눈에서 눈물이 왈칵 쏟아졌다. 그녀는 도흠을 노려보며 아이처럼 울기 시작했다.

도흠이 놀란 표정으로 사에코를 바라보았다. 예사였으면 그녀의 때 아닌 어리광에 마땅히 짜증을 냈을 터였다. 하지만 그 순간의 사에코에게는 도저히 그럴 수 없었다. 그녀의 성정을 누구보다도 잘 알았기 때문이다. 오만한 여인, 가식적인 여인. 자신의 약점을 절대 드러내지 않으려 부단히 애쓰는 여인. 그러나 그런 여인이 나의 앞에서 참으로 서럽게 울고 있다. 도대체 무슨 일을 겪었길래 매사에 당당하고 오만한, 그 어느 순간에도 아름다워야 할 저 여인이 이리도 약한 모습을 보인단 말인가. 그것도 그토록 미워하는 사람의 앞에서.

도흠이 팔로 사에코를 감싸 안았다. 그의 품이 너무나도 따스했던 탓인지, 사에코는 모든 긴장을 놓은 채 오열하기 시작했다. 사에코를 껴안은 도흠의 팔에 힘이 들어갔다.

"미안합니다. 너무 늦게 와서, 제가 미안합니다."

도흠의 눈시울이 붉어졌다. 사에코의 눈물이 그의 품에 닿았다. 빳빳하던 와이셔츠가 이내 축축해졌다.

도흠이 다시 사에코를 바라봤을 때, 한참을 울던 그녀는 어느새 그의 무릎에 누워 잠들어 있었다. 도흠은 눈을 감은 사에코의 얼굴을 쳐다보다, 그녀의 머리를 쓰다듬으며 자장가를 불렀다.

"자거라, 자거라 귀여운 아가야. 금잔디에 잠드는 봄 나비 같이⋯ 꽃잎을 날리는 바람 따라서⋯."

도흠의 노랫소리가 점차 먹먹해졌다. 그의 시선이 하늘로 향했다. 하늘에는 달무리가 져 있었다. 도흠은 사에코가 일어날 때까지는 비가 오지 않기를, 그저 달을 보며 기도할 뿐이었다.

하지만

　자정을 막 넘긴 시간이었다. 사에코가 도흠의 손을 잡고 차에서 내렸다. 잠시 눈을 붙인 동안, 어느덧 그녀는 제집 대문 앞에 도착해 있었다. 어느새 감정이 조금 진정된 것 같았다. 하지만 상처는 채 가시지 않았나 보다. 사에코가 발을 바닥에 딛자마자 옅게 신음했다. 긴장이 풀린 후 몰려오는 통증은 뒤늦은 것이기에 더욱 아팠다.

　"고초 치르느라 고생하셨습니다. 들어가서 편히 쉬십시오."

　"괜히 추태를 보였네요. 오늘 너무 고마웠어요, 가네…."

　인사를 전하던 사에코가 말을 멈췄다. 그녀는 한차례 숨을 들이마신 후, 도흠의 눈에 제 눈을 맞추고 말했다.

　"아니, 도흠 군."

　도흠 역시 곧은 시선으로 사에코를 응시했다. 처음으로 불린 본연의 이름처럼, 둘의 시야 역시도 처음으로 맞닿았다. 도흠의 눈동자 속에는 사에코가, 사에코의 눈동자 속에는 도흠이 있었다. 서로를 담은 눈동자가 거울이 되었다.

　"…이만 가보겠습니다. 푹 쉬십시오."

　자신을 바라보는 사에코의 시선이 민망해진 걸까. 도흠은 괜히 헛기침을 뱉으며 차로 향했다. 사에코 역시 집으로 돌아가려던 찰나, 차에 타려던 도흠이 그녀에게로 성큼성큼 다가와 말했다.

　"사에코 양."

"말씀하셔요."

도흠이 말을 꺼내려던 순간, 울듯이 일렁이는 달그림자가 도흠의 반면(半面)을 가렸다. 그림자가 사에코의 얼굴마저 비추니, 그는 일말의 망설임도 없이 말을 멈췄다.

"도흠 군?"

"발의 상처는 반드시 치료하십시오. 제가 해 드린 것은 간단한 처치일 뿐이니, 후에 여기지 않으시면 덧날 것입니다."

"네, 그렇게 할게요. 고마워요."

"이만 가보겠습니다. 들어가십시오."

도흠은 사에코를 향해 가볍게 묵례하고는 차를 타고 떠났다. 손을 들어 인사할 법도 했으나, 사에코는 그저 멀어져 가는 경적을 지켜보다 문을 열고 집 안으로 들어갔다.

"선생님, 다녀오셨… 세상에!"

사에코를 본 하녀가 비명을 질렀다. 사에코가 고개를 숙여 자신의 차림을 확인했다. 먼지가 묻은 연습복 차림에, 푸석푸석한 머릿결. 다리의 멍자국과 뺨에 난 생채기, 얼굴에 맺힌 핏방울. 더하여 걸음마다 이어지는 핏자국까지. 그것을 본 누구라도 놀랄 수밖에 없을 행색이었다.

"아아악!"

문득 소름이 밀려왔다. 그제야 얼굴에 흩뿌려진 피가 생각났다. 유키오의 웃음소리가 총소리에 겹쳐 이명처럼 들렸고, 몸의 모든 곳은 벌레가 기어 다니는 듯 불쾌하고 가려웠다. 사에코가 비명을 지르며 손톱으로 자신의 팔을 마구 긁기 시작했다. 팔은 곧 붉게 부어올랐고, 긴 손톱에 찢긴 피부가 핏방울을 내몰았다. 달빛에 비치는 그림자가 그녀의 파멸적인 발악을 담아 역겨울 만치나 아름다운 춤의 형상을 만들어 냈다. 참으로, 공교롭게도.

소리를 지르며 한참을 자해하던 그녀는 이내 지쳐버렸는지 텅 빈 눈으로 하녀에게 말했다.

"내일 아침 목욕을 할 터이니 욕탕에 물을 데워놓거라. 오늘 밤은 별다른 시중은 필요 없으니 문 앞에 네마키[74]만 놓아두렴."

"네, 네, 알겠습니다. 서, 선생님."

하녀는 몸을 떨었다. 처음 보는 사에코의 괴랄한 모습이었다. 평시의 그녀는 신경질을 내는 한이 있더라도 최소한의 품위를 지켰다. 하지만 방금 그녀가 보여준 모습은 마치 광인의 행동이라 해도 손색이 없었다.

"아, 그리고…."

방으로 향하려던 사에코는 문득 도흠의 말을 떠올렸다. 떠올린 통증이 아렸다.

"내일 아침에 종희를 내 방으로 올려보내렴. 붕대와 아까징끼를 들고 오라 전하고."

짧은 지시를 건네고, 사에코는 하녀를 한 차례 힐끔 쳐다본 후 방으로 걸어 올라갔다. 걸을 때마다 통증이 한 단계씩 고조되는 것 같았다. 몰려드는 피로와 고통, 구역감에 시야가 점점 흐트러졌지만, 아랫것들에게 제 몸의 부축을 맡기는 것은 자존심이 절대로 허락하지 않는 일이었다. 속히 가짐을 정돈해야 했다.

사에코가 아랫니로 잇몸을 세게 깨물었다. 살점이 끊어질 듯 비틀렸고, 비릿한 피 맛이 혀 위로 흘러들었다. 입안에 감도는 고통은 그녀의 척추를 곧추세웠고, 걸음은 단정하게, 표정은 곱게 만들었다. 온몸에 낭자한 혈흔과 상처가 일순간에 기품으로 뒤바뀌었다. 그녀는 아무 일도 없었다는 듯 예사와 같은 표정으로 방안에 들어왔다.

---

74 잠옷의 일본식 표현

하루 만에 돌아온 방은 반갑고도 낯설었다. 그녀는 침구에 쓰러지듯 누웠다. 그녀의 상체는 이불에, 하체는 바닥에 걸쳐 있었다. 백색의 침구에 핏자국이 서서히 배어들었다. 그녀는 고개를 내려 스며드는 핏방울을 바라보았다.

임영혜.

십수 년 만에 처음으로 불려 본 이름이었다. 그녀는 입에서 피를 뿜으며 죽어가던 청년을 떠올렸다. 동무의 오라버니이자 동무. 선희만큼은 아니더라도 미치도록 그리웠던 옛 기억. 하지만, 그게 다 무슨 소용인가. 사에코는 이제 와 본명을 찾아봤자 어떤 의미도 만들어 낼 수 없을 것이라고 확신했다. 자신이 저지른 죄는 속죄할 기회도, 모든 것을 돌이킬 기회도 모두 죽여버렸기에.

사에코가 베개에 얼굴을 파묻었다. 구역감이 떠밀리듯 몰려왔다. 다시금 눈 안에 피 냄새가 진동했다. 흐를 데 없는 눈물이 고스란히 그녀의 얼굴에 묻었다.

사에코가 옆으로 돌아눕자, 시선 속에 자신이 들어왔다. 앞에 놓인 경대가 그녀의 얼굴을 비췄다. 핏자국이 눌어붙은 낯빛은 더러웠고, 입을 벌린 채 벌벌 떨고 있는 표정은 천박했다. 날것의 몰골을 눈앞에서 확인한 그녀가 비명을 질렀다.

"이건, 이건 내가 아니다. 이건 내가 아니야!"

사에코의 눈에서 눈물이 흘러나왔다. 사에코가 자신의 얼굴을 거칠게 매만졌다. 서서히 일그러지고, 구겨지고, 망가지는 몰골이 전부 그녀 자신의 눈에 들어왔다. 손이 걷잡을 수 없이 떨렸다. 이어 다른 부위까지 다발적으로 떨리기 시작하니 정신이 아득해지고 신물이 올라왔다.

"사에코, 사에코, 사에코, 아악!"

사에코가 비명을 지르며 경대를 집어던졌다. 튀겨진 유리 파편이 그녀의 뺨을 스쳤다. 그녀는 괴랄히 눈을 치켜뜬 채 계속해서 자신의 얼굴을 만지작거렸다. 바닥에 떨어진 유리 조각에 그녀의 낯이 비쳤다. 제 눈동자가 시야에 들어오자 그녀는 질끈 눈을 감았다. 저 탁하고 허름한 눈을 도려내고 싶었다.

"선생님! 무슨 일… 꺄악!"

큰 소리에 놀라 달려온 하녀 몇 명이 사에코를 보고 비명을 질렀다. 깨진 거울 조각으로 엉망이 되어 있는 바닥과 얼굴이 온통 피투성이가 된 채로 눈물을 흘리며 주저앉아 있는 사에코. 직접 보지 않는다면 그 누구도 믿지 않을 만큼 허황하고 기괴한 장면이었다.

하녀들이 차마 움직이지 못하고 얼어붙어 있는데, 사에코가 갑자기 그중 한 명에게로 성큼성큼 걸어와 물었다.

"내가 누구지?"

텅 비어버린 눈에 허망한 표정. 쥐어뜯은 듯 헝클어진 머리까지. 하녀는 미치도록 공포스러운 눈앞의 여자에게 떨리는 목소리로 대답했다.

"무, 무용가 우에노 사에코 선생님, 이시죠."

일말의 망설임 없이 불리는 자신의 이름에, 쏜살같은 분노가 밀려왔다. 본질적으로 더럽혀진 스스로에게서 해방되고 싶었다.

"하하, 하하하, 사에코, 사에코라."

짝―

사에코가 하녀의 따귀를 갈겼다. 그녀는 하녀의 어깨를 붙잡고 재차 물었다.

"다시 말해 보거라. 내가 누구로 보이느냐."

"왜 이러세요, 선생님, 진정, 진정하세요!"

"다시 말해보래도! 네년 눈에는 지금 내가…."

"선생님, 선생님! 어머, 어떡해! 얘, 당장 경방단⁷⁵에 가렴. 어서! 도쿠다가에도 연통을 넣고!"

하녀를 거세게 다그치던 사에코가 갑자기 정신을 잃고 고꾸라졌다. 그녀가 쓰러지니 하녀 중 몇 명이 구급차를 부르기 위해 경방단으로 달려갔다.

희미해져 가는 의식에 소리를 치려 해도 목소리가 나오지 않았다. 눈에서 눈물이 흘러 입술로 떨어졌다. 피와 눈물이 섞여 불쾌한 간간함이 입안에 고였다. 뱉어내고 싶었지만, 그것을 몸 밖으로 흘려보낼 기력마저 없어서 사에코는 그저 그것을 삼켜야만 할 뿐이었다.

---

75 1939년 조직되었던 소방조직체

만약

"아가씨는 바다로 밀려가는 윤선(輪船)[76]을 오늘도 바래 보냈다, 바래 보냈다…."[77]

머리가 지끈거렸다. 자꾸 같은 구절만을 속으로 되뇌었다. 평소대로라면 이미 수마트라의 동쪽으로 향했어야 했는데, 눈은 발을 구르는 국제열차에도 못 미쳐 있었다.[78] 마음을 돌리려 읽은 시도 제 얘기같이 보여 도흠은 한참을 한 페이지에 머물러 있었다.

"어찌 속 편히 바래 보냈겠는가…."

도흠이 손가락으로 시의 한 구절을 꾹 눌렀다. 계속 신경이 쓰이고 마음이 갔다. 한눈에 보기에도 많이 아파 보였는데, 그 예민한 성정으로 고통을 견딜 수나 있을지. 자존심 탓에 아랫것들에게 알리지도 못하고 혼자 앓고 있으면 어떡하나.

사에코가 집으로 들어간 후, 도흠은 그녀의 집 앞으로 다시 돌아왔었다. 이후 그는 대문 인근에서 서성거리던 하녀 한 명을 불러 사에코에게 무슨 일이 생기면 자신에게 연통을 넣으라고 언질을 주었다. 아직 아무런 연락이 없는 것을 보니 별일은 없을 터인데, 괜히 불길한 느낌이 들었다.

사실 도흠의 아버지, 김광립은 그에게 사에코를 빼내 오라 지시하지 않

---

76 수레바퀴 모양의 추진기를 회전시켜 움직이는 배
77 김기림의 시 「세계의 아침」
78 김기림의 시 「세계의 아침」

았다. 도쿠다 가에서 그녀를 구해준다는 것은 상부와 논의 후 확정될 가능성이 있는, 수많은 '각본' 중 하나에 불과했다. 도흠의 행동은 돌발적인 것이었고, 그 역시 제 아버지가 자신의 행동으로 인해 꽤나 난처해질 것임은 예상했다. 하지만 그는 사에코의 소식을 전해 들은 직후 경무국으로 향했다. 문밖으로 뛰쳐나와 자신을 말리는 어머니도, 경거망동하지 말라며 호통을 치는 아버지도, 그 모든 게 아무것도 보이지 않았다. 아버지의 인정을 그토록 갈구했던 과거를 생각해 보면 참으로 이질적인 행동이었다.

사에코가 있는 신문실에 들어갔을 때 도흠이 처음으로 느낀 것은, 눅눅한 곰팡이 향의 불쾌감도, 어두컴컴한 방 안의 불길함도 아닌, 치밀어 오르는 분노였다. 망설임 없이 타인을 하대하고, 모진 말을 뱉고, 함부로 손을 올리는… 환히 웃는 모습이 그토록 아름다운 여인. 그런 여인이 자신과 눈을 맞추지도 못하고 그저 흐느끼고 있었다. 아, 그녀의 눈물을 곧이 보았을 때의 심정. 말로 표현할 수 없이 치밀어 오르는 분노는, 그, 심정은.

사에코의 몸은 그녀가 뱉는 미운 말의 깊이만큼이나 가벼웠다. 도흠은 아주 살짝, 사에코를 업은 채로 그녀의 집까지 걸어갈까도 고민했다. 초겨울 밤의 칼바람은 앞에서 막은 후, 누구보다도 고단할 이 여인을 제 등 뒤에서 편히 재우고 싶었다. 그저 바람일 뿐이었다. 불어가는 바람쯤으로 기억될만한, 그런 바람.

도흠이 다시금 책으로 눈길을 돌렸다. 윤선을 바래 보내는 아가씨를 한번 더 곱씹었다. 그녀의 처지가 마치 제 것인 양 아파 왔다.

"부두에 달려 팔락이는 오색의 테잎, 그 여자의 머리의 오색의 리본."[79]

도흠은 이은 구절을 한 번 더 읽어보더니, 이내 에잇, 하며 책을 내려놓았다. 그의 손이 제 얼굴을 쓸어내렸다. 손의 온기가 피로가 엉킨 낯을 부

---

[79] 김기림의 시 「세계의 아침」

드러이 포갰다. 따듯하고도 요상한 평온이었다. 오랜만에 느껴보는 따듯한 감정이 싫지 않아 계속해서 자세를 유지하고 있는데, 별안간 들리는 하인의 발소리가 더딘 피로를 깨웠다.

"도련님, 잠시 나와 보셔야 할 것 같습니다."

"자네는 노크를 할 줄, 아니…. 하, 됐네. 그래, 무슨 일인가?"

"우에노 선생님 댁에서 하녀 아이가 한 명 왔는데, 선생님께서 방금 실신하셨다고 합니다. 지금은 경방단 구급차를 타고 경성제국대학 의원으로 가고 계시다고…."

"뭐?"

충분히 예상할 수 있는 일이었다. 헤어지기 직전의 그 여자는 언제고 바랠 것만 같은 심약함을 띠고 있었기에. 하지만 불길함을 예측하는 것과 그 충격을 몸소 체감하는 것은 달랐다. 도흠이 책상을 짚고 자리에서 일어났다. 책상 위의 물건들이 그의 손에 밀려 흔들렸다.

"당장 내려가서 내 차의 시동을 걸어 놓거라. 경성제대 의원으로 간다."

"아이고, 도련님, 주인어른께서 아시면 이번에는 정말 큰일 나실 겁니다. 내일 문안을 가도 되니, 외람되지만 이 시간에 나서는 것은 자제해주심이 좋을 듯합니다."

"자네 같으면 그런 여인이…."

…그런 여인이? 그런 여인이라 하면, 무언가? 실은 그 여인에 대한 어떠한 감정도 명료히 정의 내리지 못했으면서. 그 여인에게 붙일 일말의 이름조차도 정하지 못했으면서.

그래, 가만히 있는 것이 맞다. 호기롭게 이리저리 설치다가 또 화를 부를 텐가? …그때처럼? 잃은 것을 되찾기 위해선 얼마나 많은 시간이 필요한지, 그것의 답조차 구하지 못한 채로 과거의 흔적을 헤매고 있는 주제에.

헛된 망념이 떠올랐다. 귀 안에서부터 소리가 징그럽게 울렸다. 도흠이 눈을 질끈 감고 고개를 저었다.

"채비만 정돈하고 갈 터이니, 얼른 내려가 시동을 걸어 놓거라. 내 행동에 대한 책임은 내가 지겠다."

"네, 알겠습니다. 도련님."

도흠의 성화에 못 이긴 하인이 결국 차를 몰러 내려갔다. 도흠 역시 외투를 챙겨입고는 곧 그를 따라 내려갔다.

"저, 도련님, 잠시만요! 드릴 말씀이 있어서요."

자신을 부르는 소리에, 차 쪽으로 향하던 도흠이 고개를 돌렸다. 숨을 몰아쉬며 달려오는 한 소녀가 보였다. 사에코가 부리는 하녀인 것 같았다.

"무슨 일인가?"

"사에코 선생님께서, 시, 실려 가시기 직전에 조금, 아, 아니 많이 이상하셨어요. 머리는 헝클어져 있고, 소리를 지르시면서 이상한 말씀도 하시고…. 도련님께서는 아셔야 할 것 같아서요."

"알아듣게 말해 보거라. 사에코 양이 정확히 어땠길래 그러나?"

"서, 선생님께서는, 피투성이가 된 몸으로 계셨는데, 저희가 찾아뵈자마자 당신께서 누구신지 여쭈시고는, 선생님의 존함을 말씀해드리니까, 막… 화를 내시면서 다시, 다시 말해보라고 보채셨어요. 근데 그 모습이 마치, 광증에 걸린… 헙!"

스스로도 실언이라고 느꼈는지, 하녀 아이는 말하던 중간에 제 입을 막았다. 도흠이 충격 속에 뒤로 비틀거렸다. 광증, 광증?

경성제대 의학부에서 수학했던 도흠이었기에 광증이라는 단어에 대해서는 일반인보다 친숙했고, 선입견도 적었다. 그는 누구나 큰 충격을 받으면 광증이 올 수 있다는 것을 알고 있었다. 하지만, 사에코에게는 그러한 생각이 미치지 못했다. 미쳐서는 안 됐다. 광증과 그녀는 완전한 반의어가 아닌가. 그래야 할 텐데, 그래야만 할 텐데. 설마, 그녀가 미쳐버릴 수도 있다는 말인가?

"도련님!"

도흠은 하인을 밀쳐내고 그대로 차를 몰아 경성제대 의원으로 향했다. 급하게 올라탄 탓에 오른발이 꺾여 페달을 밟을 때마다 욱신거렸다.

"아닐 거다. 아닐 거야. 아닐 거야…."

도흠은 텅 빈 눈으로 외마디의 말만 중얼거렸다. 머리에서 식은땀이 물처럼 흘렀다. 그는 학부 본과 2학년이던 시절, 정신병과 수업의 일환인 광증 환자의 임상연구를 참관한 적이 있었다. 반항치 못하게 묶어놓은 사지, 입에서 뿜어져 나오는 비명 섞인 거품, 두려움에 젖어 있는 눈알까지. 자꾸만 그때의 그 얼굴이 사에코의 얼굴과 겹쳐 보였다. 무언가를 놓친 듯한 기분이 들었다. 그녀의 얼굴을 확인하지 않는다면 영영 그녀를 잃어버릴 것만 같았다. 그러한 생각이 들자, 미칠 것 같은 공포감이 그의 몸을 잠식했다. 가속 페달을 밟은 발에 점점 더 힘이 들어갔다. 힘이 쏠릴 때마다 발가락 마디 사이로 밀려오는 통증이 아팠다.

마침내 도흠이 의원 앞에 도착했다. 그는 급하게 차에서 내려 원무처로 향했다.

"우에노 사에코 환자의 병실이 어디입니까?"

"환자분과의 관계가 어떻게 되십니까?"

"중요한 사안입니까?"

"네, 아무래도 환자분께서 일반인은 아니시다 보니, 문안에 있어 절차가 더욱 복잡할 수밖에 없습니다."

도흠이 손으로 머리를 감쌌다. 서슬 퍼런 충동이 휘몰아쳤다. 아버지의 수많은 각본 중 이 상황을 타개할 만한 것이 하나 있었다.

그는 한 차례 숨을 들이마셨다. 분명, 이 말은 뱉는 순간 주워 담을 수 없을 것이다. 언젠가는 후회할 수도 있을 것이고, 수습이 어려울 수도 있겠지. 어쩌면 이 말이 아니더라도 방법이 있을지 모른다. 어쩔 수 없다는 핑계 역시 사심을 감추려는 못된 합리화일지도 모른다. 하지만, 그대에게 언젠간 미움을 살 것을 앎에도, 기어이 그대를 나만의 진창으로 끌어오고 싶어져서.

"사에코 양의 혼약자인, 도쿠다 가의 가네하라입니다. 안내해 주십시오."

"예?"

업무를 보던 직원들이 일제히 도흠을 쳐다보았다. 서넛쯤 되려나. 아마 일주일쯤이면 경성 전역에 소문이 퍼지겠지. 뒤늦게 소식을 전해 들은 그대는 어떤 표정을 지을까. 아마도….

"우, 우에노 양께서는 상등실에 계십니다. 안내해드리겠습니다."

도흠은 직원의 안내를 받으며 병실로 향했다. 직원이 혼약에 대해 끈질기게 캐물었지만, 도흠은 그런 그를 무시하며 그저 걸어갈 뿐이었다.

"우에노 양께서 주무시고 계신 것 같은데, 후에 다시 오시겠습니까?"

"깨어나실 때까지 기다리겠습니다. 아, 그리고…."

도흠이 지갑에서 지폐 몇 장을 꺼내 직원에게 건넸다.

"제 방문에 대해서는 가급적 함구해 주셨으면 합니다."

"네, 네 물론이죠."

도흠은 고작 지폐 몇 장을 쥐여 주는 것만으로는 그의 입을 막을 수 없다는 것을 알았다. 쾌락에 씌인 사람의 입이 얼마나 경솔한가. 그러나 그렇게 행동해야 할 것만 같은 충동이 들었다. 표면적으로라도 그녀를 지키는 척을 하고 싶었다. 정작 그녀를 괴로이 만드는 것은 제인 것을 앎에도. 그것은 그저, 자신의 죄책감을 덜기 위한 하찮은 위선이었을 수도 있었으리라.

직원이 떠나고, 병실에는 도흠과 사에코만이 남았다. 별도 달도 잠든 새벽, 오직 사에코의 옅은 숨소리만이 밤의 정적을 덮고 있었다. 도흠은 검지로 사에코의 얼굴을 쓸어내렸다. 처치를 받은 듯 핏자국은 지워져 있었으나, 아직 아물지 않은 상처가 남아 있었다. 자신의 손길에 사에코가 움찔하자, 도흠은 그제야 자신이 그녀의 환부 주위를 만지고 있다는 것을 알아차리고 그녀의 낯에서 손을 떼었다.

"제 욕심은 항상 그대를 아프게 하나 봅니다."

도흠이 고개를 돌려 창문을 바라보았다. 채 닫히지 않은 모양인지, 자그마한 추위가 조금씩 흘러들어오고 있었다. 그는 창 쪽으로 걸어가 걸쇠를 잠갔다. 그제야 병실 안의 냉기가 조금씩 가시기 시작했다.

"만약 내가 조금 더 나은 사람이었다면, 우리는 상처를 쥐지 않고 만날 수 있었을까."

도흠은 사에코를 바라보며 혼잣말을 읊었다. 사에코의 숨소리가 조금씩 작아졌다. 무슨 꿈을 꾸는지, 그녀의 입에 은은한 숨소리가 돌았다. 폭풍의 전야가 유독 고요하듯, 소리 없는 바람만이 병실을 비출 뿐이었다.

약해지는가

'영혜야, 왜 내가 너보다 먼저 죽겠어. 나는….'

나는 아직도 너를 헤매고 있어. 그러니 제발, 제발….

'마음이 접히게 되면 그것은 언젠가 고이 날아가기 마련이니까.'

모두 너를 위해서야. 너를 기억하기 위해서. 네가 없다면 춤 따위, 나에게는 아무 의미가 되지 않아.

'저 여자는 분명 임영혜이며, 제 누이동생을 죽게 만든 살인자입니다!'

아니야, 나는 오히려 그 아이를 기억하려 했어. 줄곧 그 아이한테 미안함을 느꼈어. 내 춤은 오직….

'그들은 제 수발을 드는 것을 영광으로 알아야지요. 내가 이 조선에서, 아니, 온 세계에서 어떤 사람인지 아는 이상, 마땅히.'

아, 아니었던 것이구나. 그때의 너는, 오만하고, 비겁하고, 어리석은 지금의 나, 우에노 사에코의 그 어느 모습과도 닮지 않았으니까. 어찌 감히 잊어버렸던 걸까. 나의 아름다움이라고 불리는 모든 것은, 사실, 전부 너의 것이었는데.

'보답 받지 못할 아름다움을 수백 번 돌이켰음에도 나는 이토록 그대를 사랑하는데.'

미안해. 너를 잃는대도 지키고 싶은 사람이 생겨 버려서. 이제야 겨우 고 마음을 안게 되었는데, 너의 말을 들어줄 수 있게 되었는데.

'사랑해요, 세이지 군.'

아, 이제 나는 정말로, 영영 너에게 돌아가지 못하겠구나. 너의 아름다움을 두르고서라도 이 사랑을 지키고 싶어져서. 결국 나는, 다시금 너를 죽이겠구나.

"사에코 양! 정신이 드십니까?"

낯선 내음이 풍겼다. 몸을 움직이려 하니 뼈아픈 통증이 몰려왔다. 채 밝혀지지 않은 눈동자에 거무스름한 사람의 형체가 들어왔다. 사에코가 자신의 이마를 쓸어내렸다. 서서히 시야가 켜졌다. 낯선 천장, 백색의 침구. 은은히 향해오는 소독약의 냄새. 한눈에 봐도 자기가 있는 곳은 병실이 분명했다.

"당신이 여길 어찌…."

"꼬박 이틀간 깨어나지 못하셨습니다. 내내 걱정하며 곁을 지켰습니다."

"네, 그건 고마울 일이네요. 한데, 가네하라 군께서 왜 그런 수고까지 도맡으신 거지요?"

"혼약자니까 그렇죠. 우에노 양, 여자로서 너무 부러워요. 도쿠다 군께서 얼마나 지극정성으로 간호하셨는데요."

사에코의 팔에 붕대를 감아주던 간호사가 웃으며 말했다. 사에코의 미간이 점차 찌푸려졌다. 그녀가 당황한 표정으로 간호사에게 물었다.

"혼약자라니요?"

"우에노 양, 이미 경성에 쫙 퍼졌는걸요. 시치미 떼셔봐야 소용없어요."

"그게 무슨 말씀인가요? 나는…."

"사에코 양께서 깨어 난지 얼마 안 되어 피곤하신가 봅니다. 둘만 있을 수 있게, 자리를 비켜주셨으면 합니다."

"물론이지요. 좋은 대화들 나누셔요."

간호사는 사에코를 향해 웃으며 재빨리 병실을 나갔다. 도흠은 환기를 위해 창문을 연 후, 사에코의 곁으로 돌아왔다. 사에코가 도흠의 어깨를 밀쳤다. 그녀는 분노한 표정으로 도흠에 말했다.

"무슨 일인지 소상히 설명하시는 게 좋을 듯싶군요. 도대체 왜 이런 낭설이 퍼진 건지, 어찌 당신은 그런 말에 반박조차 않은 건지."

"사에코 양께서 신문실에 계실 때, 요시미네 신타로 의장이 저희 집에 방문하여 아버지와 함께 사에코 양에 대해 논의했습니다. 두 분 다 사에코 양에 대한 과한 처분을 언급하지는 않았지만, 요시미네 의장은 그래도 몇 년 간은 개인 공연을 막아야 한다고 말했습니다."

"개인 공연을… 막는다니요?"

"말 그대로입니다. 연구소는 시일이 올 때까지 일시적으로 해산되며, 개인 공연은 금지당하고 국가 차원의 공연만 해야 하는 것이지요."

"그럴 수는 없어요. 이데올로기에 종속된 예술은 천박한 오락이 될 뿐이에요."

"네, 사에코 양의 예술에 대한 가치관은 익히 알려 있지요. 그렇기에 아버지께서도 사에코 양의 반응을 대강 예측하시고는, 요시미네 의장께 대체안을 제안했습니다."

사에코의 전신에 불길함이 감돌았다. 그녀는 조심스레 도흠에게 물었다.

"…설마, 아니지요?"

"아버지께서는, 저와 사에코 양에 혼약에 대해 거론하셨습니다. 요시미네 의장도 이에 동의했고요."

"나는 절대 동의한 적이 없어요! 어찌 내 의사 하나 묻지 않고 그런…!"

사에코의 완강한 반응에, 도흠은 가슴이 조금 아려오는 것을 느꼈다.

"당신은 왜 이런 일에 동의한 건가요? 당신은, 나를 기꺼워 않는 것이 아니었나요?"

"아버지의 뜻이었습니다. 제가 어찌 부정하겠습니까."

"그렇다면 우리 둘이 혼약에 대해 반대한다면, 그러면 되는 것이 아닌가요?"

"이미 조선 전역에 소문이 퍼졌고, 사에코 양이 누워 계신 동안 절차 역시 분주히 진행되는 중입니다. 총독부 차원에서도 기꺼운 반응을 보이고 있고요. 의사 하나로 엎을 수 있는 상황이 아닙니다."

"혹여 내가 끝까지 거부한다면, 그렇다면… 어찌 되는 것인가요?"

"춤 하나 잃는 것으로 끝나지는 않겠지요. 괘씸하게 여길 사람들이 한둘이 아닐 테니까요. 이번에는 정말, 형무소에 수감될 지도 모릅니다."

과장이었다. 아니, 일종의 거짓이라고 보는 것이 더욱 적절할지도 모르겠다. 혼약을 무른대도 형무소까지 보낼 리는 없었다. 도흠조차도 이유를 알 수 없었다. 그저 사에코에게 겁을 줘서라도 혼약을 성사시키고 싶었다. 그가 가진 순애의 무게는 어느 정도일까. 진위가 제자리로 되돌아갈 때 치르게 될 값의 무게를, 감히 감당할 수 있을 정도일까.

"아아…."

사에코가 이마를 짚으며 몸을 휘청였다. 어쩌다 이 지경까지 온 것일까. 사에코가 도흠의 손을 붙잡았다. 그녀는 떨리는 목소리로 도흠에게 말했다.

"나는… 나는 사실, 이미 정인이 있어요. 그런 상황에서 어찌 당신과 혼약을 할 수 있겠어요! 절대 그럴 수는 없어요. 도흠 군, 다른 방법은 없나요? 제발, 부탁이에요. 다른 방법을 찾아줘요."

정인. 정인이라는 말 하나에 도흠의 마음이 무너져내렸다. 그나마 남아있던 죄책감이 순식간에 분노로 바뀌었다. 그 무엇에도 간절해 보이지 않았는데. 그런 여인이 어찌 사랑 하나에 저리도 무너지는 것인가. 도흠의 표정이 점차 일그러지기 시작했다. 그는 거세게 사에코의 손을 뿌리치며 말했다.

"정인이 있다면 더욱 무르지 못하겠군요. 사랑하는 그이를 위태롭게 하고 싶지 않으시다면요."

"그게 무슨 뜻인가요? 설마 그 사람이 다칠 수 있다는 건가요?"

"사에코 양, 이 혼약은 소꿉장난 따위가 아닙니다. 여러 이해관계가 얽혀 있고, 여러 사정이 오고 가지요. 사에코 양의 연애놀음 따위로 그 모든 게 무용지물이 된다면, 파장이 오직 그대에게만 갈 것 같습니까?"

도흠이 엄중한 목소리로 사에코에게 말했다. 사에코가 허탈한 표정으로 아래를 바라보았다. 눈을 찌르는 알코올 솜의 냄새가 아팠다. 그녀의 눈에 차츰 눈물이 고이기 시작했다. 붉어진 그녀의 눈시울에, 주먹을 쥔 도흠의 손에 힘이 들어갔다.

"약혼식 날짜는 조정 중이니, 확정되면 연통을 보내겠습니다. 사주단자[80]를 미리 준비해주시기 바랍니다. 알아들으신 것으로 알고 이만 가보겠습니다. 일단은 편히 쉬십시오."

도흠은 사에코에게 마지막 말을 건네고선 자리에서 일어났다. 간이침대의 삐걱거리는 소리가 차가운 목소리에 얽혀 사에코의 귀에 꽂혔다. 도흠이 문 앞에 다다를 때까지도 사에코는 허탈한 눈으로 허공만을 바라보고 있었다.

도흠이 사에코를 힐끗 쳐다보았다. 자신이 꽂은 덫에 걸린, 모든 것을 잃어버린 듯한 그녀의 시야가, 참으로 괴로웠다. 화가 났다. 나는 이토록 한심한 인간에 불과했나. 치밀어오르는 감정을 제대로 정돈하지도 못하는 주제에. 나는 도대체 왜, 그대의 눈물에 못돼지는가. 약해지는가.

도흠이 병실의 문을 열었다. 혹여나 불어오는 바람에 소리가 번질까, 문을 닫을 때조차 조심하며 끝까지 곁눈질로 사에코를 살폈다.

마음이 약해질수록 가지고 있는 그나마의 것을 지키려 하는 사람이 있고, 다가오는 촉박함에 겁먹어 누군가의 가슴에 비수를 꽂는 사람이 있다.

---

80 사주가 적힌 종이로, 전통 혼례 중 납채의 단계에서 양가가 교환

자신의 사랑을 지키기 위한 가녀린 비수는, 위악일까, 위선일까. 혹은 그저, 서글픈 이기심일 뿐일까. 당인[81]조차 모를 답은 바람결에 흩어져 그저 닫혀버릴 뿐이리라.

---

81 어떤 일이나 사건에 직접 관계가 있거나 관계한 사람

가약

"하, 하하."

도흠이 시야에서 사라지자, 사에코의 입에서 한숨 섞인 웃음이 튀어나왔다. 마치 꿈인 것만 같았다. 생각이 점차 몽롱해지기 시작했다. 이토록 비현실적인 고통이 사실일 리가 없다. 사에코가 질끈 눈을 감았다. 눈을 감았다 뜨면 모든 것이 원래대로 돌아올 것만 같았다. 하지만, 그녀가 눈을 채 뜨기도 전에 창밖에서 바람이 들어왔다. 안온함에 싸여 있던 다리에 한기가 내려앉았다. 서늘한 추위가 와닿으니 잿빛 자국 두어 조각이 순백색 매트리스에 내려앉았다.

팍―

사에코가 팔에 꽂혀 있던 링거를 거칠게 잡아 뜯었다. 다행히도 누군가가 여분의 옷가지를 챙겨온 것 같았다. 그녀는 재빨리 옷을 갈아입고, 병실 밖으로 뛰쳐나갔다.

"세상에, 우에노 양! 지금 나가시면 안 돼요! 몇 주는 입원해 계셔야 할 상태이신걸요!"

"신경 말고 일을 보시지요!"

사에코는 경악하는 간호사를 제쳐두고 걸음을 옮겼다. 다 낫지 않았는지, 오른 다리가 제대로 움직여지지 않았다. 그러나 그녀는 한쪽 다리를 끌다시피 절며 최대한 빠른 걸음으로 의원을 빠져나갔다. 그녀는 재빨리 택시를 잡아타고는 어떤 주택가로 안내해달라고 말했다.

사에코가 택시에서 내렸을 때는, 온 구름이 노을의 빛을 머금고 주홍색으로 물들어있었다. 아름다웠다. 하늘이 너무나도 아름다워, 그녀 자신조차도 모를 눈물이 그녀의 뺨에 흘러내렸다. 한참 동안 하늘을 바라보던 그녀는 한 차례 심호흡을 한 후 앞에 보이는 초인종을 눌렀다. 초인종 소리가 울리자, 이윽고 세이지가 문을 열고 나왔다.

"사에코 양! 어쩐 일로 손수 걸음을… 연통을 주시면 제가 찾아뵈었을 텐데요. 예정된 손님이 없는데, 요비린[82] 소리가 들려 깜짝 놀랐습니다."

세이지는 당황한 듯하면서도 반기는 표정으로 사에코를 맞았다. 사에코는 그런 그를 애틋하게 바라보고는, 이내 표정을 죽이고 그에게 말을 건넸다.

"…잠시 걸으시지요. 드릴 말씀이 있기에 찾아뵈었어요."

예사와 다른 분위기였다. 세이지는 당황한 눈초리로 사에코의 표정을 살피다, 그녀의 몸에 있는 상처를 확인하고는 놀란 목소리로 그녀에게 물었다.

"이 상처는 다 무엇입니까. 안 그래도 근래 연락이 통하지 않아 걱정했는데, 대체 그간 무슨 일이 있으셨던 겁니까? 말씀해 주십시오."

세이지가 진지한 눈으로 자신을 살피자, 사에코는 그렁그렁한 눈으로 그를 뿌리쳤다.

"그대가 신경 쓸 일이 아니에요."

사랑을 고백한 이후, 처음 보는 사에코의 날 선 표정이었다. 세이지는 직감적으로 그녀에게, 또한 서로의 관계에 어떠한 변화가 생겼다는 것을 느꼈다.

"어떻게 신경 쓰지 않을 수 있겠습니까. 그대를 향한 제 마음을 알면서, 어찌 이리도 아픈 말씀을 하십니까."

"그대가 뭔데요? 그대가 뭐길래 나를…."

---

[82] 초인종의 일본식 표현

사에코가 고개를 숙였다. 그녀는 한 차례 심호흡했다. 벅차오른 눈물에 목이 메어왔다. 그녀는 텁텁한 숨을 애써 정돈하고는, 세이지의 어깨너머를 바라보며 말했다.

"설마, 내가 그대를 사랑한다고 느꼈나요?"

사에코가 헛된 미소를 지으며 세이지에게 한 발짝 다가갔다.

"나는 그대를 사랑한 적 없어요. 그저, 그대의 하찮은 장단에 맞춰준 것뿐이에요."

가슴이 내려앉는 것 같은 통증이 와닿았다. 세이지의 얼굴에 서리가 매였다. 그는 벌벌 떨리는 손을 부여잡고 사에코의 말을 빌었다. 자신이 그녀의 한 줌이라도 되길 바랐던 세월을 지나, 마침내 그녀의 웃음을 받아낸 순간이 그 어떤 것보다도 귀했음을 기억하기에.

"그렇다면 왜 저를 사랑한다고 하셨습니까. 대체, 왜….."

"보잘것없는 사랑을 속단하는 그대의 모습이 우스워서."

허나, 사에코는 그 모든 것이 부질없다는 듯 두터운 말을 뱉어냈다.

사에코가 서둘러 세이지의 눈을 피하니, 그녀의 여린 손이 매섭게 흔들렸다. 뒤집히는 지각 위에 놓인 듯, 그녀의 전신이 갈피를 잡지 못하고 바람을 헤매었다.

"그리고 동시에 애처로워서. 그래서, 그랬어요."

그녀의 눈빛이 선연했다. 서늘했다. 서글펐다. 그녀의 목소리에는 한 치의 진심도 담겨 있지 않았다. 그녀의 어조는 투명한 본심을 전하려는 듯했으나, 오히려 그녀의 눈동자만이 자신이 꺼낸 말을 투명히 흘렸다.

"거짓말."

사에코를 가만히 바라보던 세이지가 확신에 찬 어조로 그녀의 말을 부정했다.

"거짓말이 아니에요! 난 그대가 싫어요. 그대의 말도, 그대의 미소도, 그대가 내게 준 모든 것들도, 이제는, 다 내게 부질없는 것들이에요. 그러니 제발, 조용히 나를 떠나요. 난 그대가…"

말을 채 끝내기도 전에 사에코의 고개가 바닥을 향했다. 땅 위에 내려앉을 눈물이 울려 퍼지기 전에 그녀는 두 손으로 자신의 귀를 감싸 안았다. 자신이 뱉어나갈 아픈 말들을 차마 감당할 용기가 없었기에.

"그렇다면 사에코 양은 왜 제 눈을 똑바로 마주 보지 못하십니까."

"…"

"아무리 모진 말을 듣는다 해도, 아무리 깊은 상처가 박힌다 해도, 저는 절대 사에코 양을 떠나지 않을 겁니다."

세이지의 말에 사에코는 결국 진실을 얘기할 수밖에 없었다. 막으려 해도, 지우려 해도 끝끝내 흘러나오는 것이 진심이기에.

"나는 곧 혼인을 하게 될 거예요."

"…네? 대체 그게 무슨 말씀이십니까."

사에코가 입술을 깨물었다. 눈물을 참으려 숨을 참으니 저절로 어깨가 들썩였다. 세이지는 놀란 눈으로 그녀를 바라보다, 자신의 겉옷을 벗어 그녀의 어깨에 덮어 주었다.

"수많은 이해관계가 얽힌 혼인이에요. 만약 내가 이것을 거부하게 된다면, 나뿐만 아니라 그대도 위험해질 수 있어요."

"제가 위험해지게 되다니, 그게 무슨 말씀이십니까."

사에코가 세이지의 팔을 붙잡았다. 세이지를 올려다보는 그녀의 눈빛이 간절했다.

"지금은 다 설명할 수 없지만, 나는 절대 이 혼인을 원하지 않았어요. 그대가 믿지 않아도 괜찮아요. 하지만, 절대로 이것은 내 뜻이 아니에요…"

사에코는 빌다시피 세이지의 믿음을 갈구했다. 처음 보는 그녀의 모습에, 세이지는 그저 그녀의 등을 토닥이며 말했다.

"믿습니다. 제가 어찌 그대의 말을 부정하겠습니까."

하지만 사에코는 그런 그를 밀쳐내고 다시 한번 날 선 말을 뱉었다. 믿음을 바라던 직전의 모습과는 전혀 다른 모습이었다.

"우리의 사랑은 젊은 치기에 불과했을 수도 있어요. 나 하나에 그대의 삶을 건다면 평생 후회하게 될 수도 있을 거예요. 그러니 어서 가세요. 나를 잊고, 다, 다른 여인을 만나… 평생 행복하게 사세요."

사에코의 말을 듣자마자 세이지의 표정이 일그러졌다. 그녀는 그런 그의 표정이 자신에 대한 실망에서 비롯된 것이라 확신했다. 다가오는 마음이 너무나 아프고 괴로웠음에도, 그녀는 처절히 말을 이어 나갔다.

"나는, 나는… 이제 예전처럼 그대를 사랑할 수 없어요. 나와 함께 한다면 결국 그대마저 진창에 박혀버리게 될 거예요. 그러니 제발… 나를 떠나요. 내 마지막 부탁이에요."

결코 남들에게 고개를 숙인 적이 없는 그녀였다. 아쉬운 말도, 자신을 낮추는 말도 절대로 입 밖에 낸 적이 없는 그녀였다. 하지만 그 순간만큼은 그 말을 꺼낼 수밖에 없었다. 그렇게라도 하지 않으면 세이지가 자신을 버리지 못할 것 같았다. 그토록 사랑하는 저이가 자신의 나락에도 함께하는 꼴을 차마, 볼 수, 없어서.

사에코의 애원이 전해지니 세이지는 끝내 발걸음을 옮겼다. 그가 자신의 집으로 들어가자 그제야 사에코의 눈물이 흘러내렸다.

모든 것이 끝났다. 마침내 모든 사랑이 지워졌다. 그래도 다행이지. 그를 지킬 수 있게 되었으니. 하지만 나는 결국, 죗값을 감내하면서까지 지키려 했던 사랑을 잃어버린 것이구나. 주제에 맞지 않는 아름다움을 두른 죄는, 결국 참혹한 대가가 되어 내게 왔구나.

얼마나 지났을까. 한참을 흐느끼던 사에코의 귀에 진중한 발소리 하나가 섞여 들어왔다. 그녀가 고개를 드니 흐린 시야 속에 세이지가 들어왔다. 그녀가 깜짝 놀라 그를 쳐다보니, 세이지가 은은한 눈웃음을 지은 채 그녀를 바라보고 있었다. 세이지는 벙찐 표정의 사에코를 지긋이 바라보다, 바닥에 무릎을 꿇고 그녀의 손에 반지 하나를 끼워주었다. 투명한 빛이 아름다운 진주 반지였다.

"이 반지는⋯."

"기억하십니까?"

기억할 수밖에 없지 않은가. 그 반지가 어떠한 의미를 가지고 있는지, 어찌 그것을 잊을 수가 있겠는가.

'구라파에서는 혼인을 청할 때 신랑이 신부의 약지에 반지를 끼워주는 문화가 있다고 합니다.'

'그걸 왜 저한테 말씀하시죠?'

'언젠간 끼워드리고 싶습니다.'

'어머, 저는 진주가 아니면 싫어요. 저걸 보세요. 백색이 참으로 어여쁘지 않나요?'

'새겨두고 있겠습니다. 반드시요.'

행복해 마지않았던 언젠가의 가을날이 사에코의 머릿속에 스쳤다. 아름다웠다. 그때의 반지도, 그것을 보며 웃었던 서로도. 그때로부터 아무것도 바래지 않았다는 듯, 반지는 여전히 순백으로 빛나고 있었다.

"제가 약속하지 않았습니까. 꼭 그대의 손에 끼워드리겠다고요."

사에코의 눈에 눈물이 벅차올랐다. 그녀는 세이지의 품을 끌어안고 아이처럼 울기 시작했다.

"세이지 군, 지금은 다 말할 수 없지만, 그래도, 그래도 나를 떠나지 말아 줘요. 미안해요. 내가 너무나도 약한 사람이라, 그저⋯ 아무것도 할 수 없는 사람이라⋯."

"사에코 양, 그런 말이 어딨습니까."

세이지가 사에코의 눈물을 닦아주었다. 갈백색 카디건에 선명한 눈물 자국이 남았다.

　"사에코 양께서는 언제고 고우시지만, 우실 때는 조금 덜 고와지십니다. 그러니 다음에 만날 때는 꼭 웃는 얼굴로 마중해 주십시오. 기다리고 있겠습니다."

　"그렇다면 웃을게요. 세이지 군이 지금을 그리게 될 날이 올 때, 오직 나의 미소만을 생각할 수 있도록."

　"당장 내일부터 그대의 미소를 생각하게 되겠군요."

　"당장은 참아주셔요. 그리는 일이 예사가 되면 쉬이 바래고, 바랜 것은 금방 잊히기 십상이니까요."

　"그렇다면 사흘에 한 번 정도는 괜찮겠습니까?"

　"네, 그리 하셔요. 저는 주에 한 번씩 그릴게요."

　"짓궂으십니다, 사에코 양."

　그들의 농담은 너무나도 아픈 진심을 담고 있었다. 눈물을 감추려, 혹은 눈물을 감추어 주려 삭여진 말의 깊이를 알기에, 그 누구도 쉽사리 웃음을 지우려 들지 않았다.

　"세이지 군."

　"네, 사에코 양."

　"특히나 그리울 날이 오면, 지금을 기억해줘요. 이 순간의 아름다움은 영영 바래지 않을 테니."

　사에코가 눈을 감지 않고 세이지에게 입을 맞췄다. 눈물에도 덮이지 않을 애심이 입술을 타고 흘렀다.

　세이지에게서 입을 뗀 후, 사에코가 제 입술을 어루만졌다. 서러움에 메인 눈가가 세이지의 눈동자로 향했다. 그녀는 세이지의 손을 부여잡고 간절히 말했다.

"세이지 군, 나를 잊으면 안 돼요. 그 어떤 일이 생기더라도, 절대 나를…
나를 잊으면 안 돼요."

"절대로 잊지 않겠습니다. 언제까지고 그대만을 기다리겠습니다. 그러
니, 아무리 오랜 시간이 지나더라도 꼭… 돌아와 주십시오. 사랑합니다, 사
에코 양."

사에코가 세이지의 어깨에 얼굴을 파묻었다. 세이지 역시 그녀를 끌어안
고 조용히 눈물을 흘렸다. 요란히 부는 바람에도, 사에코의 울음소리는 한
참 동안 멎지 못한 채 허공에 퍼져나갔다.

약한 눈물

"나는 네 생각을 도통 모르겠다."

"조선에서 가장 파급력 있는 여인과 혼약으로 매이게 되는 것은, 아버지 께도 좋은 일 아닙니까?"

"그거야!"

광립은 노한 표정으로 도흡을 바라보다, 미간을 꾹 누르며 한숨을 쉬었 다. 풍겨오는 시가의 연기가 자욱했다.

"그거야, 그 여자의 출신이 밝혀지기 전의 이야기지 않겠느냐? 어딜 불 령선인의 일가 따위를 우리 집안과 엮으려 드느냐!"

"총독부 차원에서도 오보였다고 입장을 내지 않았습니까. 자신들의 실책 을 인정하면서까지 사건을 일단락시키려 한 것은, 아직 그 여인에게 쓸모 가 있다는 것 아닙니까?"

"네 말이 바르다고 쳐도 굳이 혼인까지 할 필요가 있느냐? 약점을 잡았 으니 그저 쥐고 흔들면 그만이다."

"애매하게 잡아 두면 작은 책 하나에도 쉬이 놓칠 겁니다. 그럴 바엔 차 라리 아예 혼인이라는 틀에 가둬버리는 것이 낫지 않겠습니까? 한 식구가 되면 지금 같은 개인 활동은 못 하게 될 테니까요."

"그 여자가 너와 혼인을 한다고는 하더냐? '그' 우에노 사에코가?"

"그것은 그저 하게 만들면 될 뿐입니다. 요시미네 의장께 연통을 넣어주 십시오. 총독부에서 압박을 가한다면 그 여인도 어찌하지 못할 겁니다."

"흐음….."

광립의 표정이 조금 누그러졌다. 도흠의 말이 아예 얼토당토않은 소리는 아니었다. 불만족스러운 부분도 있었지만, 그래도 받아들일 여지는 있었다. 그는 물고 있던 시가를 재떨이에 던지듯 구겼다. 자국이 얹힌 재떨이에 검붉은 화신이 남았다.

"문중 어른들과도 논의해 봐야 할 문제니, 이제부터는 제발 경거망동하지 말거라. 네가 괜한 소리를 퍼뜨린 탓에 내 꼴이 얼마나 우스워졌는지 아느냐?"

"네, 주의하겠습니다."

"이만 나가 보거라."

"알겠습니다. 석반 때 뵙겠습니다."

도흠의 얼굴에 옅은 화색이 돌았다. 그의 표정을 본 광립은 문득 의아한 고까움을 느꼈다. 흔들리는 제 아들의 입꼬리가 요상했다.

"애야, 하나만 묻자."

광립이 나가려는 도흠을 멈춰 세웠다.

"말씀하십시오."

탁자에 놓인 오르골이 저절로 움직이기 시작했다. 때아닌 미뉴에트가 흘러나왔다. 광립이 언짢은 표정으로 오르골 상자를 닫았다. 춤을 추던 발레리나가 연녹색 틀에 갇혔다.

"혹여 그 여자를, 필요 이상으로 생각하느냐?"

도흠은 잠시 멈칫하는가 싶더니 이내 표정을 죽이고 대답했다.

"그럴 리 없잖습니까. 제가 누구 아들인데요."

"그래, 너는 나를 닮았지. 그러니 더더욱 행동거지를 조심하거라. 내 씨에서 불량품이 두 개나 나오는 것은 일가의 수치가 될 터이니."

도흠의 대답이 흡족하다는 듯, 광립의 입에 미소가 올랐다. 도흠이 고개를 돌렸다. 가려진 입술이 파르르 떨렸다.

"…이만 가보겠습니다."

도흠이 집무실을 나서자, 누군가가 그의 옷자락을 붙잡았다. 살짝 구겨진 흰색 셔츠에 손자국이 남았다.

"이게, 이게 다 무슨 말이니?"

도흠의 어머니이자 광립의 아내인, 도쿠다 가의 안주인. 외부에서는 도쿠다 유키코로 불리는 이선령 여사는 본디 심약한 사람이었다. 아들과 남편의 충격적인 말을 듣고도 방문을 두드릴 용기조차 없는, 그저 유약하고 순종적인 여자였다. 그녀에게는 아들의 셔츠를 잡는 것조차도 용기가 필요한 일이었을 것이다.

"들으셨다면, 그대로입니다. 어머니께서 신경 쓰실 일이 아닙니다."

"어찌 신경을 쓰지 않을 수 있니? 네가 혼인을 한다는데!"

"하…."

도흠이 머리를 쓸어넘겼다. 원치 않는 목소리가 들려오니, 저절로 말씨가 찌그러졌다.

"어머니께서 할 수 있는 일은 없지 않습니까. 그저 식장에서 가만히 계십시오. 언제고 그러셨지 않습니까. 그날처럼요."

도흠의 조소를 듣고는, 선령의 손이 점점 떨리기 시작했다. 그녀는 아들의 손을 붙잡고 말했다.

"사랑받지 못한 여인의 삶이 얼마나 괴로운지, 이 어미는 너무나도 잘 알고 있단다. 그러니 부디…."

팍—

도흠이 선령의 손을 뿌리쳤다. 그는 짜증을 내며 제 어미에게 날 선 말을 쏟아내었다.

"언제나 조용히 계셨던 분이 왜 갑자기 나서려 하십니까. 어머니께서는 그러실 자격이 없습니다. 비키십시오. 해야 할 일이 많습니다."

도흠이 자리를 떴다. 아들이 자신에게서 멀어지자, 선령은 속삭이듯 혼잣말을 뱉었다.

"그 아이도 너처럼 모진 길에 오르겠구나. …미안하다. 정말 미안하다."

알 수 없는 말을 중얼거리다, 선령은 눈시울을 붉혔다. 그녀는 아들이 떠난 자리를 묵묵히 쳐다보다, 이내 느린 걸음으로 자리를 떴다. 본전도 못찾은 대화를 회상하는 것은 너무나도 아픈 일이기에, 그녀는 오직 어여쁜 것들만 그리려 노력했다. 그저 단정한 꽃처럼, 참으로 유약하고도 고운 여인이었다.

물망초

　담뱃불을 막 붙인 참이었다. 마당으로 나오니 눈이 내리고 있었다. 사에코가 손바닥을 하늘에 가져다 대었다. 그녀의 손바닥에 붉은 추위가 내려 앉았다. 주먹을 쥐니 체온이 눈의 냉기와 섞여 오묘한 물기를 만들어 냈다. 그것이 어쩐지 싫지 않아 어린아이처럼 손장난을 치는데, 계단을 내려오는 발소리가 들려왔다. 도흠이었다.

　"이런 날까지 담배를 드십니까?"

　사에코가 도흠을 힐끔 쳐다보았다. 그녀는 이내 정면으로 고개를 돌리고 는, 그저 연기를 뱉었다.

　"신경 말고 그저 돌아가시지요."

　"웃어른들께서 모이실 자리입니다. 언짢으신 것은 알지만, 부디 행동을 삼가십시오."

　"내가 지금 누구 탓에!"

　사에코의 분노 섞인 시선이 도흠에게로 향했다. 높아진 언성에, 주위의 시선이 그들에게 닿았다.

　"줄이십시오. 밖입니다."

　접시를 나르던 여종이 자신을 쳐다보자, 사에코는 감정을 지우려는 듯 숨을 한 차례 내뱉고는 매서운 눈으로 도흠을 쳐다보며 쏘아붙였다.

　"그 잘난 낯을 치우시면 저절로 내려갈 듯싶네요."

　"본인의 언성마저도 남 탓을 하시는 겁니까? 사에코 양께서는 참 여유롭게도 사십니다."

도흠이 손으로 사에코의 어깨를 툭, 털었다. 어깨에 매달려 있던 눈꽃이 눈물이 되었다. 연노랑 저고리에 눈송이가 두어 방울 정도 맺혔다. 불쾌한 손짓이 닿으니 사에코의 입술이 점점 떨렸다.

"피차 면을 마주하는 것이 기껍지 않은 것 같으니, 잠시라도 떨어져 있는 편이 나을 듯하네요. 들어가 앉아 계시지요. 추위를 타지도 않는 건가요?"

사에코가 도흠을 등지고 걸어가기 시작했다. 도흠은 재빨리 그녀를 쫓아가, 자신의 코트를 벗어 덮어 주었다.

"추위를 말씀키엔, 본인부터가 떨고 계십니다, 사에코 양."

팍—

사에코가 코트를 벗어 던졌다. 그녀는 도흠을 한 차례 밀치고는, 그를 향해 눈을 부라리며 말했다.

"구태여 따라오는 건 그저 나를 농락하려는 의도인가요? 당신의 생각은 도무지 알 수가 없군요. 얼마나 나를 더 옥죄어야 성이 풀릴 건가요?"

도흠이 코트를 주워들었다. 자세를 낮춘 그의 시선이 살짝 흔들렸다. 갈 백색 코트에 붙은 눈송이가 햇빛에 비쳐 작은 유리 조각처럼 빛났다.

"그저 추우실까 그랬습니다. 곧 어른들께서 오실 테니, 그 전에는 들어오십시오."

도흠의 누그러진 눈빛에, 사에코는 어이가 없다는 듯 그를 바라보며 헛웃음을 지었다. 도흠이 식당 입구를 향해 발을 옮겼다. 눈 맺힌 땅 위에 서투른 발자국이 남았다.

도흠이 자리를 뜨자, 사에코는 고개를 올려 하늘을 바라보았다. 한낮의 하늘에 셀 수 없을 만큼의 백성(白星)이 수 놓여 있었다. 그녀가 다시 담배를 꼬나물었다. 입김이 섞인 담배 연기가 시야를 뿌옇게 메웠다.

언젠가, 첫눈을 쥐면 사랑이 이루어진다는 이야기를 들은 적이 있었다.

왼손바닥을 다시 하늘에 대려다, 사에코는 짐짓 그만두었다. 내려오는 눈송이가 고왔다. 고운 그것을 녹이고프지 않았다.

하아―

사에코가 숨을 내쉬었다. 바람에 되돌아온 숨소리가 따듯했다.

"그리고픈 날에 나리는 것일까, 나리기에 그리고픈 것일까."

사에코가 나지막이 중얼거렸다. 애써 쥐어 짜낸 감정은 의아히도 고요했다. 그녀는 잠시 하늘을 바라보고는, 이내 건물 안으로 걸어 들어갔다.

"사에코 양, 오랜만에 뵙니다."

여러 개인실을 지나쳐 특실로 들어가니 어느덧 사람들이 모여 있었다. 약혼식은 본래 양가의 직계 친족이 모여야 하는 자리이지만, 사에코의 사정을 감안하여 도흠의 식구들만 참석했다.

"오랜만에 뵙네요. 부의장님."

"하하, 부의장님이라니요. 이제 가족이 될 사이 아닙니까. 경직된 호칭은 사뭇 서운합니다."

광립이 사에코의 어깨에 손을 얹었다. 그는 너스레를 떨며 특유의 웃음을 내비쳤다.

"차차 나아지겠지요."

사에코가 흘려 내듯 광립의 손을 치우자, 광립은 다시 한번 그녀의 어깨를 쥐었다.

"차차라니요. 서두르셔야지요. 초장부터 흠결을 가지고 시작한 혼인이니, 이후라도 책을 잡힐 일을 만들지 않아야 하지 않겠습니까."

"…네?"

흐릿하던 사에코의 눈동자가 당황 속에 번쩍 틔었다. 보지 말아야 할 것을 본 듯한 표정이었다. 김광립이 누군가. 항상 자신에게 잘 보이려 노력해야 하는 이가 아니었던가. 그게 당연한 수순이고, 또한 공식이었을 진데.

저 오만한 말투는 대체, 무언가?

기존에 알던 상식이 깨지는 듯한 느낌이었다. 알 수 없는 위화감이 전신에 퍼져 올라왔다. 사에코가 침을 한 차례 삼켰다. 놀란 사에코의 두 눈을 본 광립이 호탕하게 웃으며 그녀의 어깨를 두드렸다.

"아이고, 근래 여러 이야기가 오고 가지 않았습니까. 괜한 말들이 더욱 퍼지면 사에코 양도, 제 아들도 상처받지 않을까 싶어 꺼낸 말이었는데, 그저 늙은이의 실언이었나 봅니다. 허허, 미안합니다."

"염려 감사합니다."

사에코는 짧은 인사말을 건넨 후, 그대로 광립을 지나쳐 자리에 앉았다. 불안감이 사무쳐 왔다. 손이 떨리는 탓에 의자를 빼는 데에도 힘을 써야만 했다. 적갈색 나무의자에 손톱자국이 남았다. 옆자리에 앉은 도흠은 그런 그녀를 한 차례 바라보고는, 정면으로 시선을 옮겼다.

사에코가 다시 자리에서 일어났다. 그녀는 순식간에 표정을 바꾸고는 선령에게로 다가갔다. 사에코가 자연스레 악수를 청하자 선령은 머뭇거리며 그녀의 손을 잡았다.

"처음 뵙네요. 우에노 사에코예요. 일전에 전해주신 손수건, 잘 받았어요."

"아… 마음에 닿으셨다니 다행이에요. 솜씨가 부족한 터라 사에코 양의 기호에 맞을지 오래 고민했어요."

사에코는 손바닥에 남은 선령의 온기를 되새기듯 어루만졌다. 위화감이 낯설었다. 낯설기에 겁이 났다. 올곧이 자신만이 느끼는 두려움을 분산시키고 싶었다. 그래야만 모든 것이 원래 자리로 되돌아갈 것 같았다.

"정성이 담겨 더욱 어여쁘더군요. 특히나 색이 그러했어요. 꼭 실오라기로만 붉은빛을 낼 수 있는 건 아니니까요."

"네…? 아…. 어머…."

선령의 얼굴이 붉어졌다. 언젠가의 미소에 실린, 장미 속의 핏방울과 같은 색이었다. 도흠의 표정이 굳어졌다. 자세한 상황은 모르지만, 저 여자가 어머니를 골탕 먹이고 있는 것이 분명했다. 하지만 그는 제 아버지와 마찬가지로 나서지 않았다. 그러나 그의 표정은 아내의 곤란 따위는 그다지 신경 쓸 필요가 없다고 생각하는 광립과는 사뭇 달랐다.

"농이었어요. 괘념치 마세요."

사에코가 입을 닫은 채 한 차례 웃었다. 평소보다 옅은 성조였다. 올라간 입꼬리와는 달리 두 눈동자는 차갑게 굳어있었다. 광립은 흥미를 느낀 듯, 그런 사에코를 한 차례 바라보았다.

"인사도 나누었으니, 이만 앉읍시다."

광립이 먼저 자리에 앉았다. 의자 다리가 삐걱거리며 바닥에 끌렸다. 끼익 대는 소리가 거슬려, 사에코는 조금 눈살을 찌푸렸다.

"식장은 조선호텔 그랜드홀에 마련하고자 합니다."

도흠이 광립을 바라보며 말했다. 처음 듣는 이야기에 사에코의 눈동자가 도흠에게로 향했다. 이 혼인이 아무리 제 뜻에 반하여 흘러간다지만, 적어도 세부적인 내용은 논의 하에 이루어질 줄 알았다.

혼인은 최대한 간소하게 진행하고 싶었다. 물론 어려울 것은 알았다. 하지만 부푼 분위기 속에 식을 진행하고 싶지 않았다. 식장에서의 자신이 웃게 되리라고는 예상했다. 그러나 누군가가 식장을 우연히 스쳐 지나갔을 때, 곱게 포장된 자신의 가소[83]를 진심이라 오인하지 않기를 바랐다. 절박하게 움켜쥐었던 그 날의 맹세를 더럽히고 싶지 않았다.

"지나 사변이 진행 중이에요. 여인들의 옷차림마저 간소화되는 판국에 어찌 함부로 사치를 범하겠나요. 의례준칙[84]에 맞추어 검소하게 지내는 편

---

83 억지로 웃음
84 1934년 조선총독부에서 제정·반포한 의례 간소화 규칙

이 나을 터예요.”

사에코가 침착한 목소리로 자신의 의견을 말했다. 하지만 도흠은 사에코를 바라보며 더욱 단호하게 대답했다.

“그럴수록 더욱 대일본제국이 건재하다는 것을 알려야지요. 일반인들이 혼례를 간소화한다고 사에코 양마저도 그리 하신다면 외부에는 어떻게 보이겠습니까. 검소하고 본받을 만한 혼례가 아닌, 금전적 이유에서 비롯된 궁상으로 보일 겁니다.”

“하지만, 분명 좋지 않게 볼 사람들이 있을 거예요.”

“사에코 양, 우리 집안은 겨우 남들의 시선 따위를 눈치 봐야 할 만큼 가볍지 않습니다. 한데, 참으로 의아합니다. 그간 사에코 양의 의복이나 공연을 보면 검소와는 참으로 거리가 멀어 보였는데요.”

“그건 그저 무대에 있어서 필요한…!”

도흠은 면박을 주듯 이어 말했다. 사에코가 당황한 채로 횡설수설하는 모습을 보이자, 광립은 그런 그녀를 보고는 큰 소리를 내며 웃었다.

“왜 이리 당황하십니까. 말들이 많은 만큼 더욱 당당해지셔야지요. 그것이 평소의 사에코 양 아닙니까. 혹은, 남들에게 뵐 수 없는 이유라도 있습니까?”

“그게… 무슨 말씀이신가요?”

“하하, 농입니다. 평소와는 태도가 너무 다르시길래, 뭐, 어디 숨겨둔 사내라도 있나 싶었지요.”

장난스러운 어투였다. 하지만 숨겨둔 사내라는 말에 사에코의 두 손이 떨리기 시작했다. 저것이 이 맥락에서 나올 수 있는 말인가? 서늘한 감각이 손을 타고 올라왔다. 설마, 무언가 알고 있는 것인가?

세이지마저 위태로워질 수 있다는 도흠의 말이 문득 떠올랐다. 두려움이 일파만파로 퍼져 도무지 표정이 관리되지 않았다. 두려움을 조금이라도 삭이려, 사에코는 앞에 놓인 찻잔을 집어 들었다. 식은 차가 풍기는 미지근한 향기가 그녀의 손에 닿았다. 그녀가 차를 한 모금 마시려는데, 떨리는 손이 찻잔을 놓쳐버렸다.

"어머!"

산산조각이 난 찻잔에, 날카로운 유리 조각이 사에코의 손가락을 스쳐 지나갔다. 다홍색 치마에 핏방울이 몇 방울 떨어졌다. 그녀는 손가락을 움켜쥐고는 허둥지둥 닦을 것을 찾았다.

"괜찮으십니까?"

테이블에 턱을 괴고 있던 도흠이 사에코를 향해 고개를 돌렸다. 그는 자신의 무릎에 있던 냅킨을 사에코에게 건네주었다. 사에코는 그것을 받아들고 손가락을 감쌌다. 흰 천에 붉은 핏자락이 점차 퍼져나갔다.

"별 것 아니에요. 염려치 않으셔도 돼요."

"예사롭지 못하십니다. 혹, 어딘가 편찮으십니까? 아니면, 정녕 아버지의 말씀처럼 무언가 이유라도 있으신 겁니까?"

모든 사정을 알고 있었기에 단순히 떠보기 위해 말한 것은 아니었다. 그조차 모르는 어떠한 욕망이었다. 사에코의 마음을 더욱 위태롭게 하고 싶었다. 그녀가 이따금씩 자신이 믿고 있는 사랑을 두려워하길 바랐다. 두려움에 미워지고, 미워짐에 상실하기를 바랐다. 연쇄하는 고통 속에서 끝내 그녀 스스로 자신의 사랑을 내치기를, 오직, 바랐다.

예사대로라면 도흠을 노려봤을 사에코일 테지만, 그 순간만큼은 그러지 못했다. 도흠의 차가운 목소리가 들렸을 때, 그제야 위화감의 정체를 깨달았기 때문이다. 그것은 확신이었다. 평생 사랑받지 못할 것이라는 확신, 그로써 영영 외로워질 것이라는 확신. 눈물이 날 것만 같아, 사에코는 자신의 허벅지를 꼬집었다.

"사에코 양의 생일이 2월 7일로 곧이니, 명년의 같은 날을 혼례일로 삼는 것이 어떻겠습니까?"

"두 달도 채 안 남은 때다. 너무 이르게 진행하는 것이 아니냐?"

"근래는 예식부에 맡기면 빠르고 정확하게 진행해준다고 하니, 그리 하는 것이 어떠할까 싶습니다. 이미 만화당예식부에 언질해 두었기는 합니다."

"생일…."

사에코가 나지막이 중얼거렸다. 문득 언제 적의 대화가 떠올랐다.

'만약 혼례를 치르게 된다면, 사에코 양의 생일보다 하루 후에 하고자 합니다.'

'어찌 당일이 아닌 하루 후인가요?'

'사에코 양의 생일은 기억하고 싶지만, 탄생화의 꽃말이 마음에 닿지 않아서 말입니다.'

'꽃말이 무엇이길래 그리 마음을 쓰시는지요?'

'나를 잊지 말아요.'

'그다지 비극적인 뜻은 아닌데, 어찌 염려를 두시나요.'

'잊힘을 우려한다는 것은 멀어졌다는 뜻이 아니겠습니까. 저는 그 멀어짐이 너무나도 두렵습니다.'

'우려 마시지요. 그럴 일은 영영 없을 테니까요. 한데, 그렇다면 그 명일의 꽃말은 무엇인가요?'

사에코가 입술을 깨물었다. 그녀는 무어라 말하려 했으나 이내 그만두었다. 어차피 제 의견은 받아들여지지 않을 것이 분명했다. 박탈감이 사무쳐 왔다.

"사에코 양께서는 양친이 없으신 것으로 아는데, 따로 대신해 줄 사람을 찾아보셨는지요? 혼주석에 아무도 앉지 않으면 괜한 말들이 나오지 않겠습니까. 가령, 정말 불령선인의 일가로 오해받을 수도 있을 테고요."

아들과의 대화를 마친 광립이 사에코에게 물었다.

"…백부님께서 전년에 돌아가셨기에. 일단 수소문해 볼게요."

"아니요, 아닙니다. 보안이 철저한 곳으로 제가 알아보겠습니다."

"감사합니다."

"이제 가족이 될 사이 아닙니까. 인사는 됐습니다."

호탕하게 웃는 광립을 제쳐두고, 사에코는 창문 밖을 바라봤다. 어느덧 밤이었다. 달그림자에 비친 나뭇가지가 창틀에 내려앉아 있었다.

"이만 일어나는 게 어떨지요. 너무 오랫동안 연구소를 비운 터라. 양해해 주셔요."

사에코가 먼저 일어났다. 광립도 별다른 저어 없이 그녀를 따라 일어났다.

"그럽시다. 이제는 정말 혼례 날에 뵙게 되겠군요. 잘 부탁합니다."

광립이 사에코에게 악수를 청했다. 사에코는 잠시 광립의 손을 바라보다 그의 손을 쥐었다. 이내 그녀는 별다른 인사 없이 빠른 걸음으로 식당을 빠져나왔다.

"저, 사에코 양!"

사에코가 신을 신고 있었는데, 어디선가 자신을 부르는 얕은 목소리가 들렸다. 선령이었다.

"무슨 일이신지요."

"사에코 양, 부탁할 것이 있어요."

선령이 사에코의 손을 잡았다. 사에코는 불쾌한 듯 얼굴을 구겼다.

"말씀하셔요."

"꼭 잘 살아줘요. 매사에 행복하지는 못하더라도 그래도… 난 사에코 양이 아파하지는 않았으면 좋겠어요."

진심 어린 눈빛이었다. 그것을 알기에 더욱 화가 났다. 행복? 어찌 감히 그 단어를 꺼낼 수 있는가? 흘러가는 상황을 짐작조차 못 하는 무구함이 덧나도록 아팠다. 사에코가 선령의 손을 뿌리쳤다. 사에코의 눈망울에 물기가 어렸다. 그 역시도 진심이었다.

"이미 알고 계시지 않나요? 제가 그 말씀을 달게 받지는 못하리라는 것을요."

사에코는 그대로 선령을 지나쳐 문을 나섰다. 분노가 차올랐다. 하지만 끝내 터져 나온 것은 화가 아닌 설움이었다. 눈물이 흐를 것만 같았다. 행복이라는 말이 자꾸만 떠올라 숨을 참게 되었다. 참은 숨이 먹먹했다.

선령이 보이지 않게 되자, 사에코는 코트 주머니에서 담배를 꺼냈다. 그녀는 담배를 입에 물고 눈을 감았다. 눈을 감은 그녀에게서 옅은 콧소리가 울리더니, 이내 그것이 목소리로 변해 날아올랐다. 조선풍도, 일본풍도 아닌 낯선 느낌의 곡. 그것은 서양의 어떤 노래를 번안한 곡이었다.

노래를 부르던 사에코가 잠시 허공을 바라보았다. 그녀의 목소리는 물에 잠겨 있었다. 하늘에 깔린 밤이 구름을 뒤덮고 있었다. 달도 별도 먹어 치울 것 같은 짙은 어둠. 그녀의 고개가 구름 너머로 향하려다 이내 어둠을 이기지 못하고 바닥으로 고꾸라졌다. 가느다란 여우비가 두 방울 정도 떨어졌다.

'우려 마시지요. 그럴 일은 영영 없을 테니까요. 한데, 그렇다면 그 명일의 꽃말은 무엇인가요?'

'절실한 사랑. 제 마음과 닮은 것 같아 그 날을 더욱 바라게 됩니다. 언제까지고 사에코 양의 곁에서 그 사랑을 지키겠습니다. 사랑합니다, 사에코 양.'

"아아…."

떨어진 빗방울에 눈물이 내려앉았다. 사에코가 무너지듯 바닥 위에 바스러졌다. 목을 죄는 듯한 흐느낌이 사방에 울려 퍼졌다. 흰색 꽃 한 송이가 그녀의 어깨를 스쳤다. 그 누구도 모를 꽃잎의 속삭임은, 달마저 가려버릴 흐느낌에 그저 숨어버릴 뿐이었다.

초대받지 못한 손님

"이 정도 하객이라니, 떠돌던 소문은 아무래도 헛것이었나 보오."

"그러게나 말이오. 혼례식의 하객으로 정무총감과 경무국장을 동시에 부를 수 있는 여인은 아마 우에노 양이 유일할 것이오. 그런 여인이 불령선인 이라니, 웃기지도 않지. 아, 시작하나 봅니다."

시샘달의 이레, 유난히도 하늘이 청명한 날이었다. 조선호텔에 하나둘 들어선 이들은 하늘마저 축복하는 혼례라며 너스레를 떨었다. 화려한 샹들리에가 빛이 되어 객석을 비췄고, 오색의 스테인드글라스가 가지런한 아름 다움을 만들어 냈다.

하객들이 전부 착석하자 사회자가 우렁찬 목소리로 개식을 알렸다. 주례를 맡은 정무총감, 요시미네 신타로가 단 앞에 나오니 도흠이 들러리와 함께 식장 안에 입장했다. 그의 낯선 웃음이 객석에 가닿으니 그 누구도 놀라움을 금치 못했다. 그것은 광립 역시 마찬가지였다. 한 번도 본 적 없던 제아들의 웃음은 불안히도 낯설었기에. 하지만 그는 뿌듯한 표정을 보이며 그저 박수만 칠뿐이었다.

이어 순백색의 한복을 입은 사에코가 걸어 나오기 시작했다. 연주되는 결혼행진곡에 맞추어 사에코의 발소리가 식장에 울려 퍼졌다. 그녀는 문득 면사포의 존재에 안심했다. 낯이 가려지지 않았다면 자신의 이질적인 표정이 그대로 드러날 것이므로.

사에코가 앞을 바라보았다. 도흠이 자신을 바라보며 웃고 있었다. 그녀는 잠시 그의 눈을 바라보다, 이내 객석을 향해 시선을 돌렸다.

사에코가 도흠의 왼쪽에 자리를 잡으니, 신타로가 혼서를 읽기 시작했다.

"신랑 도쿠다 가네하라 군은 신부 우에노 사에코 양을 아내로 맞아 백년 해로할 것임을 맹세합니까?"

"네."

도흠은 일말의 망설임 없이 대답했다. 사에코의 눈가가 떨렸다. 그의 당당한 목소리가 웅얼거리는 소리처럼 들렸다.

"신부 우에노 사에코 양은 아내로서 평생 도리를 다할 것을 맹세합니까?"

"…"

사에코의 침묵이 번지자, 객석에서 수군대는 소리가 들리기 시작했다. 그녀의 머뭇거림이 계속되자 신타로는 그녀에게 눈을 맞추며 고개를 까딱였다. 그제야 사에코는 낮은 목소리로 혼서에 답했다.

"…맹세합니다."

"이로써 신랑 도쿠다 가네하라 군과 신부 우에노 사에코 양의 혼인이 성립되었음을 선언합니다."

사에코가 맹세를 읊자, 그제야 신타로는 만족한 표정으로 혼인을 선언했다.

이어 내빈 축사와 축가, 예물교환이 이루어졌다. 식이 진행되는 동안 도흠은 한결같이 웃고 있었으나, 사에코의 두 눈은 면사포 속에서 텅 빈 채로 흐려져 있었다. 이번 혼인이 보국에 일조하는 중요한 식이 될 것이라는 경무국장의 축사에 잠시 움찔하는 듯하다가도 그녀는 그저 표정을 지운 채 앞만을 바라볼 뿐이었다.

영겁과도 같을 결혼식이 마침내 끝났다. 경쾌한 결혼행진곡이 다시 식장 내에 울려 퍼지자, 사에코는 도흠과 발을 맞추어 함께 행진하기 시작했다. 하객들이 그들을 향해 오색 종이와 테이프를 던졌다. 사에코의 손가에 종잇조각 하나가 붙었다. 사에코는 붉은색의 종이를 잡아들고는, 아무도 몰래 구긴 후 바닥에 던져버렸다.

사에코가 천장을 바라보았다. 머리 위로 내리쬐는 금색 조명이 눈부셔, 그녀는 눈을 조금 찌푸렸다. 내리쬐는 빛에 작은 눈물이 맺혔다. 그녀가 다시금 정면을 바라보았을 때 흩날리는 색종이 사이로 익숙한 얼굴이 보였다. 사에코가 화들짝 놀라 눈을 한 차례 깜빡였다. 눈물에 먹힌 시야를 억지로 틔우니 자신을 향해 웃고 있는 세이지가 보였다. 그녀가 다시 한번 눈을 감았다 뜨니, 방금의 잔상이 서서히 흐려지다, 이내 사라졌다.

"하, 하하. 정녕 내가 미쳐버린 게로구나. 그런 탓에⋯."

사에코가 작은 목소리로 중얼거렸다. 환호하는 인파에 묻혀 소리는 가려졌으나, 함께 걷는 도흠의 귓가에만은 그녀의 자조가 울렸다. 도흠이 입술을 깨물고는, 거센 손길로 사에코의 손을 잡아챘다. 손을 뿌리치려 했지만, 억센 손아귀에 그녀는 그의 손을 잡을 수밖에 없었다.

순간, 스테인드글라스 사이로 태양광이 스며들었다. 색종이를 머금은 빛이 순백색 한복에 스며 황홀하고 세밀한 집중광을 비춰 냈다. 마주 잡힌 사에코의 손이 그림자가 되어 천장을 비췄다. 위로 흘러 올라간 광색을 모두가 주목한 찰나,

"세상에⋯."

북적이던 소리가 한순간에 조용해졌다. 그림자가 한 데 고여 하나의 잔상을 만들어 냈다. 반사광에 휩싸인 하나의 상은, 마치 보살의 현신과도 같은, 누군가의 영원을 닮은 그것은,

너무도 아름다워서, 너무도, 아름다워서⋯.

툭, 물방울이 떨어지는 소리가 들렸다. 꺾인 구둣발이 잠시 멈칫하나 싶더니 끝내 출구를 향했다. 모두가 같은 곳을 응시하는 식장 안에서, 그들을 등진 한 사내의 그림자만은 어느 무대의 잔상을 품듯이 사라져 버렸다. 한 움큼의 시선만 떠안은 체, 그저 곧은 눈물 자욱만을 떠안은 채.

님이 오마하거늘

피로연이 끝나고, 사에코와 도흠은 조선호텔의 객실로 올라왔다. 신혼여행의 대신이었다. 원칙대로라면 사에코는 당장 다음날부터 도쿠다 가에 입적되어야 했으나, 처리할 것이 남아 있다는 그녀의 완강한 의지로 호적 정리는 당분간 미뤄졌다.

"고생 많으셨습니다."

"…."

"저랑 말을 섞지도 않을 작정이신 겁니까?"

원칙적으로 합방을 하는 예사의 신혼부부들과는 달리 그들은 각방을 예약했다. 말을 걸어도 돌아오는 대답이 없자, 도흠은 한숨을 쉬며 방을 나섰다. 그가 방을 나갈 때까지도 사에코는 그저 등을 돌린 채 거울만을 바라보고 있었다. 거울에 비친 제 얼굴은 피로에 젖은 듯 추레해 보였다. 그녀는 담뱃갑을 쥐어 들고는 끽연실[85]로 들어갔다.

매캐한 담배 연기가 방안에 퍼져 올랐다. 코를 찌르는 알싸한 향이 유난히도 매웠다. 기침이 몇 차례 튀어나오며 눈가에 눈물이 고였다. 목 안에 고무가 박힌 듯 숨이 막혔다. 사에코가 힘을 주어 책상 가장자리를 쥐었다. 모서리의 날카로움이 손에 닿았다. 차라리 손바닥이 피 칠갑이 되기를 바랐으나, 그렇게 되기에는 제가 쥐고 있는 것은 너무도 뭉툭했다. 사에코가

85　담배를 피울 수 있도록 마련한 방

허탈한 눈빛으로 웃음을 던졌다. 그 누구도 눈치채지 못할, 오직 자신에게만 보이는 아픔은 너무도 비참한 것이었다. 그녀가 자신의 손바닥을 한 차례 더 뭉갰다. 역시 피는 나지 않았다.

마지막 불꽃이 꺼졌을 때, 사에코는 담배를 짓누르고는 거실로 향했다. 거실에는 와인 한 병과 간단한 안주가 마련되어 있었다.

"아!"

오프너로 코르크 마개를 들어 올리던 중, 날카로운 철 조각에 약지가 조금 베였다. 피가 몇 방울 흐르자, 사에코는 입가에 손가락을 가져다 대고는 맛을 보듯 핥아 냈다. 비릿한 맛이 입안에 감돌자 그녀의 입가에 미소가 걸렸다. 무심한 눈동자와는 상반된 우스움이었다.

와인을 잔에 따르려다, 그녀는 포도주의 건조한 향이 객실 안에 닿기 직전에 병을 입가로 옮겼다. 그녀는 입을 대지 않고 병을 들이키기 시작했다. 목 안으로 들어가지 못한 와인 몇 방울이 목선을 타고 흘러내렸다. 쇄골에 고인 붉은 자국이 직선으로 내려오니 얇은 검은색 슬립에 축축한 단내가 남았다. 검은 병이 서서히 비워지기 시작하자, 그녀는 테이블을 짚고 의자에서 일어났다. 휘청거리는 걸음에 카펫부터 천장까지, 눈앞에 놓인 모든 사물이 요동쳤다.

사에코가 방문을 나섰다. 아무도 없는 객실 복도에는 오직 전등 몇 개만이 깜빡이고 있었다. 벗겨진 슬리퍼가 남긴 맨발 사이에 부드러운 카펫의 촉감이 깃들었다.

사에코가 어느 객실 문 앞에 멈춰 섰다. 그녀가 문을 두드리자 와이셔츠 차림의 도흠이 문을 열고 나왔다.

"어쩐 일이십니까?"

도흠이 놀란 표정으로 사에코를 바라보았다. 얇은 슬립만 걸친 사에코를 복도에 세워둘 수는 없는 노릇이라, 그는 재빨리 그녀를 방안에 들인 후 문을 닫았다.

"급한 일이라도 있으셨던 겁니까?"

당황한 채로 방문한 이유를 묻는 도흠을 사에코는 그저 텅 빈 표정으로 바라보았다. 풍겨오는 주향(酒香)이 자신의 코에 와닿자, 도흠은 그제야 사에코가 취해 있다는 것을 알아차렸다. 도흠이 제 머리를 감싸 쥐었다. 지나치도록 매혹적인 향이 다시금 눈 안에 스몄다. 그는 떨려오는 자신의 손을 애써 매만지며, 사에코에게 무심한 듯 말을 건넸다.

"취기가 오르신 것 같으니, 방으로 돌아가시는 편이 좋을 듯합니다. 모셔다드리겠습니다."

도흠이 사에코에게 손을 건네자 사에코는 그의 손을 밀쳐냈다. 그녀의 의아한 행동에, 도흠은 그저 벙찐 채로 그녀를 바라볼 수밖에 없었다. 그런 그를 잠시 바라보다, 사에코가 마침내 입을 열었다.

"나는 당신을 영영 사랑하지 못할 거예요."

도흠의 심장이 철렁이듯 내려앉았다. 서늘한 목소리에 담겨 있는 것이 진심임을, 그는 직감적으로 알아차렸다. 목소리가 떨려올 것만 같아 그는 잇몸을 깨물고는 이내 담담한 목소리로 대답했다.

"알고 있습니다."

"하지만 이 순간을 결코 후회치 않을 거예요."

사에코가 떨리는 손으로 도흠의 뺨을 감쌌다. 눈시울이 떨려와, 희미한 잔상만이 붉게 맺혔다. 그녀의 손에 점점 힘이 들어갔다. 그 어떤 말로도 형용할 수 없을 감정이 떨림에 휩싸여 요동쳤다. 헐거워진 슬립의 어깨끈이 아래로 흘러내려 갔다. 서늘한, 고요한, 불안정한. 확언을 보채는 어린아이 같은, 잔혹하고도 미성숙한 아름다움이 끝내 입 밖으로 흘러나왔다.

"내게 입을 맞춰요, 당장."

도흠이 사에코에게로 다가갔다. 사에코가 그를 침대 위로 밀쳐냈다. 낮선 호흡이 뒤엉켜 갔다. 사에코의 목덜미에서 풍기는 은은한 향수 냄새가 그의 입가를 감쌌다. 도흠은 그제야 깨달았다. 그날의 유리 조각을 감쌌던 향은 사에코의 것이었음을.

어느 날의 취기도, 어느 날의 눈부심도 한 데 뒤얽혀 숨소리에 먹혔다. 사에코가 도흠의 손을 잡았다. 모든 것이 돌고 돌아 맞잡혔다. 비록 순간이 거짓으로 점철되었다 해도, 사에코의 눈동자는 너무나도 아름다워서, 도흠에게서 내몰린 눈물이 닿았을 때, 비로소, 별이 되어서.

사랑이었던 것이다. 차마 이름 붙일 수 없었던 어린 날의 감정은, 애써 지우려 했던 귀퉁이의 마음은,

아, 사랑이었던 것이다.

결국, 차마, 끝에서야, 비로소 모든 것이 자연스럽게 흘러가니.

사에코가 눈을 감았다. 눈물이 흘러 침대에 내려앉았다. 붉은 벨벳 시트에 진자줏빛 멍울이 남았다. 사에코가 침대에서 일어났다. 그녀는 도흠의 품에 얼굴을 묻고 흐느끼기 시작했다. 도흠이 사에코의 머리를 부드럽게 매만졌다. 그녀가 생각하는 이가 제가 아닌 현실이 미치도록 절망스러웠다. 허나 제 품에 안긴 여인은 감히 건드릴 수조차 없이 아름다워서, 도흠은 그저 사에코의 눈물을 자신의 가슴팍으로 옮길 뿐이었다.

늘상 바라왔건만

창 너머로 아침 색이 들어왔다. 부신 태양 빛에 눈이 서서히 틔었다. 잠에서 깬 도흠이 고개를 돌려 옆을 보았다. 화병에 놓인 꽃이 어느덧 말라 있었다. 천천히 몸을 일으켜 세우니 텅 비어버린 옆자리가 눈에 들어왔다.

도흠은 사에코가 누워 있던 자리를 손으로 훑었다. 체온이 채 가시지 않은 침구에서는 은은한 향이 감돌고 있었다. 그녀의 부재가 오래된 것은 아닌 모양이었다. 그는 제 손에 놓인 밤의 향을 들이마셨다. 목이 메 왔다. 타는 듯한 갈증이 밀려왔다.

도흠이 물병이 놓인 탁자로 향했다. 물병을 들어 물을 따르려는데, 옆에 놓인 종이 한 장이 보였다.

'이르게 귀가하는 것을 양해해 주세요. 우에노 사에코 올림'

편지를 본 도흠의 얼굴이 굳어졌다. 아무리 호적 정리를 늦췄다 한들, 혼례식을 올린 것은 자명한 사실이다. 본인의 성씨를 도쿠다가 아닌 우에노로 적어둔 것은 사에코의 의도임이 틀림없었다. 허탈함이 밀려왔다. 그녀의 마음을 감히 바랄 수 없음은 알았다. 다만 형식상의 관계라도 유지되길 바랐다. 그것이 그렇게도 큰 욕심이었던 걸까. 전야의 숨소리가 떠올랐다. 종국의 눈물 역시 함께 떠올랐다. 일말의 감정도 섞이지 않은 그녀의 무미건조한 표정이 자꾸만 마음을 쫓았다.

도흠은 문득 사에코와의 첫 만남을 떠올렸다. 아버지의 손에 이끌려 억지로 참석한 공연회. 어떠한 재미도, 감흥도 불어오지 않았다. 아, 예술이란 무엇인가. 넋을 놓고 있는 옆자리의 관객을 보고 든 생각이었다. 단순한 신체의 움직임에 어찌 저리도 깊이 매료될 수 있는가. 사실 그녀의 명성은 예술의 탈을 쓴 지적 허영에서 비롯된 것일 수도 있으리라. 혹은 고급문화를 향유한다는 자부심과 맞물린, 단순한 운의 산물일 수도. 그것이 공연에 대한 도흠의 평론이었다.

공연이 끝난 이후, 무대 밑에서 마주 본 사에코는 언론에서 떠들어대던 모습과는 사뭇 달랐다. 온갖 아름다운 말들로 우상화되던 그녀는, 그저 남들보다 나은 외형을 지닌 앳된 여인일 뿐이었다. 그 이상 무엇 하나도 특별한 점이 없어 보였다. 오직 그뿐이었다. 그렇기에 그녀에게 고개 숙이는 아버지도, 그녀에게 쩔쩔매는 세간의 권력자들도 모두 이해가 가지 않았다.

그날부터 도흠은 사에코에 관한 비평을 모아보기 시작했다. 그녀가 행사하는 권력이 커질수록 그것을 이해하지 못하는 자신이 거짓말쟁이가 되는 것만 같았다. 그래서 그녀에 대한 부정적인 평론을 부러 찾아보며 안도감을 느끼곤 했었다.

참으로 굳게 박혀 있었는데. 대체 언제부터 그토록 단호했던 미움이 옅어진 것일까. 아버지의 만류를 무시하고 총독부로 달려갔던 날부터? 프라치나 기사텐에서 그녀와 만났던 날부터? 시점을 특정해 보려고 했지만 제대로 되지 않았다. 도흠이 제 머리를 감싸 쥐었다. 이제 와 그것을 묻는 것은 의미가 없음을 느꼈다. 그러나 머릿속에 계속하여 맴도는 한 가지의 물음은 도저히 지울 수가 없었다. 대체 이 맥락 없는 사랑은 어디에서 기인한 것인가?

도흠은 사에코와의 기억들을 되짚었다. 그러나 한날의 사에코가 떠오르지 않았다. 그저 그녀의 오랜 미소들이 파편처럼 스쳐 지나갈 뿐이었다.

도흠은 다시 한번 기억을 거슬러 오르기 시작했다. 첫 만남부터 현재까지, 모든 것을 돌아보던 찰나, 어떠한 기억들이 내리치듯 튀어나왔다. 혼란스러운 기억 속에서 모든 것이 뒤섞이듯 흐트러졌다. 고이 맴돌던 무언가가 그제야 흘러가기 시작했다.

미움으로 가득했던 옛 기억 속에서 그녀의 아름다움만을 찾아낸 순간, 자신에게 보여준 적 없는 그녀의 환한 웃음을 떠올린 순간, 비로소 그는 깨닫게 되었다.

아주 오래, 그 오랜 마음속에 젖어 있던 것이구나. 막히지도, 보이지도 않는 사랑 속에서, 참으로 오래, 녹아들고 있었구나.

도흠이 제 입을 틀어막았다. 그제야 모든 것이 이해되기 시작했다. 줄곧 비이성적이라고 생각했던 자신의 행동이, 사실은 그 무엇보다도 자연스러운 마음에서 기인했다는 것을. 자신을 부유하게 만든 그 수많은 고통이 결국 애심이었다는 것을. 자신의 모든 것을 뒤엎었던 그 오랜 아픔이, 사실은 오직 사에코만을 위한 사랑이었다는 것을.

어째서 부정했던 것일까. 이미 온전히 감싸여 가고 있었으면서.

늘상 바라왔건만, 그대를 미워하길 바라왔건만. 결국 내가 바랐던 것은 나 자신에게로 돌아올 상처뿐이었나. 사무치는 후회가 밀려왔다. 조금만 더 일찍 알았더라면, 그대는 상처로 점철된 사랑 따위에 위태로워지지 않았을 텐데. 마음을 깨달아 버린 것 역시 죗값의 일부인 것일까.

도흠이 편지를 손으로 쥐었다. 아직 채 마르지 않은 잉크가 사방으로 번졌다. 우에노 사에코. 그녀의 이름 한 자 한 자에 어린 물기가 떨어졌다. 때늦은 새소리가 들려왔다. 무언의 흐느낌이 읊은 사랑은, 참으로 늦고도 어리석은 것이었다.

만리

    혼인신고와 분가신고를 마친 후 막 경성부청[86]에서 나오는 길이었다. 계단을 걸어 내려오는 도흠의 앞에 한 무리의 사람들이 몰려들었다. 손에 든 카메라와 수첩을 보아하니 기자인 것 같았다. 일반인으로서 살아온 그에게는 상당히 낯선 경험이었다. 무척이나 당황스러웠지만, 도흠은 그저 인파를 뚫으며 지나가려 했다. 하지만 기자들은 그런 그를 가만히 놓아두지 않았다.

    "반도 최고의 미인을 신부로 맞이하셨는데, 모든 조선 사내들의 부러움을 사게 된 소감이 어떠하십니까?"

    걸음을 옮기려던 도흠이 문득 멈춰 섰다. 사에코가 정인이라 불렀던 이름 모를 남성이 떠올랐다. 그 역시도 자신에게 투기심을 느낄까. 아니, 이런 생각을 하는 것 자체가 자신이 그를 의식하고 있다는 증이 되는 것 아닐까. 도흠이 인상을 찌푸렸다. 난데없는 불쾌감이 밀려왔다. 그는 기자를 한 차례 흘겨보고는, 단호하게 대답했다.

    "혼인 이전에는 그런 여인이었을 수도 있겠으나, 이제는 제 안사람에 불과할 뿐입니다."

    무뚝뚝한 외마디를 건네고는, 도흠은 그대로 걸음을 옮겼다. 소유욕에 대한 비뚤어진 공언일 수도 있을 것이라는 생각은 들었다. 그러나 그는 온

---

86   경성부에 존재했던 행정기관

전하지 못한 관계가 너무나도 두려웠다. 언제고 깨질 수 있는 삿된 온기조차 채 쥐지 못했기에. 본능적으로 느껴지는 박탈감이 사무치도록 가빴다.

도흠이 집에 도착했을 때, 제일 먼저 보인 것은 분주히 짐을 나르는 하인들이었다. 사에코의 물건들인 것 같았다. 걸음이 빨라졌다. 혼인을 마친 후 경성부[87] 명치정[88]에 신혼집을 마련했으나, 사에코는 여러 핑계를 대며 입가를 차일피일 미뤘다. 그녀가 들어올 때까지 도흠은 신혼집에 혼자 거주하고 있었는데, 마침내 그녀가 들어온 것이다. 들뜬 걸음이 분주했다. 숨기는 기색조차 보이지 않았다.

"드디어 공사다망하신 분을 뵙습니다."

마침내 사에코의 얼굴이 보였다. 그녀는 인부에게 짐의 위치를 알려주고 있었다. 방금까지만 해도 웃음기를 띄었건만. 왜인지 예사처럼 퉁명스러운 말이 튀어나왔다. 자신의 방과는 다른 방에 들어서고 있는 짐이 심히 불만스러웠다.

"그저 들어가 일을 보시지요."

사에코는 도흠을 쳐다보지도 않은 채 말을 던졌다. 날이 선 그녀의 말에도, 비어 있던 방에 채워진 향이 너무나도 싱그러워 미소를 살포시 내릴 수밖에 없었다. 목재의 향과 뒤얽힌 은은한 화향. 은은하고도 아름다운 그것은 그녀의 두 눈동자에 특히 스며 있는 듯했다. 도흠이 한차례 숨을 들이마셨다. 한순간의 향도 놓치고 싶지 않았다.

"어머!"

갑자기 사에코의 여종, 종희의 비명과 함께 무언가가 깨지는 소리가 들렸다. 소리에 놀라 보아하니 거울이 깨진 것 같았다. 연녹색 옥의 테두리로

87   현 서울특별시의 옛 명칭
88   현 종로구 명동의 옛 명칭

둘러싸인 평범한 손거울. 그다지 특별해 보이지 않았다. 사에코가 놀라지 않았을까 염려하여 그녀를 쳐다보는데, 그녀가 심각한 표정으로 깨진 거울을 향해 달려갔다.

사에코가 거울 조각을 집어 들었다. 손바닥이 긁혀 피가 흘렸지만, 그녀는 그저 허탈한 표정으로 그것을 쳐다볼 뿐이었다. 그녀의 떨리는 눈동자를 보며 도흠은 직감했다. 분명 저 반응은 그이에게서 비롯된 것이리라고.

도흠의 표정이 굳어졌다. 그는 사에코에게로 다가가 억지로 그녀를 일으켜 세웠다. 도흠이 자신의 팔을 끌어올리자, 사에코는 분노한 표정으로 그에게 소리쳤다.

"무얼 하시는 건가요!"

"부인이야말로 이게 무슨 짓입니까? 이것은 고작 손거울일 뿐입니다! 본인을 해할 만큼 중요한 것이 아니란 말입니다!"

"당신이 뭘 안다고 그리 지껄이는 건가요? 이것은, 이것은…."

사에코가 고개를 떨궜다. 그녀가 자신의 옷자락을 손으로 쥐니 연분홍색 새틴 원피스에 핏방울이 스며들었다. 잡은 부분 주변으로 핏물이 번지자, 도흠의 심정에도 점차 화가 번져갔다.

도흠이 벌벌 떨고 있는 종희에게로 다가갔다. 그가 그녀의 어깨를 밀치자, 그녀는 내동댕이쳐지듯 바닥으로 넘어졌다. 그녀는 놀란 표정으로 도흠을 바라보다, 이내 무릎을 꿇고 용서를 빌었다.

"주인어른, 정말 죄송합니다. 한 번만 용서해 주세요!"

"너 때문에 벌어진 일이니, 마땅한 벌을 받아야 할 것이다. 당장 이것을 매질하도록 해라!"

"제발, 제발 살려주세요. 제발, 부탁드려요, 주인어른."

"네가 아직도 정신을 못 차린 것이구나. 거기, 당장 이것을 마당으로…."

짝—

도흠의 고개가 돌아갔다. 그가 다시 정면을 바라보았을 때, 눈물이 맺힌 채로 자신을 노려보는 사에코의 두 눈이 보였다. 무릎을 꿇은 채로 눈물을 흘리던 종희 역시 당황한 표정으로 사에코를 바라보았다.

　"귀히 여기는 아이예요. 당신이 무슨 자격으로 벌을 주시나요?"

　도흠의 얼굴이 축축해졌다. 사에코의 손에 묻어있던 피가 그대로 그의 얼굴에 옮겨 간 것 같았다. 그는 제 얼굴에 묻은 피를 손으로 닦고는, 비웃는 듯한 표정으로 사에코에게 물었다.

　"그대가 남을, 특히 아랫사람을 귀히 여기는 것은 본 적이 없는데, 참으로 독특한 일입니다? 그저 저에 대한 화풀이라면 양껏 쏟아내십시오. 기꺼이 받아 드리겠습니다."

　"당신이 얼마나 나를 알기에 함부로 떠드는 것인지는 모르겠지만, 당신이 나를 그렇게 본다면, 그것은 당신에 대한 나의 마음에서 비롯된 것이겠지요. 그것이 당신을 향한 나의 예사였으니까요."

　청천벽력같은 말이었다. 도흠의 손이 떨렸다. 그녀가 뱉게 될 다음 말이 무엇인지 본능적으로 짐작이 갔기에, 귀를 막아 버리고 싶었다. 차라리 시간이 멈추길 바랐다. 자신을 향한 그녀의 마음이라면, 너무 뻔하지 않은가. 그것은, 아마, 아마도….

　"나는, 당신을 증오해요."

　짧은 한마디를 건네고는, 사에코는 종희를 데리고 방을 빠져나갔다. 구둣발에 밟힌 유리가 날카로이 바스락거렸다. 일전의 향과는 정반대인, 오직 불쾌감만이 가득한 소리였다.

　슬금슬금 눈치를 보던 인부들이 조용히 방을 빠져나갔다. 도흠이 주먹으로 벽을 내리치기 시작했다. 그것이 몇 차례 반복되자, 그의 손에도 피가 맺히기 시작했다. 아름진 핏방울이 주먹 안으로 흘러 들어갔다.

　"하하, 증오, 증오라…."

도흠이 허탈한 표정으로 자조했다. 얼마나 많은 노력이 깃들어야, 얼마나 긴 세월이 흘러야 그녀의 마음이 조금이라도 바뀔까. 아니, 과연 일평생 그런 날을 맞이할 수나 있을까. 그렇다면 어떻게 남은 생을 살아야 할까. 만 리, 혹은 그 이상을 걸어도 돌아오지 않을 사랑을 평생토록 향해야 한다면, 그만큼 비참한 삶이 또 있을까.

도흠은 사에코가 나간 방문을 바라보았다. 그림자만이라도 돌아오길 바랐다. 허나 애석하게도, 굳게 닫힌 손잡이는 작은 미동조차 보여주지 않은 채 그녀의 흔적만을 묻히고 있었다.

리본

　한차례의 소란을 겪은 후, 사에코는 빠른 걸음으로 마당에 나왔다. 발소리는 크지 않았으나, 그녀의 걸음에는 명백한 분노가 서려 있었다. 아직 피가 멎지 않은 그녀의 손이 염려되어 종희 역시 그녀의 뒤를 쫓았다. 계속해서 자신을 따라오는 걸음이 거슬려, 사에코는 신경질을 내듯 종희에게 말했다.

　"혼자 있고 싶으니 들어가 방이나 정돈하거라."

　"선생님, 정말 죄송합니다. 저 때문에, 저 때문에…."

　"당장 들어가래도!"

　사에코의 고성에 종희는 짧은 목 인사를 건넨 후 안으로 들어갔다. 사에코는 그대로 대문을 지나쳐 거리로 나섰다. 마땅한 목적지는 없었다. 그러나 그저 걷고 싶었다. 웅장한 대문이, 화려한 가옥이, 그리고 그 안에 있는 모든 것들이 마치 자신을 옥죄는 감옥처럼 느껴졌다. 근처에 있는 것만으로도 소름이 끼칠 지경이건만. 그곳에서 여생을 보내야 한다는 사실이 너무나도 괴로웠다.

　거울은 선희의 유품이었다. 더할 나위 없이 소중한 것. 그마저도 제멋대로 해석하는 도흠의 태도에, 그것을 간직할 수 있는 마음조차 이제는 용인받을 수 없으리라는 확신이 들었다. 끝내, 그는 나의 모든 것을 앗아가겠구나.

　정처 없이 걷다 보니 어느덧 세상이 어둠에 잠겨 있었다. 언제부터였는지는 모르겠으나, 그녀는 밤하늘을 쳐다보는 것을 꺼리곤 했다. 어둠을 곧이 쳐다볼 때면 마음마저 그것에 먹혀버릴 듯한 불안감이 밀려왔기에. 그러나 그 순간만큼은 왜인지 눈동자 속에 밤을 담아내고 싶었다.

사에코의 시선이 하늘로 향하던 순간, 그녀의 동공이 점차 커지기 시작했다. 그녀의 눈동자가 가닿은 곳에서는 커다란 보름달이 밤하늘을 밝히고 있었다. 드물게 쳐다본 하늘에 담긴 우연이 너무나도 아름다워, 사에코는 한동안 달에서 눈을 떼지 못했다.

광활히도 밝은 저 달은 아마 경성 전역에 빛을 내리고 있을 것이다. 그렇다면 그대 역시 나와 같은 것을 보고 있지 않을까. 그렇다면, 그대가 나를 유독 그리는 날이 오늘일지라면, 부디 저 달을 보며 나를 떠올려 주었으면. 나 역시도 그럴 테니, 그대 역시 그래 주었으면.

아, 그저 헛되고도 허튼 마음일 뿐이구나. 사에코는 다시 한번 달빛에 눈을 맞추고는, 이내 걸음을 돌려 집으로 향했다.

집에 도착하여 방으로 들어가니 어느덧 모든 짐이 정돈되어 있었다. 사에코가 책상으로 향했다. 그녀는 서랍에서 펜과 종이를 꺼내 무언가를 써 내려가기 시작했다.

한참 동안 종이를 긁적이던 펜촉이 멎었을 때, 사에코는 그것을 고이 쳐다보고는, 서랍에서 편지봉투 한 장과 붉은색 리본을 꺼냈다. 그녀는 종이를 편지봉투에 넣은 후 리본으로 봉했다. 이내 그녀는 봉투에 입을 맞춘 후 라이터로 그것을 태웠다. 그 누구도 열 수 없도록, 그녀 자신조차도 영영 열어볼 수 없도록.

모든 것이 재가 되어 흘러내리자, 사에코는 책상에 얹힌 잿가루를 모아 창밖으로 날렸다. 진눈깨비가 내리기 시작했다. 그녀는 채 날아가지 않은, 여전히 손에 얹혀있는 잿가루를 내리는 우설에 씻어내기 시작했다.

시간이 조금 흐르고, 진눈깨비가 서서히 눈으로 바뀌기 시작했다. 창밖에 내민 사에코의 손이 점차 붉어져 갔다. 모든 것이 내리는 파도에 씻겨 내려갔다. 그녀가 왼손으로 목을 쥐었다. 소리를 내려 해 보아도 손에 매여 나오지 않았다. 리본으로 포장된 봉투처럼, 붉게 포장된 그녀의 목소리 역시 흩어지듯 봉해졌다. 그 누구도 열 수 없도록, 그녀 자신조차도 영영 열어 볼 수 없도록.

반쇼 세이지 군 귀하

그대를 그릴 날이 오게 될 줄 몰랐습니다. 언젠가는 미워했고, 또한 언젠가는 영원히 함께할 수 있으리라 확신했기에 그대를 이리도 그리게 될 날이 올 줄은 몰랐습니다.

세이지 군, 잘 지내고 있나요? 나는 그대가 못 지내고 있기를 바라요. 한동안은 사무치는 그리움에 그대가 아파하길 바라요. 꽤나 괘씸한 상상이지요? 조금만 더, 몸져 누울 정도로 힘든 순간을 겪은 후에는, 그제야 비로소… 부디 그대가 행복해지길 바랍니다.

이 편지는 영영 전해지지 못하겠지요. 하지만 나는 오늘도 그날의 바다를 생각하며 그대를 그립니다. 이제야 나는 사랑을 조금이나마 믿게 되었습니다. 그대가 내게 준, 대가 없는 사랑을 평생 안고 살겠습니다. 나를 미워해도 좋으니, 이따금씩만 나를 떠올려 주세요.

이루어지지 못할 편지를 빌어 말해봅니다.

사랑해요, 세이지 군.

소화 16년의   월, 늦여름의 물결 속에서
우 노 사에코 올림

본받을 만한 여인

적설의 고요함도, 추위의 매서움도 모두 가신 때, 퍼뜩 찾아 온 어느 봄날은 유난히도 나른했다. 혼인 직후 다시 연구소로 복귀한 사에코는 제일 먼저 일련의 소란을 정리했다. 그녀는 우선 자신이 자리를 비운 새 쓸데없는 말들을 뱉은 이들을 내쫓았으며, 연습을 게을리했거나 요령을 피운 연구생들을 찾아내 엄히 벌했다. 스승의 부재로 혼란스러웠던 연구소는 사에코의 등장과 새로운 무용 발표회의 개최 소식으로 안정을 되찾았다.

40평 정도의 목조 연습실, 열 명가량의 연구생들이 땀을 뻘뻘 흘리며 춤을 추고 있었다. 그들을 바라보던 사에코의 눈빛이 점차 흐트러지기 시작했다. 그녀가 살그머니 고개를 창 쪽으로 돌렸다. 창밖에 나비 한 마리가 날고 있었다. 그녀는 잠시 그것을 바라보다, 이내 고개를 푹 숙였다.

춤을 추던 희자가 의아한 눈초리로 사에코를 쳐다보았다. 당장 앞의 연구생조차도 자세가 흐트러져 있는데. 저것을 용인하는 것은 사에코의 평소 성정을 감안했을 때 결코 말이 되지 않는 일이었다. 희자가 어리둥절해 하며 사에코를 주시하는데, 사에코가 갑자기 헛구역질을 하며 자리에서 일어났다. 그녀가 한 손으로 의자를 쥐었다. 나무의자의 가장자리에 식은땀이 묻어 짙은 색이 번졌다. 사에코의 다리가 맥없이 떨리자 선두에 있던 제자 몇 명이 뛰쳐나와 그녀를 부축했다.

"선생님! 괜찮으신가요?"

"…"

사에코의 얼굴이 새파랗게 질렸다. 괜찮다는 의미를 전하기 위해 오른손을 들었지만, 밀려오는 구역감에 그것은 그대로 입가로 직행했다. 난생처음 겪는 강도의 울렁증이었다. 목소리를 내려 하면 입에 역겨운 침이 고여 그대로 구토할 것만 같았다. 자세를 바꿀 수도, 걸음을 옮길 수도 없을 정도였다. 목 끝까지 차오르는 구역질을 참으며 그저 의자를 부여잡고 엎드려 있는데, 문득 머릿속에 한 가지 생각이 날아 들어왔다.

'오늘이 며칠이지?'

사에코가 떨리는 눈으로 달력이 붙어 있는 벽을 쳐다보았다. 달력의 위에는 장미가 수놓인 목제 괘종시계가 움직이고 있었다. 그녀의 시선이 시계에서 떨리다, 이내 서서히 달력으로 향했다.

'사월 초나흘, 사월, 초나흘….'

사에코의 동공이 커졌다. 취기에 매몰되었던 어느 밤이 머릿속을 스쳤다.

고된 연습과 건너뛰는 식사는 예사로운 것이었기에, 월경을 하지 않고 달을 넘기는 일 정도는 년에 서너 번 있을 정도로 흔했다. 때문에, 월경을 하지 않아도 사에코는 별 대수롭지 않은 양 넘기곤 했다. 주기를 한 번 건너뛰어도 그다음 달이면 돌아왔기 때문이다. 직전의 달에도 물론 그러리라고 믿었다.

사에코는 날짜를 헤집기 시작했다. 추함을 염려하지도 않으며 손가락을 펴 미친 듯이 셈을 했다. 당황한 눈동자들이 자신을 쫓는 게 느껴졌지만 그런 것들을 신경 쓸 시간이 없었다. 잠시의 시간이 흐른 후, 그날 밤의 정확한 날짜를 떠올린 순간, 사에코는 손을 가파르게 떨더니 그대로 속을 게워내 뱉었다. 직후, 주위의 목소리가 뒤섞이듯 접히며 그녀의 눈이 서서히 감겼다.

몇 시간 만에 눈을 뜬 사에코가 처음 본 것은 익숙한 천장이었다. 코를 찌르는 알코올 냄새, 차갑고 딱딱한 흰색의 시트. 몇 달 전 그녀가 입원해 있었던 경성제국대학 의원 상등실이었다. 그녀가 고개를 돌리니 제일 먼저 도흠의 얼굴이 보였다. 그가 제 얼굴을 한차례 감쌌다. 눈썹이 처지며 예사보다 순박한 인상이 얼굴에 남았다. 그는 사에코의 두 손을 잡아 쥐고는 한숨 섞인 목소리로 말했다.

"부인께서는 남을 걱정시키는 것이 취미입니까? 몸이 성치 않으셨으면 무리를 삼가는 것이 당연지사가 아닙니까?"

사에코가 고개를 숙였다. 입이 몇 차례 움찔했지만, 쉽사리 열리지는 않았다. 그녀는 잠시 침묵을 유지하다, 도흠의 가슴팍에 눈을 맞췄다. 연청색 셔츠에 옷 주름이 져 있었다. 하녀의 부주의 탓인지, 혹 다른 이유인지는 모르겠으나 다림질이 제대로 되어 있지 않은 모양새였다. 찰나, 왜인지 모를 신경이 들었다. 사에코는 그것을 잠시 바라보다 떨리는 목소리로 도흠에게 말했다.

"담당 의사를 불러주세요. 급히 진료가 필요해요."

사에코의 표정이 강경했다. 그 무엇도 걸릴 말은 아니었다. 곧은 눈빛 속에 깃든 단 하나의 불안감을 제한다면 말이다. 그것을 보아버린 이상, 도흠은 그녀의 말을 예사말처럼 넘길 수 없었다.

"단번에 의사를 찾으시는 것을 보아하니, 지병이라도 있으셨던 겁니까? 왜 말씀치 않으셨습니까."

"그런 것이 아니에요! 잔말 말고 의사를 불러요. 부르지 않으신다면 내가 직접 가겠어요."

사에코가 후들거리는 몸으로 침대에서 일어나자, 도흠은 당황해하며 그녀를 앉혔다. 힘 조절이 부족했던 듯, 도흠이 잡아 누른 어깨에서 조금의 통증이 느껴졌다. 침대를 지탱하던 쇠 지렛대가 바닥에 끌려 매트리스가 흔들렸다. 자신을 노려보는 강한 시선이 느껴지자, 도흠은 그제야 문밖의 간호사에게 언질을 주었다.

의사가 도착하자 사에코는 도흠에게 잠시 나가달라고 부탁했다. 방안에 의사와 자신만 남게 되자, 그녀는 차근차근 자신의 증상을 설명하기 시작했다. 묵묵히 사에코의 말을 듣던 의사가 말이 끝나기도 전에 밝은 표정으로 그녀의 손을 잡았다. 불쾌하고도 의아한 감정에, 얼굴을 찌푸리며 의사를 바라보자, 그는 문을 열고 밖에 서 있던 도흠을 불러들였다. 도흠 역시 영문을 모르겠다는 표정으로 간이침대에 앉았다. 의사는 사에코와 도흠을 한 번씩 번갈아 보고는 그들에게 말했다.

"확언하긴 어려우나, 말씀하신 증상을 보아하니 아무래도 도쿠다 부인께서 임신하신 듯합니다."

"…예?"

도흠의 얼굴에 난감한 화색이 돌았다. 하지만, 그의 얼굴에 완전한 빛이 들기도 전에 사에코의 허탈한 신음이 들렸다.

"아아…."

사에코가 질끈 눈을 감았다. 그녀의 시선이 침대 시트로 향했다. 그녀가 손으로 침대를 짚자 다시 한번 매트리스가 삐걱거리기 시작했다. 흰 천이 구겨지듯 접히며 떨려가는 손톱자국이 아찔하게 매였다.

어찌 여인이 수태를 저어할 수 있는가? 의사가 의아한 표정으로 사에코를 바라보았다. 도흠은 그러한 그의 표정을 읽고는 어색하게 웃으며 말했다.

"부인께서 많이 놀라셨나 봅니다. 몸도 성치 않은 듯하고, 아시다시피 무용을 하는 분이니, 그런 만도 하지 않겠습니까. 주인으로서 매우 기쁩니다. 부인께서도 아마 그러실 테지요. 감사합니다. 주의할 점은 없습니까?"

"아, 예. 소고기나 계란 노른자 같은 철분을 주로 드시고, 달에 한 번 정도는 전문의사를 찾으십시오. 더 불편한 점이 있다면 다시 불러주십시오."

"감사합니다."

도흠은 의사에게 감사 인사를 건네고는 사에코를 한 차례 툭, 쳤다. 사에코는 기어들어 가는듯한 목소리로 도흠을 따라 대답했다.

"감사합니다. 기력을 회복지 못하여 기쁨을 마땅히 표현하지 못하는 점, 양해해주셔요."

의사는 그들을 향해 작게 목 인사를 건네고는 유유히 병실을 빠져나왔다. 의사가 방을 나가자마자 도흠은 흥분한 듯한 목소리로 사에코에게 말했다.

"왜 제게 언질을 주지 않으셨습니까. 몸은, 몸은 많이 불편치는 않으십니까?"

사에코는 그저 허공을 바라보다, 허탈한 목소리로 대답했다.

"저도 오늘 처음 알았어요. 그럼에 어찌 미리 일러드릴 수 있겠어요."

도흠이 사에코의 품을 감싸 안았다. 난데없는 행동에 사에코는 당황한 표정으로 그의 팔을 밀어냈다. 하지만 도흠은 그에 전혀 아랑곳하지 않았다. 그는 벅차오르는 감정을 애써 진정시키고는, 사에코를 바라보며 웃었다.

"필요한 것이 있으시면 언제고 말씀해 주십시오. 필히 전해 드리겠습니다."

행복 어린 도흠의 표정에, 사에코의 몸 전체로 소름이 올라왔다. 어떠한 두 음절이 문득 머릿속에 사무쳐 왔다. 온전하고도 불길한 기시감이 들었다.

아니, 아니다. 저것이 진심일 리 없다. 그저 이제야 제대로 된 가정을 대외적으로 보여줄 수 있게 되었다는 자부심일 테지. 그래야만 한다. 그럴 수밖에 없다. 분명 같은 감정일 진데. 어찌.

다시금 구역감이 올라왔다. 사에코는 울렁이는 목울대를 부여잡고 헛구역질을 했다. 머리에 맺힌 땀이 뺨을 타고 흘러 내려왔다. 그녀를 본 도흠이 재빨리 옆에 놓인 수건을 가져왔다. 그는 그녀의 땀을 닦아주며 걱정스러운 표정으로 물었다.

"괜찮으십니까?"

"네, 괜찮…."

괜찮다는 말을 꺼내기가 무섭게 사에코의 허리가 엎어지듯 고꾸라졌다.

도흠이 휘청이는 그녀를 감싸 안았다. 사에코가 끝내 도흠의 어깨에 엎어졌다. 구겨진 셔츠에 멍울 같은 눈물 자국이 남았다. 셔츠의 주름에 서로의 체향이 엎어지듯 스몄다. 사에코는 애써 정신을 쥐려는 듯 이마를 쓸어내리고는 기어들어 가는 목소리로 말했다.

"연구소에 전보를 넣어줘요. 급히 전할 말이 있어요."

"설마 공연에 관한 일입니까? 보신에만 집중해도 모자랄 판에, 대체 왜 그런 일에 관심을 두신단 말입니까."

"공연의 일정을 조정해야 해요. 그러니 잔말 말고 연통을 넣어줘요!"

도흠의 표정이 굳어졌다. 그는 사에코의 어깨를 붙잡고 단호하게 말했다.

"그대가 혼인 전에 어떤 분이셨는지는 잘 압니다. 하지만 이제 그대는 제 부인입니다. 아버지께서 타계하시면 가문의 안주인이 될 테고요. 그대는 조선 여인들의 우상입니다. 그렇다면 부녀자로서도 본받을 만한 여인이 되셔야지요. 그렇게 되기에 공연이나 무용 같은 것들은 하등 도움이 되지 않습니다. 이제 그런 것들에 연연하시기보다는 아내의 역할에 집중하십시오. 더군다나 부인께서는 홑몸도 아니시지 않습니까."

엎드려 있던 사에코의 눈이 가파르게 틔었다. 청천벽력같은 말이었다. 일평생 무용을 쥔 채 살아왔고, 앞으로도 그러리라 확신했다. 무용은 무슨 일을 겪어도 붙들어야만 했다. 그래야만 했으니까. 그 어떤 순간이 와도 절대 놓치지 않았다. 아무리 힘들고 괴로워도 악착같이 끌어안았다. 그것은 고작 가정이라는 틀 따위에 허탈하게 무너질 만한 것이 아니었다.

담긴 속죄에 염원이 깃들고, 깃든 염원에 사랑이 더해지더라도 결국 그 본질을 잊은 적도, 잃은 적도 없었다. 이기적인 감정에 눈이 멀더라도 결국 모든 것은 죄책감으로 향했다. 그것이 평생의 벌임을 평생 잊지 못한 채 살았다. 모든 것이 무너지더라도, 그것 하나만큼은 결코 놓쳐서는 안 됐다. 무용을 놓아버리는 순간 속죄할 기회가 떠나버릴 것만 같아서. 아니, 사실은 네가 내게서 완전히 떠나버릴 것만 같아서, 그것이 너무나도 두려웠어. 감히, 미치도록 두려웠어.

사에코가 온 힘을 다해 고개를 들었다. 그녀는 애써 눈을 부릅뜬 채 목소리를 쥐어짜며 말했다.

"내게 무용은 고작 꿈이나 바람 따위가 아니에요. 그것을 포기한다는 것은 내 전부를 버리는 것과 마찬가지예요. 그것이 내게 어떤 의미인지도 모르면서, 어찌, 어찌 그리 말씀하시나요."

사에코가 입술을 깨물었다. 더욱 쏘아붙이고 싶었지만, 계속해서 올라오는 구역질 탓에 고개도 채 들지 못했다. 도흠은 그런 그녀를 바라보며 냉정하게 물었다.

"그이 때문입니까?"

"…그게 무슨 말인가요?"

"정인이라는 그 사내 때문이냐고 물었습니다. 그이와 무슨 춤에 관한 약조라도 나눈 겁니까?"

아, 저 이는 끝내 자신이 믿는 대로만 생각하겠구나. 사에코가 눈동자를 내렸다. 그녀의 입에서 헛웃음이 튀어나왔다.

"허튼소리는 그만하세요. 당신도 그분과 이번 일이 상관없다는 것 정도는 알지 않나요?"

"그거야 모를 일 아닙니까. 더욱 의구심이 생기는군요. 그깟 춤이 뭐라고 이리도 강경하게 나오시는 겁니까."

"어딜 그따위…."

찢길 듯한 복통이 밀려와 더 이상 말을 이을 수가 없었다. 고개를 들 힘도 없어, 사에코는 그저 순백색 시트만을 노려보았다. 눈물이 시야를 가리다, 이내 두 어 점이 아래로 떨어졌다. 도흠은 한숨을 내쉬고는 문을 향해 걸어갔다.

"아버지께 말씀을 전할 겁니다."

도훔은 짧은 말 한마디를 건네고는 밖으로 나갔다. 그는 방을 나선 후 앞에 서 있던 간호사를 들여보냈다. 간호사가 들어오니, 사에코는 그녀에게 엽서 한 장과 만년필을 가져다 달라고 말했다.

간호사가 엽서를 가져왔다. 사에코는 그녀를 내보내고는, 엽서에 글을 써 내려가기 시작했다. 손가락이 제대로 움직여지지 않아 추한 필체가 휘갈기듯 내려앉았다.

'쓰키야쿠[89]. 전달 요망.'

글을 마친 사에코가 입술을 깨물었다. 왼 입술이 조금 터져 핏방울이 맺혔다. 심장이 철렁이며 온몸이 떨렸다. 짧은 글이었지만 매 글자에 담긴 무게가 너무나도 무거웠다.

다시금 울렁증이 올라왔다. 수차례 헛구역질을 뱉던 찰나, 쏜살같은 두려움이 사무쳐 왔다. 그제야 제 안에서 생명이 태동하고 있다는 것이 실감됐다. 이 모든 고통이 존재의 무게에서 기인했다는 걸 깨달은 순간, 파도와 같은 공포가 밀려왔다. 생이 내포된 통증이 너무나도 고통스러웠다. 죄책감과 불안이 떠밀려왔다. 이제 나는 그이에게도, 너에게도 결코 닿을 수 없겠구나.

사에코는 엽서를 고이 바라보다, 만년필로 모든 글씨를 긁어내듯 가렸다. 종이가 펜촉에 찢겨 손가락 사이사이로 잉크가 묻었다. 그녀가 무릎 사이에 고개를 묻었다. 두 다리의 희미한 온기가 얼굴에 닿았다. 그녀는 제 앞머리를 쥐어뜯듯 넘기고는, 입을 가린 채로 오열하기 시작했다. 마땅히 들려와야 할 흐느낌 대신 둔탁한 헛구역질 소리만이 울려 퍼졌다. 그녀의 처절한 호소는, 그저 자라나는 누군가의 흔적에 묻혀 사라져 버렸다.

---

89 일제강점기에 판매된 월경불순 치료제. 일부는 낙태약으로도 쓰임

인지

조용한 밤이었다. 밤 소리만이 드리우던 안방의 틈새로 인기척이 들어왔다. 발소리가 멈추길 잠시, 이내 문을 두드리는 소리 두어 점이 귀 안에 날카로이 꽂혔다.

"들어가도 괜찮습니까?"

방 안으로 들여보낸 질문이 정적만을 담아오자, 도흠은 짧게 한숨을 내쉬고는 문을 열었다. 안으로 들어가자 신문을 읽고 있는 사에코가 보였다.

"곧 부모님께서 도착하실 겁니다."

사에코가 의자 등받이에 제 몸을 눕히듯 기댔다. 들려오는 말소리에도, 그녀의 시선은 오직 손에 쥔 신문에만 가닿아 있었다. 그저 가지런한 눈초리로, 허나 몸을 조금씩 움직이기도 하며, 그녀는 고요히 활자를 응시했다. 그녀가 미동할 때마다 원목 흔들의자가 좌우로 움직였다. 흘러내린 무릎담요가 의자의 하부를 가린 탓에 도흠은 사에코의 상체밖에 볼 수 없었다. 도흠은 그러한 모든 것을 말없이 바라보았다. 그저, 바라만 보았다.

미묘한 긴장을 거친 후, 마침내 사에코가 자리에서 일어났다. 신문에 실린 또 한 명의 그녀가 거꾸로 뒤집혀 탁상에 파묻혔다. 삐걱대는 소리가 순간 거세지더니, 이내 멈췄다. 그녀는 도흠의 낯을 곧게 쳐다보며 그를 향해 왼손을 내밀었다. 예사보다 가파른, 자그마한 숨소리가 들렸다. 도흠은 말없이 그녀의 손을 잡았다. 직전의 제 보폭을 잠시 가늠한 후, 그는 최대한 걸음을 늦추며 사에코를 부축했다.

"늦었구나."

응접실로 들어가니 광립과 선령이 앉아있었다. 서툰 공기에 섞인 시가의 향이 자욱했다.

"오셨습니까."

"인사는 됐다."

광립은 도흠을 지나쳐 사에코에게로 다가갔다.

"소식은 전해 들었다. 해산일까지는 보신에만 집중하도록 해라."

사에코의 입술이 잔잔하게 떨렸다. 언제나 존칭을 사용하던 광립의 어투가 처음으로 낮아진 것이다. 굽신거리던 그와 그것을 당연하게 받아들이던 자신. 그러한 서로의 태도는 일종의 공식이자 질서였다. 온몸에 불완전한 직감이 와닿았다. 오늘의 대화가 찰나가 아닌 기점일 것이라는 생각이 귓가에 스쳤다. 모멸감이 스며들어왔다. 하지만 참아야만 했다. 아직은 지킬 수 있는 것들이 남아 있었다. 과거의 일부를 버려서라도 지켜야 할 것들이 남아 있었다.

"네."

짧은 대답을 건네고는, 사에코는 광립의 눈에서 시선을 떼었다. 잠시의 침묵이 방안에 스몄다. 분위기를 읽은 선령이 사에코의 손을 잡았다. 그녀는 온화한 목소리로 사에코의 눈을 바라보며 말했다.

"진심으로 축하해요. 모르는 것이 있다면 언제든 연통을 넣어도 좋아요."

사에코가 당황한 표정으로 선령을 쳐다보았다. 손을 빼고 싶었지만, 스며든 따스함이 기실 기뻤다. 갑작스레 전해진 온기에, 목이 메어 말을 뱉을 수가 없었다. 눈가에 와닿는 낯선 감정은 직전의 광립의 말보다도 불안했다.

"…고맙습니다."

도흠이 사에코를 힐끗 쳐다보았다. 그녀의 눈에 얹힌 불편함이 순간적으로 읽혔다. 그가 사에코의 한 손으로 사에코의 어깨를 감쌌다. 갑작스레 다가온 손길에 사에코가 놀란 듯 몸을 살짝 움찔했다.

"인사를 전하러 오셨다면 연통을 주시는 편이 낫지 않았겠습니까? 두 분께서도 걸음하기 편치 않으셨을 텐데요."

도흠의 목소리가 서늘했다. 광립은 제 아들을 한 차례 훑어보고는 건조하게 말을 건넸다.

"내달에 공연이 있다고 들었네."

불길한 기시감이 스쳤다. 더 이상 무용에 연연하지 말라는 도흠의 말이 떠올랐다. 사에코가 세게 주먹을 쥐었다. 그녀는 숨을 옅게 들이마시고는 담담한 척 이어 말했다.

"내달 초에 우미관[90]에서 무용 발표회를 열 예정이에요."

"해산일까지는 보신에 집중하라는 말이 무슨 뜻인지는 자네도 잘 아리라 믿네."

심장이 내려앉는 듯한 느낌이었다. 광립의 말이 내포하고 있는 뜻은 너무나도 뚜렷했다. 그것은 경고였다. 춤에 대한, 그것을 행하는 사에코에 대한.

갑자기 깨질 듯한 두통이 밀려왔다. 속이 울렁거렸다. 시야가 흔들려 다리가 떨려왔다. 서 있기도 힘들 지경이었으나, 사에코는 광립의 눈을 바라보며 꼿꼿이 말을 이어 갔다.

"그럴 수는 없어요. 어찌…."

사에코의 높아진 언성이 순간 잦아들었다. 혼인 전, 도흠이 제게 했던 말이 떠올랐다. 혼인을 저어하는 순간 세이지마저 위험해질 거라는 경고. 그 말은 단순히 혼인의 시행만을 의미하는 것이 아니었다. 혼인을 유지하는 것 역시 세간이 제게 원하는 것 중 하나였다. 그것을 깨달은 순간, 갑자기 숨이 막혀왔다. 사에코가 숨을 헐떡이며 바닥에 내려앉았다.

---

90   1910년에 세워진 한국 최초의 상설 영화관

"괜찮으십니까?"

도흠이 사에코의 옆으로 다가가 그녀를 부축했다. 선령이 급히 다가가려 했지만, 도흠은 그런 그녀를 가로막고 사에코를 감싸 안았다. 도흠이 계속해서 사에코에게 말을 걸었으나, 사에코에게는 그 어떤 소리도 들려오지 않았다. 오직 헐떡이는 자신의 숨소리만이 귓가에 강하게 꽂힐 뿐이었다. 그러던 찰나, 어떠한 외침이 머릿속에 울렸다.

'춤을 그만두자.'

그것을 떠올리자마자 사에코가 바닥에 엎어지듯 주저앉았다. 순간 스쳐 지나간 생각이었으나, 엄청난 통증이 가슴속에 박혀왔다. 춤은 사명이자 운명이었다. 춤을 버린다는 것은 절대로 해서는 안 되는 생각이었다. 그것이 명제였다. 하지만, 흘러가는 눈물 속에서는 세이지의 얼굴만이 비쳤다. 엄청난 죄책감이 밀려 들어왔다.

사랑, 사랑, 사랑. 아, 그까짓 사랑이 뭐길래. 내가 어찌 너를, 너를…

…너?

문득, 언젠가의 봄날이 생각났다. 그 순간의 향, 바람의 온기, 불어오는 목소리마저 눈앞에 선연한데, 오직 선희의 얼굴만이 떠오르지 않았다. 기억해 내려 애쓸수록 그것은 오히려 흘러가듯 사라져 버렸다.

그 순간 사에코는 무의식적으로 깨달았다. 춤과 사랑을 저울질해야 할 순간이 온다면, 자신은 분명 사랑을 택하리란 것을. 죄악감이 타오르듯 밀려왔다. 목 안에 스민 죗값이 헛구역질로 뱉어져 나왔다.

"쯧. 이런 몸으로 어떻게 춤을 추겠다고."

광립은 옆에서 안절부절못하는 선령에게 곁눈질한 후, 방 밖으로 걸어나갔다. 선령은 사에코를 걱정스러운 눈으로 쳐다보았지만, 별말 없이 제 남편을 따라 나갔다. 이윽고 사에코 역시 도흠의 부축을 받으며 방으로 돌아갔다.

"무슨 일이 생기시면 꼭 하녀에게 언질을 주십시오. 깨어 있겠습니다."

도흠은 사에코를 침대에 눕힌 후 조용히 방을 빠져나갔다. 그가 방을 나가자, 사에코는 슬그머니 눈을 떴다. 침대의 정면에는 그녀의 사진이 실린 큰 액자가 걸려 있었다. 경성에서의 첫 공연을 찍은 사진이었다.

"네가 깃든 춤은 어디로 간 걸까."

하얗게 흩날리는 박사(薄紗)[91], 복사꽃이 아름진 두 뺨, 별빛을 담은 듯한 까만 눈동자. 늘 그날의 춤이 나비의 형상이리라고 믿어왔다. 그러나 눈물에 가려진 한날의 승무는 그저 희미해져 가는 잔상에 불과했다. 이제 그곳에는 나비도, 사랑도 담을 수 없다. 자신은 모든 것을 잃었고, 다시는 그 순간으로 돌아갈 수 없기에.

"그저 나의 모든 것은, 아름다워야 했을진데."

사에코가 옆에 놓인 신문을 쳐다보며 중얼거렸다. 신문에는 손에 주방도구를 쥐고 앞치마를 입은 채 비틀거리며 춤을 추는 그녀가 그려져 있었다. 부인으로서의 가사와 무용가로서의 활동은 동시하지 못한다는 조롱을 담은 만평이었다.

'아름다움이란, 무언가가 사라진 후에도, 그 이후로 아주 오랜 시간이 흐른 후에도, 모든 사람이 그 흔적을 찾아 헤매도록 하는 거야.'

사에코는 확신했다. 이제 자신의 아름다움은 서서히 지워지리라는 것을. 그렇기에 그 아이에게 맹세했던 그날의 눈물은 결코 이루어지지 못하리라고.

"미안해, 미안해…."

사에코의 두 볼에 빛이 떨어졌다. 정작으로 고운, 눈동자에서 내몰린 그것은, 참으로 작디작은 별 조각이었다.

91　얇은 사

지나더라도

　미쓰코시 백화점의 문이 열리자, 모든 시선이 한 데로 향했다. 사에코의 이름이 온 군데서 불리기 시작했다. 자신을 향해 웅성거리는 소리가 거슬려 사에코는 고개를 옆으로 돌렸다. 시야가 옆으로 향하니 그녀는 자연스레 도흠을 쳐다보게 되었다. 자신에게 다가오는 까만 눈동자에 도흠 역시 그녀에게 눈을 맞췄다. 그의 시선이 와닿자마자 사에코는 반사적으로 눈을 피했다.

　"저, 혹시 도쿠다 사에코 씨… 아니신가요?"

　엘리베이터 쪽으로 걸어가는데, 감색 플레어 원피스를 입은 소녀가 사에코에게로 다가왔다. 열예닐곱 살 정도로 보였다. 그녀는 볼을 밝히며 고개를 숙였다. 수줍어하는 모양새였다. 사에코는 그런 그녀를 가만히 쳐다보다, 이내 빠른 걸음으로 자리를 떴다. 당황해하는 소녀를 보고는 사에코를 따라가던 도흠이 말을 꺼냈다.

　"인사 정도는 받았을 수 있을 텐데요."

　걸어가던 사에코가 그 자리에 멈춰 섰다.

　"이 조선에서 나와 만나는 것을 바라지 않는 이는 없어요."

　"그렇다면 더욱 감사할 줄 알아야 하지 않겠습니까?"

　감사. 감사라. 이제 마음껏 사랑하지도, 사랑받지도 못하는 판국에 그것이 어떤 가치가 있을까.

　"훈계는 관두시지요."

사에코는 도흠을 등지고 다시 걸어가기 시작했다. 도흠이 빠른 걸음으로 그녀를 쫓자, 걸어가던 사에코가 한 마디를 건넸다.

"그리고, 나는 감색이 싫어요."

영문 모를 말이었다. 그러나 도흠은 그 말에 관해 묻지 않았다. 그는 그저 사에코의 뒤를 따라갈 뿐이었다.

4층에 도착하니 액세서리 코너가 줄지어 있었다. 입점해 있는 가게들이 익숙했다. 떠올린 기억 역시 익숙했다. 사에코가 오른쪽으로 시선을 돌렸다. 디자인이 취향에 맞지 않아 방문해 본 적 없는 가게였다. 그러나 그녀는 그 가게를 향해 걸어갔다. 이전의 기억을 믿고 싶지 않았다.

사에코가 가게로 들어가자 익숙한 시선이 느껴졌다. 가게의 쇼프걸 두 명이 그녀를 향해 곁눈질하고는, 작게 소곤대며 이야기를 하기 시작했다. 사에코가 손가락을 튕겨 그들을 부르자, 쇼프걸 한 명이 다가왔다.

"인사가 우선 아닌가요?"

사에코의 차가운 목소리에 쇼프걸은 당황하며 고개를 숙였다.

"아, 죄송합니다! 방문해 주셔서 영광이에요. 어떤 것을 찾으실까요?"

대화를 듣던 도흠이 사에코의 앞에 나섰다.

"반지가 있습니까? 결혼반지를 맞추려고 합니다."

"반지라면 이쪽에 진열되어 있습니다. 천천히 보시고 말씀해 주세요."

"맞춤을 원합니다. 언제든 남들이 손을 댈 수 있는 것보다는요."

도흠이 한쪽 팔로 사에코의 어깨를 감쌌다. 양장 블라우스의 퍼프가 살짝 구겨졌다.

"부인께서도 그러시기에."

쇼프걸의 얼굴이 붉어졌다. 먼발치에서 곁눈질로 그들을 쳐다보던 사람들도 놀란 눈으로 어머나, 하며 감탄사를 내뱉었다. 더욱 강렬한 시선이 자신에게로 쏟아지자, 사에코의 입꼬리가 가냘프게 올라갔다. 허나 그녀의 눈에는 차가운 태가 선연했다. 손을 대다니. 직전의 말이 심히 불쾌했다. 마치 자신을 인형으로 취급하는 것 같았다. 순간, 세이지가 생각났다. 이유는 없었다. 단지 그가 건넨 사려 깊은 말들이 머리에 얽혔다. 그저, 그뿐이었다.

"손가락의 치수를 재야 하니, 이곳에 앉아 기다려 주세요."

쇼프걸이 그들을 붉은 벨벳 소파로 안내했다. 사에코가 먼저 자리에 앉았다. 탁자를 사이에 두고 두 개의 소파가 마주 보고 있었지만, 도흠은 구태여 그녀의 옆자리에 앉았다. 사에코가 소파 테두리를 매만졌다. 차가운 금테의 촉감과 다가오는 체온이 이질적이었다. 사에코가 눈을 감았다. 약간의 졸음이 밀려왔다. 그녀의 시선이 어둠 속에 내려앉았다. 그럼에도 곧은 자세를 유지하며.

"많이 고단하셨나 봅니다."

도흠의 목소리가 들리자, 사에코의 눈빛이 다시 켜졌다. 오래 감고 있던 탓인지 눈앞의 형체들이 흐릿했다. 사에코는 대답 없이 탁자에 놓인 카탈로그를 집었다. 시야가 아직은 전부 트이지 않아 글자들이 일렁이는 듯 보였다.

어지러움을 느낀 사에코가 매장 밖을 바라보는데, 반대편에 낯익은 얼굴이 보였다. 그제야 시야가 확연히 틔었다. 그녀가 두 손으로 탁자를 짚었다. 손가락의 끝 마디가 가파르게 떨리더니, 이내 손 전체가 요동했다. 탁자 위의 커피잔마저 흔들리기 시작했다.

"부인, 괜찮으십니까?"

도흠이 사에코를 향해 손을 뻗었다. 그러나 그것이 채 닿기도 전에, 사에코가 문밖으로 걸어나갔다. 바르지만 빠른 걸음이었다. 도흠은 당황한 표정으로 그녀를 쳐다보다, 곧 그녀에게로 걸어가기 시작했다. 두 개의 발소리가 두 사람에게로 향했다. 보폭이 비슷했다. 허나 그것의 색채 역시 닮았었는지는, 그 누구도 가늠할 수 없으리라.

사에코의 시선이 빨라졌다. 남모를 미소 역시 곁들여졌다. 그녀의 걸음이 한 사내를 향하다, 이내 두 명의 남녀에게로 가닿았다. 부풀어 오르던 발소리가 멈췄다.

잠시 후, 도흠이 사에코에게로 도착했다. 자신을 부르는 소리를 들었음이 분명함에도 그녀는 말없이 건너편을 바라보기만 했다.

"무엇이 있다고 그리도 고이 보십니까?"

건너편에 보이는 것은 마네킹 몇 개뿐, 그 외에는 아무것도 없었다. 도흠이 의아한 표정으로 사에코를 쳐다보았다. 그녀의 어깨가 조금 흔들리는가 싶더니, 이내 곱게 펴졌다. 사에코가 도흠을 향해 몸을 돌렸다. 그녀는 도흠에게 자신의 오른손을 내밀고는, 담담히 말을 건넸다.

"진주 반지가 가지고 싶어요. 그것으로 해주세요."

사에코의 눈동자가 흐리고도 붉었다. 입술 역시 유독 붉었다. 턱 끝부분쯤에 맨 살갗이 조금 드러나 있었다. 분이 녹은 것 같았다.

"원하신다면 그리 하겠습니다."

도흠은 묻지 않았다. 그 어떤 것도 묻지 않았다. 처음으로 제게 닿은 손길이 고와서, 옮아오는 온기조차 너무나도 아름다워서. 그는 그저 묵묵히 걸어갔다. 기쁘지만 기쁘지 않았다. 기쁘지 못했다. 기쁠 수 없었다. 그러나 그의 머릿속에는 행복이라는 단어만이 메워져 있었다. 오직 그러기 위해서 그런 것이었다. 하지만 그것이 무엇일지는 그 누구도 모를 것이다. 영영 잊지 않겠다는 맹세처럼, 지나더라도 잊히지 못할 어느 날의 진위는.

도피자

"오랜만에 왔구나. 네 부인은 좀 어떠니?"

선령의 목소리에, 상자를 정리하던 도흠의 표정이 굳어졌다.

"참도 한가하신가 봅니다."

도흠은 짧은 말 한마디를 던지고선 하던 일을 계속했다. 날 선 어투였다. 그를 향해 다가가려던 선령이 차가운 목소리를 듣고는 자리에 멈춰 섰다. 그녀는 묵묵히 도흠을 바라보다, 잔잔히 말을 건넸다.

"기억하여 온 거니?"

달그락거리던 잡동사니의 소리가 멈췄다. 도흠이 바닥에서 일어나 선령을 향해 다가갔다.

"다시는 허튼 말씀을 내놓지 마십시오. 어머니가 그럴 자격이 있다고 생각하십니까?"

분노 섞인 말을 건네고는, 도흠은 상자를 들고 방을 빠져나왔다. 그의 둔탁한 발소리가 허공에 울렸다.

선령의 손이 떨렸다. 두려움이 사무쳐 왔다. 아들의 날 선 말 역시 두려웠다. 그러나 정작으로 두려웠던 것은 가슴에 떠오르는 기억, 아직도 잊히지 못한, 아니, 평생 잊히지 못할 가쁜 흔적이었다.

선령은 도흠이 머물던 자리를 고이 쳐다보았다. 그 방은 분가 이전까지 도흠이 쓰던 방이었다. 익숙한 광경, 익숙한 공기. 콧잔등에 특유의 목재 내음이 스며든 순간, 문득 어느 적의 순간이 떠올랐다. 분에 넘칠 정도로 행복했던 시절, 자신을 향해 달려오는 어린 아들이 희미하게 그려졌다. 분명 선연했었을 진데. 대체 어느 날부터 묽어지고, 옅어지고, 흐려졌던가. 선령은 방 전체를 한 번 훑고는, 그곳을 빠져나갔다.

"부인께선 어디 계시나?"

집에 돌아온 도흠이 하녀에게 물었다. 그의 걸음이 좌우로 요동했다. 술을 마시고 온 참이었다. 원래는 가벼운 반주만을 걸치려 했으나, 웬일인지 취기가 돌아도 계속해서 술을 들이켜게 되었다. 평소 음주를 즐기지 않는 그로서는 참으로 이례적인 일이었다.

"선생님께선 방에서 주무시고 계십니다."

하녀의 말을 듣고는, 도흠의 눈동자가 사에코의 방에 가닿았다. 그러나 그의 걸음은 곧 자신의 방으로 향했다.

방에 도착한 도흠이 본가에서 가져온 상자를 열었다. 낡은 상자 안에는 사진 몇 장과 노트 한 권, 작은 회중시계가 들어있었다. 그는 시계를 잠시 어루만지다, 다시 상자에 집어넣었다.

도흠이 노트를 펼쳤다. 첫 장에는 삐뚤빼뚤한 그림일기가 그려져 있었다. 페이지를 넘길수록 정갈해져 가는 글씨가 퍽 재미나서, 도흠은 작게 웃음을 터뜨렸다.

그는 미소를 띤 채 한 장 한 장 종이를 넘겨 갔다. 그리고 어느 장에 다다랐을 때, 시선이 떨리며 그의 입 꼬리가 멈췄다. 일부가 찢어진 종이. 그것이 노트의 마지막 장이었다.

'도흠에게'

유일하게 보이는 글씨였다. 그렇기에 오직 알 수 있는 것은 이 글이 자신에게 전하는 편지라는 점, 또한 자신의 이름자 옆에 뿌연 눈물 자국이 놓여 있다는 점.

도흠의 표정이 굳어졌다. 그의 입에서 희미한 한숨이 튀어나왔다. 그는 종이를 쥐었다가 이내 그만두었다. 구기고 싶었지만 차마 구길 수가 없었다.

도흠의 시선이 창밖으로 향했다. 창 너머로 보이는 나뭇가지에 소쩍새 한 마리가 앉아 있었다.

뎅—

자정을 알리는 괘종시계가 울렸다. 도흠이 창가로 다가갔다. 소쩍새가 창틀에 내려앉았다. 그것은 도흠을 잠시 쳐다보나 싶더니 이내 날아가 버렸다. 도흠은 새가 날아간 방향을 바라보며 나지막이 말했다.

"형님, 생일 축하하오."

어둠에 싸인 새소리가 흘러왔다. 고요히, 머무르듯, 어떠한 기억 속 잔상과 함께 날아들었다.

자유시

"형님, 무얼 하시고 계십니까?"

종이를 오리던 도흠이 도헌을 바라보았다.

"글을 쓰고 있다."

"무슨 글입니까?"

도헌은 잠시 멈칫하나 싶더니 이내 웃으며 대답했다.

"학교에 낼 과제야."

"고보생[92]은 할 일이 그리도 많나 봅니다. 형님은 정말 매사 바쁘십니다."

"도흠아, 너도 곧 고보생이 될 텐데, 수학에 조금 더 정진하도록 하거라. 어머니 말씀에, 이번에도 산수 시험 성적이 부진하다지?"

"참, 어머니께서는 별말씀도 다 하십니다."

"어머니를 탓할 것이 아니라, 형의 말처럼 네가 더욱 정진하면 되지 않겠니?"

"어머니!"

마침 다과를 가져오던 선령이 도흠에게 말했다. 하지만 그녀의 입에는 예사처럼 미소가 걸려 있었다. 도흠이 달려가 선령에게 안겼다. 도헌은 나이가 몇인데 아직도 어리광을 부린다며 제 동생을 훈계했으나, 선령은 가만히 다가가 그런 도헌을 안아주었다. 도헌이 부끄러운 듯 자신의 머리를

---

92   일제강점기에, 고등보통학교에 다니던 학생

매만졌다. 선령 역시 도헌을 바라보며 살며시 웃었다. 다정한 어머니와 때론 무섭지만 친절한 형. 비록 수학능력이 부진해 아버지에게 늘 혼이 나곤 했지만, 형과 어머니가 있었기에 행복했다. 도흠은 화목한 분위기 속에 남부러울 것 없는 어린 시절을 보냈다.

도흠은 호기심이 많았다. 그는 때때로 형의 방에 들어가는 것을 좋아했는데, 어느 날은 유독 형의 책상 서랍이 궁금했다. 혹여 연애편지나 일기장을 볼 수도 있을 것이라는 생각이 들었기 때문이다. 도흠이 장난기 어린 표정으로 서랍을 뒤져보는데, 그곳에는 노트 한 권만이 덩그러니 놓여 있었다. 그가 노트를 펴 보니 짧은 토막글 하나가 적혀 있었다.

연이은 운명에 목이 메어
뒤돌아본 歲月은 메마른 荒地,
나의 선택으로 말미암은
沈默의 넋,
입가에 맴도는 울분은
비참히 짓이겨져
怒濤가 되고,
내 머릿속에 고이 맴도는 설움은
골방에 映寫되는 無聲映畵,
내 삶을 굳이 어루만지면
그것은 笑劇이 될까,
혹은
鎖鍊 아래
끝내 비극으로 남으랴.
百番의 자학과 고뇌를

도피하여도──

여전히 거친 이명만

숙명처럼 울리고

이 狹小한 골방의 침묵 끝에서

나는 본다.

검은 煙 속,

쓰러진 동포의 그림자를.

그러나,

결국 낡은 白骨이 되어

愚昧한 나를 속이는

좁디좁은 房의 Montaigne.

어린 도흠으로서는 무슨 말인지 이해가 가지 않았기에 그는 그저 노트를 덮은 후 방을 빠져나갔다.

바람이 유독 거세게 불던 날이었다. 근래 도헌이 보이지 않았다. 선령에게 아무리 물어봐도 제대로 대답해주지 않았다. 그리하여 도흠은 용기 내어 광립의 방으로 찾아갔다. 문을 열고 들어온 도흠을 본 광립은, 도헌의 행방을 묻는 도흠에게 겉옷을 챙겨 입고 따라 나오라는 말을 건넸다. 도흠은 드디어 도헌을 볼 수 있다는 생각에, 부푼 마음으로 광립을 따라나섰다.

차를 탄 도흠은 도헌에게 무슨 말을 할지부터 고민했다. 그동안 집에 돌아오지 않은 것에 대해 서운한 말을 쏟아낼까, 혹은 반갑다는 인사부터 할까. 좀처럼 결정이 서지 않았다. 하지만 고민이 채 끝나기도 전에 차가 멈춰섰다.

도흠이 도착한 곳은 어느 웅장한 백색 건물 앞이었다. 왜인지 정문 옆에 걸린 쇠창살이 섬뜩하게 느껴졌다. 그는 정문 안으로 들어가는 광립을 따라 걸어갔다.

입구에 다다르자 광립이 제일 먼저 보이는 눈앞의 남자에게 말을 걸었다. 그 남자는 재빨리 고개를 숙이고는, 광립을 어떤 장소로 안내했다.

"아악!"

"죄송합니다. 잘못했습니다!"

낯선 남자를 따라 걸음을 옮기던 중, 갑자기 군데군데서 비명이 들려왔다. 도흠이 놀란 눈으로 광립에게 물었다.

"아, 아버지, 여기는 대체…."

도흠의 물음에도 광립은 그저 말없이 걷기만 했다. 마침내 어떤 방 앞에 다다르자, 남자는 정중하게 인사한 후 자리를 떴다. 광립이 문을 열고 방에 들어갔다. 어두컴컴한 분위기에 잔뜩 긴장한 도흠은 종종걸음으로 광립의 뒤를 따랐다.

방 안에는 순사복을 입은 남자가 있었다. 그는 광립을 향해 경례하며 난감한 표정으로 말했다.

"부의장님, 저희 측에서 실수가 있었습니다. 죄송합니다."

"불령한 모임에 참여했는데, 내 아들놈이라고 예외를 두어서는 되겠소? 오히려 잘한 일일세."

도흠은 앞을 보려 했지만, 광립의 몸통에 가려 보이지 않았다. 마침내 그가 고개를 돌려 도헌을 바라본 순간,

"형님!"

도흠의 동공이 서서히 커졌다. 도헌의 몸은 온통 피투성이에, 입술과 얼굴은 전부 부어 눈조차 뜨지 못하고 있었다.

몸이 내려앉듯 흔들렸다. 세상이 비틀리는 것 같았다. 숨이 제대로 쉬어지지 않았고, 손끝부터 어깨까지 전신이 떨려와 오한이 일었다. 비릿한 냄새가 코안으로 들어와 구역감이 몰려왔다. 속에서 올라오는 신물이 침과

뒤섞여 불쾌한 향이 식도로 흘러갔다. 도흠이 밖으로 뛰쳐나가려 하자, 광립은 그런 그를 잡고 도헌을 바라보도록 몸통을 틀었다.

"저놈은 이제 네 형이 아니다. 대일본제국의 은덕에 보은하지 않은 죄인일 뿐이다. 너 역시도 언제든 저렇게 될 수 있다는 것을 명심해라."

도흠과 도헌의 눈이 맞닿았다. 제대로 떠지지도 않은 시선에, 어디가 눈인지도 제대로 알 수가 없었다. 도헌이 고개를 돌렸다. 그의 눈에서는 눈물이 흘러나오고 있었다. 한 번도 본 적 없던, 늘 강인해 보이기만 했던 형의 눈물이었다. 몸에서 작열감이 느껴졌다. 당장이라도 까무러칠 것만 같았다. 이후 어떻게 집까지 도착했는지는 기억이 나지 않았다.

며칠이 지났다. 도흠은 집에 돌아오자마자 앓아누웠고, 깨어난 이후에도 당시를 제대로 기억하지 못했다. 알 수도, 이해할 수도 없는 상황에 거센 혼란이 밀려왔다.

도흠이 마침내 방을 나섰다. 혼자 고민할 바엔 형을 만나, 모든 것을 물어볼 계획이었다. 하지만, 형의 방에 도착했을 때, 아마도 평생 잊지 못하겠지. 그 광경은, 그 순간은. 입에서 피를 흘리며 쓰러진 형과 그 옆에서 울고 있던 어머니, 바닥에 아무렇게나 널브러진 약병과 알약 몇 알.

"이게, 무슨 일인가요?"

"도, 도흠아."

도흠이 충격 속에 주저앉았다. 선령이 도흠에게로 다가가 그를 끌어안자, 도흠은 그런 그녀를 거세게 밀쳐냈다.

"설마, 어머니가, 어머니가 형을 죽인 겁니까?"

"미안해, 미안해 도흠아, 이 어미가 미안하다…."

"어떻게, 어떻게 그럴 수가…."

도흠은 충격에 휩싸여 비틀거리다, 이내 방을 뛰쳐나가 광립의 방으로 향했다. 그는 광립에게 어머니가 형을 죽였다고 외쳤지만, 광립은 그저 담담히 말했다.

"이제 네가 장남이 될 테니, 더욱 수학에 정진하도록 해라. 더 이상 할 말이 없으면 이만 나가 보거라."

도흠은 그제야 깨달았다. 이것이 아버지의 계획이었다는 것을. 그리고 어머니 역시 그 모든 것에 동참했다는 사실을.

왜인지 아버지에 대한 분노보다도 어머니인 선령에 대한 분노가 더욱 거세게 치밀었다. 그렇게도 사랑했으면서, 그렇게도 아꼈으면서. 그 모든 것이 전부 거짓이었던 걸까. 형에게도, 나에게도?

그날부터 도흠은 선령에게 말을 건네지 않았다. 그녀가 말을 걸어도 그저 차가운 눈빛으로 노려보거나 모진 말을 뱉을 뿐이었다. 제 어머니의 정신이 점점 바스러지고 있다는 것쯤은 알 수 있었다. 그러나 자꾸만 그녀를 원망하게 되었다. 광립을 볼 때면 그날의 광경이 자꾸만 생각나 미치도록 두려웠다. 그렇기에 감히 그를 미워한다는 발상조차 할 수 없었다. 치밀어 오르는 분노는 애석하게도 오직 선령만을 향했다.

겉치레의 장례식이 끝난 후 광립은 하인에게 도헌의 방을 정리하라고 지시했다. 도흠은 하인들이 움직이기 전, 몰래 도헌의 방에 들어갔다. 그는 도헌의 노트와 사진 몇 장, 도헌이 가장 아꼈던 회중시계를 쥐어 들고는 자신의 방으로 향했다.

도흠은 침대에 앉아 도헌의 노트를 폈다. 자신과 함께 적었던 그림일기, 그리고 형의 일기들. 한 장 한 장 읽어나가다 보니 그제야 진상이 조금이나마 이해되기 시작했다. 해서는 안 됐을 말들, 적어서는 안 됐을 계획들. 원망이 들었다. 그까짓 조선이 뭐라고. 불온한 신념을 따라 불령선인이 된 제 형이 너무나도 미웠다. 하지만 결국 눈물이 밀려왔다. 부정적인 감정은 끝내 사무쳐 오는 그리움에 덮여버렸다.

노트의 마지막 장이 펴졌다. 반 이상이 찢겨 내용은 알아볼 수 없었지만,

상단에 적힌 도흠의 이름만은 남아 있었다. 도흠의 입가가 점차 떨리기 시작하더니, 참혹한 흐느낌이 입술 새로 스며들었다. 그가 종이에 적힌 제 이름을 매만졌다. 가슴이 눈물에 묶여 숨을 헐떡일 때마다 아파 왔다. 거칠게 토해낸 숨소리가 끝내 목소리로 변해 떨어져 내렸다.

"형님, 가지 마소. 가지 마소…."

도흠은 알지 못했다. 그 날, 가슴이 미어지도록 울부짖었던 날, 같은 소리의 설움이 이 문 앞에 놓여 있었다는 것을. 안과 밖. 두 개의 눈물 자욱이 같은 곳을 향해 내려앉았다. 창틀에서 소쩍새의 울음소리가 들렸다. 어느 행복에 담겼던 웃음은, 찢긴 조각에 얽힌 채 새소리와 함께 날아가 버렸다.

시절 인연

"세이지 군, 저기도 한 번 가 봐요!"

먼발치에서 바람의 향이 느껴졌다. 잠시 그것을 즐길까도 했지만, 곁에서 자신을 잡아끄는 여인의 웃음소리에 세이지는 그저 고개를 돌렸다. 유난히도 발랄한 목소리가 거슬렸다. 하지만 그녀를 바라보는 세이지의 눈빛은 일말의 싫은 기색도 품고 있지 않았다.

동경제국대학을 졸업하고 경성으로 돌아왔을 때, 세이지의 집안에서 제일 먼저 거론된 것은 그의 혼인이었다. 이미 선 자리가 여러 개 잡혀 있지만, 세이지는 온갖 핑계를 대며 그것을 미뤘다. 그러나 이제는 더 이상 미룰 수가 없었다. 중일전쟁이 장기화되면서 전시체제 분위기가 더욱 공고화되자, 중추원의 참의인 그의 아버지, 한경용의 입지가 크게 축소된 것이다. 마침 함경남도 지사를 맡고 있는 동료 참의의 딸, 남계연이 세이지에게 관심을 보이니, 그의 아버지는 서둘러 아들과 그녀의 선 자리를 주선했다.

선 자리에 나가야 한다는 말을 처음 들었을 때 세이지는 강경하게 반발했다. 하지만 자신을 설득하는 어머니의 눈물과 아버지의 간절한 호소에 그는 결국 계연을 만날 수밖에 없었다. 세이지는 장남이었고, 그에서 비롯된 중압감은 결코 쉬이 떨칠 수 있는 것이 아니었다. 그는 계연을 만날 때마다 항상 그 마음을 되뇌었다. 그렇지 않으면 죄악감에 얽혀 무너져 버릴 것만 같았다. 하지만, 아무리 마음을 다잡으려 해도 자꾸만 배신이라는 두 글자가 머릿속에 맴돌았다. 세이지는 남몰래 자신의 손등을 두 차례 때리고는, 제를 잡아끄는 계연의 손을 감싸 쥐었다. 계연의 손은 따듯했지만, 왜인지 시체를 쥐는 듯한 느낌이 들었다.

"세이지 군께선 근래 귀국하셨다고 들었는데, 혹 명치좌[93]에 가 보셨나요?"

"활동사진관[94]인 것으로 알고 있습니다. 아직 가보지는 않았습니다."

"동경에서는요? 신천지나 대평원은 니혼 극장에서도 상영했다고 하는걸요?"

"학업에 매진하느라 즐겨 가진 않았습니다."

"어머, 그렇다면 게리 쿠우파[95]도 모르시겠네요? 서양인 배우인데, 퍽 멋이 있더라구요."

"문화생활을 즐기시나 봅니다. 저는 그런 쪽으로는…."

세이지의 말이 잠시 끊겼다. 그의 미간에 주름이 얹혔다.

"그런 쪽으로는?"

"…잘 알지 못합니다."

계연이 살며시 웃었다. 그녀는 두 손으로 세이지의 한쪽 팔을 포개어 잡고는, 교태를 부리듯 말했다.

"게리 쿠우파가 제아무리 멋이 있더라도 세이지 군만 할까요. 앞으로 활동도 보고, 가극도 보아요. 모르는 것은 일러드릴 테니, 꼭 저와 같이요."

"알겠습니다."

세이지가 미소를 지으며 대답했다. 허나 내심의 떨떠름함은 제법 표가 나는 것 같았다. 계연의 표정이 살짝 구겨졌다. 하지만 그녀는 다시 한번 세이지의 팔을 잡았다. 흐트러진 옷매무새 사이로 연한 그림자가 내려앉았다.

---

93 일제강점기의 영화관

94 영화관의 옛 명칭

95 Gary Cooper. 20세기 초중반에 활동했던 미국의 배우

식사를 위해 미쓰코시 백화점으로 향한 참이었다. 막 문을 열고 들어가려는데, 주변에서 웅성대는 소리가 들렸다. 세이지가 고개를 숙였다. 요란하게 북적이는 목소리가 거슬렸다.

"어머, 세상에!"

계연이 세이지의 팔을 툭, 쳤다. 세이지가 계연을 바라보니, 그녀는 놀란 표정으로 인파 너머를 보고 있었다.

"무엇을 그리도 유심히 보십니까?"

계연의 눈이 둥그렇게 틔었다. 그녀는 손으로 입가를 매만지며 들뜬 목소리로 말했다. 손놀림이 산만했다. 진정이 되지 않는 모양새였다.

"세이지 군도 도쿠다 사에코 씨 정도는 아시지요? 동경에서도 유명하신 분이니까요! 동경에서 제일 아름답다고 하여 동경의 삼륜명화(三輪名花)로도 불리잖아요. 그분이 오셨나 봐요. 부군께서도 함께요! 어머, 저분을 이런 데서 뵙게 될 줄이야!"

세이지가 오른손으로 자신의 왼손을 붙잡았다. 살이 조금 꼬집히며 약간의 긴장과 함께 통증이 들었다. 세이지의 입가에 웃음이 스몄다. 미소가 살며시 퍼져가자, 세이지가 계연의 오른손을 잡아챘다.

"아까도 말씀드렸듯, 문화생활에 대해서는 잘 알지 못합니다."

계연의 얼굴이 붉어졌다. 그녀는 입을 오므린 채 특유의 큰 눈으로 세이지를 올려다보았다.

"이만 가시죠. 인파가 요란하니 발이라도 밟히실까 염려됩니다."

세이지는 눈웃음을 지어 보인 후 계연을 잡아끌었다. 성급한 걸음이었음에도, 계연은 들뜬 표정으로 세이지의 발길을 쫓았다. 여러 갈래로 나뉜 두 개의 마음이 마주 볼 수 없는 서로의 표정 속에 묻혀 있었다.

액세서리를 구경하고 싶다는 계연의 말에, 그들은 엘리베이터를 타고 4층으로 올라갔다. 세이지는 일말의 망설임 없이 왼쪽으로 걸어갔다. 언젠가 방문했던 가게의 향이 맡고 싶었다. 어느 날 적의 향수가 그곳에 스며 있다면, 그것의 향 역시 은은하게나마 남아 있을 것 같았다.

세이지가 빠르게 걸음을 옮기기 시작했다. 계연 역시 그의 보폭에 맞추어 걸었다. 가게를 향해 걷던 중, 갑자기 계연이 그 자리에 멈췄다. 세이지가 이유를 묻기 위해 뒤로 돌았다. 시야가 계연의 방향으로 돌아가다, 이내 한 곳에 머물렀다. 곧 그의 고개가 다시 정면으로 향했다.

"세이지 군, 시절 인연이라는 말을 아시나요?"

건너편을 쳐다보던 계연이 입을 열었다.

"뜻을 정확히 알지는 못하나, 불교에서 쓰는 말로 알고 있습니다."

"모든 연에는 전부 때가 있다는 말이에요."

계연이 고개를 돌려 건너편을 가리켰다.

"사에코 씨께서도 만혼이라며 세간의 질책을 받으셨지만, 저길 보세요."

계연이 가리킨 방향에는 사에코와 도흠이 있었다. 서로 손을 잡은 채, 그들은 나란히 걸어가고 있었다.

"저분들의 사랑은 저리도 아름답잖아요?"

계연이 다시금 세이지를 바라보았다.

"제가 지금 세이지 군과 대화를 할 수 있는 것도 시절 인연 덕이라고 생각해요. 그러니 모든 것은 정녕 바른 때에 잡아야겠지요."

뚜렷한 눈빛이 와닿았다. 계연이 세이지의 손을 잡았다. 불길한 감각이 체온과 뒤섞였다.

"제가 진정으로 드리고픈 말은, 세이지 군과 정식으로 교제하고 싶다는 것이에요."

계연은 세이지의 손을 매만지며 환하게 웃었다. 만개한 그녀의 미소가 찰나, 부시도록 아려왔다.

세이지가 숨을 들이마셨다. 계연의 향수 냄새가 코끝에 스몄다. 같았던

가. 달랐던가. 이제는 기억할 수도, 기억해서도 안 되는 것들. 고작 향 하나조차도 이리 벅찬데, 돌아오리라는 약조는 그 얼마나 버거울지. 두통이 밀려왔다. 해서는 안 될 말이 목 끝에 간지러이 스며왔다. 목 안에 아지랑이가 피어난 듯, 그것을 뱉지 않으면 거센 기침이 나올 것만 같았다. 세이지는 찰나의 그것을 참지 못하고, 그저, 웃으며,

"그럽시다."

그저, 웃으며 대답했다.

계연이 손으로 입을 틀어막았다. 그녀가 세이지를 끌어안고 품에 얼굴을 파묻었다. 세이지의 등에 자신을 옥죄는 여린 손길이 닿았다.

세이지가 옆으로 고개를 돌렸다. 아무도 없는 건너편에는 그저 마네킹 몇 개만이 자리를 지키고 있었다. 눈에라도 오래 담아 둘 것을. 애먼 감정 탓에.

"시절 인연…."

세이지가 작게 중얼거렸다. 삭여진 후에나 알 수 있는 것. 지나간 후에나 알 수 있는 것. 너머의 것을 보지 못하는 것이 미련하다고만 생각했다. 그대를 지키지 못했고, 가지지 못한 스스로를 얼마나 책망했는지 모른다. 허나, 그 모든 것이 정녕 인연에서 기인한 것이라면.

"이곳은 런치가 특히 괜찮습니다. 어서 갑시다."

아, 우리의 시절은, 지나간 것이겠구나.

연시

주기를 내오는 걸음이 가빴다. 몸 역시 이전보다 무거워진 듯했다. 사에코가 방문을 두드렸다. 곧 들어오라는 목소리가 들렸다.

"아이고, 사에코 양. 아니, 이젠 도쿠다 여사라고 불러야 할지요? 도쿠다 여사가 술을 내오다니, 오늘은 참, 진귀한 경험도 해보는 것 같소."

신타로가 웃으며 말했다. 응접실에 앉은 모두는 꽤나 취기가 오른 모양새였다. 사에코가 묵묵히 술잔을 내려놓았다. 자기(瓷器)를 대하는 예사의 강도는 아니었다.

"이런 일은 하녀를 시키셔도 됐을 텐데요."

사에코가 광립을 쳐다보며 말했다.

"며느리는 됐다 뭐하느냐. 이참에 손님들께 얼굴도 비추고, 자네에게도 좋은 일 아니겠는가."

사에코의 손끝이 떨렸다. 그녀의 허리가 굽혀진 채로 멈췄다가, 곧 곧게 펴졌다.

사에코가 손들을 바라보았다. 정무총감 요시미네 신타로, 경무국장 나가야마 미코토, 남주완 함경남도 지사까지. 광립을 포함하여 총 넷이 앉아 있었다.

"모쪼록 유쾌한 시간 보내시길 바랍니다. 이만 나가보겠습니다."

"자네도 이리 와 앉게. 다들 자네와의 만남을 기다리고 계셨는데, 귀한 분들께 실망을 드릴 수는 없지 않겠는가."

짧은 인사를 건넨 후 사에코가 방을 나서려는데, 광립이 그런 그녀를 불러세웠다. 손님들 역시 주정에 가까운 목소리로 한 두 마디씩 거드니, 그녀는 그저 자리에 앉을 수밖에 없었다.

사에코가 자리에 앉은 후, 손들은 계속해서 이야기하기 시작했다. 주제의 대부분은 중일전쟁의 전세나 흘러가는 정세에 관한 것들이었다. 고로, 가벼운 담소가 아닌 사석에서 논의되는 정무에 가까웠다. 그러한 것들은 사에코가 낄 만한 주제가 아니었기에, 혹은 말을 얹어도 그저 가볍게 넘겨졌기에 그녀는 그저 묵묵히 대화를 듣고만 있을 수밖에 없었다.

한참 이야기가 무르익던 참이었다. 신타로가 사에코의 손 앞에 술잔을 들이밀었다. 사에코의 표정이 굳어졌다. 그녀가 고개를 돌려 광립을 쳐다보았다. 하지만 광립은 그저 빨개진 얼굴로 고개를 끄덕일 뿐이었다. 결국 사에코가 술병을 집었다. 잔에 맞닿는 술 소리가 징그럽게도 독했다.

"도쿠다 여사가 따라주는 술도 마셔 보고, 오늘은 내 생 최고로 호강하는 날 같소."

"도쿠다 여사, 내 술잔도 채워주시오."

손들이 하나둘씩 사에코에게 술잔을 건네기 시작했다. 사에코의 손목이 파르르 떨렸다. 그녀의 눈빛에 분노가 섞였다. 그러나 숙인 고개 탓에 그녀의 분노는 오직 탁자에게로만 향했다. 자신은 기생 따위가 아니라는 말이 목구멍까지 치솟아 올랐지만, 그녀는 끝내 목청을 닫았다.

"도쿠다 가는 감나무 밑에 누워 연시를 받아먹은 셈 아닙니까?"

사에코가 따라준 술을 한 모금 마시고는, 주완이 웃으며 말했다.

"그것이 무슨 뜻이오?"

"아, 조선 속담입니다. 도쿠다 가가 손쉽게 귀한 것을 얻은 것 같아서 말입니다. 부럽습니다. 도쿠다 부의장님."

귀한 것? 그것은 사물에게나 쓰이는 말이 아닌가. 사에코의 미간이 떨렸다. 난생처음 겪어보는 굴욕감이었다. 수치스러웠다. 자신이 쌓아 올린 모든 것이, 지난 세월 속의 모든 감정이 저들의 한낱 농담거리가 되어버렸다. 다시금 술 냄새가 퍼졌다. 불쾌한 냄새에 숨이 메었다.

"하하, 연시라. 그래, 자네는 어찌 생각하는가?"

광립이 사에코에게 물었다. 가벼운 어투였지만 단순한 내심이진 않을 터였다.

"바깥주인께서 저를 맞으셨으니, 저를 두고 연시(戀矢)[96]라 하시면 그게 맞겠지요."

마음을 지키고 불쾌를 은유하는, 허나 저 작자들에게 불만을 안겨주지 않을 수 있을 최선의 대답이었다. 사에코의 의도대로 그녀의 대답이 끝나자 모두가 호탕하게 웃었다.

"하하, 도쿠다 여사께서 재치까지 넘치시는 줄은 오늘 처음 알았습니다."

사에코는 가볍게 미소를 짓고는, 그대로 자리에서 일어났다.

"몸이 편치 않기에 길게 있지 못하는 점, 양해해주셔요."

"그래, 이만 가보거라."

사에코는 그들을 향해 한 차례 묵례하고는 그대로 방을 나섰다. 응접실에서 멀어지기 시작하자, 그녀의 걸음이 빨라졌다. 발소리 역시 점점 거세졌다. 마침내 방으로 돌아왔을 때, 그녀는 자신의 옷을 정리하던 종희에게 물었다.

"너는 내가 어떻게 보이느냐?"

종희는 예상치 못한 질문에 당황한 듯싶다가도, 이내 웃으며 대답했다.

"조선에서 가장 자유롭고 아름다운 분이시죠. 아마 모든 조선 여인들은 선생님을 부러워할 거예요."

---

96   사랑의 화살

"네가 보기엔 그런가 보구나."

사에코가 한 차례 피식 웃었다. 그녀는 창 너머를 바라보며 종희에게 말했다.

"나는, 새장 속의 새란다. 아니, 어쩌면…."

종희가 사에코를 바라보았다. 가슴이 울렁였다. 사에코의 눈에는 오직 풍경뿐, 그 외엔 아무것도 담겨 있지 않았다. 옮아오듯, 떠내려오듯, 종희의 마음에 왠지 모를 불안감이 들어왔다.

"아니다. 이만 나가 보거라."

종희는 잠시 머뭇거리다, 이내 사에코의 침소를 빠져나갔다. 종희가 나간 후, 사에코는 옆에 놓인 책상을 바라보았다. 책상의 위에는 광립이 선물해 준 오르골이 있었다. 사에코는 돌아가는 오르골 속 발레리나를 보며 나지막이 말했다.

"어쩌면, 그래. 그들의 말처럼 연시(沿屍)[97]일지도 모르겠구나."

사에코는 그 말을 끝으로 오르골을 닫았다. 발레리나의 유리 눈에 어둠이 드리웠다. 다시금 무심한 어둠 속으로. 그저, 그렇게 닫힐 뿐이었다.

---

97   죽은 사람의 몸

시발점

비릿한 냄새가 축축했다. 밀려온 복통에 눈이 번쩍 틔었다. 트인 시야가 어둠에 파묻혔다. 조금이나마 보일까 하면 식은땀이 눈 안으로 흘러들어와 다시금 앞을 가렸다. 사람을 부르려 했지만, 정작으로 퍼지는 것은 오직 신음뿐. 말이라 할 만한 것은 차마 입 밖으로 흘러나오지 못했다. 애써 힘을 쥐어짜 전등을 켜 보니, 침대는 이미 피로 범벅이 되어 있었다. 순간 등골이 서늘해졌다. 무언가 문제가 생긴 게 분명했다. 자신에게든, 제게서 자라나는 또 다른 누구에게든. 그것을 생각한 순간, 전등의 불이 희미하게 깜빡이더니 이내 꺼져버렸다.

두려웠다. 밀려오는 복통과 통증의 미지도 두려웠지만, 진정으로 두려웠던 것은 자신을 집어삼킬 듯한 어둠이었다. 어둠이 두려워 눈을 감아도 또 다른 어둠이 감긴 눈꺼풀 속에서 자신을 마주했다. 당도한 공포를 피하려 또 다른 공포를 좇으니 자꾸만 눈을 깜빡이게 되었다. 가려지고, 벗겨지길 반복하던 눈동자가 끝내 어지러움을 내몰았다. 귀 안에 찢어질 듯한 진동이 울렸다. 찰나, 그것의 사이로 미세한 말소리가 들려왔다.

'너는 남의 것을 앗아가.'

순간, 모든 것이 아득해졌다. 오직 하나의 목소리에만 갇힌 것 같았다.

'분에 넘치게 아름다웠으니.'

익숙한 목소리였다. 그제야 잊고 있던 얼굴이 떠올랐다. 눈물이 목선을 타고 흘렀다. 눈물이 지나간 자국마다 오한이 남았다.

'이제는 값을 치를 시간이야.'

그것은 오랫동안 잊혔던, 아니, 자신에게 잊혔던. 십수 년 전의 자신, 임영혜의 목소리였다. 그것은, 나의 목소리였다.

사에코가 몸을 떨기 시작했다. 계속해서 귓가에 같은 말이 맴돌았다. 눈앞의 어둠마저 소리에 먹히기 시작했다. 비명조차 숨에 갇혀 나오지 못했다. 깨질 듯한 두통이 들었다. 어떻게든 이 끔찍한 소리를 멎게 하고 싶었다.

사에코는 침대 옆에 놓인 오르골을 집어, 있는 힘껏 던졌다. 오르골이 벽에 맞아 굉음이 번졌다. 방 밖까지 퍼져 나간 소리에, 곧이어 발 기척이 하나둘 들려오기 시작했다.

방의 불이 켜지고, 하녀 몇 명의 놀란 눈이 시야에 들어왔다. 그제야 안도감이 밀려왔다. 사람들의 말소리가 들리니 귀에 퍼지던 소리가 서서히 멎어가기 시작했다. 사에코의 입에 미소가 돌았다. 눈물이 입꼬리에 얹혔다가, 곧 입속에 내려앉았다. 그녀의 눈이 서서히 감겼다. 깨우는 목소리가 자장가처럼 들렸다.

사에코가 다시 눈을 떴을 때, 가장 먼저 보인 것은 도흠의 얼굴이었다. 그가 난감한 표정으로 의사에게서 들은 말을 전하자, 사에코는 창밖을 쳐다보며 한마디의 대답만을 건넸다.

"그런지요."

도흠이 어이가 없다는 표정으로 사에코를 쳐다보았다. 이어 무어라 말을 한 것 같기도 했다. 화를 냈던가. 사에코가 공포에 질린 눈으로 자신을 쳐다볼 때까지, 아마 그랬을 것이다. 하지만, 도흠의 분노는 사에코의 기억 속에 자세히 남지 못했다. 그의 사과가 애석하게도, 그녀를 두려워하게 만든 것은 그녀 자신의 목소리였다. 밤새 귓가에 울려 퍼졌던 목소리가 방금 자신이 뱉은 말에 깃들어 있었기에.

사에코는 몸을 웅크리고 벌벌 떨기 시작했다. 곧 까무러칠 듯한 그녀의 모습에 도흠은 당황하며 급히 의사를 불러왔다. 의사는 그녀에게 진정제를 투약했고, 그녀는 즉시 잠들었다. 서너 시간 정도가 지난 후 깨어난 그녀는 더 이상 말을 하지 않았다. 함구증이었다.

접근선

"언제 낫는다 하더냐?"

"의원에서도 시기를 모르겠다고 합니다."

광립이 손가락으로 이마를 문질렀다. 손가락에 살이 눌려 주름이 졌다. 이내 그의 입에서 한숨이 뱉어져 나왔다.

"이제 아이도 품지 못한다 하고, 말도 병신이 되었으니 사람이 아니라 인형을 들인 셈이구나."

도흠이 광립의 책상 쪽으로 한 걸음 다가섰다. 그는 광립의 눈을 똑바로 쳐다보며 단호한 목소리로 말했다.

"나을 겁니다. 안 돼도 그렇게 만들 것입니다."

"소실을 들여라."

"아버지!"

도흠의 언성이 높아졌다. 광립은 그런 그를 한심한 표정으로 쳐다보다 책상에 놓인 술잔을 들이켰다.

"대는 이어야 할 것 아니냐! 너는 장손이다. 집안을 네 대에서 끊을 셈이냐?"

광립의 입장에서는 나름 합리적인 사고였다. 원래대로라면 도흠도 이 논리에 동의했을 터였다. 한 사람만 배제할 수 있었다면 지금에서도 그랬을 것이다.

"이미 총독부 차원에서 축첩제[98]를 금한 지 오랩니다. 무슨 얼토당토않은 말씀을 하십니까?"

"금지한다는 통첩을 내린 이들도 첩을 두고 사는 판국에 그것이 무슨 상관이냐!"

"제 처가 일반인입니까? 첩을 들인 순간 저 멀리 구라파에까지 기사가 나갈 겁니다. 저는 세계 모든 여인의 적이 되고 싶지는 않습니다."

"사내가 첩을 둔다고 말이 도는 게 무슨 대수라고 그리 배짱 없이 구느냐?"

"예전에도 근우회[99] 같은 곳에서 말이 나오지 않았습니까. 저는 그런 말들에 시달리고 싶지 않습니다. 차라리 아버지께서 첩을 들여 손을 보십시오. 저는 그럴 마음이 추호도 없습니다."

광립은 어처구니가 없었다. 원체 남의 시선에 무관심한 아들 탓에 속을 썩인 적이 어디 한 둘이었던가? 그것을 익히 아는데. 세간의 시선을 의식하여 첩을 꺼린다는 도흠의 말은 너무나도 빤히 보이는 거짓말이었다. 골치가 아파지기 시작했다.

광립은 혼인을 허락받으러 왔던 날, 도흠이 지었던 표정을 떠올렸다. 그날, 제 아들이 보였던 기이한 웃음은 그저 가벼이 넘겨서는 안 될 것이었다. 그는 그제야 사에코를 들인 것을 후회했다. 자신의 지평을 넓히기 위해 허락한 혼인이건만, 그 선택이 기존의 지평조차도 되레 망가뜨리고 있었다. 체내에 불안감이 스며왔다. 어떻게든 통제를 되찾아야만 했다.

"네 처에게 전해라. 조금이라도 상태가 호전되면 만주국에 위문공연을 가라고."

---

98 본처 외에 첩을 두는 제도
99 일제강점기의 여성운동 단체

"예?"

도흠의 표정에 황당한 기색이 들었다. 어떻게든 막아야 했다. 사에코의 성정상 자신의 병기가 세간에 공개된다면 그 자체로 괴로워할 것이 분명했다. 자신의 완벽이 조금이라도 흐트러지는 것을 죽기보다 싫어하는 여인이니까. 그녀는, 분명.

"본인이 극구 거부할 겁니다. 아시지 않습니까."

"그렇다면 마땅한 대가가 따를 테지."

광립의 표정이 불길했다. 도흠은 애써 그 기색을 무시하며 말했다.

"무슨 대가를 말씀하시는 겁니까?"

"집안의 안사람으로서도 격을 잃고, 무용가로서도 쓸모가 없어진다면 마땅히 제약을 가해야지."

광립은 안경을 벗고는, 안경알을 천으로 문질렀다. 알을 문지를 때마다 유리의 습기가 가시기 시작했다.

"이번 기회마저 거절한다면 상부와 합의해 춤을 금한 후, 집안에서도 내쫓을 것이다."

도흠의 몸에 섬뜩한 소름이 올랐다. 실리를 중시하는 아버지의 습성은 예전부터 인지하고 있었으나, 그것에도 최소한의 도리는 있을 것이라 여겼다. 그는 입을 열어 광립을 설득하려 했지만, 광립의 표정을 보고는 이내 포기했다. 그의 표정은 너무나도 단호했고, 또한 짙었다. 절대로 뜻을 굽히지 않을 것이 분명했다.

그리하여 도흠은 차선책을 생각했다. 차라리 자신이 악역이 되어 사에코를 설득하겠다고. 그 과정에서 그녀가 자신을 더욱 미워하게 되더라도, 만약 그렇더라도 그녀만은 지키겠다고.

하지만 도흠은 알았다. 자신이 아버지의 뜻을 거역하지 않은 것은, 사에코의 춤을 지키기 위해서가 아닌, 스스로의 사랑을 지키기 위해서라고. 모진 마음에 얽힌, 참으로 이기적인 위선이었다.

"알겠습니다. 돌아가 전하겠습니다."

안경을 닦던 광립의 눈동자가 도흠에게로 향했다. 기실 그의 협박은 사에코를 향한 것만이 아니었다. 제 아들의 사랑 역시 하나의 인질이었다. 그의 시선이 다시 안경알로 내려갔다. 그는 도흠에게서 눈을 뗀 채로 무미건조하게 말했다.

"그래. 소식은 빠를수록 좋을 테지. 알겠다. 이만 나가보거라."

도흠은 광립에게 묵례한 후 방을 빠져나왔다. 마당으로 나오니 밖은 어느새 어둠으로 물들어있었다. 도흠이 고개를 올려 하늘을 쳐다보았다. 구름이 퍼진 하늘에는 오직 별빛 두 조각만이 반짝이고 있었다. 문득, 도흠은 밤하늘이 사에코의 눈동자 같다고 생각했다. 아스라이 반짝이지만, 시야를 살짝만 돌려도 어둠만을 머금고 있는 것. 구름이 별을 향해 흘러가자 도흠은 다시 고개를 내렸다. 빛이 서서히 가려지는 것을 보고 싶지 않았다.

집에 도착하자마자 도흠은 곧바로 사에코의 방으로 향했다. 노크 없이 방에 들어가자 창밖을 쳐다보는 사에코가 보였다. 열린 창문에서 실바람이 들어오고 있었다. 초봄이었지만 밤은 아직 쌀쌀했다. 도흠은 서랍에서 연분홍색 담요를 꺼내 사에코의 어깨에 둘러주었다. 그가 창문의 걸쇠를 잠그려 하자, 사에코는 그의 옷깃을 잡아 그런 그를 막았다.

"드릴 말씀이 있어 찾아뵈었습니다. 잠시 시간을 내어주시겠습니까?"

사에코가 고개를 끄덕였다. 도흠은 한 차례 창밖을 쳐다보고는, 그녀의 눈을 바라보았다. 그녀의 눈빛이 탁했다. 마치 구름이 씌인 듯했다.

"상태가 호전되는 대로 만주국으로 공연을 가십시오. 아버지의 말씀입니다."

도흠이 고개를 돌렸다. 사에코의 표정을 짐작했기에, 차마 그녀의 절망을 볼 자신이 없었다. 하지만, 그의 곁에서는 아무런 소리도 들려오지 않았다. 도흠이 다시 그녀를 쳐다봤을 때, 그는 그대로 굳어버렸다. 사에코는 웃고 있었다. 희미하게, 허나 바랜 듯이. 그녀의 눈은 여전히 탁했다.

도흠은 확신했다. 그 웃음에 담긴 감정이 체념이라는 것을. 그녀에게는 더 이상 반박할 힘도, 분노할 힘도 남아 있지 않다는 것을. 그것을 깨달은 순간, 죄책감과 후회가 사무쳐 왔다. 찰나, 모든 것을 고백하고 용서를 빌어야 한다는 생각이 들었다. 하지만 그럴 수 없었다. 진실로 향할수록 그녀와 자신 간의 거리는 더욱 멀어질 테니.

도흠은 문득, 학부 시절 배웠던 산술 개념을 떠올렸다. 원점에서 멀어질수록 직선과 가까워지는 곡선. 하지만 아무리 가까워진들 그 둘은 결코 만나지 못한다.

시간이 흐를수록 사에코는 점점 바래갈 것이다. 그것을 보는 자신 역시 그녀의 절망 속으로 빠져들 것이다. 하지만 결코 그녀와 만날 수 없겠지. 그 어떤 순간이 오더라도, 절대. 아, 그것은 오직 치죄만을 위한 평생의 징벌이겠구나.

그대는 아리도록 눈부셨기에 나의 진창 속에서도 그러리라 여겼다. 하지만 그것은 오만이었다. 이제는 되레 그대의 진창으로 향하리란 것을, 너무나도 확연히 깨달아 버렸다. 눈물이 날 것만 같았다. 그토록 매혹적이었던 그녀의 향이 이제는 너무나도 아팠다.

"…쉬십시오. 이만 가보겠습니다."

도흠의 고개가 문으로 향했다. 발길을 옮기려는데, 자신의 옷깃을 잡는 부드러운 손길이 느껴졌다.

"가지 말아요. 제발…."

사에코의 분명한 말소리였다. 도흠이 화들짝 놀라 그녀를 바라보았다. 언제부터 다시 말을 하게 됐는지, 몸은 괜찮은지 묻고 싶었다. 하지만 도흠은 아무것도 묻지 않았다. 자신을 향해 떨리는 여린 눈동자가 아무것도 보지 못하도록, 그저 사에코의 품을 껴안을 뿐이었다.

"가지 않겠습니다. 언제까지고 가지 않겠습니다. 그러니 그대도 부디 나를… 나를 떠나지 마십시오. 부탁입니다….."

사에코가 고개를 올려 도흠과 눈을 맞췄다. 그녀는 그의 눈동자를 곧이 쳐다보다, 그의 입술에 제 입을 맞췄다. 영영 닿지 않을 냉온의 눈물이 서로의 입가에 흘러내렸다.

아마 도흠은 평생 알지 못할 것이다. 자신과 닮은 여인의 마음속에 또 다른 선들이 있다는 것을. 그것의 이름이 자신의 것과 같을지는, 그 누구도 알 수 없으리란 것을.

선행

하늘에 얹힌 전투기의 소리가 찬란했다. 어딘가에서는 필히 공포의 대상이었을 그것은, 쇼와 20년[100]의 어느 겨울날, 유난히도 공활한 여의도 비행장의 창공에서는 꽤나 멋있는 구경거리였을 뿐이었다.

조선 총독을 포함한 총독부 고위 관료 및 군부 지휘관, 각계각층의 사회인사들이 한곳에 모였다. 일본 제국이 본토 결전[101]을 결정한 직후, 조선총독부 차원에서 전쟁의 사기를 다지기 위해 군용전투기 헌납식을 개최한 것이다. 헌납자의 이름과 헌납기의 새로운 명칭이 발표될 때마다 터질 듯한 박수 소리가 튀어나왔다. 마지막 순서로 사에코의 이름이 불렸을 때, 참석자들의 반응은 정점을 경신했다. 그녀는 총독이 건네는 감사패를 받아 들고는, 참석자들에게 인사한 후 단상에서 내려왔다. 검은색 양장을 입은 그녀의 미소는 유난히도 단아했다.

사에코가 한 차례 하늘을 쳐다보았다. 하늘에선 서너 대의 전투기가 요란하게 날아다니고 있었다. 전투기의 기예에 환호하는 사람들과 달리, 그녀는 그것의 소리를 내심 꺼렸다. 기체가 하늘을 가를 때마다 퍼지는 진동 소리가 쓸데없이 요란했다. 그것이 마치 금번의 행사와 닮아 보여, 그녀는 몰래 실없는 웃음을 지어 보였다.

---

100 1945년
101 제2차 세계대전 말기 일본이 연합군의 일본 본토 상륙에 대비하여 세웠던 방어 계획

사에코가 기증한 해군기에 붙여진 이름은 조화(朝花)기였다. 군용전투기에 붙여진 것치고는 지나치게 아름다운 이름일 수 있겠다고, 발표된 이름을 듣고 사에코는 내심 생각했다.

"도쿠다 여사, 잘 지내셨습니까."

식이 끝난 후 차로 돌아가려는데, 누군가가 사에코를 불러 세웠다. 조선총독부의 9대 총독을 맡은 아베노부 유키였다.

"각하, 오랜만에 뵈어요."

유키가 한 손으로 악수를 청하자 사에코는 허리를 굽히며 공손하게 그의 손을 잡았다. 그녀의 내심에 두터운 긴장감이 감돌았다.

하늘조차 두렵지 않은 시절이 사에코에게도 있었다. 불과 몇 년 전만 해도 그랬다. 그러나 1941년 12월, 태평양 전쟁이 발발하며 일본의 전선이 확대됨과 동시에 전쟁이 더욱 본격화되자 그녀의 입지는 절대 예전 같을 수 없었다. 국가에서는 더 이상 그녀의 자유를 용인하지 않았다. 서구권으로 공연을 가거나 국내외에서 무용 발표회를 올리려면 군부 위문공연에 출연하거나 국방헌금을 기부해야만 했다. 세간의 분위기는 더욱 흉흉해지고 있었고, 사람들은 이제 이전만큼의 예술을 바라지 않았다. 언젠가는 포기를 단언했던 적도 있었다. 그러나 완전히 잃을 수도 있다고 생각하니 그제야 간절함이 들었다. 그렇기에 살아남아야 했다. 또한, 악착같이 살아 남겨야 했다. 평생에 걸쳐 지켜 온 아름다움이 다시는 타의에 의해 지게 할 수는 없었다.

"다음 달에 중국 전역으로 위문공연을 가신다고요?"

"네, 민간 설화를 바탕으로 공연을 올릴 생각이에요."

"어떤 설화를?"

"견우와 직녀(牽牛織女) 이야기를 올릴 셈이에요."

"이유라도 있습니까?"

사에코의 시선이 잠시 바닥을 향했다. 그녀의 눈가가 살짝 굳어지는 듯 하더니, 이내 웃음으로 바뀌어 피어올랐다.

"전쟁 이전에, 내지에서는 타나바타 마쓰리[102]가 줄곧 열렸다고 들었어요. 병사분들께서 조금이라도 그때를 추억하길 바랐습니다."

"아이고. 도쿠다 여사는 생각도 참 깊습니다."

유키가 호탕하게 웃기 시작했다. 사에코 역시 그런 그를 따라 가지런히 미소 지었다.

"우리 무적 황군의 무용(武勇)으로 그 투지를 일으킬 수 있는 것을 참으로 광영으로 생각합니다."

"허허, 그래요. 나도 늘 도쿠다 여사를 대견하게 여기고 있습니다. 앞으로도 쭉 그 자리에서 직역 봉공[103]해 주기를 기대합니다."

유키는 사에코의 어깨를 툭툭 두드리고는 웃으며 자리를 떴다. 그의 발소리가 멀어지자 사에코가 살며시 고개를 들었다. 그녀는 굳은 표정으로 어깨를 손으로 털어내고는 자신의 차가 세워진 곳으로 향했다.

차에 탄 후, 사에코는 깊이 한숨을 내쉬었다. 공연 프로그램을 창작하고 출국을 준비하고. 앞으로 몇 달간은 또 눈코 뜰 새 없이 바빠지겠지. 온몸에 피로가 흘러왔다. 하지만 그것은 그녀를 괴롭게 하지 못했다. 기실 정작으로 괴로웠던 이유는, 언제까지 춤을 출 수 있을지 확신할 수 없기 때문이었다. 그녀 역시 알았다. 전세는 일본군에게 불리하게 돌아가고 있었고, 결코 낙담을 전망할 수 있는 상황이 아니란 것을. 사에코가 이마를 쓸어내렸다. 숨이 메여오기 시작했다.

사에코가 창밖을 바라보았다. 창문 너머로, 군용 트럭에 탄 얇은 옷차림

---

102 일본의 칠석 축제
103 자신의 직업이나 영역에서 맡은 바를 충실히 수행하며 국가나 공동체에 봉사함

의 조선 소녀들이 보였다. 행선지가 어디일지는 대략 짐작할 수 있었다. 사에코는 소녀들의 앳된 얼굴을 쳐다보았다. 표정에 얽힌 긴장, 불안, 두려움. 사에코는 그것을 잠시 바라보다, 이내 고개를 돌렸다. 입술이 깨물리며 약간의 통증이 느껴졌다.

문득 미미한 혐오감이 밀려왔다. 하지 못한다면 들어오지나 말 것을. 사에코가 눈을 감았다. 창문 너머로 태양 빛이 들어와 그녀의 무릎에 얹혔다. 감은 눈 속에 직전의 장면이 떠올랐다. 소녀들의 입김이 자꾸만 아른거렸다. 그녀가 다시금 창밖을 바라보았다. 트럭은 이미 사라지고 없었다. 스쳐 지나간 하나의 광경 정도가 되어. 반대 방향을 향하여, 그저 사라지고 없었다.

행복의 오차

사에코가 지친 얼굴로 북경의 숙소로 돌아왔다. 중국에서의 마지막 공연을 마친 직후였다.

근래는 상황이 조금 이상했다. 한창 공연을 진행하던 중, 사에코에게로 우편 한 통이 날아왔다. 더 이상의 공연을 중단하라는 내용이었다. 그러한 명령 탓에 그녀는 애써 준비한 공연을 포기하고 귀국을 준비할 수밖에 없었다. 중국 위문공연을 시작한 지 약 6개월 정도가 지난 즈음이었다.

"여기! 목욕물을 데우고 녹차를 준비하거라!"

지친 몸을 조금이라도 데우려 목욕을 할 참이었다. 분명 큰 소리로 말했건만, 문밖에서 마땅히 들려야 할 하녀의 대답이 들리지 않았다. 사에코가 의아해하며 밖으로 나서려 했지만, 그저 식사를 준비하나 싶어 그만두었다. 피로가 쌓인 탓에 걸음을 옮기는 것조차도 힘들었기 때문이다.

사에코가 가방을 열어 자주색 수첩을 꺼냈다. 위문공연이 끝났지만, 후일의 발전을 위해서 그간의 공연은 복기해야 했다. 그녀가 펜으로 여태의 소회와 함께 공연의 개선할 점을 적어 내려가기 시작했다.

"그러나 짐은… 우리가 감당해야 할… 태평 시대를 열고자…"

한참을 필기하던 사에코의 귀에 갑자기 라디오 소리가 들려왔다. 켜지도 않았건만. 고장이 난 듯한 모양새였다. 그녀는 필기에 방해되는 소리가 거슬려 그것을 끄려 했다. 하지만 전원 버튼으로 향하던 그녀의 손길이 멈췄다. 자세히 들어보니 천황의 목소리였다. 전쟁에 관한 안내 방송인 것 같았다.

"부디 국가를 한 가족으로 하여 자손에 잘 전하라. 신주가 멸망하지 않을 것이라는 믿음으로…."

중요한 내용이 오가는 듯 보이진 않았다. 어려운 단어들에 요점은 잘 파악되지 않았다. 하지만 병사들의 사기를 진작시키기 위한, 여느 때와 비슷한 내용인 듯싶었다.

하지만 듣다 보니 왜인지 이상했다. 천황이 직접 방송을 한다는 것 자체가 이례적인 일일뿐더러, 그의 목소리마저 미세하게 떨리고 있었다. 처음에는 괜한 지레짐작인가 싶었다. 하지만 괴상했다. 정확하진 않았지만, 확연히 여느 때와는 달랐다. 곤란하다든지, 유감이라든지의 말들은 예사로운 말들이 아니었다. 불안한 마음으로 방송에 귀를 기울이는데, 갑자기 방문이 열렸다. 고개를 들어 문을 보니 하녀 몇 명이 서 있었다. 갑작스러운 무례에 호통을 치려했지만, 사에코는 말을 멈출 수밖에 없었다. 그들의 표정에 깊은 두려움이 들어차 있었기 때문이다.

"무슨 탓에 이런 무례를 저지르느냐!"

"서, 선생님…."

하녀 한 명의 목소리가 떨렸다. 불길함이 사무쳐 왔다. 사에코가 성큼성큼 걸어가 하녀의 어깨를 붙잡았다. 그녀는 흔들리는 눈동자를 감추지 못하고, 겁에 질린 하녀에게 겁박을 지르며 물었다.

"얼른 말하래도!"

"선생님, 천황이, 천황이 항복했대요! 이, 일본이 미국에 항복했대요!"

쿵. 귀 안에서 무언가가 떨어지는 소리가 들렸다.

"…뭐?"

사에코가 이마를 짚었다. 그녀의 몸이 충격 속에 비틀렸다. 일본이 항복했다고…? …정녕 일본이?

그럴 리 없다. 대일본제국의 해는 지지 않는다고. 모두가 그렇게 입 모아 말하지 않았는가? 하지만 만약 저 말이 사실이라면? 더 이상 조선이 일본의 관할이 아니게 된 것이라면? 그렇다면, 나는 어떻게….

"당장 채비하거라. 조선으로 가겠다. 정무총감 각하를 만나 봬야겠다."

"안돼요!"

짐을 챙기러 가려는 사에코를 종희가 막아섰다. 사에코가 놀란 눈으로 그녀를 쳐다보았다. 하녀 따위가 그녀를 막아선다는 것은 그 누구도 생각할 수 없던 일이었다.

"감히 누구 앞을 막는 것이냐! 감히, 너 따위가…."

"지금 가시면 큰일 나세요! 이제 일본은, 절대 선생님을 지켜주지 않을 거니까요. 선생님께선 일본과 가까우셨으니… 지금 조선에 가신다면 사람들의 화는 분명 선생님께로 향할 거예요. 조금만 시간이 지난 후에, 그때 가셔야 해요."

"아아…."

사에코가 자리에 주저앉았다. 직전에 본 하녀들의 표정에는 더 이상 존경이나 경외의 감정은 없었다. 그들은 그저 상황을 재고 있었다. 심장이 내려앉는 것 같았다. 당장이라도 조선에 가고 싶었지만, 그래. 종희의 말이 옳았다. 지금 조선에 간다면 분노한 민중들에게 얻어맞을지도 몰랐다. 자신의 행보는 결코 그들에게 용납받을 수 없을 것이 분명했다.

어느 때보다도 하늘이 청명하고, 구름이 맑은 날이었다. 그 누구에게도 결코 잊히지 못할, 쇼와 20년의, 아니, 1945년 8월 15일의 여름날, 북경에서 맞이한 광복이었다.

차가운 말

1948년 5월, 미군용 수송선 한 대가 인천항에 도착했다. 사에코가 긴장한 얼굴로 배에서 내렸다. 아는 미군 대위의 도움을 받아 운 좋게 귀국할 수 있었다. 도훔에게 편지는 보내놓은 참이었다. 자신을 마중 오라고 전해놓았기에, 지금쯤이라면 아마 그가 부근에 도착해 있을 터였다. 하지만 사에코가 육지에 발을 디뎠을 때, 정작 그녀를 마주한 이들은 수많은 사람과 기자였다. 그녀는 무척이나 당황했지만, 예사와 같이 특유의 미소를 지으며 카메라를 바라보았다.

"사에코 씨, 본인의 친일에 대해서 어떻게 생각하고, 앞으로의 처신은 어떻게 할 겁니까?"

한 젊은 기자가 사에코의 눈을 똑바로 바라보며 물었다. 사에코의 눈썹이 찌푸려졌다. 해방 이전에는 결코 듣지도 않았을, 듣는다는 발상도 하지 못했을 어투였다. 하지만 그녀는 침을 한 번 삼킨 후 담담하게 대답했다.

"때로는 원치 않는 이권에 휘둘려야 할 때도 있는 법이지요. 나는 조선인으로서 그것이 상당히 고까웠어요. 그저 그뿐이에요."

사에코의 입 모양이 바뀔 때마다 카메라의 셔터 소리가 동시다발적으로 울렸다. 플래시의 집중광이 그녀의 전신을 훑었다. 불쾌한 소란이었다.

"나는 앞으로도 조선의 예술을 하며 조국을 빛내겠어요. 그러니 예전과 다를 바 없이 나를…."

"당신이 언제 조선의 예술을 한 적이 있습니까?"

몰려드는 기자들을 상대하는 사에코 앞에 분노한 목소리가 날아들었다. 허름한 복식, 정돈되지 않은 머릿결. 감히 자신에게 망발을 내뱉은 추레한 용모의 남성에게 사에코는 헛웃음을 지으며 다가갔다.

"당신은 내가 누군지 모르는 건가요? 조선의 춤, 그 자체가 나일지언데, 내가 하는 것이 조선의 예술이 아니면 무어란 말이지요?"

"나 같은 상것도 당신이 누군지는 압니다. 그 유명한 도쿠다 사에코 씨를 왜 모르겠습니까? 한데, 조선의 예술을 한다고 지껄일 거면 왜 당신은 아직도 일제식 이름을 버리지 못했습니까? 당신의 이름부터가 그 모양인데, 무슨 조선의 춤이니 뭐니…. 허, 웃기지도 않지."

사에코의 눈이 점차 충혈되기 시작했다. 그녀의 사지가 파르르 떨렸다. 예사였으면 분노를 참지 못하고 저 무례한 이의 따귀라도 갈겼을 터였다. 하지만 이제부터는 그래서는 안 된다는 직감이 들었다. 온몸에 소름이 돋았다. 무언가 뒤틀린 것만 같았고, 뒤틀릴 것만 같았다. 자신은 모든 것을 같게 바라보고 있는데, 모든 것이 제를 다른 색이라고 우기고 있는 것 같았다. 구역감이 몰려왔다. 손바닥에 식은땀이 맺혔다.

"불과 몇 년 전까지만 해도 내 눈 하나 쳐다보지 못했을 것이, 감히 누구를 비웃는 것이냐? 내 당장 자네를 경관에게…."

"경관이요? 하이고, 사에코 씨. 이제 경관은 없는데 어찌하시렵니까?"

아차.

목 끝에서부터 숨이 막혀왔다. 전신에 싸늘한 냉기가 감돌았다. 낯선 남자의 말을 듣고는, 그제야 사에코는 실감했다. 정말 이제는 모든 것이 달라졌구나. 또한, 달라지겠구나.

벙 쪄 있는 사에코 앞에 남성이 다가왔다. 그는 사에코에게 그림 하나를 보여주며 물었다.

"이 아이를 기억하십니까?"

웃고 있는 여자아이의 그림이었다. 누군지 기억해내려 했으나, 도무지 기억이 나지 않았다.

"몰라요. 누구길래 내게⋯."

"제 누이동생입니다. 사에코 씨의 옷에 코히 몇 방울 흘렸다는 이유로 따귀를 얻어맞고 쫓겨난 아이를, 진짜 모르는 겁니까?"

남자는 울컥한 듯 숨을 한 번 참더니, 이내 속사포처럼 말을 쏟아냈다.

"당신에게서 쫓겨나고, 그 아이는 일자리를 찾지 못해 늙은 남자에게 시집을 갔습니다. 그리고 그곳에서 맞아 죽었지요. 저는 그 아이의 마지막, 마지막도 보지 못했습니다⋯."

그제야 기억이 났다. 하지만 죄책감은 들지 않았다. 다시금 돌이켜 보아도 제 잘못은 없었다.

"그것은 유감이에요. 한데, 그것이 내 탓은 아니지요. 그 아이를 자를 권한은 나한테 있었고, 나는 이런 상황을 예견할 의무 따윈 없었어요. 나는 그저, 악!"

사에코가 말을 이어가는데, 흐느끼던 남성이 갑자기 주먹으로 그녀의 머리를 후려쳤다. 사에코가 비명을 지르며 바닥에 주저앉았다. 갑자기 벌어진 일이었다. 일부는 당황했고, 다른 일부는 당황한 이들까지도 셔터에 담았다. 남자는 도망칠 법도 했으나, 자신을 제압하려 달려든 이들에게 순순히 몸을 내어주었다.

그저 멍했다. 웅얼거리는 소리? 물소리, 마치 잔잔한 파도 같은. 바다. 그래, 그날의 바다가 참 고왔는데. 찰랑대는 소리를 거슬러가면 그날의 바다가 나올까? 선희야, 나는 고마움을 안지 못해 벌을 받는 걸까? 하지만 얄궂지. 이제야 대가 없는 사랑을 그린다는 게. 갑자기 왜, 이제야 그 얼굴이 생각나는 걸까.

"⋯보고 싶어."

사에코의 눈이 감기기 시작했다. 눈물에 섞인 비릿한 내음이 그녀의 귀를 덮었다. 자신을 향해 달려오는 도흠을 마지막으로, 사에코는 흐려지는 의식을 붙잡지 않은 채 눈을 감았다.

말장난

밀려오는 구역감에 저절로 눈이 틔었다. 식은땀을 애써 닦아 내렸을 때, 퍼지는 두통이 만개한 통증이 되어 전신으로 향했다. 온 사방이 흐리게 보였다. 앞을 보려 노력했지만, 흔들리는 시야가 끝내 아래로 향했다. 오직 떨리는 손바닥만이 눈에 들어왔다. 그마저도 희미했다.

"깨어나시길 기다렸습니다. 오래도록…."

도흠의 떨리는 목소리가 귓가에 와닿았다. 그를 쳐다보려 했지만 고개가 들리지 않았다. 말라 있던 입가가 불쾌히도 건조했다. 어지럼증이 몰려와, 사에코는 입을 한 차례 깨물었다. 자신에게 벌어진 상황을 묻고 싶었으나, 도저히 일어설 수가 없어 그녀는 그저 허리를 숙인 채로 침대만 바라볼 뿐이었다.

"무슨 일이… 있었던 건가요?"

사에코가 끝내 목소리를 쥐어 짜냈다. 그녀가 고개를 들자 쏜살같은 어지러움이 밀려왔다. 애써 바라본 도흠의 표정이 불길했다. 여태껏 본 적 없는, 드문 눈빛이었다.

"어서, 어서 말해 줘요. 내가 도대체 왜 이런 건가요?"

사에코가 떨리는 손으로 도흠의 무릎을 눌렀다. 그러나 별다른 세기는 그에게 닿지 못했다. 도흠이 고개를 돌렸다. 그는 난감한 표정으로 사에코를 바라보다, 그녀의 손을 여리게 쥐었다. 그의 손 역시 떨리고 있었다. 두려운 온기가 사에코의 마음으로 향했다.

"부인…."

"어서 말해 줘요! 내가 잠들어 있는 동안 무슨…."

말을 채 끝내기도 전에 사에코의 목에서 헛구역질이 튀어나왔다. 도흠이 재빨리 그녀의 입가에 종이봉투를 가져다 대었다. 봉투의 형상마저 흔들리기 시작하자, 사에코의 눈가에 눈물이 고였다. 무언가 잘못된 것이 분명했다. 귓가에서 들리는 이명이 그것을 확연히 말해주고 있었다.

"그 작자에게 맞았을 때, 부인의 귀에… 이상이 생겼다고 합니다. 균형을 담당하는 기관이 망가졌다고, 그것이 영구한 장애가 되었다고… 의사가…."

"그것이 무슨…."

사에코의 동공이 흔들리기 시작했다. 그녀가 가녀린 힘으로 도흠의 팔을 붙잡았다. 그녀는 애원에 가까운 목소리로 도흠에게 말했다.

"거짓말, 장난이지요? 제가 다 잘못했어요. 이제는 더 이상 그대에게 허튼 말을 하지 않을게요. 그러니 제발, 거짓말이라고 말해 줘요. 부탁이에요. 제발…."

사에코가 고개를 들어 도흠의 눈을 바라봤다. 눈을 치켜뜰 힘도 없었으나, 온 힘을 머리에 주며 그에게 시선을 맞추었다. 하지만 도흠은 그녀를 바라보지 못했다. 그제야 사에코는 확신했다. 그의 말은 결코 거짓이 아니라는 것을.

"아악!"

사에코의 입에서 거센 비명이 튀어나왔다. 그녀가 거센 손길로 자신의 머리를 쥐어뜯기 시작하자, 도흠이 재빨리 그녀의 양팔을 잡았다.

"부인, 제발 멈추십시오!"

"이럴 수, 이럴 수는 없어요. 거짓말이잖아요, 이럴 수는 없는 거잖아! 거짓말이라고 말해요! 제발… 아아…."

처참히 울부짖는 소리가 병실을 메웠다. 도흠이 사에코를 끌어안았다.

사에코의 손에는 뽑힌 머리카락이 가득했다. 사에코는 차마 눈을 감지 못하고, 그저 순백색의 시트를 바라보았다. 눈을 감으면 밀려오는 어지럼증이 너무나도 확연했기에, 그녀는 눈을 깜빡이지도 못했다. 트인 눈이 점차 충혈되기 시작했다. 더 이상 눈을 뜨고 있지 못하는 순간이 왔을 때, 마침내 그녀가 눈을 감게 되었을 때, 그녀는 결국 체념할 수밖에 없었다. 망가져 버린 자신을, 더는 이전으로 돌아갈 수 없다는 사실을.

"허억…."

그 순간, 사에코의 숨소리가 멈췄다. 목 안에 가시가 박힌 듯 숨이 제대로 흘러나오지 않았다. 맥박이 빠르게 뛰기 시작하니 가슴이 터질 듯 아파왔다. 형용할 수 없는 고통에 사에코가 짚이는 대로 자신의 살갗을 꼬집었다. 쓰러지려 하는 그녀를 도흠이 받아 들었다. 그가 큰 소리로 간호사를 불렀으나, 마땅히 병실 앞을 지켜야 했을 간호사의 기척이 들리지 않았다. 그제야 도흠은 깨달았다. 해방 이전, 사에코의 입원실 앞을 간호사가 지켰던 것은 특혜였다는 것을. 그리고, 더 이상 그런 특혜는 없을 거라는 것을.

도흠이 사에코를 끌어안았다. 공포 속에 헐떡이는 숨소리가 귓가에 와닿았다. 이제는 자신의 권위가 무효하다는 것을 알았을 때, 그는 처음으로 자신의 무력(無力)을 실감했다. 도흠은 더 이상 중추원 부의장의 아들인, 도쿠다 가의 도련님이 아니었다. 그는 이제 마땅히 단죄받아야 할 친일파의 자식이 되었다.

언제까지고 가져갈 수 있는 권력은 없다. 홍화(紅花)[104]의 아름다움이 부정에서 기인했다면 결국 그 역시도 항구하지 못할 것이다. 희생 하에 세워진 아름다움이 심판받을 시간이 온다면, 처절한 숨소리로 메워진 병실 역시 결코 예외는 아니리라.

---

104 붉은 꽃

난류

밖에서 울리는 큰 소리에 다시금 가슴이 아파지기 시작했다. 짜증이 기색이 되어 얼굴에 올랐다. 밖을 내다보려다, 세이지는 이내 그만두었다. 여느 때와 같은 체포 현장일 것이 뻔했다. 이미 폭력이라면 수도 없이 봐 왔다. 부러 목을 들어 불쾌한 장면을 보고 싶지 않았다. 숨이 막혀오며 기침이 나오기 시작했다. 계속해서 튀어나오는 핏소리가 요란히도 불쾌했다.

동경제국대학교 학부를 졸업한 후, 세이지는 2년도 채 지나지 않아 다시 일본으로 건너갔다. 순문학을 공부하고 싶었다. 오갈 데 없는 마음속의 아름다움을 글로라도 남기고 싶었다. 그리하여 동 대학 문학 대학원에 입학했다. 그 과정에서 계연과의 연락은 자연스레 끊겼다. 그녀가 기숙사 주소로 몇 차례 우편을 보내 왔지만, 답장은 하지 않았다. 가족들 역시 그의 완강한 고집에 더 이상 혼처를 언급하지 않았다.

그렇게 학업에만 열중하는 나날들이 이어졌다. 공부는 생각보다 적성에 맞았고, 세이지는 아예 일본 본토에 정착할까도 진지하게 고민했다.

1944년의 초겨울이었다. 가장 열중하던 논문의 완성을 한 달 정도 남겨두었을 때쯤, 그는 하나의 우편을 받았다. 조선총독부로부터 징용 영장이 날아온 것이다. 세이지는 당황할 수밖에 없었다. 전선이 확대되면서 또래 남성들이 현장에 동원되고 있다는 것은 익히 알고 있었다. 그러나 자신의 아버지는 중추원의 참의다. 그렇기에 맏아들을 징집 대상에서 제외시킬 수 있을 정도의 권력이 있었다. 세이지는 그런 아버지를 믿고 학도 지원병에도 자원하지 않았다. 하지만 절대로 받지 않을 줄 알았던 징집영장이 끝내 날아왔다. 무언가 잘못된 것이 분명했다.

세이지는 서둘러 본가에 우편을 보냈다. 그리고 마침내 답장을 받았을 때, 그는 그대로 자리에 주저앉았다. 편지에는 그의 아버지가 폐렴에 걸렸으며, 그로 인해 직위에서 해임되었다고 적혀 있었다. 편지를 받은 세이지는 당장이라도 조선에 가려 했으나, 어떻게든 방안을 찾을 테니 학업을 우선으로 마치라는 어머니의 글을 보고 그만두었다. 이후 소식이 끊기길 반년. 갑작스럽게 아버지의 부고장이 날아온 날, 세이지는 조선에 돌아가지 못하고 그대로 지원병훈련소에 입대하게 되었다.

훈련소에 입대한 세이지는 더 이상 조선의 엘리트 유학생이 아니었다. 명예로운 학도병 자원을 거부한 사상범[105]일 뿐이었다. 그는 학대에 가까운 훈련을 마친 후 조선의 시멘트 공장에 배정되었고, 그곳에서 폐병을 얻었다. 불행 중 다행으로, 그는 먼 친척의 도움을 받아 병가를 받고 경성제국대 의원으로 이송될 수 있었다.

세이지는 병실에 누워 생각했다. 자신이 누렸던 특혜, 그리고 특혜에서 벗어난 날것의 삶을. 자신이 때 묻지 않은 행복을 누렸던 순간에도 누군가는 이 고통을 겪었을 것이었다. 그는 평화롭게 학업에만 집중했던, 그것이 당연한 줄 알았던 기존의 자신을 원망했다. 하지만, 죄책감 다음에 밀려오는 것은 결국 공포심이었다. 지금이야 운 좋게 병실에 있을 수 있지만, 결코 이 순간이 영원할 수는 없다. 세이지가 옆으로 돌아누웠다. 딱딱한 침대 시트의 감촉이 시리게도 아팠다.

밀려온 졸음에 편히 질 수 있던 요상한 오후였다. 주위에 누워있던 환자들이 시끄럽게 떠드는 소리가 들렸다. 북적이는 소리가 거슬렸다. 세이지

---

105 현존 사회 체제에 반대하는 사상을 가지고 개혁을 꾀하는 행위를 한 자

가 짜증 섞인 표정으로 그들에게 물었다.

"무슨 말씀을 그리도 하십니까?"

환자들의 표정이 지나치게 밝았다. 그들의 웃음소리가 치솟듯 들리자, 처음의 불쾌감이 궁금증으로 바뀌었다. 멀뚱히 그들을 쳐다보는데, 세이지와 가까웠던 동료 병사 한 명이 그에게 달려와 손을 잡고 말했다.

"글쎄 일본이 항복했다고 하오! 미국에 완전히 진 게지! 이제 해방이, 해방이 된 거야! 우리도 집으로 돌아갈 수 있게 되었소!"

들뜬 표정으로 말하던 병사가 소매로 눈물을 훔쳤다. 세이지의 눈동자가 커졌다. 놀람도 잠시, 그는 터질 듯 웃으며 눈물을 흘리기 시작했다. 죽거나 병을 얻은 수많은 동료와 자신이 겪었던 모든 고초가 주마등처럼 흐르기 시작했다. 설움이 지나간 후 해방감이 그의 몸을 뒤덮었을 때, 마침내 그는 큰 소리로 만세를 불렀다. 가슴이 아파 왔지만 그는 그것을 상관하지 않았다. 그저 이 순간을 최대한 만끽하고 싶었다.

동료들과 얼싸안고 기쁨을 나누던 중, 갑자기 어느 한 곳에서 익숙한 이름이 들려왔다.

"사에콘지 뭔지, 그 무용가 말이오. 그 여자는 그럼 이제 어떻게 되나?"

세이지의 몸이 순간적으로 굳었다. 그가 고개를 돌려 말소리의 진원을 바라보았다. 한 남성이 사에코의 얼굴이 나온 선전 신문을 보며 옆 침대의 환자와 얘기하고 있었다.

"어떻게 되긴, 사람들한테 얻어맞거나 감옥에 갇히겠지. 그 여자가 한 짓을 모르오? 몇만 원이나 기부했다고 온갖 데서 떠들어 대더만…."

"하긴, 일본 놈들 앞잡이로 호의호식했으면 당연한 일이지. 망할 년. 돌이나 맞았으면 좋겠구먼."

누군가의 비웃음을 시작으로 여러 웃음소리가 병실에 번졌다. 쏜살같은 공포가 밀려왔다. 동료들의 웃음에 어느 초겨울의 울음소리가 겹쳐 들어왔다. 자신에게는 누구보다도 기쁠 일이지만, 절대 그녀는 그럴 수 없을 것이다. 그녀는, 이제 결코 용서받지 못할 테니까.

그렇다면 그녀는 어떻게 될 것인가? 지금은 어디 있는지, 안전하긴 한건가? 방금까지는 말할 수 없이 기뻤지만, 사에코의 이름을 듣자마자 엄청난 두려움이 사무쳐 왔다.

언젠가, 그녀 곁의 누군가를 두 눈으로 보았던 날. 그날 이후로 사에코의 행적을 아는 것을 피했다. 알고 싶지 않았던 것이 아니었다. 그저, 그것을 구태여 찾아내는 순간, 다시는 그녀를 돌이킬 수 없을 것만 같았다.

그리하여 이미 끝난 인연이라고 생각했다. 잊어야 할 여인이라고 부러 생각했다. 하지만 그것이 아니었나 보다. 그녀의 이름 석 자에도 죄책감과 공포가 사무쳐 오는 것을 보면 말이다.

'세이지 군, 나를 잊으면 안 돼요, 절대 나를, 나를 잊으면 안 돼요.'

오랜 죄의식이 떠밀려오듯 일어났다. 그녀를 누구보다 단호하게 내쳐버린 사람은, 그녀의 마지막 간절함을 지켜주겠다 약속했던 자신이었다. 심장 깊숙이에서 위선의 대가가 몰려왔다. 세이지가 기침 섞인 숨을 내쉬었다. 내쉬는 숨에 폐부가 찢기듯 아파 왔다.

머리가 울리기 시작했다. 세이지의 머릿속에 분명한 다짐이 날아 들어왔다. 이대로 가만히 있을 수는 없다고. 무슨 일이 있더라도 그녀를 찾아야 한다고. 그 어떤 일이 있더라도 그녀를 기다리겠다고 누구보다도 간절하게 가약하지 않았던가.

되새겨 보면 못된 질투에 불과했다. 그것이 합리화가 되어 간절한 순간을 잊었고, 그녀와의 기억들을 버렸다. 하지만 이제는 그럴 수 없다.

세이지가 끝내 병실을 뛰쳐나왔다. 만류하는 동료들을 제쳐두고, 그는 그저 걸었다. 거리는 만세를 부르는 사람들로 메워져 있었다. 지금의 순간이, 그리고 모두의 감정이 무엇보다도 애틋하고 반가웠다. 하지만 온전히 그것을 누릴 수 없었다. 작금의 상황에 절망을 느낄 사람이 있다면, 그리고 그러할 이가 그녀라면. 제아무리 희망을 느낀다 해도 어떻게든 차치하여 두는 것이 맞다.

"커헉…."

막히듯 뱉어진 숨에 피 섞인 쇳소리가 날아들었다. 이제는 많은 것이 변했다. 아마 그녀도 그럴 테지. 용서받지 못할 수도 있다. 쌓인 원망을 올곧이 받아내야 할지도 모른다. 하지만, 맹세했지 않는가. 그 어떤 순간이 와도 그녀를 지키겠다고, 분명 그 날, 나는 그대를 약속했잖아.

세이지가 하늘을 쳐다보았다. 뜨거운 햇살이 그의 검은 머리에 엉혔다. 그가 하늘을 향해 손을 올렸다. 언젠간, 고향을 그리워하며 손을 대었던 바닷물처럼. 눈앞의 창공은 참으로 따뜻하게 빛나고 있었다.

유리 고백

퇴원한 사에코가 제일 먼저 찾은 곳은 자신의 무용연구소였다. 춤이 있다면, 설령 모든 것이 망가졌대도 처음부터 다시 시작할 수 있을 거라고. 그것이 그녀의 생각이었다.

"이게 무슨…!"

하지만 그것은 그녀의 오산이었다. 연구소 앞에 도착한 사에코의 눈이 놀람 속에 틔었다. 간판부터 정원까지, 눈에 보이는 모든 것들이 망가져 있었다. 인위적으로 파괴된 듯 보였다. 쓰러질 것만 같아 그녀는 벽을 짚었다. 손바닥이 닿은 자리에 붉은색의 낙서가 새겨져 있었다.

'일제 앞잡이 년은 일본으로 꺼져라!'

온몸에 소름이 돋았다. 잉크가 마르지 않았는지 손바닥에 붉은 자국이 새겨져 있었다. 사에코는 숨을 들이마신 후, 애써 침착하게 연구소의 문 앞으로 걸어갔다. 아무렇게나 잘린 나뭇잎, 망가진 조경. 그녀의 불완전한 걸음처럼, 눈앞의 모든 것들이 추했다.

사에코는 문을 열고 연구소 안으로 들어갔다. 그간 관리되지 않은 듯, 온 군데에 먼지가 쌓여 있었다. 매캐한 먼지에 기침이 튀어나왔다. 그녀는 최대한 깔끔한 부분을 손으로 짚으며 연습실로 향했다.

불이 꺼진 연습실은 고요했다. 사에코는 자신이 입던 옷을 내던진 후 연습복으로 갈아입었다. 옷을 개어 정돈할 수 있을 정도로 손놀림이 평온하지 못했다.

사에코가 바닥에 주저앉았다. 순백의 연습복에 회갈색 먼지가 묻었다. 그것을 털어내려 했지만, 그녀의 손은 자꾸만 바닥을 향했다. 그 탓에 손바닥 역시 먼지투성이가 되었다. 하지만 그녀는 손아귀에 힘을 주어, 결국 먼지를 닦아냈다. 그때 그녀는 다짐했다. 어떻게든 춤으로써 자신을 증명하겠다고. 어떤 의심이 있더라도, 절대 춤만은 포기하지 않겠다고.

집으로 돌아온 사에코는 제자들과 무대 연출가들에게 연락을 돌렸다. 한 달 안에 공연을 올리겠다는 내용이었다. 회신이 없는 사람이 대다수였으나, 그녀가 특히 아꼈던 제자들이나 오랜 시간 함께했던 사람들은 공연에 참여하겠다는 의사를 밝혔다.

사에코가 주먹을 쥐었다. 그녀의 온몸에 또 다른 의지가 피어났다. 그래. 어떤 상황이 와도 굴복하지만 않으면 되는 것이다. 포기하지만 않으면 되는 것이다. 다짐하지 않았는가. 너의 아름다움으로서, 나의 춤으로서 반드시 만인을 헤매도록 만들겠다고.

이제는 모든 것이 바뀌었지만, 춤만은 바뀌지 않았을 것이다. 아니, 설령 바뀌었더라도 반드시, 반드시 원래대로 되돌려 놓을 것이다. 이 모든 것은, 결국 새로운 시작이 될 것이다.

이후, 사에코는 매일 연구소에 나와 수 없는 연습을 반복했다. 아무리 친일파라는 불명예가 씌워졌지만, 자신의 명성은 아직 건재할 것이라고 그녀는 확신했다. 그것이 오만일 수도 있겠다는 생각은 추호도 하지 않았다.

구름을 가둔 밤 기색이 유난히도 짙은 날이었다. 이틀 차까지는 어떻게든 버틸 수 있었다. 하지만 사흘 차가 되자 점점 시야가 흐려지기 시작했다. 그러나 사에코는 벽을 손으로 짚어가며 옷장에서 연습복을 꺼내 갈아입었다.

이후, 거실로 나온 사에코가 유성기를 재생했다. 그러나, 반주가 채 흘러나오기도 전에 그녀의 귓등 즈음에서 따가운 통증과 함께 찢길 듯한 이명이 울렸다. 그녀의 두 다리가 휘청대는 가지 마냥 떨려갔다. 하지만 그녀는 억센 손아귀로 무릎을 부여잡고는, 다시금 동작을 이어갔다.

하지만, 춤을 시작한 지 불과 몇 초도 되지 않아 그녀의 몸이 격한 춤사위를 이기지 못하고 좌우로 비틀렸다. 그녀의 춤은 무겁고 둔탁했다. 흔들리는 사지를 애써 지탱하려 발끝에 힘을 주었으나, 그마저도 금세 꺾여 내려앉을 뿐이었다. 누군가 그것을 보았다면 아무 의심 없이 대답하였을 것이다. 춤이란 것이 형태로 빚어진다면 그녀는 최하품에도 미치지 못할 것이라고. 그녀는, 나는, 나는, 나는⋯ 과연, 춤이었을까.

동작을 차마 마치지 못하고, 사에코는 바닥에 무릎을 꿇었다. 춤사위는 이미 멈췄지만, 유성기에서는 아직도 노래가 흘러나오고 있었다. 사에코의 눈시울이 붉어졌다. 밀려오는 구역감에 눈이 저절로 감겼다.

울화가 치밀었다. 사에코가 질끈 덮인 눈동자를 치켜떴다. 그녀는 옆에 놓인 화병을 집어 유성기를 향해 던졌다. 가지런히 흘러나오던 가야금의 가락이 거친 파열음으로 변해 비명 치듯 울렸다. 사에코의 방에서 큰 소리가 퍼지자 옆방에 있던 도흠이 헐레벌떡 뛰어 들어왔다.

"부인, 그만하십시오!"

"이거 놓으세요! 이제 나는, 나는⋯."

사에코가 말을 채 잇지 못하고 고개를 떨궜다. 깨진 화병과 망가진 유성기, 그리고 주저앉아 있는 사에코. 도흠은 대충 상황을 파악한 듯 한 차례 한숨을 쉬더니, 사에코의 눈을 바라보며 말했다.

"아무래도 이번 공연은⋯ 중단하시는 게 좋을 듯합니다."

사에코가 도흠의 팔을 뿌리쳤다.

"그럴 수는 없어요! 그때만 익힐 수 있는 것이, 그때만 배울 수 있는 것이 있듯, 그때만 출 수 있는 춤이 있단 말이에요! 내가 어떻게 그것을 쌓아왔는데, 어떻게 그것을 바라왔는데!"

결연한 의지만이 가득 차 있던 사에코의 눈에서 눈물이 흘러내렸다. 모든 것을 잃고 나서도 그녀는 춤을 위해 생사를 걸고 있었다.

그제야 도흠은 알아채고 말았다. 자신이 그녀에게서 앗아간 것이 무언인지. 자신이 무너뜨린 것은 그녀의 미래였다. 진정으로 사랑하는 것들 옆에서 마땅히 누릴 수 있었을 미래.

오래전, 그녀가 지었던 텅 빈 표정이 떠올랐다. 더욱 빛날 수 있었을 여인이었다. 더 나은 곳에서 더 나은 사내를 만나… 진정으로 행복할 수 있었을 여인이었다. 오직, 자신만 아니었다면.

도흠의 머릿속에서 충동이 일었다. 오랜 죄책감을 놓을 때가 되었다는, 이제야 진정 모든 것을 고백할 때가 되었다는 충동.

자신이 저지른 죄는 단순히 그녀의 사랑을 망친 것만이 아니었다. 필시 간직할 수 있었을 행복을 그녀에게서 앗아갔다는 것이 죄의 본질이었다.

흐느끼는 사에코를 보고, 도흠은 있는 힘껏 주먹을 쥐었다. 영영 후회할지도 모른다. 그대의 미움을 제정신으로 감당할 수 없을지도 모른다. 하지만, 반드시 고백해야만 했다.

그대를 사랑하기에. 그대에게 처참히 버려질지라도, 그대를 미치도록 사랑하기에.

"그대와의 혼인은, 사실 총독부가 아닌 제 뜻이었습니다. 이제야 그것을 말씀드려… 너무나도 죄송합니다."

한참 동안 사에코의 눈물을 지켜보던 도흠이 끝내 입을 열었다. 흐느끼던 사에코가 놀란 눈으로 그를 바라보았다. 그녀의 입에서는 차마 말이 튀어나오지 못했다. 그저 그녀는, 벌린 입으로 처참한 괴성을 삼킬 뿐이었다.

백금

사에코가 눈을 번쩍 뜬 채로 도흠을 쳐다보았다. 차마 눈도 깜빡이지 못한 채로, 놀란 표정으로 그를 쳐다보기만 했다. 마침내 도흠이 그녀의 손을 잡았을 때, 그제야 사에코의 입에서 거센 당황이 뱉어져 나왔다.

"그게, 그게 무슨 말인가요?"

"말 그대로입니다. 제가 혼인을 추진했고, 스스로 아버지를 설득했습니다. 그리고 그대께… 몹쓸 거짓말을 했습니다. 죄송합니다."

도흠이 고개를 숙였다. 계속되는 그의 침묵에 사에코는 비명을 지르듯 말을 쏟아냈다.

"도대체 왜 그런 거죠? 당신은, 나를 싫어했잖아요. 그토록 미워했잖아요!"

도흠이 고개를 돌렸다. 질끈 감긴 그의 눈을 보며 사에코가 떨리는 눈빛으로 그에게 물었다.

"한 번만 물어볼게요."

"…말씀하십시오."

"나를, 사랑하나요?"

"….."

"이 지경까지 와서도 비겁하게 입을 다물고 계실 건가요?"

도흠이 입술을 깨물었다. 그의 손이 파르르 떨렸다.

"예."

사에코가 자신의 이마를 짚었다. 그녀의 온몸이 충격 속에 휘청거렸다.

"언제부터, 였나요?"

"그거 아십니까? 백금은 원래 위조 은화를 만드는 데 쓰이는 재료에 불과했다고 합니다. 하지만 아시다시피 지금은 금보다 귀히 여겨지지요. 아무리 감추고 지우려 해도 그 아름다움은 결코 숨길 수 없으니까요. 하여 저는, 어릴 적부터 유독 백금을 귀애했습니다."

"쓸데없는 소리나 듣자고 당신에게 물은 게 아니에요!"

도흠이 사에코를 쳐다보았다. 그는 문득, 어느 날 적의 눈부신 빛을 떠올렸다. 그의 입에 희미한 미소가 돌았다.

"그날, 그대께 프라치나 기사텐에서 만나자고 청한 것은 우연이 아니었던 것 같습니다."

"설마…."

사에코가 떨리는 손으로 제 입을 틀어막았다.

"당시에는 몰랐더라도 지금은 압니다. 그대를 증오하길 바랐던 때에도, 나는 결국 그대를 사랑했다는 것을."

사에코가 도흠의 옷깃을 붙잡았다. 뒤집힐 듯한 혼란이 그녀의 머릿속을 뒤엎었다. 그녀는 빌 듯이, 혹은 애원하듯이 그의 대답을 갈구했다.

"거짓말, 거짓말이라고 말해요."

도흠이 사에코의 눈을 피했다. 그의 목소리에는 작은 눈물이 배어있었다.

"…죄송합니다."

"왜 나를 사랑해요? 왜 나를 사랑하는 거예요?"

"…."

"거짓말이잖아요. 당신은 날 사랑하면 안 돼요! 그러면, 그러면 안 되는 거잖아!"

사에코는 불안한 눈빛으로 도흠의 눈동자를 직시했다. 그녀의 앙상한 팔목이 가냘프게 떨렸다. 이성이 점차 흐트러지기 시작했다. 그녀는 안절부

절못하며 제 팔을 긁어대기 시작했다. 창백한 살가죽에 붉은 빗금이 새겨
지기 시작하자 도흠이 황급히 그녀의 손을 붙잡았다.

"제발 그만, 그만하십시오. 부탁입니다…."

사에코가 도흠의 손을 거세게 뿌리쳤다.

"어떻게, 어떻게 이럴 수가 있어요? 당신의 행동이 사랑이었다면 나는
이제 당신을 편히 원망할 수조차 없는데, 왜 고작 당신의 사랑 하나 감추지
못해서 내가 나의 사랑을 모독하게 만들어요…. 왜 이렇게까지 나를 비참
하게 만들어요…. 그따위 것 때문에, 나는, 아아…."

사에코가 양손으로 도흠의 가슴팍을 마구 내리쳤다. 도흠이 고개를 돌리
고 입을 닫자, 그녀는 손을 내리고 바스러지듯 주저앉았다. 창문 틈새로 나
뭇잎 한 장이 들어왔다. 사에코는 텅 빈 눈으로 그것을 노려보다, 이내 거
칠게 찢어버리고는 얼굴을 감쌌다.

"왜 나를 사랑해요…. 왜 하필 나예요…. 나는 결코 당신을 사랑할 수 없
단 말이에요…."

"죄송합니다. 그대를 사랑해서, 감히… 그것을 말해 버려서. 그대를, 언
제나 아프게 해서…. 너무나도 미안합니다. 미안합니다…."

"아아…."

숨이 넘어갈 듯한 울음소리가 허공을 허우적댔다. 도흠이 무릎을 꿇고
주머니에서 연분홍색 손수건을 꺼냈다. 그는 손수건으로 사에코의 눈물을
닦아준 후, 그녀의 손에 그것을 쥐여 주었다.

"그대의 것이니, 마땅히 돌려드리겠습니다. 주제에 맞지 않는 것을 너무
도 오래 품어 죄송했습니다. 사에코 양."

도흠은 단정하게 웃으며 사에코를 바라보았다. 그는 사에코의 시선을 제
안에 꾹, 새겨 담고는, 눈을 한 차례 감았다 뜬 후 바닥에서 일어났다. 사에
코는 도흠이 나간 자리를 한참 동안 바라보다, 이내 흐린 눈으로 눈물을 흘

렀다. 형용할 수 없는 비참함이 애심 속에 일렁였다. 그녀는 나뭇잎의 잔해를 털어 치우고는, 그저, 하염없이 눈물만을 흘렸다.

금실

변화된 시선이 익숙해졌을 때쯤, 더 이상의 불행은 없다고 생각했다. 아직 해방 이전의 재산이 남아 있었고, 모아둔 귀중품들 역시 집안에 남아 있었다. 더 이상 춤을 추지 못하더라도, 어떻게든 악착같이 살아나가면 된다고. 그것이 한 차례의 실패를 겪은 그녀의 다짐이었다.

친분이 있었던 총독부의 관료들에게 안위를 보장해 줄 테니 일본으로 건너오라는 제안을 받았을 때, 사에코는 숨 쉴 구멍을 찾았다며 낙관했다. 그녀의 이름이 온갖 신문에 오르내리기 전까지는.

친일파를 청산하기 위해 설립된 기구인 '반민족 행위 특별 조사 위원회'가 본격적으로 활동을 시작하기 직전, 공식적인 체포 대상 명단이 유출되었다. 순번은 낮았지만, 사에코의 이름도 그 안에 포함되어 있었다.

신문에서 처음 자신의 이름을 본 순간, 머릿속이 그대로 하얘졌다. 라디오에서 들었던 대통령의 담화가 생각났다. 반민특위가 마음대로 사람을 잡아다가 난타나 고문을 한다는 내용이었다. 그간의 낙관이 절망에 잠식됐다. 걷잡을 수 없을 정도로 몸이 떨렸다. 그리고, 불안에 빠져 있을 새도 없이 초인종이 울렸다. 체포 영장을 가져온 특별경찰대가 도착한 것이다.

생사의 공포가 사에코의 몸에 스몄다. 도저히 나갈 수 없었다. 그간 이겨냈던 고난들과 이번 일은 차원이 달랐다. 이번에는 결코 버티지 못할 게 분명했다. 정말로, 정말로 죽을지도 모른다.

사에코가 방문을 닫았다. 그녀는 문을 잠근 후 옷장 안으로 들어갔다. 계속해서 울려 퍼지는 초인종 소리가 이명처럼 귓가에 꽂혔다. 수도 없이 들었던 소리건만, 저것이 저리 고통스럽게 바뀔 줄은 꿈에도 몰랐을 일이었다. 그녀는 옷장 안에 있는 이불을 제 귀에 감쌌다. 먹먹해진 소리가 더욱 두렵게 들렸다.

그러던 중, 갑자기 문이 열리는 소리가 들리며 초인종 소리가 멈췄다. 누군가 문을 열어준 것이 분명했다. 두려웠지만 사태를 파악해야만 했다. 사에코가 조심스럽게 옷장을 나섰다. 그녀는 문에 귀를 대고 들리는 소리를 파악하기 시작했다. 도흠의 목소리가 들렸다. 경찰과 이야기를 나누는 것 같았다.

"안사람과 대화할 시간은 주시겠습니까."

"그리 하십시오. 하지만 오래는 못 기다립니다."

배신감에 치가 떨렸다. 도흠이 자신을 팔아넘긴 것이 분명했다. 신문에 공개된 명단에는 그의 아버지, 김광립도 있었으니까. 앞장서서 아내를 넘기면 아버지만은 살릴 수 있다고 생각하는 듯싶었다. 분노가 치밀어왔다. 마침내 발소리가 문 앞에 다다랐을 때, 사에코는 순순히 문을 열었다. 현관문이 열린 이상 더는 무언가를 할 수도 없었다.

짝―

사에코가 도흠의 따귀를 날렸다. 그녀는 도흠을 노려보며 거세게 마음을 쏟아내었다. 처절한 울먹임이 목소리에 섞여 서로의 귓가에 닿았다.

"어떻게 이럴 수가 있어요? 아무리 내가 당신의 마음을 거부했다지만 이건 인간의 도리가 아니잖아! 당신은 정말⋯ 정말 끝까지 최악이군요. 그래, 어서 나를 끌고 나가요. 이제 전부 망가진 마당에 내가 뭘 어쩌겠어요!"

사에코가 마구잡이로 분노를 쏟아냈지만, 도흠은 아무런 행동도 하지 않은 채 그런 그녀를 바라만 보았다. 한참 동안 그녀의 말을 듣던 도흠이 끝내 입을 열었다.

"나는 그대를 절대 보내지 않을 겁니다."

"…네?"

예상외의 말이었다. 도흠이 사에코와 눈을 맞췄다. 그는 싱긋 웃으며 장난스레 말했다.

"제가 부탁드리지 않았습니까. 저를 떠나지 말아 달라고. 어찌 사내가 한 입으로 두말을 하겠습니까?"

"거짓말. 나를 속이려는 작정인가요? 당신 말이 맞는다면, 문은 왜 연 거죠?"

도흠이 자신의 손으로 사에코의 여린 손을 포갰다. 그의 손이 유난히도 크게 느껴졌다.

"제가 대신 가겠습니다."

"그게 무슨…."

"그대가 본격적으로 친일을 시작한 건 저와의 혼인 이후입니다. 신문에서 문제 삼는 시기도 그때고요."

"알아듣게 말해요!"

"제가 억지로 친일을 시켰다고 말했습니다. 위문공연도, 기부금도 다 강요였다고요. 아버지의 직위를 고려하면 납득할 만한 말이니까요."

사에코의 동공이 흔들렸다. 그녀가 떨리는 손으로 도흠의 팔을 급히 붙잡았다.

"나가서 전부 거짓이라고 말하겠어요! 당신과 나 중, 반드시 한 명이 가야 한다면 벌은 내가 받아야 해요. 내가 지은 죄니까. 그러니 당신은 절대로 나서지 마세요."

사에코가 의자에 놓인 겉옷을 챙겨 입었다. 그녀가 서둘러 방을 빠져나가려 하자, 도흠이 그녀의 팔을 잡았다.

"이거 놔요!"

"아무리 발버둥 쳐도 나는 그대의 것이 될 수는 없으리란 것을, 그것을 알아챈 순간 지나간 모든 세월이 후회스러워졌습니다."

"그만!"

"그대에게 건넨 미운 말, 아픈 말."

사에코가 도흠의 팔을 붙잡았다. 그녀의 눈에 눈물이 고였다. 그녀는 애원에 가까운 목소리로 그를 막아섰다.

"더는, 더는 말하지 말아요. 제발, 부탁이에요."

"이렇게 될 줄 알았다면 단 한 번이라도 돌이켰어야 했을 텐데."

"여기서 한 발자국이라도 떠난다면, 난 당신을 영영 용서치 않을 거예요."

"그대가 더 이상 상처 입지 않기를 바랐건만, 예나 지금에나 그대를 상처 입히는 건 늘 나였습니다."

도흠과의 순간들이 떠올랐다. 첫 만남의 의아함, 현재의 애절함, 그사이의 미움과 모진 말들. 그리고, 약간의 사랑. 이대로 그를 보낼 수 없었다. 어떻게든 그를 막아야 했다.

"그걸 아신다면 이리 무책임하게 떠나서는 안 되는 것 아닌가요? 어쩌면 이리도 제멋대로이신가요. 사실, 나는 당신을⋯."

이어질 말은 차마 입에서 나오지 못했다. 너무나도 확연한 진의였기에, 그 어린 단어를 함부로 뱉는 순간 모두가 상처 입으리란 것을 알았다. 앎의 무거움은 끝내 그녀의 입을 막아섰다. 허나, 도흠은 그 모든 것을 이해한다는 듯 밝게 웃으며 사에코에게 눈을 맞췄다.

"춤을 계속 추십시오. 사에코 양은 무대에 계실 때 가장 아름다우십니다."

도흠이 장난스레 말을 뱉었다. 그 말이 결코 이루어질 수 없다는 것을, 그 둘은 분명 알았을 것이다. 그러나 차마 아우를 수 없을, 삼키고 삼켜진 말들의 깊이를 알았기에, 사에코의 눈은 금세 붉은 물결로 뒤덮였다. 애써 울음을 삼키는 그녀를 도흠은 감싸 안았다. 살며시 떨리는 손을 애써 붙잡은 채로, 자신의 말을 있는 힘껏 가다듬으며, 그, 어린 청년은.

"사에코 양의 말씀처럼 나는 늘 제멋대로인 사람이었으니, 그대의 마지막 말도 제 멋대로 생각하겠습니다."

사에코의 뺨에 눈물이 흐르기 시작했다. 창밖에서 비쳐오는 유난히도 붉은 달이 그녀의 눈가에 깃들었다. 도흠이 엄지손가락으로 그녀의 눈가를 살포시 눌렀다. 마치 상처를 지혈하듯, 아름답게 흘러내리는 혈루를, 그녀의 흔적을 자신의 몸에 옮겼다. 도흠은 사에코를 그저 바라보다 그녀의 이마에 입을 맞췄다.

"너무 늦게 말씀드려 죄송합니다. 나 역시도 사랑합니다. 그것이 내 진심입니다."

사에코가 도흠의 옷깃에 손을 뻗었다. 산산이 부서지는 그녀의 손길이 도흠의 눈가에 옮았다.

"떠나지 않겠다고, 그 날, 나와 약속했잖아요⋯. 가지 말아요, 제발⋯."

사에코의 간절한 목소리가 들려오자, 도흠의 발길이 잠시 멈췄다. 하지만 그는 사에코의 손을 붙잡아 부드럽게 어루만지고는 곧 자리를 떴다. 종래의 도흠은 웃고 있었다. 오직 사에코만을 향하여.

도흠이 시야에서 멀어지자 사에코는 기어나가서라도 그를 붙잡으려고 했으나, 순간적으로 밀려오는 극도의 어지럼증에 몇 걸음 나아가지도 못하고 주저앉을 수밖에 없었다.

그리고, 도흠의 부고장과 원인 모를 것으로 머리가 파여 있는 그의 시체를 전해 받은 날, 그 어느 것보다도 처참한 오열이 천지에 울려 퍼졌다.

'손을 함부로 놀리지 마십시오. 언젠가는 본인에게 돌아오게 돼 있습니다.'

왜 막지 않았었냐고, 왜 그때처럼 자신을 훈계하지 않았었냐고. 사에코는 싸늘히 식은 도흠의 시체를 보며 울부짖었다.

자신과 눈높이가 비슷하거나 낮았던 여느 사내들과는 달리 자신보다 높은 곳을 바라보던 사내. 큰 눈을 가졌으나 눈매가 매섭게 찢어진, 그러나 환히 웃는 것만큼은 어여뻤던 사내. 이제는 결코 돌아오지 못할 그 사내의 답은 울음소리에 실려 날아가 버렸다. 환히 웃을 때만큼은 그 누구보다도 아름다운 여자의, 그토록 부신 울음에.

실의

"주문은 후에 할 터이니. 다시 부를 때까지 비워주시오."

양장을 입은 남성이 여급에게 지폐 몇 장을 쥐여 주었다. 돈을 건네받은 여급은 그에게 고개를 숙여 인사한 후, 방을 빠져나갔다. 장미가 새겨진 미닫이문이 굳게 닫혔다.

"무슨 일 때문에 보자고 하셨나요?"

사에코가 눈앞에 놓인 찻잔을 홀짝였다. 청아한 물소리가 목소리의 곁으로 흘러 들어갔다.

"더욱 아름다워지신 것 같습니다. 도쿠다 여사, 아니, 이젠 임 선생이라 불러야 할지요."

"제 외형을 찬탄하려 구태여 마련하신 자리는 아니리라 믿습니다."

"부군의 일은 유감이오."

사에코의 눈동자가 날카롭게 들렸다. 숨이 아려왔다. 식도로 넘어가야 했을 찻물이 잘못 삼켜진 것 같았다. 콧잔등에 매캐한 통증이 일파만파로 퍼졌다. 아린 숨에 섞인 미세한 녹차의 향이 괴로웠다.

"임 선생."

남성이 손을 뻗어 사에코의 앞에 가져다 대었다. 남성의 손이 다가오자 불쾌한 온기가 전도되듯 서려왔다. 사에코가 등 뒤로 손을 숨기려 하는데, 남성이 갑자기 그녀의 손을 잡아챘다.

"이게 무슨 무례인 거죠?"

사에코는 당황하여 손을 뺐지만, 남성은 그런 그녀의 손을 다시 붙잡았다.

"임 선생, 대중은 원체 무지하오. 문화나 예술이라는 추상에는 특히 그렇지. 그저 곱다면 고운 것, 추하다면 추한 것. 선도는커녕, 떠먹여 주는 것도 겨우겨우 받아먹는 족속들 아니오? 우리 같은 사람들이나 본질을 논하지, 그들이 뭐, 겉피 외에 뭘 알겠소."

"부의장님의 식견은 잘 알겠다만은, 한가로이 나누고 싶은 의제는 아니군요. 이만 본론을 말씀하시지요."

사에코의 차가운 대답에, 제헌 국회의 국회의원이자 국회부의장인 안정로의 표정이 굳어졌다. 그는 떨떠름한 표정을 애써 감춘 후, 나지막한 목소리로 말했다.

"귀가 병신이 되셨다고 그러더랍니다."

"누가 그런…!"

사에코가 자리에서 일어났다. 그녀가 화난 표정으로 테이블을 내리치자, 찻물이 조금 넘쳐 찻잔 주변이 묽어졌다. 그녀의 손에 물기가 닿으니 불쾌한 이명이 감돌았다. 제대로 화를 내지도 못하고 비틀거리는 그녀를 향해, 정로는 그저 웃으며 말했다.

"해방 이전에 부민관에서 임 선생의 살풀이춤을 본 적이 있었지. 버드나무같이 고왔던 게 기억에 남는군요. 작금도 그러하셨소."

"조롱할 작정이신가요?"

"허허, 그렇게 받아들이셨다면 유감이오. 내 본래 뜻은, 병신이라 그런 건지, 예술이라 그런 건지. 대중은 결코 알지 못한다는 것이었소. 임 선생은 그래, 너무도 과히 아름답지 않소?"

"무슨 말씀을 하고 싶은 건가요?"

"내 처로 들어오십시다."

"허튼소리!"

사에코가 분노를 주체하지 못하고 잔을 집어 던졌다. 허나, 깨진 파편이 책상에 반사된 탓에 그것은 그저 그녀의 뺨만을 스쳤다.

"진정하시오, 임 선생. 내 뜻이 곡해되어 들리는 것 같은데, 난 그대의 몸을 탐하는 것이 아니오. 단지 어떻게 하면 유구한 역사와 전통에 빛나는 이 나라를 보다 잘 이끌어나갈 수 있을지 고려한 것뿐이지."

"그게 나와 무슨 상관이라는 건가요?"

"수도 없는 예술가들이 공산 치하로 넘어가고 있소. 그렇기에 나, 또한 각하께서는 임 선생이 우리 쪽에 남아준 것을 상당히 고맙게 여기오. 지금은, 저 쪽에게나 우리에게나 예술이 필요하니까."

아. 정로의 말을 들은 순간, 사에코의 머릿속에 어떠한 말들이 스쳐 지나갔다. 오직 발화의 주체만 바뀐, 너무나 뚜렷한 형체의 말들. 공허함이 들었다. 그래. 목적이 없는 예술이란 허상에 불과할 뿐이었구나. 그것도 모르고, 바보같이. 천치처럼.

사에코의 침묵이 계속되자, 정로가 다시금 입을 열었다. 이전보다는 누그러진, 나름의 설득 조였다.

"임 선생. 그래요, 내 단도직입적으로 말하리다. 대중은 무지하고, 우리는 그들을 이해하기엔 너무도 부족하오. 괴리에서 오는 간극이라 하면, 뭐, 대충 아시겠지요? 그리하여 임 선생이 필요하오. 어린아이를 달래기 위한 인형극처럼 말이오. 아무리 인형이 낡았다 한들 곱기만 하면 아이들은 잘도 가지고 놀지. 임 선생도 뭐, 겉만 보면 이토록 아름다우시지 않소."

익숙한 역함이 올라왔다. 사에코가 숨을 참았다. 숙어진 눈동자가 옅게 흔들렸다.

"그래서, 부의장님께서 정작으로 바라시는 게 무어죠?"

정로가 사에코의 옆으로 향했다. 그는 팔로 사에코의 어깨를 감싸고는, 웃음 조를 띄우며 말했다.

"과거는 친히 묻어드릴 테니, 새로이 나아갈 자주 대한민국의 인형이 되어주시오. 모두가 기쁜 마음으로 임 선생을 반길 것이외다."

궤변이었다. 협력자로 들일 작정이었다면 가벼운 희롱보다는 물질적 회유에 집중했을 것이다. 번지르르하게 말하고 있었으나, 사에코에게 들리는 정로의 말은 결국 저열한 욕망에 불과했다.

그 역시도 자신의 논리에 허점이 많다는 것쯤은 알 테지. 하지만, 그는 자신의 태도를 구태여 관철하고 있었다. 꼭 사에코에게 위계를 알려주려는 것처럼.

화를 내고 싶었다. 예전 같았으면 진작에 박차고 나갔을 자리. 기억과 습도, 온도, 감각, 시야까지. 그 전부가 불쾌해 미칠 것만 같은데. 하지만 그럴 수 없었다. 깨달았기 때문이다. 정로의 태도가 어디에서 기인했는지를, 자신의 과거 속에서, 유구히.

상대를 배려하지도, 기분을 신경 쓰지도 않는 것. 자신의 무례와 욕망을 거리낌 없이 내뱉는 것. 그러한 태도들을 용인해주는 것은 권력이었다. 그리하여 무서울 것이 없었다. 사에코는 권력자였고, 그녀가 만나는 대다수의 사람은 그녀와 대등한 위치였거나 저위에 있었다. 정로의 웃음소리가 들려왔다. 그의 목에서 나오는 자신만만한 웃음이 과거 속 자신의 웃음과 겹쳐 보였다. 사에코가 입술을 깨물었다. 비릿한 피의 향이 어렸다.

"지금 대답을 드리면 될지요."

마침내 사에코가 입을 열었다. 정로가 미소를 보였다. 당연한 승낙을 예상한 듯싶었다. 풍겨오는 오만의 향이 징그럽게도 익숙했다.

"그래, 고맙소. 각하께서도 분명…."

"거절하겠어요."

"예?"

그러나 사에코의 입에서는 정로의 예상과는 전혀 다른 말이 튀어나왔다.

정로의 표정에서 웃음이 가셨다. 그가 섬찟한 손길로 사에코의 어깨를 움켜쥐었다.

"무슨 말을 한 것인지는 알고나 있소?"

"저는 이제 아름답지 못해요. 그러니 나설 수 없지요."

겸양의 형태를 띤 말에, 정로의 표정이 이내 풀렸다. 그는 다시금 호탕하게 웃으며 사에코의 어깨를 매만졌다.

"하하, 난 또 뭐라고. 임 선생은 겸손도 과하시네만 그래. 이토록 고우신데 그게 무슨 망발이오."

"아뇨. 저를 아름답게 보신다면, 그건 부의장님께서 무지하신 탓이겠지요."

사에코가 정로의 팔을 뿌리치며 말했다.

"나는 한 번도 스스로서 아름답지 못했어요. 그것은 무수한 희생 하에 세워진 것이었지요. 그리고 이제부터는, 그 희생은 없을 거예요."

사에코가 가방을 챙겨 자리에서 일어났다. 그녀는 문을 나서기 직전, 정로를 쳐다보며 말했다.

"권력은 본질적으로 위정(僞政)[106]해요. 잃어보니 알겠더군요. 저보다는 일찍 아시길 바라는 마음에서 드리는 말씀이에요."

그 말을 끝으로, 사에코는 방을 빠져나왔다. 권력이 위정(爲政)[107]하다니? 너무도 당연한 말 아닌가. 정로는 어이가 없다는 표정으로 그녀가 나간 자리를 바라보았다.

공기가 차가웠다. 발끝에 채는 구두 소리가 급했다. 자꾸만 오한이 일었고, 이마에서는 식은땀이 흘러나와 시야를 뿌옇게 흐렸다. 오랜만에 느끼

---

106 행위가 거짓됨
107 정치를 행함

는 긴장감이 컸던 것 같다. 드문 것이기에 낯설었고, 낯선 것이기에 내성이 없었다. 그래서 아팠다. 더욱 아팠다.

집까지 걷기를 십여 분, 흐린 시야 속에서 드디어 대문을 찾아냈다. 재빨리 걸어 들어가려는데, 무언가가 자신의 앞을 막아섰다. 사에코가 고개를 들자 익숙한 목소리가 들려왔다.

"늦으셨습니다."

웃음소리에 배어 나오는 숱한 다정함. 아름답게도 눈부셨던 선명한 떨림. 싫었다. 사랑했다. 그리웠다. 미웠다. 잊지 못했다. 그리고, 다시 만났다. 그 어떤 순간에도 결코 지우지 못했던 얼굴이, 그토록 그리웠던 얼굴이 지금, 눈앞에 고스란히 남아 있었다. 바래지도, 사라지지도 않은 채, 고이.

사에코의 눈에 까만 눈동자가 맞춰졌다. 해 질 녘의 별빛이 눈가에 묻기 시작하며, 흘러나온 눈물이 세상을 뒤덮었을 때,

파악—

"무엇하러 오신 건가요? 그것도 이제야."

사에코가 자신에게로 다가오는 세이지의 품을 밀쳐냈다. 그녀는 눈물 어린 눈으로 세이지를 노려보며 말했다. 세이지는 잠시 숨을 고르고는, 그런 그녀에게 눈을 맞췄다.

"많이 야위셨습니다."

세이지의 목소리가 아리도록 다정했다. 사에코가 숨을 들이마셨다. 바람의 내음이 연한 빛을 띠며 가슴 안에 날아 들어왔다. 다시금 두통이 밀려왔다. 파동과 같은 어지럼증에 두 다리가 가냘프게 떨렸다.

"그래요, 난 이리도 바랬어요! 이제야 속이 후련한가요? 내가 그대를, 당신을 두고 간 벌을 받는 것 같아서? 하, 모두가 나보고 져버린 꽃이라 하더군요. 참도 우습지. 그럴 거면 품지를 말았어야지. 바스러질 꽃 따위, 처음부터 사랑하질 말았어야지!"

거세게 울분을 쏟아내던 사에코가 끝내 몸을 휘청였다. 세이지가 비틀거리는 그녀를 황급히 부축하자, 그녀는 거세게 그런 그를 밀어냈다.

"이거 놔요!"

"바스러질 꽃이었다면 처음부터 사랑하지도 않았어!"

세이지가 화를 내며 사에코의 두 손목을 붙잡았다. 처음 접하는 세이지의 태도에, 사에코가 놀란 얼굴로 그를 쳐다보았다.

"그대는 어쩌면, 어쩌면 이리도 모지십니까. 어째서 제가 그토록 사랑하는 영원을 그리도 쉬이 말씀하십니까. 저는 한 번도 그대를 원망한 적도, 미워한 적도 없었는데, 왜 그대의 아름다움을 사랑하는 저조차 이토록 비참하게 만드십니까. 나는 그저 그랬습니다. 그저, 그리웠습니다, 사에코 양…."

세이지의 눈가에서 눈물이 흐르기 시작했다. 사에코의 얼굴이 점차 떨렸다. 그녀가 입술을 깨물었다. 그녀의 오른쪽 눈이 순간 찌푸려지더니, 곧 서러운 흐느낌이 흘러 내려왔다.

"왜 이제 왔어요…. 그대가 너무 늦어서, 난 안 올 줄 알고…. 그대가, 영영 다시는 안 올 줄 알고…."

"기다리겠다고, 그리 말씀드리는 게 아니었는데… 미안합니다. 찾아가겠다고, 그대가 어디에 있든 반드시 찾아가겠다고 말씀드렸어야 했는데…."

세이지가 떨리는 손길로 오열하는 사에코를 끌어안았다. 세월에 얽힌 서러운 풍파가 온기가 되어 서로에게 맞닿았다.

"모든 게 바뀌었는데, 아무도 내게 바뀐 것을 일러주지 않아서, 혼자서, 너무 무서웠단 말이에요…. 왜 이제 왔어요…."

"제가 너무 모자란 사람이라, 온 세상을 헤매다 이제야 돌아오는 길을 찾았습니다. 미안합니다, 사에코 양. 그리고,"

세이지가 사에코의 품을 부드럽게 놓았다. 그는 잠시 머뭇거리더니, 바지 주머니에서 꽃으로 만든 반지 하나를 꺼내 사에코의 왼쪽 약지에 끼워주었다.

"그다지 비극적이었던 말은 아니었나 봅니다."

"그게, 무슨…."

사에코가 손가락에 끼워진 반지를 바라보았다. 사무치게 그리웠던 순백색의 꽃. 무거운 빗줄기가 하염없이 떨어지기 시작했다. 잊지 말라는 부탁과 절실한 사랑. 필시 별개의 것들일 거라 확신했건만. 아, 언제나 그대는, 늘 예상치 못한 순간에 쏜살같이 밀려들어오는구나.

"생일, 미리 축하드립니다, 사에코 양."

곧 생일이었구나. 나조차도 몰랐던 것을.

사에코가 세이지를 끌어안았다. 세이지 역시 그런 그녀의 품을 따스하게 받아주었다. 차갑게 이는 바람에도, 두 사람의 온기는 멎지 않은 채 대류하듯 퍼져갔다.

의의

문을 여는 소리가 들렸다. 일찍이 외출했던 사에코가 귀가한 것 같았다. 그녀를 반기려던 세이지의 미소가 이내 잦아들었다. 그녀의 눈가에 얽힌 붉은 자욱이 너무나도 선명했기 때문이었다.

사에코가 행선지를 알려주지 않았기에 세이지 역시 따로 묻지 않았다. 그저 식사를 차려놓고 그녀를 기다릴 뿐이었다. 세이지는 눈이 쌓인 사에코의 어깨를 가볍게 털어내고는, 그녀를 부엌으로 데리고 가려 했다. 하지만, 잠시 주춤거리던 그녀의 입에서 뜻밖의 말이 튀어나왔다.

"시댁에 다녀왔어요."

그녀의 남편이 얼마 전 죽었다는 사실은 알고 있었다. 누군가는 업보라며 조롱했고, 또 다른 누군가는 그것마저 사에코의 탓이라며 그녀를 힐난했다. 하지만 그녀는 그 모든 것이 아무렇지도 않은 양 행동했다. 가끔 거리에 나갔을 때, 자신을 향한 비난이 들려와도 그녀는 당당하게 걸어갔다. 오히려 더욱 고개를 빳빳이 들고 다녔다. 하지만 상처가 없는 것은 아니었나 보다. 그녀의 눈가에 명백한 슬픔이 새겨져 있는 것을 보면 말이다.

혹여 아픔을 건드릴까, 사에코의 말이 있기 전까지 세이지는 그동안 아무것도 묻지 않았다. 하지만 오늘만큼은 그러지 못했다. 그녀의 떨리는 입가가 마치 무언가를 쏟아내고 싶어 하는 것 같았기에. 세이지는 사에코의 붉은 목도리를 받아 들다, 서투른 목소리로 말을 꺼냈다.

"무슨 일이라도… 있으셨습니까?"

사에코의 한쪽 입꼬리가 올라갔다. 그녀의 입에서 숨이 섞인 미소가 튀어나왔다.

"그리 보이나요?"

"그저 여쭙고 싶었습니다."

"허기가 지는군요."

사에코가 구두를 벗고 안으로 들어갔다. 세이지는 묵묵히 뒤에서 그녀를 따랐다. 갓 지은 밥의 향과 함께 은은한 온기가 사에코의 뺨에 닿았다. 붉은 기가 점차 가시자, 사에코가 세이지를 향해 고개를 돌렸다.

"재산을 시댁에 보낼 작정이에요. 그게 맞는 것 같아서. 이전만큼의 외출도 불가할 테니까요. 이제는…."

사에코의 목소리는 흔들리고 있었다. 부단히 떨리는 손은 세이지의 손길에도 멈추지 못했다.

"그러셨군요."

"그래도, 혹여 돈을 벌겠다고 나가지는 말아요. 패물이나 귀중품은 남겨 놓았으니, 먹고 사는 데 고로는 없을 거예요."

사에코의 시선이 옆으로 향했다. 눈을 맞추는 것이 힘든 것 같았다. 그녀는 차마 앞을 보지 못하고, 세이지의 품에 자신을 맡겼다.

"나의 탓이었다는군요."

사에코의 눈동자가 점차 떨려가자, 세이지가 두 팔로 그녀를 끌어안았다. 몸이 녹지 않은 탓인지, 그녀의 품에서 냉기가 느껴졌다.

"뺨을 한 차례 내어준 것이 대가라면, 나름 저렴하게 먹힌 것일까요."

그녀의 뺨에 얽힌 것은 추위만이 아니었다. 잊히지 못할 고통의 일환이었다. 무력한 분노가 올라와, 피 섞인 기침이 몇 차례 뱉어져 나왔다.

"사실 알고 있었어요. 모든 것이 나의 탓이었다는 걸. 하지만 그것을 인정해 버리는 순간, 절대로 용서받을 수 없을 것 같아서… 나 자신에게조차

원망받을 것만 같아서…."

사에코가 세이지의 품에 얼굴을 파묻었다. 그녀의 뺨에 얹힌 서리가 전해지자, 세이지는 그녀를 더욱 세게 끌어안았다.

"언제고 말씀드리겠습니다. 절대 그대의 탓이 아니라고. 모두가 그대를 비난한대도, 설령 그대조차도 그대를 미워한대도… 절대 저만큼은 그대를 놓지 않겠습니다."

옅은 웃음소리가 들려왔다. 눈물 섞인 숨소리도 함께 들려왔다. 그 어떤 순간이 와도 결코 자신을 버리지 않았던 그녀였다. 모두가 자신을 비난해도, 잔혹할 정도로 초연히 걸어나갔던 그녀였다. 하지만 그 오만했던 여류 무용가는 결국 한 사내 앞에서 위태로울 정도로 유약한 여인이 되어버렸다.

"만약 내가 그이를 그린대도, 설령 그렇더라도… 그대는 나를 사랑해 줄 건가요?"

결코 사랑은 아니었다. 설령 도흠을 그린대도, 그것은 분명 죄책감에 기인한 것일 터였다. 하지만 확인받고 싶었다. 이 사랑의 끝이 무엇일지, 기어이 흐트러지지 않을 확신이 애달프게도 간절하여서.

세이지는 끝내 대답하지 않았다. 그저 사에코의 등을 토닥일 뿐이었다. 그러나 그것은 그 어떤 말보다도 다정해서, 사에코는 양 입술을 서로 포개 버렸다.

"세이지 군, 살고 싶나요?"

영문 모를 질문이었다. 그녀의 저의를 차마 파악하지 못하여, 세이지는 그저 정론을 뱉었다.

"언제까지고 그대를 담고 싶습니다."

사에코가 말을 멈췄다. 그녀는 세이지의 품에서 자신을 뗀 후, 묵묵히 부엌으로 걸어갔다. 발을 옮길 때마다 삐걱대며 울리는 목제 바닥의 소리가 짙었다.

사에코가 눈을 감았다. 시댁에서의 일들이 떠올랐다. 식탁에 차려진 음식들을 한술씩 뜰 때마다, 차디찬 목소리가 귀 안에 웅얼거렸다. 기실, 광립의 고함 섞인 비난보다 더욱 두려웠던 것은 선령의 눈빛이었다. 그녀의 눈동자 속에 일렁이는 약한 눈물. 그것이 종국의 도흠과 닮아 보여, 사에코는 순순히 광립에게 제 뺨을 내어주었다.

그러나, 광립의 손이 다시 한번 사에코에게로 향하던 순간, 선령이 급히 그를 막아섰다. 뒷일은 자신이 책임질 테니 다시는 찾아오지 말라는 그녀의 말에 사에코는 급히 방을 빠져나왔다. 이후를 짐작했지만, 사에코는 돌아보지도 않은 채 도망치듯 뛰쳐나왔다. 늘 그랬듯이, 돌이킬 수 있었을 죄에서 수없이 도피했던, 언제고, 그랬듯이.

댕—

괘종시계가 울렸다. 밥알에 물기가 떨어지기 시작했다. 흐려진 시야에 사람의 형체가 흐릿하게 나타났다. 그것은 수 없는 갈래로 나누어지며, 또한 하나로 합쳐지기도 하며, 사에코의 눈만을 그저 쳐다보고 있었다.

사에코의 시선이 서랍으로 향했다가, 이내 세이지에게로 향했다. 문득, 어느 날 적의 바다가 생각났다.

'내가 향할 곳은 정해져 있겠지요. 그러니….'

사에코가 입술을 깨물었다. 그녀의 시야가 위로 향했다. 아마도, 그것의 끝은 천장이 아니었겠지만.

'만약 그날이 온다면, 그때는 비로소… 내가 그대들에게 용서받았기를.'

세이지가 사에코를 향해 고개를 돌렸다. 사에코는 그를 바라보며 웃었다. 참으로 아름답고 고운 웃음이었다.

의사

"그년도 곧 넘어간다지?"

"해방 전에는 일본 놈들, 지금에는 빨갱이 놈들… 그렇게 권력이 좋나? 천박하기 짝이 없군."

1949년의 초겨울, 서울 시내에서는 소문 하나가 번졌다. 그 누구도 위화감을 느끼지 않을 정도로 서서히, 허나, 확실하게. 소문의 주체와 본질은 변하지 않은 채로, 계속해서 살에 살을 붙여 뻗쳐 나갔다. 그리고 마침내, 그것이 2월 6일 자로 신문을 통해 공고화되자, 사에코에게는 '빨갱이 년'이라는 또 다른 오명이 붙었다.

"누구의 소행인지는 알겠군요."

사에코가 차가운 목소리로 말했다. 사에코의 월북설을 최초로 보도한 언론지는 안정로 부의장의 동생이 사장으로 있는 곳이었다. 손이 떨리며 신문지에 커피 몇 방울이 떨어졌다. 진갈색의 얼룩이 황색 면지와 얽혀 핏자국으로 남았다.

"당장 항의해야지요!"

"놓아두세요. 어차피 뜬소문에 불과한 것. 차차 나아지겠지요."

자신보다 더욱 화를 내주는 세이지를 보고는, 사에코는 아무렇지 않은 양 웃으며 말했다. 세이지의 마음이 아려왔다. 북측에 대한 국민적 반감은 연일 하늘을 찌르고 있었다. 그런 상황에서 이런 보도가 나온다는 것은 분명한 위협이었다. 애써 담담한 척 말했지만, 분명 두려울 것이 뻔했다. 하지만, 그걸 앎에도 아무것도 할 수 없는 자신이 미워서, 세이지는 그저 사에코를 끌어안았다. 사에코는 가만히, 그런 그의 머릿결을 매만졌다.

"허기가 지시진 않은지요? 이만 식사를…."

쨍그랑–

"사에코 양!"

갑자기 창문이 깨지는 소리와 함께 돌덩이가 날아들었다. 세이지가 재빨리 사에코의 곁으로 달려가 그녀의 머리를 감쌌다.

"더러운 빨갱이 년은 북으로 꺼져라!"

창밖에서 누군가의 고함이 들렸다. 세이지가 황급히 그를 따라 나가려 했지만, 사에코가 그런 그를 막아섰다. 이내 도망치는 듯한 발소리가 들리더니 곧 조용해졌다. 서너 명 정도의 청년 남성인 것 같았다.

"허억…."

사에코가 숨을 가쁘게 몰아쉬기 시작했다. 돌덩이는 온통 빨간색으로 칠해져 있었다. 세이지는 사에코를 급히 침대에 눕힌 후, 인근 파출소로 향했다.

"남편은 죽었다던데?"

"새로 들였나 보지. 얼굴은 곱잖나."

세이지가 경황을 설명한 직후, 경찰들의 반응이었다. 진지하지 못한 그들의 태도에 세이지는 버럭 화를 내며 수사를 촉구했지만, 돌아오는 것은 오직 냉랭한 조소뿐이었다.

"인민군한테나 도와달라고 하시오. 곧 넘어갈 년을 챙길 만큼 우리가 한가한 사람으로 보입디까?"

그렇게 세이지는 쫓겨나듯 파출소를 나왔다. 손이 떨리기 시작했다. 분노보다도 무력감이 사무쳐 왔다. 세이지가 숨을 내쉬었다. 바람이 불어와 입김에 섞였다. 조금의 온기도 용서치 않는 듯한 잔혹한 추위였다.

청주의 본가로 내려갈까, 아니지. 가족들 역시 과거를 지탄받고 계시기에 그곳도 완전히 안전하지는 않을 것이다. 차라리 해외로 도피할까. 중국이나 일본의 등지라면 그녀가 새 출발을 할 만한 곳이 있을지도 모른다. 여유자금을 어떻게든 끌어모으면 함께 살아갈 기반쯤은 마련할 수 있지 않을까. 하지만, 과연 그녀가 그러한 생활에 적응할 수 있을까. 도무지 답이 나오지 않는 고민이 계속해서 머릿속을 스쳤다.

집에 도착한 후 문을 열자, 세이지는 놀란 눈으로 사에코의 방으로 달려갈 수밖에 없었다. 온갖 잡동사니는 어지러이 널브러져 있었고, 그녀의 사진이 담긴, 벽에 걸린 액자들은 온통 깨져 있었다.

"이게 어찌 된… 사에코 양!"

세이지가 황급히 사에코에게로 달려갔다. 무엇 때문인지는 모르나, 그녀의 손은 온통 피투성이였다. 그녀는 그저, 텅 비어버린 눈으로 허공을 응시하고 있었다. 세이지가 그녀의 시선을 따라가 보니, 그곳에는 액자 하나가 걸려 있었다. 조선에서의 첫 공연을 담은 사진이었다.

"더럽다고 했던가요."

사에코가 한 손으로 다른 손을 감쌌다. 그녀의 양손이 비틀리듯 떨려갔다.

"이제 내 죄는 결코 용서될 수 없게 되었네요."

"사에코 양…."

"아름다워지고 싶었어요. 그리하여 내 흔적을 남길 날이 온다면, 그 아이의 흔적을… 남길 날이 온다면. 그때야 비로소 자유로워질 수 있으리라고, 그렇게 생각했어요. 하지만, 이제는 아무도 나를 아름답다고 말하지 않겠지요."

한참 동안 공허에 머물러 있던 사에코의 눈에 차츰 감정이 담기기 시작했다. 모인 감정이 한데 모여 흘러내렸다. 세이지는 차마 그것을 보지 못하고, 사에코를 꼭 끌어안았다.

"아닙니다, 사에코 양. 그대는 한 번도, 단 한 번도 아름답지 않았던 순간이 없었습니다. 그대는 나의 영원입니다. 그렇게 맹세했습니다. 그러니 제발, 그런 말은 멈춰주십시오. 부탁입니다….'

사에코가 세이지의 어깨에 얼굴을 파묻었다. 축축한 눈물이 맺히자, 순백색 와이셔츠가 잿빛으로 구겨졌다.

"나는 오직 사랑하고 싶었을 뿐인데, 도대체 왜… 이렇게 돼버린 걸까요. 나는, 그저….'

흐르는 마음이 눈물이 되어 흰 자락을 적셨다. 애타게 그리운 심정만이 세이지의 가슴팍에 고이 흘러내렸다.

"세이지 군.'

사에코가 고개를 들어 세이지와 눈을 맞췄다. 그녀가 살며시 웃었다. 소스라치게도 고운 눈빛이었다.

"내일, 저와 다시 한번 바다를 보러 가줄래요?'

세이지는 직감했다. 그녀의 텅 빈 눈은 부드러이 접혀 있었지만, 그것에 담긴 감정은 결코 희망이 아니리라고. 하지만, 그녀의 절망마저도 너무도 아름다워서, 세이지는 그만 그녀의 미소를 따라 해 버렸다.

"물론입니다.'

사에코의 입꼬리가 가냘프게 떨렸다. 그녀가 입술을 굳게 깨물었다. 무언가 말하려 하는 것 같았지만, 그녀는 차마 목소리를 뱉지 못하고 숨을 닫았다.

창문의 틈새로 달빛이 들어왔다. 허상 속의 아름다움은 신기루처럼 밝게 빛났다.

사랑한다는 말

　바람도 빛도 곤히 잠든 어두운 밤이었다. 붉은 루주를 바르던 사에코가 세이지를 쳐다보았다. 아직 자는 것 같았다. 그녀는 검은색 면사 모자를 쓴 후 모피코트를 챙겨 입고 거실로 나갔다. 탁자에 편지 하나가 놓여 있었다.

　'도쿠다 사에코 씨께'

　발신자를 보니 선령에게서 온 편지인 것 같았다. 사에코는 말없이 봉투를 열었다. 찢기지 않도록, 조심스러운 손길이었다. 봉투에는 편지 한 장과 함께 손수건 하나가 동봉돼 있었다. 손수건에는 소쩍새 세 마리가 자수 되어 있었다. 별다른 것은 묻어있지 않았다. 그녀는 편지를 펴 보지 않고, 오직 손수건만을 챙겨 주머니에 넣었다.

　사에코가 다시 침실로 들어갔다. 베개에 피가 묻어있었다. 그녀는 여린 손길로 세이지를 깨웠다. 깨어난 세이지가 밖으로 나가려 하자, 사에코는 옷장에서 남성용 코트 하나를 꺼냈다. 코트에는 세이지의 체향과는 다른 내음이 묻어있었다. 사에코는 잠시 그것을 바라보다, 곧 몸을 돌려 세이지에게 건네주었다.

　"아직은 차요."

　세이지가 건네받은 코트를 입었다. 그가 사에코의 손을 잡았다. 거칠지만 따뜻했다.

　서울역에서 기차를 타고 부산역에 도착할 때까지, 그들은 한마디도 하지 않았다. 때로는 눈을 붙이며, 또한 때로는 창밖을 바라보며. 그들은 서로의 어깨에 기대고만 있을 뿐이었다. 역에서 내려 바닷가로 향할 때까지, 그저 침묵을 유지했다.

마침내 도착한 새벽녘의 바다는 고요하고도 서늘했다. 철렁이는 소리조차 들리지 않았다. 오직 갈매기의 울음소리만이 간헐적으로 들릴 뿐이었다. 사에코가 신발을 벗고 바다로 뛰어갔다. 그녀가 바닷물에 손을 담갔다. 세이지 역시 그런 그녀를 따라 손을 담갔다. 겨울의 바닷물은 아플 정도로 차가웠다. 사에코는 바닷물에서 손을 뗀 후 일어섰다. 그녀의 시선이 세이지에게로 향했다.

"나는, 춤이었을까요."

사에코가 나지막이 물었다. 그녀의 질문에, 세이지는 말없이 고개를 끄덕였다. 사에코가 조용히 웃었다. 성급한 바람이 불어왔다. 바람을 탄 것마냥, 그녀의 미소는 아리도록 씁쓸했다.

사에코가 모래사장을 걷기 시작했다. 세이지도 자리에서 일어나 그녀의 뒤를 쫓았다. 사에코는 보폭을 점차 늦추며 세이지와 걸음을 맞췄다.

"내가 향할 곳은 지옥일지도 몰라요."

걸어가던 사에코가 걸음을 멈췄다. 그녀의 뺨이 창백히도 붉었다. 세이지는 그런 그녀의 뺨을 어루만져 주었다. 손안에 작게 남아 있는 온기가 따스했다.

"함께 하겠습니다."

사에코가 하늘을 바라보았다.

"저는 어느 해 질 녘, 그대께 사랑한다고 말씀드렸지요."

"기억합니다. 줄곧, 기억하고 있었습니다."

사에코가 뒷짐을 지고 뒤로 돌았다. 그녀가 모래를 발로 파냈다. 모래가루가 그녀의 발끝에서 조금씩 휘날렸다. 그녀는 그것을 가만히 보다, 세이지에게로 고개를 돌렸다.

"참으로 아름다웠지요."

사에코의 낮은 음성은 미세하게 갈라져 있었다. 그녀가 밝게 웃었다. 언젠가의 그녀처럼, 참으로 아름답고 오만한 목소리였다. 참으로 아름다웠던, 그때처럼.

"그러니, 이번에는 제게 사랑한다고 말해보시지요."

사에코가 어느 날 적의 자신을 구태여 흉내 낸 것은 자신에게서 세이지가 떠나가길 바랐기 때문이었다. 아름다웠다. 서글픈 연심이었다.

"사에코 양. 그대를 처음 본 날 알게 되었지요. 저는 일평생 가슴에 묻어야 할 말을 전부로 하여 삶을 피우리란 것을."

세이지가 사에코를 바라보며 천천히 입을 열었다. 세이지의 기침 섞인 목소리는 거칠었지만, 왜인지 모르게 부드러웠다. 고운 모래의 입자처럼, 참으로 부드러웠다.

"줄곧, 아주 오래도록 그대를 사랑했습니다. 그대가 자리할 그 어떤 지옥에서도 저는 그대를 지킬 테니,"

세이지가 사에코의 뺨을 쓸어내렸다. 사에코의 숨소리가 잠시 멈췄다.

"저와 함께 갑시다."

잠시의 침묵이 오갔다. 순수히 사랑했던 두 청년은 현실에 막혀 침전하였으나, 풍파를 겪은 그들의 감정은 더욱 견고해져 있었다. 처절한 사랑이 머무는 자리에 동시했던 감정은 신뢰였다.

"미안하다는 말이, 듣고 싶나요?"

"사랑한다는 말이 듣고 싶습니다."

사에코의 시선이 수평선 너머로 향했다. 점차 트여가는 붉은 동이 그녀의 미소에 옮았다.

"혹, 그대의 본이름을 일러주실 수 있나요?"

"한지겸입니다."

"그렇군요."

앞으로 걸어가는 듯하더니, 몇 발자국 가지 않고 사에코는 자리에 주저 앉았다. 그녀의 손길이 닿은 모래 위에 글씨가 새겨졌다. 바람에 날아갈 때 까지, 둘은 그저 그것을 보고만 있었다.

"내 이름을 한 번만 불러줄래요?"

눈앞의 이름이 지워지자, 사에코가 나지막이 말을 꺼냈다. 세이지가 앞 을 향해 한 걸음을 디뎠다. 그는 허리를 숙여 사에코의 손을 잡고는, 그녀 를 일으켜 세우며 말했다.

"영혜 양."

사에코가 소리 내어 웃었다. 그것이 어떤 웃음이었는지는 그녀조차도 알 수 없었겠지만. 혹은, 아주 어쩌면, 그것은 흐느낌이었을지도 모르겠다.

사에코는 자신의 머릿결을 잠시 매만진 후, 모피코트의 주머니에서 작은 병 하나를 꺼냈다. 고요에 머물렀던 그녀의 손이 점차 떨려가기 시작했다.

"베로날[108]이에요."

"그렇군요."

세이지가 담담한 목소리로 말했다. 그의 목소리에는 어떠한 기색도 담겨 있지 않았다.

담담한 세이지의 모습에 사에코는 결국 무너져 내렸다. 그녀가 자리에 주저앉았다. 위태로운 흐느낌이 바닷가의 거센 바람 소리를 덮었다.

"마지막으로 여쭐게요. 정말 저와, 저와…."

사에코는 말을 채 잇지 못하고 손으로 얼굴을 가렸다. 입술에 얹힌 붉은 빛 루주가 살짝 번졌다. 얼굴을 파묻은 그녀의 손이 경련하듯 떨렸다. 약병 이 떨어져 바닥에 나뒹굴었다. 세이지는 바람이 그것을 채어가지 못하도록

---

108 마취제의 일종이자 수면제이기도 한 약품, 일부는 자살을 목적으로 사용됨

자신의 손으로 주워들었다.

"사랑해요. 그러니, 살고 싶다고 말해요. 제발⋯."

세이지는 약병을 주머니에 넣고 오열하는 사에코를 감싸 안았다. 그는 얼굴을 감싼 사에코의 손을 자신의 뺨으로 옮겼다. 그녀의 눈에는 채 닦지 못한 별이 빛나고 있었다. 세이지는 자신의 소매로 그녀의 눈가를 부드럽게 매만졌다. 사에코의 눈이 다시금 붉어졌다. 세이지의 옷이 거칠었기 때문일까. 하지만 그녀의 눈가는 여전히 창백했다.

그들은 눈을 맞춘 채 서로를 바라보았다. 그 누구도 순수했던 그 날처럼은 웃지 않았으나, 세이지만은 옅은 웃음을 지은 채 사에코를 응시했다.

"저와 함께 가주시겠습니까."

사에코가 고개를 끄덕였다. 자신이 아닌 세이지의 미래를 애도하며.

세이지가 병을 열어 자신의 입에 약을 털어 넣었다. 그는 눈을 감지 않고 사에코에게 입을 맞추었다. 서서히 녹아가는 씁쓸한 약의 맛이 그들의 입 안에 감돌았다.

사에코가 먼저 쓰러졌다. 세이지는 그녀를 받아들고는 자신의 무릎에 눕혔다. 바지 사이로 핏방울이 흘러내렸다. 이윽고 세이지의 고개가 사에코의 품에 떨어졌다.

해가 솟았다. 찬연한 금빛이 감도는 모래사장은 눈을 감은 둘에게는 참으로 아름다운 밤이었다.

말하지 못한 이야기

1988년, B 여자대학교

"안녕하세요. 총장님, 인터뷰에 응해 주셔서 감사합니다. 뵙게 되어 영광입니다."

"젊은 분께서 이런 기회를 만들어 주니 나야 고맙지요."

J 총장이 커피를 홀짝이며 말했다.

"총장님께선 임영혜 선생님과 어떤 관계 셨습니까?"

K 기자의 질문에 J 총장은 잠시 허공을 바라보았다. 여러 생각이 드는 것 같았다.

"나는 사에코, 아니, 임 선생님의 몸종이었어요. 임 선생님의 도움을 받아 글을 배웠지요."

K 기자가 수첩을 꺼내 J 총장의 말을 받아적기 시작했다.

"도움이라 하시면…."

"나는 백정의 딸이었어요. 아버지께선 노름을 좋아하셨고, 돈을 잃으면 나를 팔아넘기려고 이름도 남의 종이라는 의미를 담아 지었다고 하셨지요. 시중드는 계집이라고. 그래서 이리저리 팔려 다니다 임 선생님 댁으로 들어갔어요. 편지 대필을 시키셨는데, 글을 모른다고 하니까 돈을 몇 푼 쥐여 주시며 글을 배우라 하시더군요. 그 덕에 배웠지요. 요즘 사람들에게는 버거운 사연인가요?"

K 기자의 손이 잠시 멈칫했다. J 총장의 과거사는 많이 알려 있지 않은 터라, 꽤나 놀란 듯했다.

"아뇨, 조금 놀랐습니다. 여학교까지 세우신 분께서 그러셨을 줄은… 정말 존경합니다."

K 기자의 말에 J 총장이 소리 내어 웃었다.

"호호. 존경까지야…. 그저 살다 보니 그리된 것이지요."

"그렇다면 학교를 설립하신 계기는…."

"내 인터뷰를 위해 온 것은 아닌 것으로 아는데?"

"아, 실례했습니다. 죄송합니다."

"실례까지야. 아닙니다."

J 총장이 잠시 말을 멈췄다. 당황하는 K 기자를 보고, 그녀는 다시금 말을 이었다.

"임 선생님 덕분이지요. 나는 내가 하찮은 사람이라고 생각했어요. 평생 이름 따라 남들의 시중이나 들며 살 줄 알았으니까요. 근데, 글을 배우고, 많은 것을 알아가며 점차 꿈이 생기더군요. 예전의 나처럼 글을 알지 못하는 여인들에게 글을 알려주고 싶었어요. 그렇게 살다 보면, 선생님처럼 누군가에게 아름다움을 보여줄 수 있는 사람이 될 것 같았거든. 그 마음을 평생 품고 살았어요. 그러다 보니 야학교 교사로 시작해서 이렇게 대학까지 차렸네요."

J 총장이 희미하게 웃었다.

"이제 내 이름의 뜻은, 기쁨을 좇는다는 의미예요. 내가 스스로 지었지요. 언젠가는 선생님을 뵙고 말씀드리고 싶었는데, 이제는 그럴 수가 없게 되었네요."

J 총장의 표정이 씁쓸히 굳어졌다. 그런 그녀의 표정에, K 기자는 잠시 머뭇거리다 다음 질문을 이어 나갔다.

"임영혜 선생님은 어떤 분이셨습니까?"

J 총장이 커피잔을 어루만졌다. 아직은 가시지 않은 온기가 따뜻했다.

"솔직히 말하자면, 선생님께선 매서우신 분이셨어요. 성정이 워낙 엄하신 것도 있었고, 아무래도 권위가 있는 분이다 보니 몸종에 불과한 나로서는 감히 다가갈 엄두조차 못 냈지요. 하지만, 모든 매서움을 뚫을 만큼 아름다우셨지요. 그렇게도, 사무치도록…."

J 총장의 말끝이 흐려졌다. 그녀의 눈꼬리가 살짝 떨렸다.

"아름답다고 하시면…."

"음, 나는 항상 수발을 들었다 보니 가끔 선생님의 춤을 볼 기회가 있었어요. 그때의 자태가 어찌나 곱던지. 꼭 하늘에서 내려온 선녀를 본 것 같았어요. 하지만 그것보다 더 아름다웠던 건 선생님의 눈이었어요. 볕이 들지 않는 데서도 항상 빛나고 있었거든. 그 눈을 볼 때면, 마치 빨려 들어가는 것처럼, 정말, 참으로 아름다웠지요."

"그렇다면 혹시, 알려지지 않은 선생님의 개인사 같은 것도 아십니까?"

"예끼, 이 사람아, 그런 건 말해주면 안 되지. 죽어서 선생님을 뵐 면목이 없어. 아마 크게 혼쭐이 날 거야."

J 총장이 밝게 웃었다. 난처해하는 K 기자를 보고, J 총장은 장난기를 보내며 말했다.

"개인사는 어려워요. 선생님의 사연이 우스갯소리로 나도는 건 나도 원치 않거든. 다만 그건 말해주고 싶네요. 선생님께선 언제나 빛났지만, 참으로 가여우신 분이었어요. 그 시대를 사시면서 얼마나 시름이 많으셨겠어. 하지만 그 모든 걸 언제나 혼자 감내하려 하셨어요. 아마 많이 외로우셨을 테지…."

J 총장의 눈시울이 붉어졌다. 그녀의 눈에는 동경 어린 동정이 담겨 있다.

"그렇다면, 그분의 말년에 대해서는 아시는 게 있으십니까?"

"글쎄요. 광복 이후 중국에서 헤어지고 소식이 끊겼거든. 내가 선생님을 다시 찾아뵈러 서울에 갔을 때는 이미 돌아가셨다는 얘기만이 나돌고 있었어요. 하지만 아무도 그 사정은 모르더군요. 댁에도 찾아 가 봤지만, 이미 폐허가 돼 있었어요. 그렇게 화려했던 집이 얼마나 음산하게 느껴지던지. 그 앞에 서서 한참을 울었던 기억이 나네요."

"아아…."

"뭐, 다 지난 얘기지. 더 질문이 남았나요? 내가 이후에 일정이 있어서."

K 기자가 수첩을 탁자에 내려놓았다. 그는 카메라를 켜고 J 총장에게로 가져다 대었다. 카메라가 윙, 소리를 내며 돌아가기 시작했다.

"영상 편지를 하나 촬영하고자 하는데, 하늘에 계신 임 선생님께 전하실 말씀이 있습니까?"

J 총장의 표정이 가셨다. 그녀는 무언가를 곰곰이 생각하더니, 말을 이어가기 시작했다.

"그 시절의 선생님께 드리는 말씀도 괜찮습니까?"

"네, 괜찮습니다."

"선생님, 부디… 아이고, 나이가 드니 눈물이 많아지네."

J 총장의 눈가가 희미하게 떨렸다.

"선생님, 부디 살아주세요. 때로는 잊으시더라도, 가끔은 원망하시더라도, 언젠가는, 꼭 언젠가는 다시 아름답게 춤을 춰 주세요. 언제나 기다리고 있겠습니다. 선생님은 아름다운 분이시고, 언제나… 춤이실 테니까요."

J 총장이 손수건을 꺼내 눈물을 닦기 시작했다. 그녀는 손을 뻗어 K 기자의 손을 잡았다.

"언젠간 전하고 싶었는데, 이제야 겨우 전하게 됐네요. 좋은 기회를 만들어 줘서 고마워요. 이렇게 젊은 친구가 선생님을 기억해 주는 것도 고맙고.

아마 선생님께서도 기뻐하실 거야."

"아닙니다. 임 선생님께서도 꼭 총장님의 말씀을 듣고 계실 겁니다."

"그랬으면 좋겠네…."

J 총장이 고개를 돌려 창문을 바라보았다. 어느덧 해가 지고 있었다.

"이만 끝내도 될까요? 아까도 말했듯이 이후에 일정이 있어서."

"아, 네. 귀한 시간 내어주셔서 감사합니다. 이만 가보겠습니다."

K 기자는 J 총장에게 고개 숙여 인사한 후 방을 빠져나왔다. 그가 가고 난 후, J 총장이 자신의 업무용 책상으로 걸어갔다. 그녀가 서랍에서 사진 한 장을 꺼냈다. 밝은 미소를 띤 사에코의 사진이었다.

"사에코 선생님, 저도 이제 꽤 나이가 든 모양입니다. 가끔은 선생님의 목소리가 희미해지는 걸 보면요."

J 총장이 다시금 서랍을 뒤졌다. 그곳에는 편지 한 장이 놓여 있었다. 그녀는 편지를 집어 들고는, 사에코의 사진 옆에 놓았다.

"전해 드리고 싶었는데, 그러지 못하게 됐군요. 이제 저도 편지 정도는 혼자 쓸 수 있게 되었습니다. 저는 왜인지, 아직도 선생님의 흔적을 헤매게 됩니다. 이제 저도 선생님을 찾아뵐 날이 머지않았으니, 그곳에서도 아름답게 계셔주세요."

J 총장의 눈에 물기가 고였다. 아주 오래전부터 입술에 매여 있었던 서리꽃 하나가 눈물의 온기에 녹아 비로소 흘렀다. 그녀는 손으로 눈물을 닦고는, 사진과 편지를 다시 서랍에 집어넣었다. 그녀의 시선이 창밖으로 향했다. 창밖에는 나비가 날고 있었다. 참으로 어여쁜, 여러 마리의 노란 나비였다.

기억

1988년, 서울특별시 종로구 명동의 선술집

"임영혜 선생에 대한 특집 방송을 촬영하신다지요?"

"예, 그렇게 됐습니다."

K 기자는 멋쩍게 웃으며 술잔을 들이켰다. 많이 지쳐 보였다. 자신이 태어나기도 전에 활동했던 무용가를 조사한다는 게 여간 어려운 일은 아니겠지.

"그래서 뭐, 어디까지 조사하셨는지요?"

S 대학교의 H 교수가 K 기자에게 물었다.

"도쿄에 방문해 공연 팸플릿 몇 장을 구했고, 임 선생님 제자분들을 만나 뵈었습니다. 아무래도 선생님의 말년에 대해서는 잘 알려진 게 없다 보니, 요새는 신입 때보다도 바쁘게 사는 것 같습니다."

"월북한다는 소문도 있었고, 납치됐다는 말도 있었고… 그때는 정말, 말들만 무성했던 것으로 나도 기억합니다."

"교수님께선 그때 연세가….."

"지금의 자네보단 어렸지. 내가 해방 당시 고등학생이었거든."

"이야, 말 그대로 역사를 사셨습니다."

"역사를 산 게 아니라, 살다 보니 지난날이 역사가 된 게지. 자네도 30년쯤 지나면 같은 말을 들을 걸세. 88올림픽을 정말 보았느냐고 말이야."

"하하, 맞는 말씀입니다."

"그래서, 무엇이 궁금하다고?"

소리 내 웃던 K 기자가 주머니에서 수첩을 꺼냈다.

"아, 예. 교수님께서는 임영혜 선생의 공연을 직접 보셨다고 들었는데, 혹시 간략한 소감이나 평가를 알려주실 수 있으신가요? 공연 외에도, 임 선생 관련 일화를 아신다면 알려주시면 감사할 것 같습니다. 알려지지 않은 정보라면 특히요."

"으음…."

H 교수가 젓가락을 굴렸다. 기억을 되짚는 모양새였다.

"나라고 친분은 있던 게 아니라, 개인 일화는 잘 모릅니다. 말씀드렸듯이 난 해방 당시 고등학생이었으니까요. 다만, 본명이 아닌 '우에노 사에코'라는 창씨명으로 활동했던 것과, 김광립 의원 알지요? 전쟁 이후 국회의원 했던, 그 친일파. 그 사람 며느리였던 것 정도는 압니다. 아, 이건 너무 유명한가요?"

"아뇨, 괜찮습니다. 김광립 의원의 며느리였다는 건 방금 들어 알았습니다. 그렇다면 남편분은 지금…."

"아, 그분은 돌아가신 것으로 압니다. 한창 반민특위 열어서 친일파들 소탕한다, 난리였을 때쯤일 거예요. 조사받으러 가던 중 시민한테 돌을 맞았답니다. 그걸로 김 의원이 얼마나 여론몰이를 했던지… 괘씸해서 기억에 남습니다."

"참고하겠습니다. 감사합니다. 임 선생님의 춤에 대해서도 여쭐 수 있을까요?"

"임 선생은…."

H 교수의 시선이 위로 올랐다.

"아름다웠습니다. 내 평생 그토록 아름다운 것은 처음 보았지요. 늘씬한 키에 뛰어난 외모… 그런 걸 말하는 게 아닙니다. 뭐, 그런 것도 아름다웠지만, 내가 진정으로 아름답다고 말한 것은, 임 선생의 눈이었어요. 꼭 자리에 붙들린 것만 같았습니다. 공연이 끝난 후에도 한참이나 머무르게 됐지요. 지금 와서 생각해 보면, 무언가, 식민지 예인의 설움이라든가, 뭐 그런 게 담겨 더욱 깊었던 게 아닌가 합니다. 떠올릴 때마다 왠지 아렸거든요. 요즘 젊은 친구들은 이해하지 못할 수도 있겠지만, 아무리 친일이니 뭐니 해도, 같은 식민지민끼리의 동질감이 없었을 수는 없지 않습니까. 뭐, 그런 셈이지요."

설움이라는 말에 K 기자가 잠시 멈칫했다. 그는 H 교수를 쳐다보며 강한 눈빛으로 역설하기 시작했다.

"이해합니다. 격동의 시대를 살다 간 여인의 가슴에 어찌 설움이 없을 수 있었겠습니까. 철저한 사후해석일 수도 있지만, 저는 그녀가 참으로 처연합니다."

"그래요. 나 역시 그렇게 생각합니다. 모두가 그녀를 우러러보았지만, 아무도 그녀를 인간으로 보지는 않았던 것 같습니다. 나도 그랬지요. 과도하게 그녀를 신격화했습니다. 이제 와 생각해 보면 홀린 것 같기도 하네요."

"어쩌면 그녀의 삶은, 인간으로서의 그녀의 삶은…."

K 기자는 더 이상 말을 이어 나가지 못했다. 그의 목소리에는 목 매인 비토가 섞여 있었다.

"많이 열중하시나 봅니다."

"죄송합니다. 조사하면 할수록 자꾸만 이입돼서…."

"아닙니다. 뭐, 그럴 수 있지요."

H 교수가 조용히 술을 넘기는데, 눈물을 닦던 K 기자가 문득 말을 꺼냈다.

"교수님께서 방금 홀렸다고 표현하셨지요. 어쩌면 그때의 모두가, 각본대로 흘러가는, 그녀가 주연을 맡은 소설에 들어가 있던 것일지도 모르겠습니다."

"흥미로운 발상이군요."

"취기가 오르나 봅니다. 죄송합니다."

"아닙니다. 그럴 수 있지요. 하지만 나도 한 번쯤은 생각해 보게 되는군요. 정녕 그렇다면…."

"네, 이미 소설은 끝났지요. 하지만 이 이야기는 끝내 전승되어, 아주 오래도록 전승되어, 후일의 매 순간에 자리할 겁니다."

"오, 그 말 멋지군요. 방송의 제목으로도 좋겠어요. 한번 고려해 보세요."

K 기자의 얼굴이 붉어졌다. 꽤나 취기가 오른 모양새였다. 그의 떨리는 손을 보고, H 교수는 이만 일어나자며 계산대로 향했다.

"교수님, 제가 냈어야 하는걸…."

"아이고, 옛 제자한테 내가 어찌 얻어먹을까요. 술은 후배들한테나 사시지요."

"교수님, 아무리 그래도…."

H 교수는 싱긋 웃으며 계산대를 지나쳤다. 그의 시선이 벽으로 향했다. 이곳은 해방 즈음에도 와 본 적 있는 술집이었다. 해방 직전, H 교수가 바라본 자리에는 영혜의 사인이 걸려 있었다고 한다. 물론 그가 방문했을 때는 떼어져 있었지만 말이다.

하지만 어릴 적의 H 교수는 보았다. 그곳에는 분명, 종이를 떼 내려 거칠게 문지른 자국과 함께 우에노 사에코라는 글씨가 희미하게 남아 있었다. 벽을 바라보는 H 교수의 눈에 그 이름이 자꾸만 아른거렸다.

그래, 그들의 말처럼 소설은 끝났다. 그러나 채 지워지지 않은 그녀의 이름처럼, 그녀의 흔적은 반드시 길이 날아 만인을 헤매도록 할 것이다.

에필로그

소설을 처음 구상한 것은 2024년 9월경이었습니다. 동아리 개강총회에서 문득 아이디어를 떠올렸고, 바로 블로그에 옮겨 적었습니다. 그리고 2025년 1월 4일, 본격적인 첫 집필을 시작했습니다.

작품을 쓰는 동안 많은 고뇌를 거쳤습니다. 심경의 변화도 컸습니다. 집필 초기에는 사에코를 무용가 최승희 선생님의 흔적을 담은 가상 인물쯤으로 여겼지만, 글을 쓰면 쓸수록 그분과는 다른 의미로 사랑하게 되었습니다. 사에코 외의 다른 인물들도 사랑하게 되면서 그들에게도 정을 주었고, 그렇기에 추가적인 서사와 에피소드가 생겨났습니다. 그래서 작품을 완결하고, 한동안 많이 힘들었습니다. 제가 창조한 세계가 종결됐다는 것이 이토록 아픈 일인 줄 몰랐습니다. 지인들에게는 '딸을 시집보낸 느낌'이라는 표현으로 힘듦을 토로했습니다.

제 소설 속 오브제는 그 무엇도 의미를 담지 않은 게 없습니다. 하물며 등장인물의 이름까지 모두 의미를 담고 있는 걸요. 대놓고 드러나진 않더라도, 여러 번 정독해 보면 그저 스쳐 지나간 것들이 복선이었음을 알아채실 수 있을 겁니다.

독자 여러분께서 각각 느끼신 바는 다를 수도 있겠지만, 제가 설정한 작품의 테마는 총 4가지였습니다.

1. 아름다움(메인)

2. 춤

3. 사랑

4. 흔적

각 테마는 당연하게도 최초의 모티프인 최승희 선생님에게서 따왔습니다. 가령 그분의 대표작(보살춤, 검무)을 작품 내에 넣는다든지, 그분의 실제 일화(다카라즈카 극장 습격 사건, 공연장에 경관 투입)를 넣는다든지… 하는 것들이요. 하지만 글을 쓰다 보니 그분의 영향은 점점 옅어져 가더군요. 작품의 후반부로 갈수록 사에코만의 아름다움이 새로이 구축됐습니다. 참으로 신기했습니다. 누군가의 아름다움을 사랑하여 모방한 것뿐이건만, 그것으로 말미암아 제가 창조한 세상을 되레 사랑하게 되었다는 점이요.

첫 작품이기에 많은 애착을 쏟았습니다. 오로지 소설에만 집중하고 싶어 다니던 학교를 휴학했고, 지인들과의 연락도 될 수 있는 대로 끊으려 노력했습니다. 아침에 눈을 뜨고, 저녁에 눈을 감기까지 매 순간 소설만을 생각했습니다. 집필하던 동안은 소설만이 저의 전부였다고 해도 과언이 아닐 겁니다. 그렇기에 그 외의 것들에 주의를 기울이지 못한 것이 미안하기도 합니다.

우선, 소설을 읽어주시고, 여러 감회를 남겨주실 독자분들께 감사 인사를 드립니다. 한 분 한 분을 다 거론할 수는 없지만, 물심양면으로 지원해주신 가족들을 포함하여 소설을 쓰는 동안 응원해주셨던 모든 분께도 감사 인사를 드립니다. 소설 속 무용 장면에 대해 열띤 피드백을 주었던 세종대학교 무용과 정다희를 포함하여 열성적으로 응원해주신 세종대학교 학우분들과 교외 친우 분들께도 고마움을 전합니다. 출판에 많은 도움을 주신 미다스북스 관계자분들께도 감사한 마음을 전합니다. 또한, 작품을 쓰는

데 있어 가장 큰 영감을 주셨던 무용가 故 최승희 선생님께 깊은 감사의 말씀을 드립니다. 마지막으로, 식민지민으로서 일제강점기라는 격동의 시대를 살아 내셨던 모든 분께 감사와 경의를 표합니다.

　지인들에게 늘상 건네는 말을 끝으로 글을 마칩니다. 사랑합니다. 행복하십시오.

2025년 11월 25일, 김가진 올림